青海地方历史长篇小说

春秋鄯州

陈华民　著

青海人民出版社

图书在版编目（CIP）数据

鄯州春秋 / 陈华民著 . -- 西宁 : 青海人民出版社，
2017.11
（青海地方历史长篇小说）
ISBN 978-7-225-05426-1

Ⅰ . ①鄯… Ⅱ . ①陈… Ⅲ . ①长篇历史小说—中国—
当代 Ⅳ . ① I247.5

中国版本图书馆 CIP 数据核字 (2017) 第 275400 号

青海地方历史长篇小说

鄯州春秋

陈华民　著

出　版　人　樊原成
出版发行　青海人民出版社有限责任公司
　　　　　西宁市城西区五四西路 71 号　邮政编码：810001 电话：（0971）6143426（总编室）
发行热线　（0971）6143516　/　6137731
印　　刷　陕西龙山海天艺术印务有限公司
经　　销　新华书店
开　　本　880 mm×1230 mm　1/32
印　　张　12.5
字　　数　280 千
版　　次　2018 年 7 月第 1 版　2018 年 7 月第 1 次印刷
书　　号　ISBN 978-7-225-05426-1
定　　价　38.00 元

引　子

鄯州，古地名是也。

北魏孝昌二年（公元 526 年），孝明帝拓跋元诩为强化对河右及西域的统治，在今青海西宁废鄯善镇，设鄯州，辖西平、浇河二郡及其属县，是西北地区重要的军事重镇。公元 534 年，北魏分裂，分别成立东魏、西魏两个政权，河陇地区政归西魏。西魏初年，草原王国吐谷浑崛起，常常袭扰湟水流域，至大同四年（538 年），为防范和敌御吐谷浑的侵扰，西魏文帝元宝炬将鄯州及西平郡、西都县三级政权同郭，自西平郡东迁乐都。从西魏时鄯州东迁乐都，到北宋时复迁西宁，鄯州在乐都存在了将近 400 年历史。期间，经历西魏、北周、隋、唐等王朝以及吐蕃政权的经治，其中，唐朝时期的鄯州，是陇右道、陇右节度使署衙的驻地，从而使今青海乐都一度成为河湟地区乃至大西北的军事中枢、政治文化中心和商贸重镇。

隋时，炀帝杨广西巡西平（即鄯州，治今乐都），炫耀武力，开疆拓土，

1

不仅几乎将吐谷浑剿灭，而且威慑西域，将西域二十八国纳入中央王朝的统治之下，从而打通了因战乱湮灭了数以百年的丝绸之路。隋炀帝是到过鄯州乃至河陇地区的第一位也是唯一一位中原王朝的皇帝。

有唐一代，鄯州作为唐王朝在大西北的政治文化中心，经历了同吐谷浑、吐蕃政权和与战的风云变幻；见证了文成公主、金城公主及弘化公主和亲吐蕃、吐谷浑，促进民族融合、文化发展繁荣的历史进程。纵观历史，河湟乃至陇右地区或征战杀伐，战云密布，烽烟滚滚；或"问遣往来，道路相望，欢好不绝"，以鄯州为中心的陇右大地上演义出一幕幕威武雄壮、可歌可泣的话剧。这一幕幕威武雄壮、可歌可泣的历史活剧，在河湟地区的发展史上留下浓墨重彩的一笔。在这一场旷日持久的战与和的历史性嬗变中，自秦汉以来世世代代居住在青藏高原上的吐蕃人、羌人、鲜卑人、党项人以及汉人，以无数生命为代价，完成了一场民族大迁徙、大嬗变和大融合，为明清时期华夏民族的形成和发展奠定了坚实的基础。

因此，故事就从隋炀帝西巡西平开始……

目录
MULU

第 chapter 一 章

夺帝位晋王施计 征吐谷浑炀帝西巡

三月己巳，西巡河右。乙亥，幸扶风旧宅。夏四月癸亥，出临津关，渡黄河，西平。陈兵讲武，将击吐谷浑。五月乙亥，上大猎于拔延山，长围二百里……

《资治通鉴》卷一八一《隋纪五》

一

隋炀帝大业二年的深秋季节。

几场秋霜过后，湟水两岸的杨柳树叶已经由深绿转成金黄，煞是好看。鄯州城内官宦人家的庭院里，秋菊怒放，艳若春天，引来无数百灵啼鸣。然而，距鄯州城西三百多里处的湟水源头，俨然已是冬天，彤云密布，寒风肆虐，草原上已经看不到一个人影，看到的只是一群群啃食枯草的牛羊，和星星点点在寒风中摇曳的牛毛帐篷。有几只苍鹰在低空

1

盘旋，瞪着那对贪婪的眼睛搜寻着捕食的最佳时机，因为，这个季节的野兔硕鼠比任何时候都肥腴。然而，此刻的湖滨大草原，除了呼呼作响一阵紧似一阵的风声，就是难得的寥寂，寥寂得连牧人们自己都感到苍凉可怖。

黄昏时分，在袅袅炊烟的诱惑下，牧人们悠闲地唱着粗犷悠扬的牧歌，把牧放在水草丰美的草原上的牛羊赶拢，吆喝着准备赶回圈窝里。

蓦然间，风云突变，烽烟乍起，从西海方向冲杀过来一支数千人的骑队，他们举着刀枪，呐喊着像洪水一样漫过山梁、沟谷，漫过血染的土地，杀向鄯州地界。在这支队伍的身后，留下一座座火光冲天的村庄和来不及躲避倒伏在血泊中的平民百姓。敌人的铁蹄践踏着河湟大地，屠戮和血腥充斥着湟水峡谷，大隋王朝的疆域顷刻间被不期而至的强敌所践踏、撕裂，到处都是这支强悍的骑兵留下的残垣断壁。

他们是一群什么样的军队？他们从什么地方开来？他们为什么要对这里的平民百姓狠下毒手？惊恐万状的人们面对这场毫无征兆的屠戮，感到万分的惶悚和迷惘。然而，他们从这支强悍的骑兵身着小袖、小口袴衣服，头戴大头长裙帽的装束上看，无疑这是吐谷浑的骑兵。

吐谷浑兵犯河湟？

吐谷浑兵犯河湟！

这场惨绝人寰的大屠杀在湟水谷地继续着，迅速蔓延开来。逃难的人群像潮水一样，涌向鄯城、涌向鄯州、涌向一切能够拯救他们生命的地方。

吐谷浑兵肆虐河源，早有探马细作飞报州衙官署。起初，鄯州刺史梁宾并不相信这是吐谷浑所为，指不定是河西流窜过来的山贼草寇，亦或是草原上哪个部族间进行的械斗，只是细作侦察有误，夸大了事态的程度。因为他在半年前朝廷递来的塘报中得知，吐谷浑倾尽国力，西进西域，在天山一带与铁勒部开战，正打得难分难解。而且，他也不断派出细作，打探吐谷浑与铁勒部的战事，在这场吐谷浑与铁勒部的较量中，吐谷浑败多胜少，哪里还有实力进犯大隋王朝的疆域？因此，他只是饬令河源、镇海等要塞加强防范，拒流寇于国门之外，然后继续做他的太平官。

然而，这位平庸而慵懒的鄯州刺史好梦不长，就在饬令发出的次日，吐谷浑大军越过湟峡，兵临城下……

书中暗表，晋武帝司马炎太康年间，辽东鲜卑慕容部首领慕容涉归的庶长子吐谷浑，因草原纠纷与其弟慕容廆发生矛盾，便负气率部西迁，于西晋永嘉末年西渡洮河，留居大夏河流域。到其孙叶延时，该部在昂城到白兰一带广袤的草原上建立起了鲜卑人自己的国家，并以部族首领吐谷浑的名字为族名和国家名称。吐谷浑经乌纥堤、树洛干、阿才等几代人的苦心经营，到南北朝时逐步发展成为逞雄一方的草原王国，其辖区和游牧地自枹罕暨甘松、南界昂、龙涸。自洮水西南及白兰数千里，逐水草而居、结庐帐而栖。

北魏太延五年，魏灭北凉，太武帝拓跋焘即派遣镇北将军封沓率部进击乐都，北凉政权的乐都太守沮渠安周投奔吐谷浑，封沓掠数千户而还。太平真君五年，北魏已稳定了北方的局势，恰在其时，吐谷浑统治阶层发生内争，贵族纬代密谋降魏，事泄被杀。其弟叱力延等人投奔北魏，请求北魏出师进击吐谷浑。北魏王廷封叱力延为归义王，安抚所部。并乘机派遣晋王伏罗率兵进抵乐都，引兵从间道突袭吐谷浑至大母桥。吐谷浑王慕利延大惊，逃奔白兰。北魏占据乐都后，实现了对河湟地区的实际统治。次年四月，遣征西大将军高凉王那等讨伐吐谷浑，吐谷浑王慕利延自知不敌，退走于阗，转而控制了丝绸之路南道诸国，并南征拉达克一带。此一役，魏军完全控制了湟水流域。一年后，魏军撤离，吐谷浑返回青海。自此开始,吐谷浑逐步占领鄯善、且末等地,作为其国西部统治区域。

为了防御吐谷浑和北方的柔然政权,北魏于孝昌二年,特在西平郡设置鄯善镇。鄯善镇为军镇,辖地西起西域,东至河陇,地域十分辽阔。

北魏普泰三年,王廷分裂成为东魏和西魏两个政权。河湟地区地处大西北,当属西魏政权辖治。当时,由于西魏元宝炬政权初立,无暇西顾,盘踞青海湖环湖和柴达木地区的草原王国吐谷浑日益强盛,屡次东扩,湟水上游遂成为吐谷浑的游牧地。西魏文帝大统元年,吐谷浑王伏连筹的世子夸吕继立,其统治中心也由伏罗川迁至西海以西十五里处的伏俟城,吐谷浑再度强盛,往往扰掠西魏边地。此时,中原地区政局不稳,西魏政权无暇西顾,为避免与吐谷浑的冲突,西魏于大统四年,将鄯州及其西平郡、西都县三级政权同郭,由西平东迁至乐都,并以名将柳桧为东迁后的首任鄯州都督,镇守河陇。在西魏,柳桧是个了不起的边将,他出任鄯州都督,对吐谷浑实行恩威并举、剿抚兼施的方略,赢得了河湟地区数十年的安宁……

却说吐谷浑大军兵临城下,鄯州刺史梁宾这才知道细作所报不虚,顿时惊慌失措,没了主意。

"梁大人,吐谷浑此次进犯鄯州,其势之锐,前所未有。好在鄯州城城坚池广,我须坚壁清野,凭坚拒守,还可坚持些时日。"还是署府长史处世冷静,他向梁宾建言:"当务之急,一是将吐谷浑进犯鄯州的事速报朝廷,并向陇西、凉州求援;二是迅速集结府兵丁勇,据城坚守;三是急令西平、镇海、承凤等要塞守军,伺机而动,袭扰吐军侧翼,使其不敢妄动。"

"此计甚好。"于是,梁宾急修文书,趁吐谷浑尚未围城之机,派出快马精兵,急向四周各州郡求援。

二

岁在丁卯，大业三年。

秋季的一天，天高云淡，凉风飒飒。

大隋王朝的新都洛阳，依旧和往常一样，到处歌舞升平，华盖云集，靡丽奢华，一派中原王朝的气象。正值早朝时分，紫禁城仁寿宫内，灯火通明，金碧辉煌。大隋王朝的第二代皇帝杨广，头戴紫金冲天冠，身着褚黄衮龙袍，腰系天蓝碧玉带，足登粉底朝天鞋，神情威猛，环觑朝堂，高大伟岸的身躯跌坐在紫檀雕龙御座之上。

杨广是在三年前登上皇帝宝座的。隋朝初立时，文帝杨坚尚能明辨是非，立长子杨勇为太子，二子杨广为晋王。杨广少年敏慧，好学善诗文，仪容俊美，极善谋略，极得隋文帝杨坚夫妇的欢心。文帝开皇六年，杨广任淮南道行台尚书令，闰八月之后，进位雍州牧、宰相。八年冬，任行军元帅统兵讨伐南陈。灭陈后，封为太尉。晋王杨广随着官阶的提升，野心急剧膨胀，暗地里收集宇文述、杨素等一干佞臣，恶意构陷中伤太子杨勇，使太子在文帝杨坚心目中的地位发生动摇，终于于开皇二十年废黜杨勇，立杨广为太子。文帝仁寿四年七月，文帝杨坚病逝于仁寿宫大宝殿，杨广即皇帝位，次年改元大业。杨广即皇帝位，立即假造文帝遗诏，缢杀前太子杨勇，大量提拔重用拥戴自己的人，从此大隋王朝进入杨广的时代。

杨广临朝，大隋王朝文有金紫光禄大夫虞世基、右光禄大夫裴炬等；武有左卫大将军宇文述、左翊卫大将军宇文化及、右翊卫大将军来护儿、左屯卫将军辛世雄、右屯卫大将军麦铁杖、太仆卿杨义臣、司徒杨素、礼部尚书杨玄感、左骁卫大将军屈突通等。这些文臣武将，虽然大都是一些阿谀逢迎之徒、奸佞罔上之臣，但是，若论才干，一个个也是文韬武略，机智多谋，辅佐杨广干成了一些流传百世的大事。

此刻，杨广刚一坐定，文武百官秩序而列，齐刷刷跪伏于坍塌之前，三拜九叩，山呼万岁，然后按文左武右分列，依品阶大小颤颤悠悠，肃穆侍立。

杨广因为心中牵挂着嫔妃如云的后宫，对繁文缛节的朝政十分厌倦，便微睁双目，心不在焉地觑视一眼侍立在殿堂两侧的文武群臣，少顷，他侧目朝黄门官点点头，然后又垂下他那因荒淫过度而松弛的眼帘，一言未发。

黄门官得到允偌，躬身礼毕，便款步走到坍前，高声宣示："皇上有旨：有事启本上奏，无事卷帘退朝……"

"陛下，微臣有本要奏。"新任太仆卿杨义臣出班，朗声奏道："陛下，臣于昨晚收到陇西郡的六百里加急，称西北吐谷浑可汗伏允挟众二十万，犯我边境，袭扰西平郡，攻城略地，锐不可当。"

"什么？伏允他……"杨广闻言，大吃一惊，赶忙问道："吐谷浑不是倾尽国力，西进西域，与铁勒可汗正在交战吗，怎么还会有如此的实力，卷土重来，犯我疆域？"

"陛下所言极是。只是……"杨义臣沉吟片刻，继续言道："只是伏允大军西犯西域后，立即遭到铁勒部的顽强抵抗，几经阵仗，便被铁勒可汗打得狼奔豕突，溃不成军。伏允不甘失败，纠集部众，趁我东征高句丽，国内空虚，便于侧后进犯河湟，以图恢复故地。一个月前，西平郡太守便有紧急求援公文送达，怎么，陛下您难道……"

"伏允小儿，可恼啊！"杨广怒不可遏，连击御案，厉声问道："此等军情大事，为何不报知于朕？是西平、陇西、武威诸郡有意拖延，还是哪个朝臣隐匿不报？尚书令杨素进前听旨：此等欺君罔上，贻误国家的行为，必须严厉查处，严惩不贷！"

"微臣领旨。"杨素出班领旨，退回原位，一双鹰隼般的眼睛睥睨一眼左翊卫大将军、许国公宇文化及，直看得宇文化及心惊肉跳。

"陛下，微臣该死。"宇文化及素来与杨素不睦，今天看到他颐指气使的样子，自知瞒不过他的鹰鼻鹞眼，急忙跪倒在地，唯唯诺诺地说："陛下，西平郡的求救公文送达朝廷时，您正谋划征伐突厥、高句丽大计，不得脱身。也怪微臣一时糊涂，不忍看陛下日理万机，废寝忘餐，无意中忘记了给您呈奏，耽误了军机，请陛下治臣之罪……"说着，从袍袖内抽出公函，递给当值太监。

"哦，原来是你。你怎么能……"杨广刚想发火，但又念及宇文述、宇文化及父子昔日帮助他夺嫡弑父、攫取帝位有拥戴之功，暴怒之态顿失。再说，宇文化及提及的"谋划征伐突厥、高句丽大计"，其实是在为他掩饰开脱。那天，他并没有理朝勤政，也没有谋划征伐突厥、高句丽大计，而是在后宫正与萧后、萧嫔、宣华夫人等厮混。他心有愧意地睥睨宇文化及一眼，心想：宇文化及啊宇文化及，亏你想得出，居然把朕在后宫的厮混说成是为军国大计"日理万机，废寝忘食"！于是，他便打消了"严惩不贷"的念头，说："宇文爱卿，既然如此，朕不怪你，你且退下吧。"

"陛下，既然宇文大人已经将此事说清楚了，那么责罚也就算了。"杨素见宇文化及巧舌如簧，三言两语就把皇上给糊弄过去了，便不与他纠缠，直接向杨广陈述西北战事的危害性，说："西北边陲形势紧迫，河湟、河西、陇西战事吃紧，稍有耽延，恐祸患无穷，望陛下降旨处置！"

"众爱卿，朕自登基以来，外征高句丽，北伐契丹、迁都洛阳、疏浚运河，件件大事都关乎江山社稷的安危。可谓军国大计，朕殚精竭虑，费尽心机，未尝有半点懈怠啊。"杨广夸夸其谈一阵，然后话锋一转，恼怒地说："吐谷浑区区草原小国，趁我征东、扫北，兵力局促，犯我边境，夺我城池，掠我边民，是可忍孰不可忍！哪位爱卿愿执掌帅印，替朕西征？"

"微臣愿往！"左卫大将军宇文述精神抖擞，上前请命。

"许国公果然神勇不减当年，忠勇可嘉！"杨广见武班里站出一员大将，喜出望外，便颁诏："左卫大将军宇文述听旨：令尔为主帅、观王杨雄为次帅，率鹰扬郎将梁元礼、张峻、崔师等猛将十员，精骑五万，刻日西征，一战而荡平河湟，生擒吐谷浑可汗伏允。"

"臣领旨。"宇文述金殿授命，领旨而去。

三

常言道：人上一万，没边没沿。几天后，陇右原上的官道上，烟尘滚滚，遮天蔽日，宇文述的五万征西大军盔明甲亮，旌旗飞扬，浩浩荡荡开赴河湟。

隋军主帅宇文述，出身名门，是大隋王朝的显要人物。本姓为破野头氏，其先祖因在鲜卑族贵族宇文俟豆归府中当仆人，便随主人改姓为宇文氏。其父宇文盛，北周武帝时因战功卓著而位列上柱国，盛极一时。北周时期尚武，所以宇文述少小年纪便在乃父的影响下，习文学武，熟读兵书，弓马娴熟。十一岁那年，宇文府第来了个相面先生，偶尔看到在院中玩耍的宇文述，仔细端详一番，便对其父宇文盛说："可喜可贺，贵公子如善自爱，以后当位极人臣"。宇文盛听后大喜，便重赏相面先生。这句话让实撑北周大权的大司马宇文护听到，怜其才华，甚是喜爱，收为亲信。北周天和七年，武帝宇文邕除掉宇文护亲政后，即召宇文述为左宫伯，累迁至英果中大夫，赐爵博陵郡公，后改封濮阳郡公。

北周大定元年二月，大丞相杨坚受禅登基，废周立隋，是为隋文帝，并建元开皇。开皇初年，宇文述拜右卫大将军。开皇八年十月，隋文帝集中水陆大军五十二万，从东海到巴、蜀，旌旗舟楫，横亘数千里，以图剪灭南陈，统一南北。在这场决定隋朝命运的战略大决战中。宇文述任行军大总管，亲率精兵三万，乘势南渡，歼灭南陈吴州刺史萧瓛部，因战功卓著，杨坚赐物三千段，封安州总管。

宇文述至今不能忘怀，当年还是晋王的隋帝杨广攻入南陈后宫的那一幕：当隋军攻入后宫时，华丽奢靡的南陈后宫，还不时传来悠悠扬扬，歌喉婉转，靡靡消魂的声音。那正中座席上，正坐着风流天子陈后主，只见他一手举觚狂饮，一手揽着美人的腰枝，醉生梦死，忘乎所以，仿佛宫墙之外拼死厮杀甚至南陈的覆亡，与他这个一国之君毫无关系。而在他的周围，簇拥着一群绮年玉貌的美人，一个个倩装如画，眉目妖娆，尽是江南佳丽、吴地粉黛。真是：

吴女十五貌轻盈，
一曲当筵倾至尊；
酒绿灯红花团锦，
四壁婉转曼妙音。

隋朝将士看惯了北方悍妇的粗鄙，一个个被这些倾国倾城的佳丽粉黛看得神魂颠倒，心猿意马。还是晋王杨广懂得风流，在南陈后宫广搜美女娇娥，然后一一装上车辇，连同缴获南陈的奇珍异宝，一道运往京师，尽数搬进晋王府第。杨广当上皇帝后，这些南陈后宫的佳丽粉黛无一不成为杨广宠爱的嫔妃。

杨坚登基之时，按惯例将其长子杨勇立为皇太子，其余四子皆封为王：次子杨广为晋王，三子杨俊为秦王，四子杨秀为蜀王，五子杨谅为汉王。当时，晋王杨广镇守扬州，与宇文述交往甚密。此时，杨广已有夺嫡旳野心，只是身边缺少有谋略的干才而迟迟无法施展。于是，杨广

9

奏请宇文述为寿州刺史总管，将他拉入自己的阵营。宇文述成为晋王的心腹之后，便积极为他出谋划策。

"殿下，太子杨勇失宠已久，令德不闻于天下。殿下仁孝著称，才能盖世，数经将领，深有大功。"宇文述献媚道："主上之与内宫，咸所钟爱，四海之望，实归于殿下。然废立者，国家之大事，处人父子骨肉之间，诚非易谋也。然能说服皇上废立国器者，唯杨素耳。杨素之谋者，犹唯其弟杨约。臣与杨约素有交情，可以进京与他相见，共图废立大计。"

杨广闻后大喜，当即让宇文述带了大量财宝进京。

开皇二十年，宇文述进京，以南朝劫来的财宝奇珍为利器，四处活动，为杨广网络人才，先后说服大理少卿杨约、尚书令杨素等一干重臣，成为晋王杨广的羽翼，为杨广夺嫡铺平了道路。在宇文述与杨素兄弟的谋划下，为谗言所蒙蔽的隋文帝，终于在这年十一月，下诏废黜杨勇，册立晋王杨广为太子。杨广即掌东宫，投桃报李，说服文帝擢升宇文述为左卫率。隋制，率官在当时为四品，文帝因宇文述已有高位，遂将率官提升为三品，足见文帝对宇文述的重视。仁寿四年七月，隋文帝病逝，杨广即位，是为隋炀帝。大业元年正月，隋炀帝拜宇文述为左卫大将军，改封许国公。到大业三年，又加封开府仪同三司，可谓权倾朝野。

"观王，此次西征河湟，意义非同小可。"此刻，踌躇满志的左卫大将军宇文述，捋捋长髯，觑视左右，然后问次帅杨雄："依观王之见，我军采取什么样的军事策略，才能克敌致胜，一举荡平吐谷浑？"

"将军，吐谷浑乃草原部族，聚散不定，势若流寇，冒然出击，很难完胜。开皇元年，为平定吐谷浑，恢复失地，先帝以安乐郡公元谐为行军元帅，兵发鄯州，在西海击败吐谷浑。开皇三年，改州、郡、县三级建置为州、县二级建置，以州统县。设鄯州，辖西都诸县，均治西都县，河湟才有了片刻的安宁。"杨雄沉吟片刻，侃侃而谈："然而，就是这片

10

刻的安宁，也屡屡遭到吐谷浑的袭扰，边境不靖，危机四伏。面对如此形势，依我愚见，我军若取得完胜，须分进合击，克敌致胜。分兵以招降纳叛，瓦解敌军；合则重拳出击，直取敌酋。否则，两军形成胶着，势必耽延时日，我军却因粮草不继而出现颓势。"

"观王所见极是。"宇文述思虑再三，胸有成竹地说："既然如此，观王可率一支人马进驻浇河郡，接纳吐谷浑降众，廓清地方，以为大军策应。我率主力以西平郡为中军，派遣劲骑溯湟水而上，进击吐谷浑主力，伺机歼灭之。"

"此计甚好，就依将军。"杨雄想了想，爽朗地说："宇文将军，如此，我们就此别过，我在浇河郡静等佳音。"

于是，隋军兵分两路，一路过拔延山南下，进驻浇河；一路在鄯州设立帅府，并派精锐继续西进，寻找战机。

宇文述兵屯西平郡临羌城，观德王杨雄出浇河，隋廷征讨大军虎视耽耽，紧逼吐谷浑。

吐谷浑可汗伏允见隋军强盛，惧不敢降，又率众西逃，拒隋军于西海之滨。宇文述遂引鹰扬郎将梁元礼、张峻、崔师等追之，在西海以南的曼头城与之对垒。这天，两军对峙，梁元礼阵前叫阵，吐谷浑军一番王手执连环大砍刀，身挎黑炭乌稚马，呜呀呀一阵怪叫，冲到阵中。梁元礼见吐将应战，便拍马上前，也不答话，举枪便刺。于是，两人刀枪相举，战作一团。梁元礼战不到七八个回合，便使个破绽，用回马枪刺番王于马下，复一枪结果了性命。吐谷浑军见刚一开战就损一大将，顿时阵角大乱，狼狈逃窜。宇文述帅旗一挥，隋军一阵掩杀，吐谷浑军大败，草原上丢下三千余众尸体。隋军乘胜追击，又攻占了吐谷浑重镇赤水城。吐谷浑残部再次退守丘尼川，隋军继续追击，在丘尼川与吐谷浑军队再次展开厮杀。

11

这是一场兵对兵、将对将的殊死大混战。起初，隋军将领张峻出战，与吐谷浑大将俱延战于阵前，刀枪并举，你来我往，搏杀正酣。几个会合之后，张峻力怯，俱延越战越勇，眼见得张峻就要败下阵来，隋将崔师急忙张弓搭箭，觑中俱延射去，弦音未落，狼牙大箭正中俱延门面，俱延一声大喊，坠马气绝。隋军乘势掩杀过去，吐谷浑军纷纷迎战，直杀得昏天黑地，凄风惨惨。怎奈何，吐谷浑军乌合之众，哪里抵得住隋军虎贲之师，吐谷浑大败，伏允可汗只带数千残兵败将南奔鄂陵湖南的雪山一带。

此一役，隋军俘虏吐谷浑王公、尚书、将军共二百余人，其部落前来归降者有十余万口，吐谷浑东西四千里，南北二千里的疆域，皆为隋朝所有。

四

征西大军的捷报传到洛阳，杨广大喜，一面颁诏宇文述、杨雄以示褒奖，并赐以大量美酒三牲，犒赏三军；一面召集文武群臣，朝议拓土扩疆、巩固边陲的大计。

恰在此时，宇文述上书杨广，称：征西大军一战曼头城，再战赤水堡，三战丘尼山，大获全胜，斩获颇丰，河源疆域稳固，鄯善、西海、且末皆为我大隋所有。然吐谷浑可汗伏允反复无常，乘我大军回撤之际，招集残部，积蓄力量，待我大军东撤后，再起战端，卷土重来。因此，我征西大军迟迟不能成行，献俘于东都……

"众爱卿，河陇地区的安危，关系到我朝交通西域，发展贸易，招来西方奇货的安全，我必固守之。"这天早朝，群臣礼毕，隋帝杨广便说："为此，朝廷派左卫大将军宇文述、观王杨雄率大军出征，平定河陇。目前，征西大军所向披靡，战果累累，捷报濒传。然而，草原小国吐谷浑不服王化，反复无常，屡屡犯边，是我大隋王朝的心腹之患。依众爱卿之见，朕该如何处置是好？”

“陛下。”太仆卿杨义臣出班奏道：“宇文述、杨雄大军大败吐谷浑，底定河陇，置鄯善、且末、西海、河源四郡，足见我大隋朝的国威。依臣之见，现在以休养生息，巩固边陲为宜。其原因有三：其一，二次东征高句丽在即，兵员粮秣用度甚巨；其二，运河工程已近关键，民夫徭役已过百万之众；其三，西北苦寒荒凉，陛下乃万乘之尊，如何……”

“杨大人之言谬也。”宇文化及深知杨广的用意，又有乃父的胜绩，便打断杨义臣的话头，志高气昂地说：“吐谷浑屡屡与突厥勾结，犯我边境，断我商道，掠我城池，掳我边民，罪大恶极，实在无法容忍。我倒认为，陛下借西征告捷的机会，御驾亲征，挥师河陇，一则展示实力，葳扬国威，震慑四邻；二则消除边患，打通商道，通商西域。这一石二鸟的机会，何不为之？”

“宇文爱卿言之有理。”隋帝杨广久有征服吐谷浑之意，让宇文化及一审掇，便下了御驾亲征的决心，说：“为了征服吐谷浑和突厥，彻底消除边患，交通西域，发展丝路贸易，朕欲亲征河陇，众卿以为如何？”

“陛下，万万不可！”杨义臣一听，大吃一惊，阻谏道：“陛下以千金之躯深入不毛，万万不可。历朝历代，还未曾有过泱泱大国的帝王涉足如此险地的，望陛下三思啊。”

“陛下，突厥虎视鹰觑，高句丽战事犹酣，两地用兵，耗费甚巨。陛下若在此时御驾亲征，恐有不便。”右光禄大夫裴炬也考虑再三，直言劝谏道：“西北乃苦寒之地，吐谷浑又聚散无定，陛下劳师以远，御驾亲征，得不偿失啊。”

“河湟洪荒，又多有异族侵扰，以微臣之见，莫若依照前朝之例，设置一、二座羁縻州，由吐谷浑统之。”礼部尚书杨玄感说。

"是啊，陛下三思啊。"众大臣匍伏阶前，随声附合。

"陛下，妄言惑众者，当斩！"宇文化及见反对御驾亲征的甚众，乃出面奏道："昔日，匈奴强盛，结盟西羌，威胁汉境。武帝刘彻洞悉河湟对巩固西部边陲的重要地位，果断派骠骑将军霍去病西征，一则打击匈奴的嚣张气势，扩疆拓土，设置张掖、敦煌诸郡，使河西一带为大汉所有；二为阻断匈奴与羌人的联系，使河湟羌人孤掌难鸣，从而奠定了汉朝在河湟地区的统治地位。霍去病也因此名声大噪，成为一代名将。如今，我大隋王朝疆域凡东西九千三百里，南北一万四千八百里，人口众多，物产丰稔，其文治武功绝非汉刘王朝可比。如此，区区吐谷浑岂能阻我天朝，河湟虽荒僻不毛，但也是我大隋的江山，我们断不可轻言放弃。"

"宇文将军此言甚是。"卫尉卿刘权也朗声言道："河湟虽然荒僻，但其东抵陇地，西控西域，北通河西，南阻巴蜀，是我大隋的西部屏障，战略意义不可小觑。此次陛下如能亲征，微臣不才，愿随出征，前往河湟。"

"陛下，微臣以为……"裴炬再次劝阻，但此刻的杨广，已为宇文化及的言语所打动，御驾亲征的主意已定。他果断地打断裴炬的建言，绝决地说："众位爱卿，朕意已决，多劝无益，请平身……"

隋帝杨广决意御驾亲征，挥师河陇，于是，朝廷上下，一片忙碌。

大业五年三月，杨广安顿好朝政，率文武百官、后宫嫔妃及各路大军共40余万众，从洛阳出发，进潼关，经扶风、狄道，出临津关渡过黄河，浩浩荡荡朝西平郡进发。

一时间，河陇大地呈现旌旗如林、车轮滚滚、云雾遮天、尘土蔽日的雄壮景象。

四月的湟水谷地，春风和煦，冰雪消融，大地泛青，杨柳吐翠，漾溢在暖暖的春意之中。河湟重镇西平郡城，黄土铺路，净水洒街，张灯结彩，笙歌齐奏，作为帝王行在的西平郡衙，更是达官显贵云集，羌遒豪门齐会，肃穆庄严中尽显热闹非凡。中原王朝的皇帝莅临西平乃至陇右，这是亘古以来绝无仅有的。

湟水北岸的台地上，乐都古城巍峨雄壮，气势恢宏。这座建于东晋时期的南凉王国都城，依山傍水，扼据通衢，历来便是河湟地区的军事要冲。秃发傉檀在谋划他的都城功能时，集宫廷苑园，府衙官邸、商埠市井、军事攻防和粮粟仓廪为一体，城郭广深虽不及东都洛阳、西京长安，甚至比河西重镇姑臧也逊色一筹，但其气势规模，不失为河湟地带的第一重镇。

乐都城分内城和外城。内城占据城垣西北，北有燎高峰之伟岸，南濒湟水之秀丽，城坚池广，地域宽阔，是昔日南凉王朝的皇城。皇城包罗了王宫内苑，朝堂官邸，崇阁楼台，回廊复道，王朝所需，一应俱全，皆仿照魏晋时代的汉式建筑，鳞次栉比，宏伟壮观。外城则置地方官衙，百姓居家，军兵驻屯，军粮仓廪，商埠市井于一集，三街五市，车水马龙，官衙民宅，鳞次栉比。

南凉王国远去三百多年了，声势显赫的一代枭雄秃发傉檀也随着国灭政息，成为长满蒿草的一杯黄土。然而，乐都城的繁荣并没有因时代的变迁而消声匿迹。自从西魏大统四年文帝元宝炬把鄯州及其所辖西平郡、西都县东迁至此，乐都城在河湟地区的统治地位越发变得坚不可摧，举足轻重！嚣闹的街市，熙攘的人流，川流的驮队，以及逡巡的兵卒，向来是这座南丝绸之路重镇上的主旋律。如今，炀帝西巡，帝王行宫在就设在昔日南凉王傉檀的王宫。王宫虽然年代远久，已显苍桑，且多处留有兵燹之灾的痕迹，华丽奢靡远非洛阳、扬州可比，但在苦碛苍凉的西北边陲，却很难找到比它更好的去处。

挟势而来的隋炀帝，为炫耀武力，震撼边陲，陈兵西平，开堂讲武。金城、西平、浇河诸郡县的官吏和边将，无不带着恐惧和谄媚的心理，纷纷从四面八方赶来，恭立堂前，倾心聆听。就连西平郡周边的羌人、胡人也莫不诚惶诚恐，备恭备敬的虔诚，献上牛羊和各色贡品，前来帐前礼赞。

杨广生性残暴，奢侈靡费，但绝不是一个碌碌无为的平庸之辈。说实话，他的文韬武略远在废太子杨勇之上，就是开疆拓土、创立大隋基业的先皇杨坚也略显逊色。这天，在乐都内城的西平郡衙大厅里，他面对金城、西平、浇河诸郡县的官吏边将以及河湟羌人、胡人豪酋，侃侃而谈："夫兵者，国之利器也。昔日汉高祖斩蛇举事，将不过百人，兵不过数万，才有鸿门赴宴之虞，退守汉中，以求自保。后得谋士张良之谋，招贤纳士，收得贤臣良将，才有了韩信点兵、逐鹿中原、垓下大战等一系列脍炙人口的掌故，为世人所称道。今我大隋，上奉天命，下应民意，江山一统，河清海晏……"

杨广口若悬河，娓娓道来，言语之间，充斥着阵阵萧杀之气，令那些羌胡豪酋胆战心惊，莫不汗颜。

五月初九，隋炀帝又趁初夏季节西平山川钟毓灵秀、莺飞草长的秀美景色，率文武百官、各部首领及宫廷侍卫，在拔延山围猎，藉以宣耀武力，威慑四方。

拔延山的主峰花苞峰雄伟挺拔，高耸入云，极目望去，山巅处雪堆冰砌，银装素裹，寒光熠熠，尚在寒气逼人的奇寒之中。然而，雪峰下的河壑深峁处，早已是一片葱茏，昂然生机。一场透雨过后，湟水谷地的天气骤热，俨然盛夏。大山深处，牧草芊芊，莺飞草长；延绵起伏的森林，泛着翠色在山风的驱动下，发出阵阵排山倒海般的涛声。河谷地带的田野里，绿油油的青稞和糜谷已经开始分蘖拔节，油菜花飘逸着诱人的芬芳，黄透了湟水两岸的沟谷和台地，就连湟水河畔成片的杨柳，也在河风中摇曳着满是杨花柳絮和嫩绿叶芽的柔条。

如果不是风声日紧的战争烽烟，夏日里的湟水谷地，正是牧人放牧，农民耕作的大好时节，风光绮丽，鸟语花香的西平大地，将会显得更加妩媚，生机勃然。

杨广登上拔延山巅，极目远眺，白云、雪峰、林涛、山溪尽收眼底，滚滚的牛羊，青翠的稼穑，令杨广心旷神怡，欣然间一首《示从征群臣》的千古颂章涌上心头：

肃肃秋风起，悠悠行万里。
万里何所行，横漠筑长城。
岂台小子智，先圣之所营。
树兹万世策，安此亿兆生。
诋敢惮焦思，高枕于上京。
北河见武节，千里卷戎旌。
山川互出没，原野穷超忽。
撞金止行阵，鸣鼓兴士卒。
千乘万旗动，饮马长城窟。
秋昏塞外云，雾暗关山月。
缘严驿马上，乘空烽火发。
借问长城侯，单于入朝谒。
浊气静天山，晨光照高阙。
释兵仍振旅，要荒事方举。
饮至告言旋，功归清庙前。

"陛下，妙诗妙句，千古绝唱啊。"众臣听过之后，无不谄媚地说："人言道，曹孟德吟《龟虽寿》，乃千古绝唱。我等看来，陛下诗作犹胜曹操一筹，才是真正的千古佳作。"

杨广大喜，便对随行的大诗人、司隶大夫薛道衡说："薛卿，此情此景，何不作诗一首？"

薛道衡见皇上点了他的将，便润润口舌，信口吟道：

连旌映潋浦。迭鼓拂沙洲。

塞云临远舰。胡风入阵楼。

桃花长新浪。竹箭下奔流。

剑拔蛟将出。骖惊鼋欲浮。

雁书终立效。燕相果封侯。

勿恨关河远。且宽边地愁。

薛道衡吟诗毕，又引来朝臣们的一阵恭维。

这天，君臣狩猎，猎获香獐、狍鹿、岩羊、野兔无数，满载而归。

五

隋炀帝在西平郡逗留月余，觉得对吐谷浑的震慑已经发挥作用，该到了逼其就范的时候了，于是起兵西行，武力征服吐谷浑。

五月二十四日，炀帝大军离开湟水流域，抵达浩门川。渡浩门河时，桥梁坍塌，行程受阻，炀帝大怒，斩杀朝散大夫黄亘及督役者9人。数日后，大桥修成，炀帝大军乃行。

吐谷浑可汗伏允闻报大惧，越达阪山仓皇逃亡，沿覆袁川、车我真山一线，据险屯兵设防。杨广在西平行在点兵布将，分三路征讨大军，将吐谷浑军包围在覆袁川、车我真山。一路由卫尉卿刘权率本部人马，溯北川河而上，翻越达阪天险，直取覆袁川；一路由左屯卫大将军张定和率精兵五万，过云谷川，进西纳川沿水峡深入海晏，直捣伏允巢穴车

18

我真山；一路由左武大将军周法假中军之名，挺进金山峡谷，直取吐谷浑中路。又命内史元寿南屯金山，东西连营 300 余里；兵部尚书段文振北屯雪山，东西连营 300 余里；太仆卿杨义臣东屯琵琶峡，连营 80 里；将军张寿西屯泥岭，与三路讨伐大军配合，遂形成八百里合围之势，以图全歼吐谷浑。

五月二十六日，左屯卫大将军张定和率大军进入覆袁川，即与吐谷浑军相遇。吐谷浑可汗伏允见隋军来势凶猛，自知不敌，便乔装改扮，带着几名精骑卫士逃跑了，而将镇守车我真山的重任托付给帐前的仙头王。仙头王面貌酷似伏允，便在阵前假称是吐谷浑王伏允，藉以迷惑隋军。同时，利用车我真山山势险峻，地形复杂的有利条件，巧布伏兵，引诱隋军上当。张定和不明就里，轻视吐谷浑军兵少力薄，喊叫吐谷浑军投降。吐谷浑番王不肯，还派出年老疲兵阵前引诱。张定和轻视敌军兵稀将寡，连盔甲都不披，挺身登山。吐谷浑仙头王见隋军已经中计，忙把手中令旗一挥，埋伏在峡谷沟壑的伏兵纷纷杀出，车我真山上的吐谷浑弓箭手一阵齐射，箭如雨下，一支狼牙铁箭射中隋军主将张定和。可叹张定和，连吐谷浑可汗伏允的真实面容都没见到，便呜呼哀哉，魂归自然。张定和的副将柳武建率兵奋力还击，力挽狂澜，厮杀半日，转败为胜，才将驻守车我真山的吐谷浑军主力挫败。

仙头王见隋军气势正旺，锐不可挡，而此时可汗伏允已逃遁，车我真山已是隋军的馕中之物，断不能守，便于二十八日率部族十余万撤逃。六月初二，杨广又派左光禄大夫梁默、将军李琼等率兵追击讨伐伏允，结果中伏大败，梁默为伏允杀死。卫尉卿刘权率兵出伊吾道进攻吐谷浑，一直追到西海，俘获一千余人，乘胜追击，直抵伏俟城。

伏允见状，不敢在国都伏俟城逗留，马不停蹄，绕道西海，南奔雪山，客居党项，吐谷浑国灭亡。

此一役，隋军大胜。捷报传来，隋营上下一阵欢呼。隋帝杨广虽痛失两员大将，但取得了西征以来的空前大捷，于是，移师金山，犒劳三军，并在金峨山下大宴众臣，以示庆贺。

　　平定吐谷浑后，隋帝杨广遂于七月二日诏令起营，穿越祁连山大斗拔谷，向张掖郡进发。

　　七月的浩门河谷，炎日高悬，熏风阵阵，牧草芊芊，百花齐放，牛羊滚滚，骏马嘶鸣，祁连大草原劫后余生，呈现出一派昂然生机。行进途中，杨广为祁连的美景所陶醉，干脆从车辇上下来，策马来到群臣当中，心旷神怡，谈笑自若。

　　"蔡爱卿，"杨广问给事郎蔡昆征："自古天子有巡狩之礼，而江东南朝的各位皇帝多爱敷脂粉，坐于深宫，不同百姓相见，这怎么可以呢？"

　　"陛下，这就是他们的王朝不能长久的原因。"蔡昆征深知杨广的用意，稍加思索，答道："陛下代天巡狩，威加八方，王廷幸甚，百姓幸甚！"

　　杨广听后，若有所思，沉吟半晌。

　　不一日，杨广的车驾来到祁连山下的大斗拔谷，仰望雄伟挺拔的祁连山，手指山谷，连声叹息："好一座雄险的关隘啊。此处若有一支劲旅，纵有百万雄兵，也难以越过此关矣。"遂令兵部，在此设置营寨，屯兵戍守。

　　大斗拔谷山路狭窄险要，队伍只能鱼贯通行。更有甚者，偏偏这个时候，天气骤变，祁连山一带竟下起了鹅毛大雪。顿时，大斗拔谷天色昏暗，风雪交加，道路泞泥，气温骤降，寒风彻骨。当下正值盛夏，那些随驾的文武百官个个单衣薄衫，哪里经得起祁连山的暴风雪！更为可怜的是那些后宫妃嫔、公主娇娥，都是娇生惯养的柔弱之躯，哪里经受得了如此恶劣的天气，面对饥饿和寒冷，一个个抱头痛哭，狼狈至极。有几个妃嫔、公主，甚至顾不得皇家的体面，竟和士兵们混杂在一起，宿于山涧之中，抵御风寒。

狂风怒吼，寒雪肆虐。突如其来的暴风雪，像鞭子一样抽打在隋军士卒的脸上，他们痛苦地缩倦着身驱在盈尺厚的雪地里挣扎，连日来漾溢在脸上的自豪和喜悦，在风雪中荡然无存。他们在大斗拔谷走走停停，停停走走，两三天的路程，竟然走了十几天方才抵达河西重镇张掖。到张掖时清点人马，竟冻死大半，马驴牲畜冻死者十之八九。

张掖，古称"甘州"，是丝绸之路上的一座重镇。汉代设郡时，遂以"张国臂掖，以通西域"而名。此刻的张掖，张灯结彩，黄土铺路，净水洒街，郡守率郡衙官佐及全城百姓，一大早迎候在官道上。在迎驾的队伍里，还有一些服饰奇异鲜亮，长相魁伟奇特的人群，伺立路旁，静静地等待。这些人气宇轩昂，绝非市井商贾之流，而是高昌、伊吾等西域二十七国国王及使者。原来，早在隋帝杨广西巡之前，就命尚书右丞裴矩奉诏出使西域，游说高昌国王曲伯雅以及伊吾的吐屯设等部，威迫利诱，迫使这些部族归顺大隋。杨广在河湟的胜利，对西域各国产生了极大的震慑作用，纷纷易帜，归附隋朝，派使臣前往张掖觐见隋帝。

七月十七日，杨广移驾燕支山，曲伯雅、吐屯设以及西域二十七国的国王、使者都在道路东侧拜见炀帝。他们均受命佩戴金玉，身着锦衣，焚香奏乐，歌舞欢腾。杨广又命令武威、张掖的仕女盛装修饰纵情观看。命宫廷乐师舞伎演奏九部乐，以及鱼龙戏来娱乐，对各国来使赏赐不等。各国使者衣服不新鲜、车马不整洁的，均由当地郡县负责征收更换。由于张掖一下子来了这么多的西域国王、使者，车驾马匹充塞道路，锦帐绵延几十里，这充分显示了大隋王朝的强盛与威严。吐屯设等进献西域几千里的土地以臣服大隋，好大喜功的杨广见状，非常高兴，对他们安抚慰藉，大加封赏。

十八日，杨广颁诏，设置西海、河源、鄯善、且末等郡，将天下罪徒流放到这里，以为守卫这些地方的戍卒。炀帝命卫尉刘权镇守河源郡积石镇，大规模开发屯田，以抵御吐谷浑，保持西域道路的畅通。九月二十五日，炀帝车驾回长安，西巡结束。隋炀帝西巡，实现了征服吐谷浑，疏通丝绸之路的心愿。

是时，大隋王朝凡有郡一百九十，县一千二百五十五，户八百九十万有奇。东西九千三百里，南北万四千八百一十五里。大隋之盛，极于此矣。

再说，吐谷浑久居草原，向以畜牧为生，善养牲畜，蓄养的良马青海骢，可与大宛的汗血宝一比高低。相传，吐谷浑为得到宝马良驹，便挑选健壮牝马牧放到西海的海心山上，以此获得龙种。隋帝杨广占据西海后，为获取宝马良驹，置马牧监于西海，挑选牝马二千匹，牧放于川谷之中，以求得到龙种，但最终还是无果而止。

却说，吐谷浑可汗伏允败走南山，客居党项后，并不甘心失败，发誓有朝一日定要重整旗鼓，夺回失地。于是，他故伎重施，一面派他的儿子慕容顺去见杨广，作为人质以换取炀帝对他的封号。同时，以党项为根据地，四处派出人马，联络旧部，重整军备。其实，此时的炀帝已然洞察伏允的图谋，干脆立慕容顺为吐谷浑可汗，送他到玉门，让他统领吐谷浑残余部众，并任命吐谷浑的大宝王尼洛周为辅臣。然而，慕容顺到西平不久，由于部下哗变，杀死了由炀帝扶植的大宝王尼洛周。慕容顺没能到达目的地，心情黯然地返回长安，在异国他乡做起了寓公。

隋帝杨广的此次御驾亲征，不仅彻底征服了吐谷浑，将西海、河源的广大地区纳入中央王朝的版图，而且威慑西域，西域二十七国纷纷归附，朝贡相继，彻底打通了因战乱而阻滞多年的丝绸之路，使大隋王朝与波斯与中亚的交通变得更加畅通，商贾络驿不绝。此举不能不说是隋帝杨广的旷世功绩。

《隋书》赞曰：炀帝西巡"竟破吐谷浑，拓地数千里，并遣兵戍之。每岁委输巨亿万计，诸蕃慑惧，朝贡相续。"

第 二 章

施暴政杨广失政　乱河湟薛李逞雄

　　汾阴薛举，侨居金城，骁勇绝伦，家资巨万，交结豪杰，雄于西边，
为金城府校尉。时陇右盗起，金城令郝瑗，募兵得数千人，使举将而讨之……

《资治通鉴》卷一八三《隋纪七》

一

　　岁在壬申，大业八年。

　　大隋国都洛阳还和往常一样，到处歌舞升平，靡丽奢华。洛阳北据
邙山，南望伊阙，洛水贯其中，东据虎牢关，西控函谷关，四周群山环绕、
雄关林立，因而有"八关都邑""十省通衢"的称誉。东汉时，朝廷为
确保京都的安危，在洛阳周围设置函谷、伊阙、广成、大谷、辕、旋门、
孟津、小平津八关，置八关都尉，以统营八关军政事务，八关都邑由此
得名。隋朝建都洛阳，更加重视洛阳的安全，故尔以重兵屯守八关，以
防不测。此时，正值年关，中州大地寒风凛冽，滴水成冰，就连河边的
垂柳也在寒风中瑟瑟发抖。然而，繁花似锦的洛阳城，商埠酒肆，赌窟

青楼，全然不顾冬日的严寒，门庭若市，人声鼎沸。鳞次栉比的通衢大街上，不时走过一队队从中亚、西域过来的明驼宛马，驼铃阵阵，不绝于耳。

这天，天过辰时，日上三竿，但迟迟不见皇帝临朝。隋廷朝堂之上，文武百官品阶而立，鸦默雀静，神色惶遽。太仆卿杨义臣已让皇门官去后宫催促，半天也不见人影，皇上与嫔妃们通宵达旦的厮混，早把朝政忘得一干二净了。

"杨大人，时过辰时，皇上恐怕不来临朝议政了吧？"一位大臣看看天光大亮，已是辰时时分，早过了早朝时间，便低声问杨义臣。

"是啊杨大人，我们不如散朝，回府等候消息吧。"又一位大臣揉揉饥腹，嚅嗫地说道。

"杨大人……"

朝臣们都是卯时上朝，此刻已在朝堂外候驾两个时辰，一个个口干舌燥，饥肠辘辘，看到皇上到现在不能临朝理事，早就盼望着打道回府了。

"各位大人，少安毋躁，再等片刻。"杨义臣何尝不想早点回府，他和大家一样，三更起床，四更进宫，至今也是水米未曾下肚啊。但是，今天的朝会事关江山社稷、家国安危，千万马虎不得，不然，引起皇帝震怒，人头落地也是须臾之间的事。他一边规劝大家耐心等待，炯炯双目时不时地朝后宫方向望去。

三更时分，他刚要起床更衣，署衙门口由远及近，传来一阵马蹄声，随后听到一声充满倦意的呼声："杨大人，八百里加急……"

杨义臣听后一惊，连衣带都不及整理，急忙来到庭院。这时，家人已将院门打开，搀扶着跌跌撞撞的信使朝他走来。信使连日奔波，灰头土脸，疲惫不堪，口不能言，只是用手指指机密袋，便昏厥过去了。杨义臣摘下信使身上的机密袋，吩咐家人将信使送到客房休息，然后回到寝室打开机密袋，取出信函仔细观看。

这是一封来自济南府的坻报，言称"邹平人王薄聚众造反，附者甚众，攻城拔寨，声势浩大……"

杨义臣大吃一惊，急忙带上坻报来上早朝。这时的杨义臣，心急如焚，急着奏明皇上，发兵征剿王薄。可是，他和众臣已经等了两个多时辰，就是不见杨广的踪影。他心中明白，在众多嫔妃的缠绵厮混中，他的这位风流天子已然醉死梦生，不来临朝理政了。

杨义臣再也顾不得后宫的禁忌，整整衣襟，便去闯宫。后宫当值太监见杨义臣心急火燎地要闯宫，再也不敢怠慢，急忙来到寝宫，隔着窗棂轻声呼叫："皇上，太仆卿杨义臣候驾，现就在门外。"

"是谁如此大胆，敢在后宫撒野。"寝宫内传出一声娇滴滴但很威严的声音。

"容禀贵妃娘娘，杨义臣杨大人有要事相奏，现在门外候驾。"当值太监提高嗓音，无不谗媚地说。

"何事要奏？"蒙眬中，杨广一听有要事相奏，便问。

"陛下，济南府八百里加急，声言邹平人王薄造反，声势浩大……"杨义臣虽然不满皇帝如此怠政，但他还是小心翼翼地说。

"啊……"杨广一听，心中一激，睡意全无，忙推开身边侍寝的两个宠妃，起榻更衣，急忙说："速速召集众臣，堂前廷议。"

却说山东邹平人王薄，原本是一个普通百姓。齐鲁大地，民性彪悍，自古尚武。王薄拜师习武，练就一身的拳脚功夫，拿起兵刃，也是十八件兵器，样样精通。因为经常打猎，善使一把钢叉。

大业七年十二月，王薄因兵役繁重，便与同郡人孟让聚众起兵反隋。他们占据邹平郡东南的长白山作为根据地，在齐郡、济北郡附近抢劫掠夺。隋廷遂令郡县征剿，都无功而返。

当时，隋朝兴师动众，攻伐高句丽，河南、山东一带的百姓不堪征役之苦，怨声载道。王薄窥得时机，振臂一呼，两地百姓纷纷响应，逃避征役，竞相投奔王薄。到第二年，义军队伍已经发展到数万人，声势浩大，屯驻于泰山下。

然而，王薄义军毕竟是一群未加强训练的贫苦农民，在朝廷强大军事力量的围剿下，很快遭到镇压。王薄起义失败了，但他的义举犹如点燃的柴薪，迅速向全国蔓延，熊熊燃烧，势若燎原。王薄兵败不久，就有山东平原人刘霸道、邹县人张金称、河北漳南人孙安祖和窦建德、山东渤海人高士达、河南韦城人翟让、山东章丘人杜伏威等相继起兵，举义反隋。其余反隋小股武装数量之多，不可胜数。全国义军规模之大，有十八路反王、六十四路烟尘之说。这十八路反王是：瓦岗寨大魔国混世魔王程咬金、白玉王高谈圣、宋义王孟海公、沙陀罗王罗铁汉、槐安王铁木平、明州王张德金、宁夏王马德来、南阳王朱灿、荆州王刘大朋、甘肃王谢天豹、英王哈洪太、高丽王李凤、上梁王韩勇、下梁王韩猛、河北凤鸣王李子通、北汉王萧铣、济南王唐壁、洛宁王王薄等。因为参加起义的士卒多为贫苦农民，所以，史学界将这场葬埋隋朝的义举，称之为农民大起义。

就在农民起义如火如荼迅速迅速蔓延之际，隋统治集团内部发生分裂。大业九年，炀帝发动第二次对高句丽战争，朝廷重臣杨素之子礼部尚书杨玄感，乘炀帝御驾亲征，跬跬辽东之机，联合一批贵族子弟起兵中州黎阳，进逼东都，公开打出反隋旗帜。炀帝急调重兵弹压，朝廷与杨玄感叛军之间的厮杀，抵消了统治阶级的实力，各路义军乘机发展。

到大业十年第三次对高句丽战争时，义军处处皆是，道路隔绝，官军已经无法按期集中，开赴前线了。

二

炀帝大业十三年暮春的一个夜晚。

砺山带水的金城郡，在一弯新月的笼罩下，显得那样的静谧安宁，万籁无声。只有不倦的黄河，挟带着暮春的气息，以摧枯拉朽的气势，穿越山峡，咆哮着向东流去。

在金城郡城关北街一座庭院的客厅里，烛光摇曳，人影绰绰，聚拢着不少人，倾听宅院的主人公那滔滔不绝的讲演，有人还不时地提出一些质疑，以期得到满意的答复。

"薛将军，"问话的是一位军汉，此刻正瞪着一双惊讶的眼睛，疑惑地问："如此说来，这大隋朝气数已尽，朝不保夕啦？"

"是啊。杨广自登基以来，东征西讨，南征北战，为大隋基业创下不少的辉煌。"被称为薛将军的那个人叫薛举，河东汾阴人，随父亲薛汪，徙居金城，因一身的武艺和胆魄，被金城县令郝瑗聘为校尉。薛举家资颇丰，广交朋友，常在家中设宴，与金城的一些豪杰豪饮，也谈论一些家国大事。此刻，薛举面对朋友的问话，稍加思索，便侃侃而谈："然而，也就是这个杨广，对内穷奢极欲，对外穷兵黩武，生活极端荒淫，政刑日紊，官吏贪墨，贿赂公行。徭役无期，民夫转输不息；卖官鬻爵，百姓饥寒交迫；连年征战，骸骨遍及平野。黄河之北，千里无烟；江淮之间，则成蒿莱。加之灾年饥馑，谷价猛增，百姓困苦，冻馁交加。地方长吏各专威福，生杀任情，百姓死亡枕藉，臭秽盈路。在这种情况下，饥寒交迫、走投无路的生民百姓，只有铤而走险，揭竿而起，求一条生路啊。"

"哦，原来是这样啊。"蒙眬中，又有人问道："我听关中的朋友来信说，现在的大隋王朝，烽火四起，烟尘滚滚，人称十八路反王、六十四路烟尘。薛将军，反王有那么多吗，他们能成大事吗？"

"你说对了，当今天下还真有十八路反王，路路战将如云，兵力少则几万十几万，多则拥兵几十万，实力雄厚，简直难以置信。至于举义的烽火，算上啸居山林的绿林好汉，恐怕一百路都不止。看来，大隋朝的气数已尽啊！"薛举微微一笑，从邹平人王薄起事造反说起，到中州的瓦岗军、南阳的朱灿，把十八路反王通说一遍，然后说："这些反王中，要说实力，还要数瓦岗混世魔王程咬金、河北凤鸣王李子通麾下的夏公窦建德、淮南楚王杜伏威。"

"哦，那个程咬金我听人说起过，是济州府东阿县斑鸠店人，大户出身。此人善使槊，有万夫不当之勇。"说话的这位叫宗罗睺，是陇西郡一支绿林的首领，和薛举交情甚笃，常常乔装出入薛府。这时见薛举说起混世魔王的名号，便插话说道："前两年流寇作乱，他便聚集了数百人护卫乡里。瓦岗军翟让、李密造反，程咬金投奔了瓦岗军，当了个内军骠骑。'内军'在瓦岗是一支作战勇猛的队伍，有八千勇士，隶属四位骠骑将军统辖。程咬金就是四位骠骑将军之一，极受重用。我看此人，将来准能封侯拜相。"

"反王的情况尚且如此，反隋的队伍中还有不少朝廷的达官显贵哩。"显然，薛举很满意宗罗睺的见识，冲他点点头，接着说："天下大乱，农民起义如此，就连隋朝的一些官员，也乘机反叛隋朝，建立自己的势力范围，好为日后的称王立帝做准备哩。大业七年，礼部尚书杨玄感在中州黎阳举兵反叛隋朝，围攻首都洛阳。马上就有观王杨雄之子杨恭道、韩擒虎之子韩世谔、光禄大夫赵元淑、兵部侍郎斛斯政等纷纷响应，和杨玄感合兵一处，反叛朝廷。更有太原唐国公李渊，统兵十万，雄居北方，虎视中原，将来夺天下者必有此公，其实力不可小觑啊。"

"那么朝廷呢，隋帝杨广可不是平庸之辈，总不会面对汹涌澎湃的起义浪潮，无所作为，束手就擒吧！"还是起先问话的那个军汉。

"唉，说起来也是大隋朝的可悲之处。"薛举喝了一口茶润润嗓子，接着说："想当年，草原王国吐谷浑兵犯河湟，隋帝杨广率四十万大军御驾亲征，西平讲武，拔延行猎，一战而使吐浑灭国，其势何等的威风啊。可是，自大业七年山东人王薄起事以来，群雄蜂起，逐鹿中原，大隋王朝岌岌不保。然而，就是这种情况下，隋帝杨广置天下安危于不顾，于去年二次巡幸江都，荒淫无度，醉生梦死，将一个大隋的锦绣江山，托付给宇文述父子等一群奸佞去打理，闹得民怨沸腾，国将不国了。"

"将军，既然如此，我们何不像他们那样，扯旗造反呢？"那位军汉再也按捺不住胸中的愤懑，站起身来厉声叫道。

"是啊将军，以你在金城的威望，只要振臂一呼，从者如云，何愁大业不成！"有人附和着说。

"将军，你就……"

"诸君慎言，小心隔墙有耳。"薛举见说，心中一阵狂跳，他明里不置可否，没有表态，但心里早就有了自己的主张。

三

薛举的父亲薛汪，自汾阴徙居金城，做些布匹、皮货生意，家资颇丰。

薛老财一生节俭，精打细算，也算买卖行里一等一的角色。可有一样，薛老财三代单传，到了他这一代，妻妾婢女一大堆，春耕夏播忙得他不亦乐乎，实指望他的这些妻妾们能生下几个男丁，提振薛门的门楣。然而，忙活了几年，他的这些妻妾们就是干打雷，不下雨，倒贴进他不少精神头儿。薛老财眼瞅着后继乏人，难免仰天长叹："唉，家门不幸，家门不幸呐！"

于是，近乎绝望了的薛老财，拜观音求菩萨，满望着上天赐给他个儿子，好让他的万贯家资有个继承的人。苍天不负有心人，终于有一天，他的二夫人有喜了，薛老财喜出望外，奔走相告。这一年，薛老财已经五十有五啦。

薛举一生下来就长得虎头虎脑，顽皮淘气。薛老财老年得子，所以对薛举百般疼爱，悉心呵护。待到年及开蒙，薛老财一心要他拜师求学，将来考取功名，也好光宗耀祖。可是，这薛举一生下来就是个淘气宝，上房揭瓦，无所不为。转眼到了读书识字的年龄，成天舞枪弄棒，伸胳膊耍拳，样样上心。可有一样，叫他读书却比登天还难。他大闹学馆断了上学的路，请了三个私塾先生，被他打跑了俩。薛举不爱习文，却喜棍棒拳脚，薛老财投其所好，便请了个武术教习，却也笼住了他的心。转眼间，薛举长到十八岁，出落得容貌孔武，身材魁梧。论起武艺，刀枪剑戟无所不通，张弓搭箭百步开外箭不虚发。但凡习武之人，必有板荡之气，薛举仗着巨万家财，广交英雄豪杰，遂成为称雄陇原的一霸。

大业十三年四月，时逢年荒民饥，陇西盗贼蜂起，金城县令郝瑗为讨伐贼寇招募兵卒数千，荐举薛举为将，分发铠甲，大集官民，置酒飨士。不久，又升迁薛举为金城校尉，举兵伐寇。其实，薛举窥视朝政已久，看到群雄奋起，隋朝颓势，早就想伺机起兵，称霸河陇，继而问鼎中原。无奈，兵员不足，粮秣不济，军械均掌握在县令郝瑗手中，他只好耐心地等待，实指望陇西一带的盗匪闹腾得更凶一些。

这些天，他和儿子薛仁杲频频召集其徒党，策划于密室，伺机而动。同时，密约宗罗睺，广揽陇西绿林响马，以为后援。

这天，县令郝瑗打开仓门，给士卒分发枪械，装备铠甲。薛举见时机一到，一声号令，乘机劫持县令郝瑗，囚禁郡县官员，占据金城郡衙，然后起兵反隋，开仓散粮以赈济贫乏。七月，薛举在兰州称帝，自称西秦霸王，建年号为秦兴，封妻子鞠氏为皇后，尊母亲为皇太后，封大儿子薛仁杲为齐公、太子，小儿子薛仁越为晋公。然后建陵邑，立宗庙，陈兵数万之众，称雄金城郡县。

薛举举事,陇西绿林首领宗罗睺,率领其部众归附薛举。薛举大喜,封宗罗睺为义兴公,其余头领各有封赏。继而,他又招兵买马,广揽流寇,劫掠官府,兵锋甚锐,所至之处城池皆被攻下。

就在此时,武威郡鹰扬府司马李轨举势作乱,占领河西,自称河西大凉王。薛举闻报大惊,急忙召集众将,在府衙会商军机。

"诸将军,如今天下大乱,群雄逐鹿,大隋王朝风雨飘摇,朝不保夕。孤承蒙各位抬爱,忝列金城之首,欲进占河西,以为隆兴之地。"薛举举目望着众战将,信心十足地说:"今闻武威郡李轨举势作乱,占领河西,自称大凉王,实在可恼!为今之计,孤当何为,方能东出陇山,西取河西,成就一番大业?"

"大王雄才大略,岂能让李轨之辈搅得如此烦心。"义兴公宗罗睺摇动三寸不烂之舌,朗声言道:"大王,凡事预则立,不预则废。我西秦初立,百废待举,然枹罕诸郡尚在敌国之手,危机四伏。大王既立东进西出的战略,可不预先取枹罕、西平、浇河、天水诸郡,以稳固根基,扩充实力!"

"义兴公言之有理。"薛举用赞许的目光睥睨他一眼,然后说:"卧榻之侧,岂容他人鼾睡。欲进占河西、陇东,必先廓清河湟,稳固根基。"

于是,薛举派遣太子薛仁杲,统兵两万,袭扰天水郡,进而进发关中;派遣晋公薛仁越,统兵两万前往剑口,进军河池郡;派遣部将常仲兴,统兵两万,北渡黄河,进击李轨。自己亲率精兵二千,黉夜出发,衔枚疾驰,进袭枹罕。

枹罕隋军守将皇甫绾闻报大惊,一面派八百里加急传递军情,亟盼驰援;一面率万余人马,整军列队,迎战秦军。

金城距枹罕近在咫尺,转瞬间秦军兵至,与隋军在赤岸相遇。双方列阵,大战在即。突然,阵前刮起一阵狂风,随之而来的是一阵瓢泼大雨。起初秦军处在逆风之中,举步为难,形势极为不利。隋军若乘势而动，秦军必遭惨败。岂料，隋军主将皇甫绾欺秦军兵少将寡，又有风雨阻隔，便勒马观望，没有出击。狂风暴雨骤至，引起秦军数组一阵骚动，但薛举号令严明，很快便稳住阵脚，伺机发动攻势。少顷，风向大变，狂风挟裹着雨点刮向隋阵，顿时，隋军大乱，队伍不整。薛举看得清楚，一声号令，二千精兵呐喊着杀向敌阵。薛举骑乘甲马率先出击，连连斩杀几员隋将，隋军大败。皇甫绾见败局已定，忙收拾残兵向东逃遁，薛举乘势攻陷枹罕。秦军以少胜多，首战大捷，岷山羌酋钟利俗即率部众二万人归降，薛举兵势大振。

薛举班师金城，静候三路大军的佳声，然而，等待他的却是三路败绩：一路由薛仁杲统兵，袭扰天水，为隋军所阻，不得前行；一路由薛仁越统兵，进伐河池郡，被河池太守萧瑀击退；部将常仲兴率领的一路，与李轨部将李赟战于昌松，常仲兴战败，全军陷没于李轨。

之后，薛举听从宗罗睺的建议，迅速调整部署，进封薛仁杲为齐王，授职东道行军元帅，宗罗睺为义兴王，以辅佐薛仁杲；薛仁越为晋王，兼领河州刺史。接着又略取鄯、廓二州之地。不过十天，尽据陇西之地，拥兵十三万人。

薛仁杲二次统兵攻取天水郡，并迅速攻占高墌等地，使薛举的势力扩张到陇山以东。

薛仁杲身材魁梧，力大无穷，武艺高强，军中号称万人敌。但他生性贪婪残忍，嗜杀成性，杀戮无数，每破一阵，军获俘虏，薛仁杲或断舌刈鼻，或舂斩腰斩，令人毛骨悚然。其妻姚氏虽为女流之辈，其残暴行径与丈夫无二。她最喜欢鞭挞俘虏，见受刑人不胜痛楚倒地打滚儿的，则埋其足，露腹背受刑，使人闻之丧胆。

薛仁杲攻克天水时，将当地富人都召集起来，倒吊其身，用醋灌鼻子，向他们索取财物。薛仁杲也不善抚恤将士，部属对他都敬而远之。因此，薛举常常训诫他说："你的才能谋略足以成事，但是生性严苛酷虐，对人不能施恩，终归要倾覆我的家和国！"

然而，薛仁杲听了，不以为然。

就在这一年，大凉王李轨在昌松打败了薛举部将常仲兴，又在张掖消灭了曹琼的割据势力，进而举重兵连克敦煌、西平、枹罕等地。薛举无力问鼎河西，河湟也连失几城，只好将都城从兰州迁至秦州，向陇东转进。

四

再说，李轨自姑臧起兵，迅速平定河西，占领河湟，势力迅速扩大到河右九州岛之地。

李轨出身河西望族，为人机智多谋，能言善辩，再加上他乐善好施，赈济贫穷，在当地有极好的声望。隋大业末年，群盗蜂起，地方不靖，他被任命为武威郡鹰扬府司马，成为镇压百姓的鹰犬。

大业十三年四月，薛举在金城郡起事，觊觎河西，不免勾起他的心事。七月的一天，李轨密约关谨、曹珍、梁硕、李赟、安修仁等一干好友，聚在一处喝酒，密商大计。

"各位兄台，如今天下纷扰，势若燎原，大隋王朝风雨飘摇，气数将尽矣。"觥筹交错之间，李轨长叹一声，言道："今有河东汾阴人薛举，在金城郡扯旗作乱，逞强一方。然而，薛举残暴凶悍，如若得势，势必侵我河西。我观河西诸郡，郡吏软弱怯懦，军士积弱涣散，恐不足以担当守卫河西的重任啊。"

"李兄所言极是。"邑人关谨听了，微微一怔，谨慎地问："依兄所见，我们该怎么办，才能免遭涂炭？"

"你我既是河西名流，就应当在这危难之时挺身而出，占据河西，以观天下大势。"梁硕性格豪放，没有那么多的顾忌："强敌来临之际，总不能视危局于不顾，束手让自己的妻子儿女为他人的所掠吧！"

"你是说造反？这能行吗？"关谨问道。

"秦末，陈胜在大泽乡举义，呼曰：'壮士不死则已，死即举大名耳，王侯将相宁有种乎？'"李轨沉吟片刻，爽朗地说："现今的中原，群雄蜂起，天下纷扰，有十八路反王、六十四路烟尘之说，势力大的就有瓦岗混世魔王程咬金、河北夏王窦建德和淮南楚王杜伏威。天下尚且如此，我等何不占据河陇，与天下英雄分一杯羹呢？"

"对，说干就干，我们这就召集人马，大干一场。"梁硕性急，竟有些按捺不住了。

"梁兄慢来，且听我说。"以儒雅号称的安修仁，不动声色地说："你我扯旗举事，总得有个名号吧。有了名号，还得有个首领来号令天下。不然，群龙无首，实力再强大也无济于事。"

"这有何难。"曹珍崇尚道教，说起话来也故弄玄虚，颇费思量。这会儿，他面带玄机，将几个人仔细打量一番，说："我闻知谶书说，李氏当称王于天下。我观面相，李兄天庭饱满，地阁方圆，又有雄才大略，是个大福大贵之人。如今我们起事，有李兄这样的贤能，难道不是天意吗！"

"好！"众人齐声叫好，齐刷刷拜倒在李轨面前，口称大王，表示愿意追随李轨，反隋举义。

当晚，安修仁率领胡人，悄悄潜入姑臧内苑城中，放火为号，摇旗呐喊。李轨集聚众人加以响应，当即收捕武威郡虎贲郎将谢统师、郡丞韦士政，一举攻占武威郡城。

翌日，李轨集会于郡衙，自号河西大凉王，署置官属，依照隋朝旧例，封曹珍为仆射、安修仁为户部尚书、梁硕为吏部尚书、李赟为骠骑将军、李懋为虎贲将军，其余人等均有封赏。在郡衙大堂上，关谨等人极力主张处死俘获的隋朝官员，分其家财。

"关卿所言差矣。"李轨清楚，大凉甫定，正是用人之际，切不可大开杀戮，于是说："诸位卿家，承蒙抬爱，推举我做了大凉王，既然如此，那就一切听从我的安排。如今，我等以义起兵，意在救乱，切不可滥杀无辜。再说，杀人取财是土匪山寇所为，我们如果也这样，就违背了起事的初衷，是会遭人唾弃的。"

"大王说的对，就依大王。"李轨一席话，说的大家面红耳赤，点头称是。于是，李轨便封谢统师为太仆卿，韦士政为太府卿，在大凉府中效命。

李轨此举传至附近郡县，得到热烈响应，纷纷归附李轨。不久，会宁川中的突厥达度阙可汗也前来归附，李轨实力大增。

时逢西秦薛举派遣常仲兴统兵来犯，李轨遂派遣李赟、谢统师领兵二万，与常仲兴会战于昌松，首战告捷，斩敌军首二千级，其余全被俘虏。

李轨一面犒赏凉军，以示庆贺，一面将其俘获的秦军士兵全部放还。

"大王，您这是为何？"李赟疑惑不解地说："这些俘虏不为我用，应当尽数坑杀，大王怎么将他们放了呢？这些人如果放回去，还得效命秦营，这不是在资敌吗？"

"贤弟此言差矣。"李轨笑着说："如天命归我，应擒其主子，此辈士卒皆为我有。不然的话，留此又有何用？战国时，秦将白起伐赵，赵军战败，四十万众降秦，皆为白起所坑杀。当地百姓憎恨白起，祭奠被坑杀的亡灵，就用菽饭作供菜，把豆腐当成肉，用炉火烧烤，用豆腐渣和蒜泥生姜调和成'蘸头'，表示把白起的脑浆捣成泥，与豆腐一起食用，曰'白起肉'，世世代代，流传至今。贤弟啊，我们可不能做令千夫所指、万世唾骂的白起啊！"

李赟恍然，乃遣返其俘虏。俘虏感念不杀之恩，纷纷加入凉军，凉军的势力进一步得到加强。

不久，李轨攻占张掖、敦煌、西平、枹罕等郡，尽有河西、河湟之地。

五

李轨与薛举争夺河湟之际，中原发生了一件惊天动地的大事件。

话说大隋天子杨广当政以来，全不以生民百姓、江山社稷为念，穷奢极欲，穷兵黩武，荒淫无道，朝政荒废，以致民心尽失。大业七年以来，群雄蜂起，战乱叠加，逐鹿中原，大隋王朝风雨飘摇。天子杨广一面调兵遣将，与各路义军展开殊死的搏杀；一面继续他的南方巡游，到处大兴土木，极尽享乐，奢靡无度。

杨广的倒行逆施，加剧了国内的动乱，也使得一些官僚集团心生异志，欲趁机取杨广而代之。唐国公李渊便是其中的一个。李渊一族出自陇西望族，其远族为东晋时西凉国开国君主李暠。北周时期，奉行关陇集团的本位政策，李氏改成"大野氏"。北周灭亡后，隋文帝恢复其为李氏。隋朝在大业年间，由于隋炀帝过度使用国力与三征高句丽的失败，对百姓的横征暴敛使得各地人民起义不止。李渊见天下大乱，隋朝的灭亡不可扭转，便生起取而代之的念头。

唐国公李渊留守太原以来，假天子之名，东征西讨，四处征战，在征剿各路反王的过程中，招降纳叛，不断扩充自己的实力。李渊之子李世民知隋必亡，暗中结交豪杰，招纳逃亡之人，网罗各种人才。

大业十三年七月，天下起兵反隋的队伍蜂拥而起，远在江都的隋炀帝束手无策。李渊在二世子李世民、晋阳令刘文静、晋阳宫监裴寂及周围心腹的拥戴下，率军三万，誓师太原，正式起兵。当时，隋炀帝远在江都，关内隋军力量薄弱；中原瓦岗军与王世充激战方酣，均无暇西顾。于是，李渊与长子建成、次子世民挥师南下，先后破霍邑、渡黄河，向西南挺进，于十一月攻入长安。

李渊进入长安不久，就宣布遥尊隋帝杨广为太上皇，拥立杨广的长孙代王杨侑为帝，改元义宁，是为隋恭帝。恭帝进封李渊为唐王，以李建成为唐王世子；李世民为京兆尹，改封秦国公；封李元吉为齐国公。

大业十四年三月，滞留江都的隋帝杨广，见天下大乱，处处烽烟，已无力收拾时，便心灰意冷，无心再回洛阳，愈加荒淫无度。从驾的都是关中卫士，他们怀念家乡，纷纷逃归。这时，虎贲郎将元礼等，与直阁裴虔通共谋，利用卫士们思念家乡的怨恨情绪，推右屯卫将军宇文化及为首，发动兵变。

杨广愤而问道："你们如此对朕，朕何罪之有？"

"罄竹难书，流恶难尽！"那些往常里极尽谀媚、百依百顺的隋廷官员，此刻也一个个改换门庭，手指杨广斥责道："你轻动干戈，游玩不息，穷奢极侈，荒淫无度，专任奸邪，拒听忠言，使得丁壮死在战场，女弱填入沟壑，万民失业，变乱四起，你还说什么无罪！"

"朕穷奢极欲，穷兵黩武，实在对不起黎民百姓，以至于连朕的江山社稷都不保了。"杨广无奈地叹口气，然后愤慨地说："至于你们，跟着朕享尽富贵荣华，朕没有对不起你们。而且，你们为虎作伥，也干了不少有违民意的事，怎么反过来说朕的不是？再说，朕为天下苍生做了那么多的好事，你们为什么只字不提？今天发难，何人为首？"

众官员怒斥道："全国同怨，何止一人。"

杨广默然。将处死时，他要求饮毒酒自杀，叛官们不许。他怕叛将们用刀斩杀，身首异处，只好自解巾带让他们给缢杀了。

杨广在位十三年，功过毁誉集于一身。

大业十四年三月，炀帝在江都被部将杀死。

消息带到长安，李渊在众将领的簇拥下，当即废掉隋恭帝自己即皇帝位，国号唐，建元武德，定都长安，是为唐高祖。李渊以李世民为尚书令。不久，又立李建成为皇太子，封李世民为秦王，李元吉为齐王。

唐朝建立之初，疆土只限于关中和河东一带，尚未完全统治全国，因此，李渊经常派遣儿子李世民、李建成、李元吉出征，逐步消灭各地割据势力。

再说，盘踞天水的西秦霸王薛举，屡屡进犯关中，皆为汧源王李弘芝的军队所阻，无法前行。薛举侦知，李弘芝为部将唐弼所立，其实是个傀儡皇帝，军中一切都由唐弼一人把持，便把锋芒指向唐弼。

大业十三年腊月，薛举再遣太子薛仁杲统兵五万，进犯关中扶风郡。汧源王急令大将唐弼领兵御敌，将薛仁杲拦阻在汧源。薛仁杲清楚，汧源城有兵将十万，唐弼又是一位能征惯战的骁将，因此，汧源城只能智取，不可强攻。于是，薛仁杲派遣使者，诏谕唐弼许以高官厚禄，劝其降秦。唐弼信以为真，便杀害汧源王李弘芝，率部依附薛举。岂料，薛仁杲趁唐弼不备，袭破其军，尽收其众，唐弼仅率数百名骑兵逃走。

薛举智取汧源城，尽收唐弼士卒，拥兵二十万之众，便开始谋划攻取长安，欲做关中王。

时逢隋廷巨变，杨广被弑，唐王李渊拥立隋朝代王杨侑为隋帝，入据长安。薛举派薛仁杲攻打扶风，李渊派遣次子李世民率军击讨薛仁杲，双方交战扶风城下。未几，薛仁杲大败，秦军仓皇逃窜，惶惶如漏网之鱼。

"天呐，今天你要亡我不成？"薛举惶遽之际，谓属下道："你说说，古时有投降的天子吗？"

"然也。"黄门侍郎褚亮说："从前赵佗以南粤归降汉朝，蜀汉刘禅也出仕晋朝，近代萧琮，其家族至今仍在，转祸为福，自古皆有。"

"褚亮之言谬也。"卫尉卿郝瑗闻言，厉声言道："从前汉高祖兵马屡败，蜀先主刘备曾亡失妻小但未偿失其志也。作战本来就有胜负，怎能因一战不胜就言亡国之计呢？"

薛举闻之颇有愧意，便掩饰说："孤不过是随意说说，并无深意。"

扶风郡一役，唐军斩首薛仁杲军首级数千，缴获无数，追击至陇坻，遂凯旋。

翌年六月，已是大唐皇帝的李渊，派遣丰州总管张长逊，率军五万进击秦将宗罗睺。薛举闻报，倾尽全部人马前往驰援并进发泾州，屯驻于析城，派出游军劫掠岐州、豳州。李渊遂以李世民为元帅，统兵十万，予以抗击，进驻高墌，两军形成对垒。

时逢李世民连日行军，偶感风寒，卧床不出。薛举见唐军主帅生病卧床，阵前挂出免战牌，便觉得有机可乘，屡屡派出士卒，阵前挑战，肆意挑衅。唐军将领气愤不过，纷纷请命，欲求速战。

"各位将军，"李世民微微一笑，胸有成竹地说："秦军仓促出兵，粮草必然不济，急于速战速决。我军贸然出战，恰好中了薛举的奸计。依我之计，我军围而不攻，拖垮他们。"

"遵命。"众将听了，默默而退。

翌日，秦军又来挑战，袒胸露腹，肆意辱骂。

唐军帅府长史刘文静、大将殷开山见状大怒，便不及请命，擅自出营应战。未及几合，秦军大败，四散溃逃。刘文静、殷开山正杀得兴起，忙率士卒掩杀过去。岂料，唐军追不多时，忽听一声号炮声响，秦军伏兵四起，将唐军团团围住。刘文静、殷开山情知中计，便率众全力搏杀，企图突出重围。怎奈，秦军潮水般涌来，薛举一马当先，薛仁杲、宗罗睺紧随其后，刀枪并举，勇猛厮杀。待到李世民率兵驰援时，被围唐军死者达十有五六，大将慕容罗睺、李安远、刘弘基均为秦军俘获。

李世民见大势已去，只好收拾残军，仓皇逃回长安。秦军大捷，薛举乘势夺取高墌城。

薛举夺取高墌城后，休整兵力，督调粮草。及至八月，薛举见一切都准备停当，便命薛仁杲进取宁州。

"大王，宁州弹丸之地，何需太子出马，率一彪人马可也。"郝瑗心生一计，设谋说："现在，唐军初败，将士多被擒获，人心动摇，决无战力。大王何不御驾亲征，乘胜直取长安呢？"

"此计甚妙，正合孤意。"薛举大喜，于是调兵遣将，准备亲征长安。

然而，人算不如天算，就在秦军厉兵秣马，准备出征时，薛举突然病倒了。他急忙征召巫师看视，巫师说是唐兵作祟，薛举恶闻此事，不久就去世了。秦军征讨长安的图谋就此取消。

几天后，太子薛仁杲在众臣的拥戴下，在高墌城承继王位，谥薛举为武皇帝。可是，薛举尸骨未寒，便有探马来报，李世民率十五万大军，浩浩荡荡，朝高墌杀来。薛仁杲大惊，仓促应战，双方在陇原上展开了激战。

却说，高墌城是西秦重镇，城中麇集了西秦军队的主力，守将宗罗睺更是胜券在握，欲歼唐军于高墌城下。李世民大军一到高墌，便派奇兵断了高墌、折墌二城的粮道，并以重兵围困高墌城，自己亲率数千精骑伏于沟谷地带养精蓄锐。高墌城坚池固，宜于坚守，怎奈城中麇集了几万人马，粮草耗费甚巨，时下唐军又断了城中的粮道，宗罗睺暗地叫苦，急欲唐军开战，以图扭转战局。可唐军采取疲军策略，围而不攻，麋耗西秦守军。待到守军军力渐乏，粮草不继，宗罗睺着了慌，孤注一掷，与唐军决一死战。围城唐军以逸待劳，紧紧咬住西秦主力，双方杀得昏天黑地。就在双方鏖战之际，李世民亲率精骑，气势如虹，锐不可当，将敌军杀得人仰马翻，四处逃窜。宗罗睺见势不妙，急忙收拢残兵，退守高墌城。

李世民见宗罗睺退守高墌，并不急于攻城，而是以高墌城于不顾，也不及与主力会合，只率几千精骑奔袭薛仁杲老巢折墌城。唐军兵临城下，见折墌城四门紧闭，便将城池团团围住，一连数日并不攻城。众将士不解其意，便纷纷求战，一举歼灭西秦大军。李世民微微一笑，胸有成竹地说："折墌城已在本帅掌控之中，各位尽管歇息，静观其变。"

果不其然，以后的日子里，每当夜幕降临，折墌城高耸的城头便垂下一根根绳索，守军士卒顺着绳索坠下城来，投奔唐营。到了第四天上午，折墌城突然城门洞开，薛仁杲率部众向唐军投降，骄横一时的西秦政权就此消亡。

李世民不费一兵一卒收复了折墌城，使城中数万百姓免遭杀戮，对宗罗睺也是很大的震慑。于是，宗罗睺便率余部献城投唐。

武德元年，唐军尽收陇西以东诸郡。

第 三 章

大凉王魂断河西　唐高祖进占河陇

　　武威鹰扬府司马李轨，家富好任侠。薛举作乱于金城，轨与同郡曹珍、关谨、梁硕、李赟安修仁等谋曰："薛举必来侵暴，郡官庸怯，势不能御。吾辈岂可束手，并妻孥为人所虏耶？"不若相与并力拒之，保据河右，以待天下之变。众皆以为然，欲推一人为主，各相让莫肯当，乃天命也。遂相与拜轨，奉以为主……

　　　　　　　　　　　　　　　《资治通鉴》卷一八四《隋纪八》

一

　　微风轻飏，杨柳婆娑。

　　这天，河西重镇姑臧，皇城内外，黄土铺路，净水洒街，城头旌旗飞扬，红灯高挂。大街上，匆匆而过的农人、大腹便便的商贾、扎簪而行的胡人，莫不为今天的喜庆气氛感到惊讶。渐渐地，他们从百姓的街谈巷议中，探听到原委。

"李老伯，多年不见，您老好啊？"一个波斯商人扮装的中年男子，风尘仆仆，款步上前，对一商埠店主一躬到底。

"你是……你莫不是张……庄公子？"李老伯左顾右盼，见四下没有公人，这才换副面孔，热情地说："贤侄啊，你走的这些日子，可想死老汉啦。哎，这些年你去哪里啦，总也打探不到你的消息？"

"说来话长，李老伯。当年，我遭奸人所害，险些性命不保，多亏大叔帮忙，我才免遭涂毒。"那个叫庄公子的商人回忆着往事，继续说道："逃得性命以后，我先是在一个波斯人的驼队里帮工，走南闯北，去过中亚不少地方。后来，波斯人见我孤身一人，人也算老实本分，就把他的小女儿嫁给我，还帮我置办了一个驼队。李老伯，当年不是您出手相救，我早已成了荒郊野外的孤魂野鬼了。"

说着，他给李大叔深深地鞠了一躬。

其实，此人并不姓庄，而是姓张叫张文礼，上几辈也算是姑臧城里数一数二的富户，城里有买卖，乡下有田亩，行商有驮队，家境殷实。二十多年前，年仅十七岁的张文礼，尚在学馆读书，过着衣食无忧、养尊处优的恬静生活。岂料，他家的庭院被邻舍梁硕看中，逼迫他家出让，他父亲据理力争，梁硕便诬告他家通匪，告到衙门。县令是个昏官，于是父亲蒙冤被杀，母亲含冤自缢，他也差点丢了性命。邻居李老伯那时正壮年，知道他家的冤屈，便约了几个习武的知己，从狱中救出了张文礼，还给他盘缠让他逃命去了。

"那些陈芝麻烂谷子的事，还提它干什么。"老伯指指他身后的十几峰骆驼，欣慰地说："好啊，这些年在外面没有白混，长出息啦，啧啧啧……"

"嗨，啥出息不出息的，这年头能混口饭吃就不错了。"他谦恭地说着，看着满街的彩旗灯笼，狐疑地问："老伯，这凉州城遇上啥喜事儿了，这么隆重？"

"说来也算喜事一桩，普天同庆哩。"李老伯指指墙上的告示，洒笑着说："凉王有旨，凉王也改称天子，建元安乐，册立公子李伯玉为大凉太子。从今天起，咱凉州也算是立了国了……"

"哦，这么说，河西上下又要另立旗帜，改换门庭了？"张文礼想了想，佯装无知，问："那……大隋王朝呢？皇帝老儿干吗呢？"

"还大隋朝哩，你啊真是孤陋寡闻得很哩。"李老伯嗔怪一声，低声说道："告诉你，大隋王朝完了，隋帝杨广也让叛臣给绞死啦。如今，晋国公李渊已经在西京长安建立了唐朝，正在兴兵征剿中原的各路反王哩。咱河西地界天高皇帝远，前两年造反起家的李轨便占据甘、凉九州，自称凉王。"

"哦，原来是这样……老伯，我一个商人，就知道货物买卖、挣钱生息，对那些个打打杀杀、改朝换代的事没有兴趣。"其实，张文礼此次返乡，就是乘隋末大乱，找仇家复仇来的。他对时局装出一副漠不关心的样子，长叹一声，摇了摇头，然后问道："老伯，你是知道的，当年我家遭奸人构陷，父母惨遭毒手，我这条命还是老伯您给救的。这些年来，我一直在西域各地经商做生意，好歹挣了几个钱，一直想回到家乡，一则给父母上坟，二来想开个货栈，不知凉州城的行市如何？"

"自从大业八年起，河西兵荒马乱，商旅时断时续，买卖实在是不好做啊。"李老伯沉思着，摇了摇头，神色凝重地说："贤侄，你这次回来得不是时候啊。当年构陷你家、杀害你父的那个人，如今是大凉国的吏部尚书哩！"

"梁硕？这狗贼……还活着？"他惊愕了，怒瞪双眼，浑身发颤。少顷，他又话锋一转，平静地说："老伯，这次回来，我专门给您置办了些货物，都是些波斯出产的香料、颜料、宝石、器具、牙角之类的东西，很好销的。"

"哎呀，这可使不得啊。"李老伯见说，忙不迭地说："张公子，你千里迢迢不辞艰辛运来的货物，我怎么能……再说，我就做一小本买卖，这么贵重的物件，我哪有本钱给你哩，你还是留着自己销售吧。"

"老伯，这是我孝敬您老的，你无论如何得收下。"他一面让随从卸货，一面对李老伯说："我原以为……还好，我刚回凉州就碰到了您，免得我又要四处寻找哩。"

"这怎么好……我怎么能……"李老伯拦挡不住，只好作罢。临别时，李老伯低声告诉他，他家的宅院被梁硕霸占了，梁硕做官以后，自己有了豪宅，又把它转送给了他的一个属下。

张文礼没有吱声，可他胸中已燃起熊熊的复仇烈焰。

二

就在张文礼和李老伯久别重逢，在姑臧街头寒暄的时候，凉王李轨的王府大堂上，文武百官早已欢呼已毕，分列伺立，正眼巴巴盼着大凉新天子分封哩。

"众爱卿。"李轨着一身金丝描绣的衮龙蟒袍，头戴一顶垂白玉珠十旒的冕冠，神采奕奕地说："孤与众卿自隋大业十三年起事以来，东剿西讨，南征北战，不到两年时间，便占据了河右地区凉、甘、瓜、鄯、肃、会、兰、河、廓九大军州，疆域之广，为东晋时期的'五凉'所不能及。孤拥有凉甘之地，上应天命，下靠几位贤臣。今天，是孤立国建元的日子，孤当分封群臣，以示恩泽。"

"谢陛下。"群臣喜形于色，一个个眉飞色舞，等候封赏。就在这时，殿外传来黄门官的一声高呼：

"大唐使臣晋见！"

"大唐使臣？来得好快呀……"李轨闻奏，心里一阵嘀咕，便把分封群臣的事放在一边，忙传旨道："快快有请唐朝使臣。"

不一会儿，唐朝使臣张俟德在黄门官的引导下，不卑不亢，阔步来到王府大殿。只见来人口称"凉王"，躬身施礼，说："凉王殿下，我大唐高祖皇帝顾念宗亲，故派小臣张俟德为使，给凉王送来信函一封，请一览。"

说着，他从随从手中接过书札一封，双手递给李轨的侍从官。

李轨接信一览，只见上面写道：

凉王吾弟：

杨广无道，穷奢极欲，民怨日甚，以致发生民变，大隋王朝随即灭亡。弟在此次义举中挺身而出，救民水火，收取凉、甘、瓜、鄯、肃、会、兰、河、廓诸州。如今，大唐已立，国运昌盛，江山永祚。吾弟能明辨形势，率土归附，则李氏幸甚，河西百姓幸甚。若如此，朕将封你为凉王，世代永继……

李轨读完李渊的信，沉思片刻，然后问："唐朝贵使，大唐天子还有啥话要交代孤？"

"凉王殿下，天子的旨意全在信函里，我这里还带来了天子的圣旨，请凉王接旨。"张俟德察言观色，见凉王面带微笑，并无不快，便高声说道："请凉王接旨听封。"

"这……"李轨听后，犹豫不决。

"陛下，大唐使者轻视我邦，实有慢君之罪，可速速斩杀。"尚书左仆射曹珍转而怒斥道："唐使听着，天下大乱、群雄奋起之时，你家主公蜗居太原，作壁上观。眼看隋朝将亡，杨广毙命时，李渊匆忙起兵，拥杨侑为恭帝，挟天子以令诸侯，剿讨各路反隋大军。待局势稍定，他又废黜伪帝，自封皇上，建立唐朝。这样的帝王，有何颜面号令天下！"

"曹大人之言，甚是荒谬。"张俟德见说，不亢不卑，据理反驳："岂不闻，天下者，天下人之天，非一人之天下，唯有德者居之。杨广失政，群雄竞起，天下大乱，生灵涂炭。我大唐天子举仁义之师，救民于水火，以德政治理天下，有何不可！我大唐天子与凉王同为一脉，皆为昔西凉开国君王李暠之后裔。我主念及与凉王的袍泽之谊，格外施恩于河西。曹大人则逆天而行，妄下雌黄，是何居心？莫非要离间大唐天子与凉王的袍泽之情乎？"

"贵使能言善辩，好口才呀。"曹珍刚想反诘，但被李轨制止住了。李轨先令黄门官让张俟德一行在馆驿住下，然后说："大唐甫定，占据京邑，李氏据有天下，这是时运所至，可喜可贺。孤河西李氏，虽不是皇族，但皆为昔凉王李暠至亲，故同姓不可竞立。因此，孤欲除去帝号，接受大唐册封，众卿意为如何？"

"不可，大王。"仆射曹珍闻言，急忙谏阻道："隋亡天下，英雄竞起，称王称帝，瓜分鼎峙。故有李渊捷足先登，据有关中、雍州之地，自成一体。我大凉地处河右，与李唐王朝千里之遥，与他毫无瓜葛。况且，河西是大王和众弟兄用生命换来的土地，唐王有啥理由染指。如今大王已经称帝，怎能接受别人的官爵呢？"

"这……"李轨听了，犹豫不决地说："孤同意称臣于前，派出使者于后，如今大唐天子的使者已来姑臧，就先在馆驿下榻。孤若失信，恐……"

"大王，万万不可接受册封！"吏部尚书梁硕也劝阻道："大王若接受册封，面东称臣，岂不寒了我们这些老臣的心吗？"

"是啊大王。"一些将领也纷纷说道："想我大凉，哪一座城池不是弟兄们用生命的代价打下的，怎能就这样更旗易帜，拱手相让呢？"

李轨听了群臣的建言，思量半晌，遂接受了他们的意见，遣尚书左丞邓晓来朝，奉上文书自称"从弟大凉皇帝"。

李渊发怒说：“李轨匹夫，既称孤为兄，自己妄称大凉皇帝，这是不愿臣服啊。既如此，孤与你誓不两立！”

遂心生灭凉之念。

“陛下。”李渊旧臣安兴贵闻知皇上有灭凉兴唐之意，便毛遂自荐，上表请去凉州招慰李轨。

“安爱卿主动请缨，说服李轨臣服，固然是好事一件。”李渊用赞许的目光看着他，然后问：“李轨据有河西，联结吐谷浑、突厥，势若中天，中原用兵，耗费甚巨，朕几次想起兵讨伐，但因兵力有限，只好作罢。如今，你只身一人前去河西，能臣服他吗？”

“陛下，”安兴贵信誓旦旦地说：“李轨的确盛强，如用逆祸顺福的道理开导他，应该听从。如凭借险故而不服从的话，臣世代是凉州望族，了解其士民，而且臣弟修仁现在大凉，深受李轨信任，职掌枢密者有数十人，如等候嫌隙以谋图取事，没有不成功的。”

李渊遂大喜，欣然派遣安兴贵去河西。

三

却说大凉王李轨，自从和唐王李渊交恶以后，遂以梁硕等人为谋士，授职吏部尚书，朝中大事皆付于他处置。

梁硕既为李轨倚重之臣，有勇有谋，性格率直，王庭上下，莫不惧他。当时，从西域迁来大量的胡人，种族繁盛，势力渐强。梁硕见状，便从大凉安全考虑，曾多次规劝凉王李轨加以提防。

梁硕此举本为王庭安危，无可厚非，却与同是胡人的户部尚书安修仁交恶。

安修仁本与梁硕交往甚厚，隋末时又共同追随李轨起兵反隋，是李轨平定凉州的功臣。往常，他二人称兄道弟，毫无芥蒂，来往也很频繁。

48

只因为安修仁是昭武九姓胡人，世居武威姑臧，是姑臧的豪门，平时交结的多为胡酋。梁硕被李轨任为吏部尚书，引起安修仁的妒忌，尤其梁硕提出限制胡人坐大的建言，安修仁越发感到不快，寻机构陷梁硕，对李轨也多有抱怨。

梁硕既为凉王所倚重，难免飞扬跋扈。有次，李轨之子李仲琰曾有事问他，他竟然高坐庭堂，也不起身迎送。对此，李仲琰很是反感。于是，安修仁便勾连李仲琰，一起诬陷梁硕。

这天，安修仁正闷闷不乐，兀自在府中饮酒，突然，家人来报："波斯商人张文礼求见。"

"张文礼？"他久居河西，认识的波斯商人不下百数，可从没听说张文礼的名字。他犹豫半晌，还是对家人说："有请，客厅相见。"

"安大人在上，小人张文礼有礼啦。"张文礼见了安修仁，口称"大人"，一躬到底。

"免礼，请坐。"安修仁仔细打量着这位衣着鲜亮、浑身透着珠光宝气的商人，心中直犯嘀咕，便问："敢问客从何来，到此何干？"

"久闻大人英名，今日得见容颜，果然英雄气概。"张文礼恭维他几句，然后说："小人张文礼，多年行商，往来于西域、中亚一带。此次返回故里，闻大人胸中韬略，爱民如子，故前来拜谒，略表敬意，请大人笑纳。"

说着，献上玉器一对、犀牛角两只、金钱豹皮一张、夜明珠一颗。

"古人言：无功不受禄。"安修仁话虽如此说，但一对贪婪的眼睛，一刻也没离开闪闪发光的夜明珠和凝脂滑润的和田美玉，和颜悦色地说："如此大礼相赠，定有要事要办，但说无妨。"

"小人并无大事相烦，只是常在商道上行走，结交几个知心的朋友。"张文礼毕竟是走南闯北的人，对安修仁的伪善之举，焉有不察？他微微一笑，款款言道："大人总不该嫌我浑身铜臭，就拒绝了我这个送上门来的朋友吧？"

"既如此，受之有愧，却之不恭，我就笑纳了。"安修仁收起礼品，笑吟吟地说："贤弟，你这个朋友我交定了，但凡有用得着我的地方，尽请开口。来人呐，请摆酒宴！"

"慢。安大人，今日这顿酒宴先存着，小人有事告辞。"说着，张文礼又是一躬到底，转身就走。

"贤弟行色匆匆，必有大事，能否让我听听？"安修仁一怔，问。

"安大人，小人此来，是想认认门的。"张文礼笑笑，察言观色地说："哦，不瞒您说，我还备了份礼，去登门拜访梁硕梁大人。"

"什么？拜访他……"安修仁一听张文礼要去梁府，顿时妒火中烧，愤恨地说："如此奸佞小人，你拜访他做甚！"

"怎么？大人您……"张文礼一副惊愕、惶恐的样子，战战兢兢地问："大人，你们不是一殿之臣吗，您怎么能说他是……是奸佞小人，这究竟是怎么回事……"

"贤弟有所不知，此人是旧朝衙役出身，无恶不作，民怨甚众。"安修仁历数梁硕的罪恶，恼怒地说："如今又仗着凉王的倚重，处处打压群臣，权欲熏心，飞扬跋扈，就连皇上的几个世子也十分讨厌他。"

"哦，还有如此霸道之人？"张文礼佯装幡然，愤而言道："幸亏大人提醒的及时，不然我就真去了梁府。哎，安大人，既然梁硕目空一切，如此霸道，难道朝中就无人敢管，任他胡作妄为？"

"唉，这还不是投鼠忌器啊。"安修仁长叹一声，恨声言道："要不是有皇上这个靠山，不用别人动手，我就可以弄死他！"

"杀鸡焉用宰牛刀，既然大人把话说到这个地步，为了大凉的江山社稷，这事就交给小人吧。"

终于，张文礼等来了机会。

不久，他得知梁硕笃信巫术，府中常有道士胡巫走动，便以重金收买胡巫，令胡巫设法混入梁府，妄称梁硕为罗汉转世，百毒不侵，有寿百岁，羽化仙逝。梁硕不知是计，不但自己相信了胡巫的妄言，还特意把这个胡巫献给同样迷信方士的李轨，以示忠心。

"陛下洪福，臣访得一奇士，卜卦多有灵验，若将其召进宫里，大凉可兴矣。"一天早朝刚散，梁硕便神秘兮兮地对李轨说。

"哦，世间竟有如此神异之人？"李轨听后忙说："奇士在哪里？你怎么不把他带来见孤？"

"微臣把他带来了，就在宫门外。"

"如此，快快宣进宫来。"

稍顷，胡巫进了银安殿，作揖道："大王洪福。"

李轨举目一观，但见来人年约五旬，长相奇异，骨骼新奇，虬髯飞张，二目炯炯，很有些术士的风骨，便问道："仙士在哪里修行，称何尊号？"

"回大王，贫道向在昆仑山出家，法号'一字仙'。"胡巫胡诌说："一日，九天玄女娘娘梦传异术，知前五百年之因果，后五百年之祸福，多有灵验，屡试不爽。说来，贫道还是九天玄女娘娘的门下哩。"

"哦，如此说来，仙士果然深居仙山，道行不凡啊。失敬，失敬。"李轨听胡巫一番胡诌，将信将疑，问："既如此，请仙士算算，我大凉春秋几何？"

"这有何难，待贫道算来。"胡巫手指一掐，信口说道："大王上应天时，下验地理，大凉社稷应有百纪之期矣。"

"孤有恙乎？"李轨又问。

"大王无恙，自有紫微大帝遣玉女侍奉，有寿九十九岁，无疾而终。"胡巫答道。

"果真有此异事，请仙士明示。"梁硕在侧问道。

"待我作法，问问玄女娘娘便知。"胡巫端详片刻，焚香作法，然后神秘地说："紫微大帝遣玉女下凡，当在明日未时，请搭建灵台，备好三牲供品，陛下及文武官斋戒沐浴，静候玉女下凡。"

李轨听后，信以为真，便诏令梁硕召集兵士，修筑楼台，以候玉女降临。翌日午时不到，李轨便率领文武百官、后宫嫔妃，来到灵台前，献上供品，焚香煨桑，还请来一班道士诵经礼赞，吹吹打打，好不热闹。然而，两个时辰过去了，胡巫所说的玉女并未出现，等来的却是一场瓢泼大雨。

李轨方知上当，派人捕杀胡巫时，胡巫早已逃之夭夭。

气急败坏的李轨，遂迁怒于梁硕，遣侍卫在梁府鸩杀了梁硕。

刚愎自用的梁硕，至死也没有弄清楚这是何人所为。

四

再说，安兴贵辞别武德皇帝李渊，一路晓行夜宿，风尘仆仆，来到凉州。他先到胞弟安修仁府上，就劝降李轨的事，与胞弟商议一番。

"兄长，自从称帝以来，李轨偏听偏信，已为宵小所左右。要想说服他归唐，难若登天。"安修仁沉吟半晌，说："兄长不如假意降凉，先寻机站稳脚跟，然后徐徐图之。"

"看来只能这样。"安兴贵见说，只好同意。

在安修仁府第，安修仁请来张文礼，把他荐举给了胞兄，说："兄长，这位张义士虽说是商人，但武功高强，极有谋略。你在河西活动，这是一个不可多得的人才。"

"好，我正好需要一个既通晓河西，又有谋略的助手哩，张义士就跟随我吧。"安兴贵把招降李轨的事又学说了一遍，然后说："张义士，当下你要联络各地胡人，秘密拉起一支胡人武装，到时我自有用处。"

"是。"自从设计谋除去梁硕以后，张文礼的心思已不在经商，他索性把货物全都留给李老伯,混迹于吐谷浑、胡人豪酋中间,进行政治投机。

经过一番密谋之后,安兴贵只身来到王府,称:"唐臣安兴贵求见凉王,速速禀报。"

李轨闻报,急令安兴贵入殿。须臾间,安兴贵口称"凉王",来到殿内。李轨仔细端详,只见他年约四旬,细眉长目,鼻直口方,三绺黑须,飘洒胸前,风度翩翩,气宇不凡,留意之际,便已喜欢上了这个人。安兴贵施礼毕,李轨问道:"安大人,听闻你在唐朝为官,位高权重,怎么又弃官不做,来到荒芜苦硗的河西呢?"

"凉王,我在大唐为官,大唐天子待我不薄。但是……"安兴贵顿了顿,接着说:"但是,凉州是我的故乡,宗祠家庙皆在凉州,为了故乡的生民百姓,也为了凉王您,我才决意辞官不做,投奔大凉。"

"此乃义士也。"李轨大喜,遂封他为左右卫大将军之职,随王伴驾,画赞军政事务。

安兴贵做梦也没想到,一到凉州,李轨便给他这么高的礼遇,这为以后的活动提供了便利。他暗下决心,想尽一切办法劝降李轨,使他在这动荡不宁的形势下,有一个好的归宿。

一日,君臣二人跃马扬鞭,来到城郊的山冈上。初夏季节,姑臧城外,广袤无垠的沙漠之中,星星点点的绿洲形成网络,将苍凉的沙漠点缀得格外妖娆,富有生命力。绿洲之间,良田葱郁,阡陌纵横,高大的杨树,嫩绿的灌丛,还有一如碧绿的庄稼,层层叠叠,茁壮成长。

"将军,看到眼前的美景,你以为我大凉前景如何?"李轨饶有兴致地观赏着美景,情不自禁地说:"大凉地广物丰,甲兵十万,战将千员,驰骋河陇,锐不可当。"

话语之间,傲慢之气溢于言表。

"大王,据实而论,凉州僻远,财力不足,虽有雄兵十万,而土地不过千里，又无险固可守。"安兴贵睥睨李轨一眼，坦然言道："况且，凉州还与戎狄接壤，戎狄心如豺狼，不与我们同族同类。如今唐朝甫立，据有京师，略定中原，每攻必下，每战必胜，有天命护佑。如大王举河西版图东归朝廷，虽是汉代的窦融，富贵也不足与我们相比。"

"将军，昔吴王刘濞统率江左之兵时，还称自己为东帝。"李轨沉吟片刻，厉声问道："如今孤据有河右，兵强马壮，不能称为西帝吗？唐虽强大，能把我怎么样？你不要为唐引诱我了。"

"大王息怒。"安兴贵心想，武德皇帝果然考虑的周全，这是一个无法劝慰的人。于是，他假装悔意地说："我私下听说富贵不居故乡，如穿锦绣衣服走夜路。如今全族子弟蒙受信任，怎敢怀有他心！"

安兴贵知道李轨不可说服，便与安修仁、张文礼等人私通，用离间计乱其君臣，再伺机而动。

恰逢灾年，河西粮荒，以致发生人吃人之事。李轨怜悯百姓饥馁，尽其家资予以赈济，奈何饥民众多，仍不足供给，便商议开仓发粮。

"大王体恤百姓，救民于水火，此乃善举。"仆射曹珍听到此事后，对李轨说："请大王下旨，诏令文武官员开仓放赈，以收民心。"

"大王，仆射之言不足信。"太仆卿谢统师不以为然，当庭诘难曹珍说："百姓饿死者尽是弱而不任事的人，壮勇之士终不为此困顿。况且仓储粮食要备意外之需，岂能胡乱施惠于弱小之人呢？仆射如想附和下情，就不是为大王为江山社稷考虑了。"

谢统师本为隋官，依附李轨也是形势所迫，不得已而为之，所以，常常引进群胡，结为党羽，排挤旧臣，离间君臣，使李轨众叛亲离，大凉灭国。近期，张文礼瞅准了这个目标，以重金贿赂，挑动他反凉举事。果然，谢统师借机一席妄言，说动了李轨，他想了想说："谢爱卿一心为孤，言之有理。"遂下令关仓停赈。

曹珍见状，仰天长叹，曰："大王若听信其人的谗言，乃是我大凉的不幸啊！"部下见曹仆射都如此，更加怨恨李轨，个个叛离而去。

安兴贵见离间计大见成效，遂暗引诸胡兵马围攻姑臧。李轨见安兴贵复叛，十分恼怒，便和羌兵首领奚道宜率步骑兵一千人出战。不料，奚道宜临阵叛变，和安兴贵共同攻击李轨。

李轨兵败入城，悔恨不已，闭门不出，并快马传诏，令各地兵将速来姑臧，勤王救驾。然而，李轨君臣早已离心离德，哪里还有勤王救驾的人哩。

安兴贵在城下早已看穿李轨的窘境，高声呼道："城上众将士听着，大唐天子派我来取李轨，与你等无涉，快快开城受降。不服从者，灭其三族。"

因此，各城将士都不敢出动。李轨感叹地说："人心已失，天亡我啊！"携同妻子儿女登上玉女台，置酒告别故国。

安修仁抓获他后送往京师，武德二年五月，被斩首于长安。李轨从起兵到灭亡为时三年。李轨覆灭，河西五郡及鄯、廓二州归入唐王朝的版图。

李渊念及安兴贵兄弟荣立殊功，封兴贵为右武侯大将军、上柱国、凉国公；修仁为左武侯大将军、凉州刺史；封张文礼为凉州长史。

五

岁在己卯，时至仲秋。

陇源道上，旌旗招展，尘土飞扬，山际间闪出一彪人马，浩浩荡荡，向前行进。为首的一员大将，年约四旬，面似锅底，眼如铜铃，两道剑眉飞插入鬓，一部虬髯微微前翘。头戴三钗狮子盔，斗大红缨飘于脑后；身穿九吞八扎黄金甲，两肩头有吞肩兽，两膝盖上有吞海兽，胸前护心镜闪闪发光；凤凰裙遮住双腿，鹿筋绊束在腰间；左肋下佩带宝剑，右肋下佩带弓箭。一面大旗正中写着一个斗大的杨字。这员战将就是大唐王朝新任的河西安抚大使、凉州总管杨恭仁。

提起杨恭仁，凉州的百姓没有不知晓的。那还是隋炀帝大业初年，年仅二十多岁的杨恭仁，跟随父亲观王杨雄出征吐谷浑，手中一柄方天画戟，直杀得吐谷浑兵叫苦不迭。那场战役，征西大军一战曼头城，再战赤水城，三战丘尼川，大获全胜，杨恭仁也因杀法骁勇而建立战功。后来，杨广西巡，杨恭仁随驾出征，车我真山战役中英勇善战，深受隋帝杨广的喜爱，在行军途中被委任甘州刺史。两年后奉调入京，除授吏部侍郎之职。大业九年，隋朝重臣杨素之子杨玄感叛乱，杨恭仁奉旨征讨，一战大败杨玄感。后担任河南道大使，兵败逃归江都。江都之变后，杨恭仁升任吏部尚书。武德二年，杨恭仁投降唐朝，被任命为黄门侍郎，封观国公。

武德二年，唐高祖李渊派遣安兴贵，利用离间计灭了大凉以后，即以秦王李世民为左武侯大将军，使持节凉、甘等九州为诸军事、凉州总管，欲出镇姑臧。后来，李世民因故不能到任，高祖李渊只好让曾担任过甘州刺史，熟悉河西的情况，又有谋略，会带兵打仗的杨恭仁出任凉州总管，经略凉、甘九州。何谓"凉、甘九州"？即河西的凉州、甘州、瓜州、肃州；河陇的鄯州、会州、兰州、河州、廓州。

杨恭仁率军行进在通往河右的大道上，可他的胸中早已没有了当年随父从征时的那种激情，那种荣耀。他眼瞅着眼前这支区区万余人的队伍，一种说不清道不明的苍凉感油然而生。当年随父从征，五万虎贲之师，个个都是能征惯战的战士。几十员战将都是精心挑选的，不但武艺高强，而且颇有韬略，哪一个不是身经百战的悍勇之士。再说，两个统军将领宇文述和杨雄，那可是大隋王朝的栋梁柱石，文韬武略，无人匹敌。

书中暗表，杨恭仁虽久在中原，但对河右地区的形势了如指掌。表面上看，李轨国破家灭，凉、甘九州皆归大唐，但是，唐朝把全部精力投入到中原的战事，无暇西顾，既是此次派兵，这万余人的队伍还是七拼八凑，从关中府兵中挤出来的。而在河西，仅有的唐军只有安兴贵带去的数十名亲兵，和他那支临时拼凑起来的吐谷浑、杂胡士卒。偌大的河陇地区，仅靠这点兵力来维持，实在是有些捉襟见肘啦！不但如此，被隋帝杨广西巡时赶到雪山客居的吐谷浑王伏允等蠢蠢欲动，妄图卷土重来，重返河湟；而河西李轨旧部中有不从唐者，聚居山林，占山为王，匪患猖獗。这一切，无疑是摆在杨恭仁面前的鸿沟阻碍。

不几日，对外号称五万虎贲的凉州总管大军来到姑臧，凉州刺史安修仁、长史张文礼率府衙官佐出城二十里相迎，接风洗尘。

"各位大人，恭仁不才，忝任凉州总管，还望诸位多多协助啊。"酒宴之后，杨恭仁即刻唤来安修仁、张文礼等人，府衙商讨河西军政事务。他问安修仁："安大人，甘、凉九州府衙官佐是否已经配齐？各州地面是否安宁？"

"大人，河西四州由大凉官吏留任，河陇五州直接由朝廷任命，府衙官佐基本配齐，无一缺漏。"安修仁虽为昭武九姓胡人，但久与官府结交，又曾任大凉的户部尚书，对官面应酬十分熟悉，办起事来也井然有序。此刻，他有条不紊地说："当前所虑者有三：其一，自隋朝大业十三年始，河陇地区连年征战，加上旱涝灾害，百姓流离，苦不堪言；其二，在下不力，治理无方，昔李轨旧部啸聚山林，打家劫舍，形成匪患；其三，近闻吐谷浑可汗伏允见大唐角逐中原，河陇空虚，便招集部众十数万，虎视鹰窥，妄图犯我境域。"

"以大人之见，我当作何应对？"杨恭仁不得不佩服他的见解，便直爽地说："安大人所言，也是恭仁这几日反复思虑的问题，只是情况不明，想不出一个合适的对策。"

"大人，要应对这些难题，并非没有良策。"长史张文礼躬身施礼，然后侃侃而谈："这些时日来，我和安大人一遇面，就在议论这些事，也初步形成一些共识。其一，鼓励农耕，发展生产，贮粮备实，救民水火，想那流离之民，无不望风而归，安居乐业。其二，河西匪患皆因李轨余孽所为，处置得当，可为我所用，处置不当则后患无穷。依愚之见，对于河西匪患，大人应恩威并重，剿抚并举，既可平定。其三，对于边患，大人可要费点气力了。这不外乎两手应对，从容处置，一则整军备战，以防不测；二则远交近攻，离间吐浑，使其不敢妄动。此三策可使河西长治久安矣。"

"哈哈哈，如此说来，我们是心有灵犀啦！"杨恭仁一阵哈哈大笑之后，坦诚地说："不瞒二位，承蒙皇上信赖，委我做了这个河西安抚大使、凉州总管，可谁能想到堂堂凉州总管，统兵一万有余，战将不足十数啊。朝廷对中原的用兵，尚且捉襟见肘，岂能给我五万精兵？况且，这些兵将都是关中折冲府招募来的府兵！"

"啊……"安修仁、张文礼惊呆了。

"二位大人，不必吃惊！一路之上我已经把他们训练成合格的士卒了。"杨恭仁微笑着，自信地说："刚才听了二位的一番宏论，我已经有了立足河西的主张了。我这就草拟奏折，将各位的见解上报朝廷。只是，安大人，为了皇上的千秋伟业，你可要忍痛割爱哩！"

"该不是……"安修仁狐疑地问。

"正是。我身边急需张大人这样的人才哩。"杨恭仁又是一阵哈哈大笑。

杨恭仁素习边事，通晓胡情，身边又有张文礼这样的谋士，不久他便招抚了几股悍匪，于是军威大振，河陇地区匪患即除。匪患即除，却是发展农耕、殖货交易的好时机，几年下来，边境安定，民吏服悦，不仅使陇右、河西地区得以安定，就连葱岭以东的西域一些小国家，也纷纷到唐朝进献贡物，成为属国。

第·四章

吐谷浑失信扰河湟　唐太宗派兵伐伏允

初，吐谷浑可汗伏允遣使入贡，未返。大掠鄯州而去。上遣使让之，征伏允入朝。称疾不至，乃为其子尊王求婚，上许之，令其亲迎，尊王又不至，乃绝始。伏允又遣兵寇兰廓二州……

《资治通鉴》卷一九四《唐纪十》

一

戊子仲春，河源草原。

暗云低垂，雪花漫卷，一望无垠的大草原上，白雪皑皑，延绵不绝。蓦然间，由远及近，浩浩荡荡开过来一支三五百人的骑兵队伍，旌旗猎猎，马蹄橐橐，顶风冒雪，踩踏着碎琼乱玉缓慢驰来。

走在队伍中间的，是一位身着华丽服装的垂暮老人，也许多年征战使他失去更多的自信和魄力，以致路人在他的身上看不到些许王者的风范，如果不是贵族的锦袍，精神萎靡面容憔悴的他，更像是草原上一个落魄的部落首领。

倒是身后的近二百名侍卫随从，个个雄壮孔武，精神抖擞，和他们的主子那萎靡不振的样子，形成鲜明的对比。

天色已渐幽暝，老人看看身后的侍卫随从，阴沉着脸，指着前面一座小山包，有气无力地说："天色不早了，就在这里安营扎寨吧。"

"噢呀！"侍卫随从应承着，队伍立刻分为三队：一队选择山包下的避风处安营扎寨；二队则拣拾柴草，埋锅造饭；还有二三十名侍卫模样的汉子，执刀举枪，迅速散开，警惕地望着周围的一切。只有那几百匹战马，终于得到歇息，喷着响鼻在雪地上啃食枯草烂叶。

到底是训练有素的王室侍卫随从，不到一个时辰，在被牛粪炉火烘烤得暖烘烘的华丽毡帐里，一顿丰盛的晚餐便端上了餐桌。这是一个食肉的民族，餐桌上一天也离不开牛羊肉和奶酪。这会儿。餐桌上那些炖得烂乎乎的鹿筋、熊掌、牛鞭、羊排，还有飘逸着酥油香气的浓茶，让那些衣装华丽的男人们和女人们大放异彩。

"长生天啊长生天，您的子民在遥远的草原向您祈祷，请求您的宽恕，请求您的佑护。"一阵大快朵颐、开怀畅饮之后，那位垂暮老人终于从萎靡中解脱出来，开口说话："只可恨隋帝杨广，西海之役攻陷我伏俟城，致我国破家亡，从此以后，我就像是一匹瘸了腿的草原狼，狼奔豕突，四处流浪。唉，这样的日子啥时候是个头啊？"

"可汗且莫悲伤，我们是吐谷浑的后代，是树洛干的子孙。"天柱王吞咽下一块肥肉，嘟囔着说："我们生活在草原上，就要像草原狼那样活着，而不像羔羊那样任人宰杀，任狼撕咬。可汗，是草原狼就得有草原狼的性格：狼的坚韧、狼的残忍、狼的贪婪、狼的狡谲。"

"我们……"慕容伏允一双混浊无神的眼睛，不时地打量着眼前这位桀骜不驯的番王，欲言又止。

"尊敬的可汗，长生天的恩赐，我们复国的机会来啦。"追随伏允多年的尚书且末钵，放下手中的酒杯，说："隋朝既亡，大唐继立，中原战乱未休，朝中又发生了皇子争储的'玄武门事变'，唐王易主，新君哪里还顾得上千里之遥的河湟州县哩？我估计，这会儿的突厥颉利可汗正在他的大帐里辗转反侧，谋划着趁机兵伐唐境、攻取河西的良策哩。可汗，我们可不能步其后尘。如果那样的话，我们可就吃不到肥嘟嘟的羊肉了。"

"这……能行？"美酒佳肴填满他胃肠的沟壑，使得他容光焕发，从一个垂暮菱蔫的老人，突然变成一匹面带杀气的草原狼。这就是吐谷浑可汗慕容伏允，吐谷浑的第十二世后裔。伏允呷了一口莽茶，情绪激动地说："如果真有这样的机会，我就要像先祖树洛干、阿豺那样，重振军威，夺取河湟，恢复我吐谷浑昔日的辉煌！"

"对，可汗，出兵河湟，牧马祁连，再不出战，我的弯刀都生锈啦。"另一个番王立起身来，信誓旦旦地说："这次出兵河湟，请你派我当前锋，我要杀几个唐将为我死去的兄长报仇。"

"是啊，可汗。"帐前一位虎背熊腰，环眼爆须的中年将领朗声说道："捐躯报国，马革裹尸乃大丈夫也。可汗，你就下命令吧，我当统领数万虎狼之师横扫河右，占领河湟，还可汗一个锦绣河山。"

"各位大人，话虽这般说，可我……可我哪里还有兵将哩，唉……"一听出兵，慕容伏允精神恍惚，叹息声不绝："要进占河湟，需要雄兵二十万。与隋炀帝一战，孤损兵折将，元气大伤，到哪里去筹这二十万兵将哩？"

"可汗切勿灰心，只要可汗同意对唐用兵，需要多少兵将我来想办法。"且末钵捋捋胡须，微微一笑，说："尊敬的可汗，各位大人，当前出兵河湟，可说是千载难逢，机会稍纵即逝，我们千万不能懈怠。"

"可汗帐下现有骑兵一万，步兵二万，这三万步骑可是我吐谷浑的精锐之师。"且末钵沉吟片刻，思索着说："还有，白兰羌可调集五万之众，昂城可募集羌兵五万，龙涸、洮水一带羌、氐诸部可调兵将六万，加起来就是近二十万人马。我邦二十万虎狼之师要进占河湟，就河湟那点唐军，别说开战了，吓也能把他吓死。只是我军分散各地，要想集中，尚需时日。再说，二十万大军作战，粮草供应也是个大难题，我们要好好琢磨一下。"

"召集人马的事就交给我吧，明天我派几名精干将士，八百里加急，两个月之内就能把二十万大军给你交到手上。"那番王看了且末钵一眼，不以为然地说："至于粮草供应，尚书大人比我有能耐，你就看着办吧。"

"可汗，我们草原民族多以肉食为主，粮草辎重自然没有汉人那么麻烦。"且末钵拈须颔首，思索片刻，笑笑说："只要番王能在六十日之内调集二十万人马，我就有办法保障后勤供给。"

"如此，孤也就没有后顾之忧啦。"慕容伏允胸中再度燃起复国的欲火，脸上出现难得一见的笑容。

书中暗表，草原王国吐谷浑本是辽东鲜卑民族，立国以后数百年的缓慢发展中，军事兵役及后勤供给方面基本上沿袭了原始部落的传统习惯。平时，人们以部落为单位，过着逐水草而居、顺天时而动的游牧生活。一旦有了战事，这些部落的青壮年男丁，自带战马鞍鞯、刀枪弓弩，成编入伍，上战场作战。战时军队的后勤保障，则是以部落为单位，妇孺老幼携带生活辎重、赶上牛羊，跟随作战士卒开赴前线。这种粮草辎重与参战军队为一体，士兵在前方打仗，部落老少及财产相随于后的军事供给现象，在游牧民族当中比较流行。故而，隋帝杨广昔日西征吐谷浑，吐谷浑战败，辎重疲弱，妇孺老幼常为隋军所获而成为吐谷浑的掣肘之痛。

终于，失去河湟故土的吐谷浑可汗慕容伏允，在众将领的拥戴之下，一声令下，风平浪静的草原上，到处厉兵秣马，积极备战，空前繁忙。不久，吐谷浑聚集起来的二十万虎狼之师，将在河陇大地上掀起阵阵血腥风暴，那里的生民百姓又要沉沦在杀戮、血腥和恐惧之中。

二

雨歇初晴，寒星闪烁。

唐都长安紫禁城的武德殿内，灯火通明，气氛肃穆。

太宗皇帝李世民端坐于紫檀雕龙御座之上，双目微闭，倾听着众臣对时局的议论甚至争执。

近一个时期以来，李世民几乎天天都要接到来自边关的求援公文：北方的突厥、西北的铁勒、吐谷浑，无一不对大唐的疆域虎视鹰窥，随时准备侵扰唐境，攻城略地，掠夺资财。说实话，大唐自"贞观天子"李世民即位以来，经数年的治理，国内出现政通人和，河清海晏的新气象。尽管如此，大唐边患连连，危机四伏，弄得他心神不宁，寝食难安。这不，日前有关突厥犯境的事还没议妥，昨天又接到陇右、剑南各道的八百里告急文书，称吐谷浑兵犯鄯、凉、松三州，请朝廷发兵增援。因此，今天朝议，就是要对处置边患，应对突厥、吐谷浑做出决策。

"各位爱卿。"李世民面带忧戚，神色焦虑地说："前年夏季，突厥大举南侵，入攻并州、大掠朔州、进袭太原。突厥铁蹄所到之处，大片国土沦丧，生民百姓流离失所。更有甚者，突厥颉利可汗率二十万大军深入关中腹地，出现在距京师长安四十里的渭水河畔。若不是朕用疑兵之计，亲率文武百官，隔渭水与颉利对话，长安早已为突厥所破矣。"

李世民稍加停顿，梳理思绪，接着说："时至今日，突厥仍虎视眈眈，动作连连，占据的土地未还，又打起河套一带的主意了。北方边境尚且如此，河右地区形势也不乐观。昨天，陇右道送来八百里加急，说草原王吐谷浑死灰复燃，发兵侵扰鄯、凉、松三州，形势危急。今天朝议，请各位爱卿充分发表见解，面对危机，我当如何处置？"

"陛下，如今大敌当前，形势危急，我当从长计议。"中书令房玄龄稍加思索，侃侃而谈："臣观天下，现在的形势是，突厥大兵压境，铁勒蠢蠢欲动，吐谷浑屡屡寇边，三股势力锋芒所向，都为大唐而来。以臣浅见，我朝虽经数年的休养生息，国力渐强，但不足以应对三个战场，因此，应审时度势，区别对待，对铁勒、吐谷浑暂施绥靖策略，忍耐一时，集中精力对付突厥。"

"房大人此议甚好。"右仆射封德彝当堂附议道："对于大唐而言，铁勒、吐谷浑乃癣芥之疾，突厥才是心腹大患。当务之急，我当派一劲旅，全力应对突厥，待北方战事平息，再征剿铁勒、吐谷浑不迟。"

"陛下，臣有一计，可使吐谷浑延缓在河右的军事行动。"左仆射萧瑀考虑再三，谈出了自己的见解："吐谷浑可汗伏允是个反复无常的龌龊之人，当年因屡犯隋境，搅得河右不得安宁，以致隋帝杨广御驾亲征，环湖一战，吐谷浑惨败，可汗伏允单骑逃往雪山。大唐立国以来，中原多战事，无暇西顾，吐谷浑才得以复国。近日，伏允一面派兵扰我境域，烧杀抢掠，无恶不作。同时，又连上数表，为可汗王子求婚。即如此，我们何不虚与委蛇，表面上允以和亲，借以和缓河湟危局，使我们有足够的精力和时间全力对付突厥。"

"如此甚好。"经过朝臣们的一番议论，一个大胆而缜密的战略构想，在李世民的心中油然而生。他经过一番梳理，缓缓言道："自'贞观'以来，朕想从此兵戈偃息，天下宁泰，九州河清海晏，百姓安居乐业。岂料，数载之间，边患不断，轻者扰我州郡，断我商旅；重则攻城略地，侵我河山。现在，是到了反击的时候了。卫国公李靖、英国公李勣、霍国公柴绍出班听命！"

"微臣听命！"说话之间，三员虎背熊腰、豪气凛凛的老将军雄赳赳跨出武班，上前请旨。

"卫国公，此次出征突厥，统帅一职，非你莫属。"李世民以爱怜的目光，打量着眼前这位战将，果断地说："朕命你为征北大元帅，英国公李勣、霍国公柴绍为副帅，率战将百员，统兵十万，克日出兵，征伐突厥！"

"末将奉旨！"三位国公雄心勃勃，气贯长虹。

"众国公，此一役事关大唐江山社稷的安危，朕把这副重担交给你们，望你们旗开得胜，马到成功！"李世民千叮咛万嘱咐，传递着一个重要信息，就是北伐突厥的胜利。

"您就放心吧，陛下。"众国公齐声言道："我等皆为朝廷干臣，国家柱石，当此国家多事之秋，竭蹶踯躅之际，理应为国赴难，为君分忧。这次出征，必直捣突厥老巢，生擒贼首颉利可汗献于陛下！"

贞观三年秋，太宗皇帝李世民命卫国公李靖为征北统帅，代州都督张公谨为副帅，统兵十万，经马邑出发，直攻突厥重兵屯守的恶阳岭。又遣英国公李勣、霍国公柴绍、灵州大都督薛万彻为其他几路大军的行军总管，统率十几万大军，分道进发，征剿突厥。

翌年正月，朔风凛冽。李靖亲率三千精骑，突然出现在恶阳岭突厥大营前讨战。突厥可汗颉利做梦也没想到唐军来得如此神速，大惊失色，仓皇应战，恶阳岭很快失守。李靖迅速挥师进击定襄，在夜幕的掩护下，出其不意，一举攻入城内，斩获无数。

在李靖大军取得定襄战役胜利的同时，李勣也率军从云中出发，与突厥军在白道遭遇。唐军奋力搏杀，颉利可汗一败再败，损失惨重，遂退守铁山，收集残兵败将，只剩下几万人马了。而后，李靖趁胜督兵疾进，大破敌军主力，颉利可汗率残兵败将向西逃窜，欲投奔吐谷浑，途中被俘，东突厥遂亡。

唐军在突厥的胜利，对西域各部起到了震慑作用，西域诸番纷纷具表臣服，咸请太宗尊号为天可汗。

三

唐军打败东突厥，生擒颉利可汗，北部边境总算安静下来了。但是，北部边境刚一安宁，河陇地区却又陷于动乱当中。

李世民即位之时，吐谷浑可汗伏允遣其名王到长安朝贺。贞观元年，伏允遣使入唐朝贡，然而，使者尚未离开长安，吐谷浑大军进扰鄯州。其时，太宗皇帝正面临突厥南侵的巨大压力，为避免两面作战，李世民对吐谷浑以安抚为主策，只遣使臣下诏责问，并诏伏允入朝进京。伏允畏惧，称疾不敢觐见。同时，伏允又为其次子尊王请婚，以窥探朝廷的意图。太宗为保大唐境域的安宁，效仿前朝"和亲"之策，准予许婚，要求尊王亲往长安迎娶。尊王又称疾不肯入朝，太宗即诏停婚。

在此后的七八年间，慕容伏允大耍两面伎俩，一方面不断遣使入唐，以维持已经建立的通贡关系。同时，又屡屡出兵，入寇大唐西北沿边各州，大肆抢掠，并梗阻西域商道。贞观八年，吐谷浑侵扰凉州，鄯州刺史李玄运奏请朝廷，率轻骑在西海地区袭击吐谷浑，夺取其良马，使其首尾不能相顾，大败而归。唐太宗为强河湟地区的防务，遂以左骁卫大将军段志玄为西海道行军总管，率军进驻湟水流域。段志玄来到西海岸边的草原上，安营扎寨，屯兵不进。吐谷浑王伏允见唐军势盛，便驱马逃遁。段志玄属下将领李君羡，率精兵追至西海以南的悬水镇，获吐谷浑牛羊2万而还。

还就是在这一年的十一月，年高昏聩的吐谷浑可汗伏允，听信其天柱王等人的诤言，野心膨胀，再度兴兵侵扰凉州等地，并拘执唐廷遣往吐谷浑的使者鸿胪丞赵德楷、安侯等人。

　　消息传来，朝廷上下，一片哗然，或征或抚，莫衷一是。

　　这天早朝，显德殿灯火通明，人影憧憧。李世民端坐紫檀雕龙御座之上，二目炯炯，表情庄重。他睥睨一眼肃立朝堂的文武群臣，低沉而不失威严地说："众卿，可恨吐谷浑可汗慕容伏允纵兵寇我州县在前，无端拘我使臣于后，是可忍孰不可忍。"

　　"陛下，吐谷浑素无诚信可言，非剿不可。"左卫将军侯君集趋步向前，朗声奏曰："前朝杨广在位时，伏允虚与委蛇，一面臣服隋廷，一面又大肆入寇隋境，隋军戍边，糜费甚巨，直到隋帝杨广御驾亲征，才有了十数载的安宁。于今之计，我当派大军讨伐，一举而剿灭其国，绝其后患！"

　　"陛下，侯将军此议不妥。"左仆射封德彝出列文班，上前奏曰："自古道：'不战而屈人之兵，上之上策也。'吐谷浑乃草原小国，地广人稀，地方苦寒，素以养畜为业，奶酪为食，掠我州郡，无非是掠夺资财而已。我大军讨伐，无疑是杀鸡用牛刀，空耗糜费。况我大军数度征剿突厥，将士疲惫已极，国库用度甚巨，亟待休养生息。因此，以微臣之浅见，先遣专使交涉，督促吐谷浑放还我使臣。如若不还，再出兵征剿不迟。"

　　"封爱卿言之有理。"李世民权衡再三，同意了封德彝的奏议，遂决定派遣使者与之交涉。

　　但是，此刻的吐谷浑可汗伏允已为天柱王等所控制，对唐廷的交涉置若罔闻，唐廷派员往返十余次，都无果而返。

　　唐太宗恼怒已极，遂于十二月颁诏，发兵五路，进讨吐谷浑。这五路人马：第一路，以兵部尚书侯君集为积石道行军总管，率战将十员，统兵五万；第二路，以任城王李道宗为鄯州道行军总管，率战将十员，统兵五万；第三路，以胶州郡公、岷州都督李道彦为赤水道行军总管，率战将十员，统兵五万；第四路，以凉州都督李大亮为且末道行军总管，率战将十员，统兵二万；第五路，以利州刺史高甑生为盐泽道行军总管，率战将十员，统兵三万。

李世民虽是大唐的第二个皇帝，但他也是久历沙场、战功卓著的马背皇帝，文韬武略，排兵布阵，无一不精。他深知，此次五路人马出征，相互协调十分重要，必须有一位功高望重、纵横捭阖的统帅出任统率五路大军的大元帅，方能取得完胜。大唐王朝以兵起家，李世民又是统帅三军的马背皇帝，殿前自然战将如云，其中不乏像秦叔宝、程知节、尉迟恭、李靖、侯君集、张公谨这样的帅才。然而，此时秦叔宝、程知节、尉迟恭皆年岁已高，不能带兵出征了，更经受不起高原的雪雨风霜。侯君集虽也在应征之列，还是五路大军中积石道行军总管，但他居功自恃，更倚仗着太子李承乾岳父的权势，在朝中飞扬跋扈，言官多有微词，难当此任。在众多的将领中，唐太宗也想到了足智多谋、威震边庭的卫国公李靖，认为他是最合适的统帅人选。只可惜他患足疾未愈，而且于当年十月请辞宰相职务，赋闲在家。想到这里，李世民踌躇了。

宰相房玄龄看出了李世民的心事，进宫后跟他耳语几句，他紧锁的眉头有些舒展了。

这天，房玄龄闲暇无事，来到国公府，看望这位功高望重的老元戎。两人一阵寒暄之后，便在客厅里对弈起来。

两人下着下着，突然，房玄龄断喝一声："老元戎，对不起啦，我炮打你吐谷浑！"

"什么……"卫国公一怔，不解地说："你打马就打马，打得哪门子吐谷浑啊？"

68

"啊，老元戎，口误。在下口误了。"房玄龄尴尬地笑笑，不经意地说："这些天为征讨大军筹备粮草，忙昏了头，在老元戎面前失礼啦。"

"征讨大军？"李靖一听，把棋盘一推，忙问道："征讨谁？谁挂帅印？"

"哦，情况是这样的……"房玄龄把吐谷浑兵犯河陇、朝廷遣五路大军将要远征吐谷浑的情况，原原本本地叙述了一遍，然后释然地说："五路大军将帅已定，不久将要出征啦。等忙完这一时，我便天天过来跟老元戎对弈。"

说着，他便起身告辞。

"慢着，我俩一起走，进殿见皇上。"李靖顿时精神抖擞，顾不上足疾与年事已高，主动去求见皇上，请求挂帅，亲自远征。

疾风知劲草，板荡见忠臣。唐太宗大喜过望，当即任命李靖为西海道行军大总管，率战将十员，精兵五万，提辖各路大军。

贞观九年三月，卫国公、西海道行军大总管李靖统帅五路征讨大军，浩浩荡荡，云集河湟，锋芒所向吐谷浑。

四

三月的湟水谷地，春寒料峭，乍暖还寒。

鄯州，这座屹立在湟水北岸台地上的古城，东接陇源，西控河源，南扼黄河，北抵河西，在河陇战事中有着举足轻重的战略地位。正因为如此，唐王朝把陇右道署衙放在了这里。此刻的鄯州城，俨然一座兵城。城外的河滩、沟谷、台地、田垄，只要是地势稍稍平坦些的地方，密密匝匝地布满军帐，旌旗招展，透出一股肃杀之气。鄯州城头，高高竖起一面镶着黄边的红色九旄大纛，迎风招展的旗面中央绣着一个斗大的"唐"字，"唐"字大纛迎风招展，呼刺刺的阵响，犹若一团烈焰，势冲霄汉。作为五路大军帅府的鄯州刺史府衙，正酝酿着一场暴风骤雨般的战事。身为五路大军统帅的卫国公李靖，不顾连日鞍马劳顿，召集各路大军的主要将领开会，会商讨伐大计。

"诸位王公大人，诸位将军。"卫国公李靖手拈长髯，环视大家，凝神静气地说："我五路大军云集鄯州，粮草辎重皆已齐备，讨伐吐谷浑的条件已经具备，请大家说说讨伐谋略。"

"老元戎，吐谷浑不可惧。但是，狡猾的贼酋伏允一面远逃大漠草原，一面放火烧野，企图以断绝我军马草。现在正是春季，干草已被烧光，新草尚未萌生，不利我军追击啊。"有部将无不担心地说："大漠草原风云变幻莫测，我大军深入不毛，恐遭不测。"

"是啊，老将军。"有人附和着说："就当前形势，我军不如暂时……"

"老元戎，可治此人慢军怯敌之罪！"积石道行军总管侯君集怒目圆睁，痛斥诸将。侯君集是幽州三水人，也是唐初名将。少年时以武勇称，隋末战乱中，被秦王李世民引入幕府，从征战有功，累迁左虞侯、车骑将军，参与谋划"玄武门之变"。太宗即位后，任左卫将军，封潞国公，不久擢升右卫大将军。贞观四年，迁任兵部尚书，检校吏部尚书，位及宰相，参议朝政。此次出征吐谷浑，他根据多年征战的经验和对吐谷浑的观察，谈出了自己对战事的见解。他说："我征讨大军刚到河湟，料贼徒伏允尚未走远。在这种情况下，我军应宜简精锐，长驱疾进，掩其不虞，可获大胜，此破竹之势也。如若我军稍有懈怠，坐失良机，则敌酋潜遁必远，山障为阻，到那时追剿就会难上加难了。"

"潞国公不愧为大唐之名将，文武兼备，方略超人。"李靖听了，大加赞赏，然后说："兵法云：知彼知己，百战不殆。吐谷浑阵仗，以广袤的草原沙漠为依托，一向遇弱恃强，遇强示弱，战则啸聚，败则四奔，动辄窜逃至雪山大漠。因此，与之作战，行动要快，出拳要猛，不给敌人以喘息的机会，切不可打持久战。'以一役毕其功'，说的就是这个道理。"

遂决定分兵南北两路，追击吐谷浑可汗慕容伏允：南路由侯君集、李道宗率军五万，沿黄河西进，迂回到吐谷浑主力的侧后，寻机进击；北路由李靖亲率薛万均、李大亮部，沿湟水西进，在西海一带正面进攻吐谷浑。

唐军刚刚完成军事部署，蓦然，一场罕见的大雪不期而至。肆虐的狂风呼啸着，裹挟着漫天的大雪，以摧枯拉朽之势，扑向河湟地区的每一座山峰、每一条河流、每一个村落。暴风雪像一条翻卷的蛟龙，纷纷扬扬，狂怒而下，淹没了坚城，淹没了山川，也淹没了整个世界。

在暴风雪的肆虐下，军营中已经发生几十名士兵冻伤手脚的事情，军帐中被冻得瑟瑟发抖的将士们，急切地盼望着卫国公李靖一改初衷，待冰雪消融后再出战。然而，军令如山，在大雪稍停之后，两路大军便踏着冰雪，风餐露宿，向作战地域出发了。

李靖亲自率领的北路军，踏冰卧雪，艰难前行，第六天才赶到西海东岸的赤岭一带。这场罕见的春雪，掩埋了道路，添平了沟壑，使征讨大军几度因大雪封山、道路阻隔而发生险情。尽管如此，他们还是及时地捕捉到战机，首战库山，歼灭吐谷浑之一部，俘获400余人，取得西征以来的第一个胜利。

不几天，北路军将领薛孤儿率三千精锐骑兵，深入曼头山，截住吐谷浑一番王的逃路，双方展开一场殊死的搏杀。薛孤儿和番王各出高招，杀法骁勇，手中刀枪你来我往，八只马蹄飞翻腾跃，踏得沙场尘扬沙飞。他俩杀了十几个回合，没分出胜负。薛孤儿暗地思忖，今天阵前搏杀，不是我死，就是他亡，性命攸关，马虎不得。想到这里，他变幻枪招，越战越勇。不一会儿，番王累得气喘吁吁，力不能支，刀法散乱。薛孤儿趁机暗取强弓，觑机就是一箭，弓弦响处，一支箭镞正中番王的咽喉，跌落马下，敌阵大乱。

压阵副将趁机大枪一挥，指挥三千精骑掩杀过去，吐谷浑兵溃败，四下逃窜，阵前弃下一片尸体和军械。此一役，唐军俘敌 500 余人，缴获大量的牲畜以补充军粮。

随后，李靖率北路军主力又在牛心堆和赤水源等处打了两个大胜仗，击败吐谷浑之主力，获杂畜数万。

五

再说侯君集、李道宗率领的南路军，他们从鄯州出发后，翻积石、跨黄河、过草地、越泥淖，克服重重困难，长途奔袭，迂回前进，深入荒漠二千余里，终于在乌海追上吐谷浑可汗慕容伏允，双方主力在草原上展开一场残酷的搏杀。

唐军追上吐谷浑主力，便按部就班地在吐军的营帐前排兵布阵，然后由主将队前叫阵，准备对阵厮杀。岂料，吐谷浑营中一阵号角声响，营内兵将一阵阵呐喊，然后从军营中冲出成千上万的将士，手持弯刀钢叉，乱哄哄朝唐军冲来。四下沟谷也伏兵四起，也向唐军杀了过来。吐谷浑士兵甚至把牦牛也成群成群地往阵前赶，借以冲击唐军阵角。顿时，兵对兵，将对将，双方混战在一起。侯君集、李道宗率领的唐军将士，个个都是久历沙场，能征惯战的勇士，然而，面对这种状况，可就有些傻眼了。这一仗下来，唐军阵前受挫，死伤逾千，侯君集不得已，遂令唐军后退五十里安营扎寨。

"我侯君集征战数十载，总是胜多负少，没想到让吐谷浑给打败了！"中军帐中，唐军主将侯君集苦笑着对大家说："看来，兵法上两军对垒的战法，在这蛮夷之地就得改写了。大家说说，面对吐谷浑这种战法，我将采取什么战术，才能克敌制胜？"

"侯将军，要想破吐谷浑的战法，其实也不难。"任城王李道宗也是一位久经沙场的老将，向以沉稳、善思著称，这会儿他分析道："吐谷浑军战法并无章法，只是伏允仗着地形熟悉，布下伏兵，再加上牦牛阵，才使我军受挫。明日开战，我军主力仍排兵布阵，与伏允对仗。另派精锐骑兵若干，千人一队，由得力战将率领，四下出击，断其后援，吐谷浑必败无虞。"

"那……吐军的牦牛阵……"有人仍对吐谷浑的"牦牛阵"心存疑虑。

"牦牛阵？那群肥硕的牦牛，恐怕此刻已经下了汤锅了！"李道宗笑笑说："吐谷浑的牦牛阵只是虚张声势的权宜之计，没什么可怕的，今日一战，已损失不少，剩余的早已四处跑散了。我敢保证，明天阵前一头牦牛也见不到。"

翌日，侯君集根据任城王李道宗的建言，由任城王率领精兵万骑，四下巡弋；自己亲率大军，到吐谷浑营前讨阵。吐谷浑故伎重演，营中将士冲击唐军，四下伏兵骚扰唐营，只是阵前确实没有了"牦牛阵"。唐军见吐谷浑不过如此，便个个跃马争先，刀枪向举，接住吐谷浑军一阵厮杀。主将侯君集更是跃马挺枪，左突右刺，直杀得伏军哭爹喊娘，四下逃窜。此一役，吐谷浑惨败，唐军俘获吐谷浑名王梁屈忽，伏允可汗带着残兵败将逃往突伦碛。

五月初，北路军李靖等过曼头山，进至赤水源，薛万均、薛万彻兄弟率骑冒进，被吐谷浑天柱王包围，兄弟二人都身负重伤，落马步战，所率唐军多数战死。左领军将军契苾何力率精骑竭力奋击，薛氏兄弟由是得救。李大亮败吐谷浑于蜀浑山，获其名王、大臣二十余人，掳杂畜五万。将军执失思力败吐谷浑于沮茹川。北路军又分两路，李靖率部进占吐谷浑伏俟城，并加紧对吐谷浑残部的围剿。伏允长子大宁王慕容顺于五月中旬杀天柱王降李靖。另一路，李大亮、薛氏兄弟等继续追击西逃的伏允，来到今新疆且末。这时伏允又西入突伦碛，欲投于阗。薛万均鉴于前赤水源之败，主张不必深入追击。契苾何力则自选骁骑千余继续追击，薛万均只好引兵随后跟进。唐军深入沙漠数百里，碛中缺水，将士刺马饮血，终于袭破伏允牙帐，俘其妻子，斩数千级，缴获牛羊二十余万而回。十余日后，伏允被其左右杀死。

伏允长子慕容顺得知父亲遇难的消息，大放悲声，然后设计斩杀天柱王，率众降唐。李靖率五路大军经过了两个月的浴血奋战，攻灭了吐谷浑，并向京师告捷。

贞观九年八月的一天，艳阳高照，天气酷热，整个关中平原滭热得就像一副大蒸笼。就连桐树上栖息的金蝉，也在难耐的酷热中有气无力地发出阵阵哀鸣。

长安城外的接官亭里，唐太宗李世民不顾夏日的炎热，守候在那里。随行的文武百官和皇帝车辇仪帐，分散在官道两旁，在柳荫下纳凉。

半年前，卫国公李靖率五路大军出征时，太宗皇帝拉着李靖的手，动情地说："老元戎，此次代朕出征，祝你一路顺风，马到成功。待大军凯旋之日，朕与文武百官在这十里长亭迎接。"

说着，亲赐御酒三杯，赐予李靖。

"谢陛下。"李靖三杯御酒下肚，豪爽地说："陛下且放宽心，臣这次出征吐谷浑，不用半年时间，定将伏允的项上人头献于陛下。"

"李爱卿豪气干云，不减当年！"太宗看看天色，凝神静气地说。

唐太宗率领文武百官，冒着酷暑，守候在接官亭前。大约一个时辰以后，凯旋的西征大军，出现在人们的视野中。

消灭了草原王国吐谷浑，唐廷上下为之欢呼雀跃，但是，此刻吐蕃势力迅速崛起，大有东扩的意图。李世民再三盱衡，下诏让吐谷浑复国，封慕容顺为西平郡王，作为唐朝与吐蕃的缓冲力量。同时，又遣凉州都督李大亮率兵数千，为其声援。但是，慕容顺曾在隋时长期作为人质，不为国人所拥护，不久在内乱中被杀。于是，唐朝又扶持他的儿子、燕王诺曷钵继立为吐谷浑王。

诺曷钵年幼无谋，大臣争权，朝中大乱，李世民又派兵部尚书侯君集率兵进入吐谷浑，帮助平息了动乱，诺曷钵的地位才得以稳固。唐廷遂晋封诺曷钵为河源郡王，并将宗室女弘化公主嫁给诺曷钵。

弘化公主是唐太宗宗室女。贞观十四年，嫁吐谷浑王诺曷钵，遣左骁卫将军、淮阳王李道民及右武卫将军慕容宝携带大批物资护送弘化公主入吐谷浑与其国王诺曷钵成婚。弘化公主入吐谷浑，是唐将公主嫁于外蕃的开端，是中华民族团结史上的一件大事。它不仅使唐与吐谷浑的关系很快得到改善，而且也促进了大唐与吐蕃的友好往来。龙朔三年，吐谷浑被吐蕃击败，她与诺曷钵奔凉州，归附于唐。武则天时赐姓武，改封西平大长公主。

据志文记载，弘化公主不仅聪明贤惠，而且具有超人的胆略。弘化公主入嫁吐谷浑后，吐谷浑和唐朝的关系进一步密切了，而这却引起了吐谷浑国内不少大臣的不满。有一年，吐谷浑丞相宣王和他的两个弟弟密谋在祭山活动中，劫持诺曷钵和弘化公主投奔吐蕃。弘化公主得知这个消息后并没有惊慌，她飞身上马，和诺曷钵一起带着少量亲兵，连夜向鄯城奔去，并在鄯州刺史杜凤举的帮助下一举粉碎了宣王的阴谋，吐谷浑国内很快就安宁了下来。

唐圣历元年五月三日，弘化公主寝疾于灵州东衙之私第，圣历二年三月十八日，葬于凉州南阳晖谷冶城之山冈。

至此，唐朝的势力进一步深入吐谷浑地区，吐谷浑完全成为唐朝的属国。

第·五章

蕃赞普武力逼婚　宗室女进藏和亲

> 初，上遣使者冯德遐抚慰吐蕃。吐蕃闻突厥、吐谷浑皆尚公主，遣使随德遐入朝，多齐金宝，奉表求婚，上未之许。使者还言于赞普弃宗弄赞曰：臣初至唐，唐待我甚厚，许尚公主。会吐谷浑王入朝相离间，唐礼遂衰，亦不许婚。弄讃遂发兵击吐谷浑……
>
> 《资治通鉴》卷一九五《唐纪十一》

一

　　春秋战国时期，生活在黄河、湟水河、浩门河流域羌人部落，或牧放牲畜，或射猎野物，过着原始而恬静的生活。一天，一个叫无弋爱剑的氐人，闯入他们的生活，给他们传授农耕经验，使他们的生活发生了很大的变化。于是，这里的人们尊他为首领。以后，爱剑的子孙们遍布河湟地区，成为西羌的重要组成部分。公元前384年，秦献公拓疆西进，兵临渭首，锋芒所向，直指河湟。无弋爱剑的孙子、河湟地区羌族首领卬，受到秦国的威胁，遂将其部落迁出河湟，西出赐支河数千里，来到雅鲁藏布江流域定居，从此与众羌绝远，不复往来。当时，与世隔绝的雪域高原，山野布满了森林，江河洪水泛流，这些羌人开沟引水，种植庄稼，牧放牲畜，营建房屋，在这里定居下来。

斗转星移，时移世易，经过漫长的岁月发展，卬的后代在雪域高原上繁衍生息，又分为许多个互不统属的部落。他们带来河湟地区先进的养殖技术，从事蓄养牦牛、马、羊、猪、犬；也带来种植技术，种植青稞、小麦、荞麦、油菜、马铃薯等，发展高原农业。转眼间，到了公元6世纪中叶，即中原的隋朝期间，生活在山南地区的雅砻鹘提悉补野部落，出了一个了不起的人物——聂赤赞普，在他的率领下，雅砻部落陆续降服周邻各部落，形成了一个强大的部落联盟，并在此基础上建立起吐蕃奴隶制政权，势力迅速发展到拉萨河流域。

聂赤赞普去世后，本来是要把赞普的位子传给他的儿子南日松赞，可是南日松赞遭到仇家暗害，遇刺身亡。不得已，雅砻部落的众头人只好让年仅13岁的松赞干布继赞普位。

在吐蕃政权的发展历史上，松赞干布可是一位功留青史的伟大人物。他出生于隋炀帝大业十二年，祖父就是吐蕃赞普聂赤。唐贞观三年，祖父去世，父亲南日松赞又遇刺身亡。国不可一日无主，松赞干布小小年纪就被部族拥立为赞普，执掌权柄。松赞干布一上台，就显示出卓越不凡的军事才能，短短几年时间，就用武力征服苏毗、羊同等部落，统一了青藏高原的大部分地区，并把吐蕃政权的国都，从山南迁徙到拉萨河畔的逻些。同时，他以政治家的远见卓识，积极开展与大唐、天竺、泥婆罗的广泛交往，学习引进先进的封建文化，创立文字，厘定法律、职官、军事制度，统一度量衡，在吐蕃建立以赞普为中心的奴隶制中央集权国家。

二

时空倥偬，光阴似箭，转瞬间，到了大唐太宗贞观十年。

夏末秋初的吐蕃都城逻些，旌旗飞扬的王宫城堡，野芳幽香的罗布林卡，柳荫如带的逻些河畔，绿茵如毡的广袤草原，到处经幡飞扬，桑烟萦绕。身着节日盛装的人们，骑着骏马，从雪域高原的四面八方赶来，载歌载舞，欢迎东方大国唐朝皇帝派来的尊贵客人。一时间，风情万种的逻些城，锦帐延绵，骏马嘶鸣，人声鼎沸，热闹异常。

在逻些河畔的吐蕃赞普夏宫里，松赞干布以吐蕃的最高礼仪，接见了唐太宗派来的抚慰大使冯德遐。

"尊敬的松赞干布赞普。"在吐蕃王朝夏宫的议事厅里，唐朝使臣冯德遐施礼毕，朗声言道："三年前，吐蕃迁都不久，赞普就遣使臣来长安，与大唐建立了友好睦邻关系。这几年，我朝太宗皇帝每每谈及此事，心情格外激动，对赞普的溢美之词难以言表。今天，太宗皇帝派微臣来逻些，一是当面转达我朝对赞普的谢意，二是增进唐蕃之间的友谊。"

"感谢大唐皇帝的赞誉，贵使回朝之时代孤转达对大唐皇帝的谢意。"松赞干布颔首微笑，诚挚地说："吐蕃与大唐虽然远隔千山万水，孤与太宗皇帝从未谋面，素昧平生，但他治国安邦的雄才大略，孤神往久矣。哎，尊敬的贵使，听说你是第一次来到雪域高原，对这里的山川草原、风土人情怎么看？和中原比，哪里更惬意？"

"是啊，赞普，真可谓惺惺相惜，我太宗皇帝对赞普您的智慧谋略也是赞赏有加。"冯德遐是第一次踏上雪域高原，对蕃人的生活习惯、性格禀赋不甚了了，但他看到蕃人如此热情豪放，也放下中原文人的矜持，豪放地说："尊敬的赞普，延绵的雪峰、深邃的峡谷、不尽的草原、滚滚的牛羊，美丽的格桑花，这真是一个连神仙都向往的地方啊！我回到中原，一定要把赞普的热情以及山宗水源之地的美好风光，介绍给太宗皇帝和中原人民。"

"如果那样，孤将感到无上荣光。"松赞干布听后十分高兴，由衷地说："孤对中原也十分向往，那里丰富的儒学典籍、圣洁的佛学文化、先进的农耕技术，这一切都是蕃族人所期盼的。现在孤是去不了，但是，以后一有时间，孤一定游遍中原大地，将汉人的文明引入雪域高原。"

"那样甚好。"冯德遐笑笑，欣然答道："我想，赞普到达之时，我朝太宗皇帝定然在长安的十里长亭相迎。"

会见结束后，松赞干布又在宫里设宴款待冯德遐。这是吐蕃赞普松赞干布第一次接待来自中原王朝的使臣，因此，席间免不了珍禽异兽，美味佳肴，还有味醇甘冽的青稞美酒。酒酣耳热之间，冯德遐不仅向吐蕃赞普转达了太宗皇帝的口谕，而且详细介绍了大唐王朝的文化教育、风土人情和人民生活，尤其在太宗皇帝的治理下，唐王朝政通人和、河清海晏的情况。冯德遐举止洒脱，言语侃侃；松赞干布态度谦恭，听得认真。

"听了贵使的介绍，孤对大唐'贞观之治'带来的新气象，感到由衷的欣慰和羡慕。"松赞干布一阵"啧啧"声后，又疑惑地问："孤有一事不明，敢向贵使赐教。贞观八年，唐王派五路大军，深入草原荒漠，征讨吐谷浑。唐军到处，所向披靡，苦战三月，竟灭了立国达三百年的草原王国吐谷浑。可为什么竟让亡国之君复国，还把公主许配给他的儿子？"

"大唐李靖等率五路大军讨伐吐谷浑，并不是为了他的江山，而是惩戒慕容伏允的反复无常，还边境一个安宁。"冯德遐心里清楚，大唐兵伐吐谷浑时，吐蕃虽然并没有公开表示反对，但不满情绪还是时有流露，于是毫不犹豫地说：“其实，巩固边境安宁，是我大唐一贯的做法。有人胆敢袭扰我边境，残害我边民，我必将严惩不贷，毫不留情。只要这些国家安分守己，我朝将以怀柔待之。对吐谷浑如此，对突厥、铁勒也是如此。”

“原来是这样。”松赞干布淡淡一笑，不置可否。良久，他又问：“大唐皇帝真是仁慈，不仅让吐谷浑复国，还把公主许配给他的儿子。哎，孤在阅览典籍时常看到中原王朝有‘和亲’之说，这是咋回事？”

“禀赞普，‘和亲’一事源自汉朝，如有外邦单于求婚于王朝，王朝便以皇室女下嫁，谓之‘和亲’。”冯德遐见问，便把历代“和亲”的事例简单地叙述了一遍，然后说：“其实在我大唐，也积极奉行‘和亲’之策，用亲情关系来稳固与邻邦的睦邻关系。譬如，在吐谷浑可汗诺曷钵迎娶弘化公主之前，已经有三位公主远嫁突厥、铁勒、回鹘等部族。”

“原来如此。”松赞干布听了冯德遐的介绍，心里不禁涌起一阵波澜。这位年仅二十出头的英俊赞普，对中原王朝的“和亲”政策十分羡慕，向往着能够迎娶一位容貌娇美、格调清雅的妙龄公主。他甚至对吐谷浑可汗诺曷钵捷足先登，迎娶唐朝公主一事，心生嫉妒。因为，性情孤傲的松赞干布，压根儿就看不起吐谷浑可汗诺曷钵！

几天以后，冯德遐结束了在吐蕃的行程，启程东返，向朝廷复命。松赞干布当即派遣使者随行，乘觐见太宗皇帝的机会，奉表求婚。

第二年春天，冯德遐回到长安，即刻在武德殿受到李世民的召见。李世民询问大唐使团在吐蕃赞普对唐王朝的态度，以及在雪域高原的所见所闻。冯德遐不假思索，详细讲述了吐蕃的风土人情、山川形胜，然后说：“陛下，臣此次奉旨慰访吐蕃，几次受到松赞干布赞普的召见。松赞干布对陛下的赞誉之词溢于言表，对大唐文功武治所取得的成就羡慕不已，多次表示，如有机会，他将亲临中原，一睹陛下的风采。”

"冯爱卿，如此说来，外界对松赞干布的传闻不虚啊。"李世民拈髯颔首，沉思良久，而后问："根据你的观察，松赞干布到底是个什么样的人？吐蕃果真像传说中的那么强大吗？"

"年轻、英俊、睿智、聪慧，是个很有作为的赞普。"冯德遐想了想，又说："陛下，可以毫不夸张地说，吐蕃有了松赞干布，就像大唐有了您啊！哦，对了，我们在谈及吐谷浑时，松赞干布对我大唐兴兵讨伐吐谷浑颇为关注，言辞闪烁，颇多微词。"

"嗯？"冯德遐的话引起了李世民的警觉，陷入沉思。

三

翌日。

风和日丽，柳丝飘荡，花团锦簇，春燕飞舞。太宗皇帝李世民在风光旖旎的御花园里，召见了随冯德遐一起来大唐的吐蕃使者。同时受太宗皇帝召见的，还有吐谷浑、突厥、铁勒、大食等国的使者。

描梁画栋的牡丹亭上，吐蕃使者礼赞毕，又一一献上来自雪域高原的奇珍异宝，各色贡物，然后说："尊敬的陛下，我受我邦赞普的委托，请求陛下赐婚，使我们两国永结秦晋之好。"

"赐婚？"李世民十分重视唐蕃关系的发展，但对吐蕃的请婚颇感意外，沉吟良久，婉言回绝道："朕闻松赞干布赞普身边已有王妃，最近还要迎娶泥婆罗的尺尊公主，怎么……再说，朕的皇宫里也没有合适的公主可嫁呀。此议不准，下去赴宴去吧。"

吐蕃使者在李世民那里碰了一鼻子灰，心里很不是滋味，回到逻些后，便在松赞干布面前搬弄是非。

"赞普，我们初到长安时，唐朝皇帝待我甚厚，曾允诺将公主嫁给赞普。后来遇到吐谷浑使臣，在唐朝皇帝面前挑拨离间，诋毁我邦声誉。

正是这个缘由，王廷对我们日见疏远，许婚之事提也不再提了。"

"可恼啊，吐谷浑！今生今世我与你誓不两立！"松赞干布闻言大怒，遂发誓道："既然唐朝皇帝不把公主嫁给我，我就以武力求婚，看你李世民许是不许。传诏，集结大军，武力求婚！"

一时间，雪域高原战云密布，一场以武力逼婚的战争即将拉开序幕。

吐蕃久居苦寒之野，雪域高原，物产薄寡，生计艰难，对水草丰美的吐谷浑领地觊觎已久，早就想鲸吞虎据。贞观十二年，松赞干布率吐蕃大军二十万，首先进犯吐谷浑。因此，战端一开，吐蕃大军气势汹汹，锐不可当，大有虎视鹰扬之势。吐谷浑可汗诺曷钵怯战，遁于河湟地区，以避其锋，其部众牲畜皆为吐蕃所掠。接着，松赞干布又乘胜挥师河源，攻破党项、白兰诸羌，吐谷浑乌海以南的大片国土随之沦陷。

吐蕃举全国之力，以摧枯拉朽之势，轻而易举地战胜吐谷浑，攫取吐谷浑大片国土。同时，又胁迫大唐剑南道阔州刺史别丛卧施、诺州刺史把利步利，举州叛变，依附吐蕃。阔、诺二州的叛变，使唐朝在松州防线的防御能力大大减弱，形势遂向不利于唐朝的方向发展。

然而，在攫取大片吐谷浑的领地后，得意忘形的吐蕃赞普松赞干布并没有就此罢兵。贞观十三年，松赞干布又集兵二十万，屯于松州西境，对松州形成包围态势。继而又多次派出小股精骑，深入河湟地区。不断侵扰唐境。松赞干布骄横地说："唐朝不嫁公主，吐蕃誓不罢兵。"

吐蕃大军压境，边城形势严峻，唐王朝不得不调兵遣将，把原先准备用于经略西域的军事力量转向对付吐蕃。

当时，太宗皇帝李世民命吏部尚书侯君集为当弥道行军大总管，统辖白兰、阔水道和洮河道三路人马，分别由右领军大将军执失思力、左武卫将军牛进达、右领军将军刘兰任行军总管，率精骑五万，反击入侵蕃军。

侯君集久历边事，深知边城军情紧急，容不得半点怠慢，于是命牛进达为先锋，执失思力、刘兰为左右两翼，督军疾驰，奔向松州。途间，得到探子来报："蕃军开始向松州发起进攻！"侯君集得知军情，急令牛进达部星夜兼程，以解松州之围。

不一日，牛进达部已过黑水，他把大部队隐蔽在一座山坳里，然后派出骑侦小队，向松州方向抵近侦察。不及半日，侦骑回报：蕃军围城已有十余日，但城内将士拼命抵抗，松州城尚在我军之手。牛进达还从侦骑那里得知，蕃军因连日攻城不克，军纪涣散，疏于警戒。于是，急令埋锅造饭，于傍晚时分进发，乘其不备，夜袭吐蕃军营。再说，蕃军因连日攻城，产生倦意，都早早进入牛皮大帐中进入梦乡。蓦然间，营外一声巨响，唐军一万精骑杀来，许多蕃军在梦中便成了唐军的刀下之鬼。此一役，直杀得蕃军哭天嚎地，狼狈逃窜，黑夜里被唐军斩杀千余首级，松州围解。

牛进达的突袭，使得吐蕃松赞干布十分恐惧，遂引兵而退，遣使谢罪，因复请婚。太宗皇帝权衡利弊，遂以文成公主相许。

吐蕃赞普松赞干布得到唐太宗的许婚，喜出望外，便即刻派遣大相噶尔·禄东赞为正使、智塞恭顿为副使，携带黄金五千两、珍宝若干件作为聘礼，出使长安，迎娶唐朝公主。

四

夜空如洗，蟾宫似镜。

银白色的月华，透过紫禁城重重的宫墙，从容地洒下一片惬意的辉光。

后宫一侧的公主府内，树影横斜，露凝叶稍。夜深了，然而公主寝宫里还亮着灯光，几架精铜制作的烛台上，一支支巨烛光焰熠熠，将装饰华丽的寝宫照得通明。一个身着艳装、长裙曳地的绝色女郎，端坐在梳妆台前，云鬓拥翠，娇如杨柳迎风，粉颊喷红，艳似荷花映日，两道黛眉，浅颦微蹙，似嗔似怨，仿如空谷幽兰。此时，绝色女郎云鬟雾鬓，黛眉轻蹙，泪花晶莹，愁绪重重，叹喟不已，露出一丝重重的幽怨。

绝色女郎名叫李雁儿，本是太宗皇帝李世民一个远房兄弟的女儿，三年前，长孙皇后在一个偶然的机会遇到她，见她天资聪慧，容貌俊俏，又是宗室女，就把她认作女儿，收进宫来，并封为文成公主。公主进宫时，年纪尚小，天资聪慧不乏俏皮活泼，容貌俊俏尚嫌身体单薄。然而，三年过去，年方二八的文成公主，竟出落得鼻如琼瑶，齿似瓠犀，形体娇俏，仪态温婉，楚楚动人。

文成公主自幼受家风的影响，经史典籍无所不通，诗词歌赋无所不精，琴棋书画无所不会。还有一样，就是幼时受母亲的熏陶，她十分笃信佛教，对佛学有很深的造诣。因此，太宗皇帝和长孙皇后视她为己出，百般呵护，疼爱有加。她自己也洁身自好，成为公主群里出乎其类、拔乎其粹的佼佼者。

"文成，你来母后身边已有几年了？"这天，皇后长孙氏移驾公主府，母女闲话之间，皇后不经意地问。

"母后，雁儿来到公主府已有三年时间。"文成公主深知宫中的玄妙，跟皇后说话十分谨慎，向来以"雁儿"谦称。

"哦，三年啦，时间过得真快啊。"皇后莞尔一笑，亲切地问："这些年来，你割舍了亲情，进得后宫，没委屈了你吧？我是说，皇上理朝论政，日理万机，哀家也为后宫所累，对你多有慢待，你不怨我们吧。"

"母后，父皇与母后对儿有养育之恩、再生之德，儿岂能有半点怨念？"公主对皇后没由头的问话先是一怔，然后甜甜地一笑，撒娇似地问："母后，难不成雁儿有什么不守规矩的地方，竟惹得母后不快？"

"文成，看你想哪儿去啦。"皇后沉吟片刻，蛾眉微蹙，凄怆地说："我儿进宫以来，研习典籍，潜心六艺，一心向佛，知书达礼，其他公主所不能及也。只是……只是男大当婚，女大当嫁，父皇和母后再也无法留你在身边了啊！"

"这……"文成公主冰雪聪明，一听便知晓皇后所指何为，便羞羞答答地问皇后："母后言语凄凉，所谓何事？女儿就是嫁人了，也可以伺奉父皇、母后左右的。"

"我苦命的儿啊，你可知道，你父皇许婚，让你前往吐蕃和亲呐。"长孙氏面带戚色，忧心忡忡地说。

"母后……"文成公主惊愕地睁大眼睛，不相信母后说的是真的。

"这是真的，文成。"皇后悲痛欲绝，凄怆地说："为了国家，为了大唐的江山社稷，你只能……"

文成公主默默无语，潸然泪下。

这天晚上，心事重重的文成公主辗转反侧，怎么也不能入睡。前些时日，她眼睁睁瞅着弘化公主流着泪，坐上了吐谷浑迎亲的车辇，那撕心裂肺的痛楚，使她这辈子也不能忘怀。自从大唐实行和亲政策，她隐隐约约感觉到自己的命运已经和大唐王朝紧密联系在了一起，要不然自己一个远亲侯王的女儿，咋能一步登天，当上文成公主这个只有皇上的女儿才有的封号哩。想到这里，这个名叫雁儿的公主，兀自觉得一阵心疼。

当然，雁儿不能不承认，这三年来，太宗皇帝和长孙皇后一直视她为己出，对她的爱是真挚的。可现在，居然是自己所敬重所爱戴的父皇，就要亲手断送她的幸福，把她送到遥远的雪域高原！想到这里，她甚至有些哀怨，怨自己的亲生父母贪图富贵，把她送进了公主府；也怨父皇母后只为了江山社稷，全然不顾她的感受。

情窦初开的文成公主，对自己的婚姻有过多种设想，憧憬着能够嫁一个称心如意的郎君，在情意缠绵中度过自己幸福的一生。如果是这样，既不辱没公主的身份，也给生身父母带来些许慰藉。因此，她并不情愿这桩婚事，也不情愿成为朝廷"和亲"政策的牺牲品。但是，冰雪聪明的她，心里十分清楚，出身在皇室宗亲的女子在这个家庭里的地位。不要说是宗室女，就是皇上的亲生骨肉，面对大唐王朝的江山社稷和黎民百姓的福祉，怎能躲过"和亲"的命运呢？再说，这是皇上的许婚，是不容违抗的。如若违抗皇命，她知道她和她的亲生父母将会面临什么样的下场。为了大唐王朝的江山社稷，和黎民百姓的福祉，她只好接受命运的安排。

后来，还是从长孙皇后那里了解到，年仅二十四岁的吐蕃赞普松赞干布，是一个俊朗聪慧，豪气干云的伟人时，文成公主心悦诚服地接受了"和亲"这个现实。

五

吐蕃大相噶尔·禄东赞来长安有些时日了，迎娶公主的准备工作也在紧锣密鼓地进行着，于是他想再次觐见唐太宗，把迎娶的时间定下来。

岂料，此次吐蕃请婚之举，震撼大唐，也远播于周围各国，天竺、大食、仲格萨尔以及霍尔王纷纷效仿，争相求婚，都希望能迎回文成公主，做自己国王的妃子。文成公主只有一个，可一下子来了这么多的求婚者，而且都声言非文成公主不娶，这让李世民非常为难。

噶尔·禄东赞听到这个消息后，立刻进宫，问李世民："尊敬的大唐皇帝，一臣不仕二主，一女岂有嫁二夫之理乎？"

"贵使少安毋躁，我堂堂大唐王朝岂可失信于贵邦！"朝堂之上，李世民面带忧色，说："只是……只是我朝文成公主只有一个，而上门求婚者达五六位之多，难免让人颇费周折。"

"陛下，这有何难？"禄东赞嘿嘿一笑，计上心来，狡黠地说："为了不让陛下为难，不妨进行智慧测验，谁赢了谁便可以把公主迎去。"

禄东赞的这一建议立刻得到各国使臣的响应，于是，在大唐紫禁城内，一场别开生面的智力竞赛拉开了序幕。

"各位贵使听真了，今天御试的第一题为'绫缎穿九曲明珠'。"主试官为宰相魏徵，只见他不慌不忙宣读完试题，然后命内侍将事先准备好的绫缎和打有九曲孔眼的明珠，一一摆放在使臣们面前。

比赛开始了，各国使臣们纷纷摩拳擦掌，跃跃欲试，拿起绫缎就往明珠的孔眼里穿，可他们想尽办法，绞尽脑汁，就是没法把柔软的绫缎穿进明珠的孔眼里去，只好负掉一局。在这场较量中，聪慧的禄东赞没有争先穿明珠，而是坐在一棵大树底下想主意。倏地，一只大蚂蚁顺着他的脚面爬上锦袍，于是他灵机一动，找来一根丝线，将丝线的一头系在蚂蚁的腰上，另一头则缝在绫缎上。然后在九曲孔眼的端头抹上蜂蜜，把蚂蚁放在另一边，蚂蚁闻到蜂蜜的香味，再借助禄东赞吹气的力量，便带着丝线，顺着弯曲的小孔，缓缓地从另一边爬了出来，绫缎也就随着丝线从九曲明珠中穿过。

接着，聪明的禄东赞又连破"小马驹认亲""揉羊皮""小雏鸡认母""迷宫认路""辨识公主"等把戏，取得完胜，其他国家的使臣承认技不如人。李世民大摆筵宴，正式把文成公主许配给吐蕃赞普松赞干布。

文成公主入藏，举国为之欢腾。

太宗皇帝和长孙皇后为她准备了丰厚的嫁妆，有府库财帛、金镶书厨、金玉器具、造食器皿、精美食谱、金辔金鞍，还特意为她制作了精美的日、月宝镜。仅仅绫罗锦缎、诸色衣料，就置办了两万余匹。难怪民间传说，嫁女莫如皇家女！不唯如此，李世民还特别交代长孙氏，要她抽空去征询公主的意见，看还需要什么要添置的。

"文成，眼看着佳期将近，不日你就要启程西去吐蕃。"这天，长孙皇后移步公主府，问："父皇为你准备的这些嫁妆，你可曾满意？还需要添置什么，也尽管道来，母后为你做主。"

"谢母后，您和父王置办的这些物品，女儿我一辈子也用不完。只是……"公主切切细语，用极其平静的口吻说："只是女儿此去，是要和吐蕃赞普居家过日子，带些寻常之物，倒还实在。母后，女儿知道，吐蕃远在雪域高原，苦寒偏僻，我想恳请父皇赐儿一些实用之物。"

"我的好女儿，但说无妨。"皇后生怕冷落了公主，赶忙说："只要官中有的，尽可满足于你。"

"我要的这些东西，倒也不是什么稀罕物件、镇国之宝。"公主想想，莞尔一笑，娓娓而谈："经史子集三百零六卷、算学杂术三百卷、医学要术三百卷，我要把大唐的文化传播于雪域高原。还有，农作物的种子及冶金、农具制造、纺织、建筑、碾硙、酿酒、造纸、制墨等工匠艺人都要带些去。哦，母后，您是知道的，女儿我自幼笃信佛教，可否让女儿请一尊释迦牟尼的 13 岁等身佛像，让佛光普照雪域高原。"

"文成，这哪里是嫁女，你分明是把大唐搬到吐蕃去！"长孙皇后知道公主的心思，心头一热，眼含泪水，深切地说："这没问题，我让父皇传旨，即刻筹措，尽数满足。"

经过一番准备，吐蕃迎娶文成公主的队伍终于起程。唐太宗特命礼部尚书、江夏王李道宗，持节送文成公主并唐蕃专使赴吐蕃成婚。并任命噶尔·禄东赞为右卫大将军。这是一支庞大的队伍，这支队伍除了迎亲的仪仗外，还有成千上万的护卫军士，携带着丰厚的嫁妆、大量的书籍、乐器、绢帛和粮食种子的脚力，公主陪嫁的侍婢，以及随行的文士、乐师、工匠和农技人员，浩浩荡荡，一眼望不到头。

成行这天，京师长安，秋高气爽，

文成公主虽是李世民远房兄弟的女儿，但进官三载，深得皇上、皇后的宠爱，视如亲生。这次要远离繁华的长安和华贵的宫廷，远离自己所崇敬的皇上、皇后，远嫁到荒凉的高原，要在那里生活一辈子，而且很有可能再也不能回到长安。想到此处，她跪伏于长安城外的十里长亭，望着京城，悲悲戚戚，珠泪潸潸，大放悲声。前来相送的文武群臣、皇亲国戚，无不为公主的真情所感动，纷纷落下泪来。

文成公主入蕃，山高路远，行旅艰险，这对她来说，无疑是个巨大的考验。但是，为了大唐的江山社稷，也为了唐蕃的黎民百姓，她毅然决然，挥泪乘上西去的车辇，随着迎亲的队伍逶迤西去。

文成公主一行从长安出发，过渭河、越陇山，一路风餐露宿，逶迤西行，不一日来到河湟地区的雄关——鄯州。

这天，鄯州城头旌旗招展，红灯高挂，大红地毯从府衙门口一直铺到大堂。鄯州刺史李玄运、湟水县令李成儒，率州、县两级署衙的官佐及百姓，早就在城外官道上迎接迎亲队伍。俄顷，迎亲队伍到了，李玄运把文成公主、吐蕃贵宾、大唐持节迎进城去，又把万逾人的迎亲队伍安顿在城外暂住，一切都显得热情、周到、秩序，入微细致。

公主的车辇缓缓驰入城内。在去往馆驿的路上，公主心里在想，鄯州是大唐在河湟地区的最后一座城池，再向西行三四百里，就进入了茫茫的大草原。此去吐蕃，千山万水，艰辛异常，恐怕再也不会有省亲大唐的机会了，因此，她多么想在大唐的土地上多待几天，哪怕住上三五日，让她再亲近亲近大唐的山和水。她眼望着沿街商埠酒肆和过往行人，望着一排排迎风婆娑的杨柳，止不住热泪潸潸，流下脸颊。

吐蕃迎亲专使噶尔·禄东赞，不但文武双全，韬略在胸，是吐蕃一代明相，而且心思缜密，善解人意，是一个柔肠侠骨的草原汉子。他见公主一路躜行，十分辛苦，更况再过些时日，队伍就要进入更加艰险的有山宗水源称谓的雪域高原了，不适应一个时期，公主的身体肯定受不了。于是，他便和持节送亲的江夏王李道宗商议，让迎亲队伍在鄯州歇息些时日，一来让公主解解乏困，适应高原环境；二来也让这支逾万人的迎亲队伍补充补充给养。鄯州刺史李玄运、湟水县令李成儒也再三挽留，恳言公主留住一个时期。

公主驻跸鄯州，地方官吏无非摆宴接风，浏览名胜，极尽地主之谊。

一天，按照当地习俗，李玄运特意在达坂山南麓的草原上，为公主和迎亲主宾举行了一场别开生面的赛马会。

赛马的规则十分简单，就是从唐营军士、吐蕃护卫和当地牧民中选出一百名骑手，在这千顷草原上比赛马的速度，取前六名作为奖励。文成公主在宫中时，也常和王公郡马们打马球，骑术很高，看到今天这个场景，一时技痒，便女扮男装，悄悄地混进了骑手的队伍。随着一声号令，赛马开始了，一匹匹骏马像离弦的箭，狂奔疾驰，驶向前方。很快，比赛的名次产生了，六名雄赳赳气昂昂的骑士站在了领奖台上。正在领奖台上颁奖的鄯州刺史李玄运，偶然发现台下的骑士中有一名骑士十分面善，仔细一瞧，这位唐军士卒打扮的俊俏后生，居然是文成公主！李玄运心里一怔，叫出声来："公主！"

李玄运惶慷下台，上前施礼，道："公主，您……怎么会在这里？"

"李将军，"公主急忙还礼，羞答答地说："我一时好奇，试着骑了一程，可才跑了个第十三名，让您见笑了。"

"公主能在如此众多的骑手中博得十三名的名次，真乃巾帼不让须眉啊。"李玄运毕恭毕敬地把公主迎上领奖台，然后向全场骑手宣布："今天比赛的前六名骑手都已产生，更加值得骄傲的是，我们的公主也参加了比赛，比赛名次是第十三名……"

顿时，草原上欢声雀跃，"公主，公主"的欢呼声一浪高过一浪。

最后，李玄运决定，对名次取得十三名前的骑手进行奖励。

书中暗表，也就是从那时起，当地举行赛马会时，均以前十三名为优胜，对选手进行奖励。这个习俗沿袭至今日。

迎亲队伍在鄯州备齐给养，然后启程，继续西行。这时，已经到了这年的深秋季节，秋风瑟瑟，寒气逼人。文成公主一行来到赤岭，一场秋雨不期而至，淅淅沥沥，道路泥泞不堪，他们无奈之下，只好在山前安营扎寨，等雨停以后再过赤岭。

翌日。雨过天晴，湛蓝的天空飘着朵朵白云，凄厉的秋风中牧人挥动着牧羊鞭在牧放牛羊。公主登高西望，花团锦簇，杨柳依依的景致再也看不到了，看到的只有一望无垠的草原雪峰。迤西的大道上，凄惨惨见不到一个过往行人，有的只是秋风卷起的枯草烂叶在眼前翻来滚去。

看到眼前这幅景象，公主的心碎了。

她一个出身高贵的金枝玉叶，放弃了皇宫养尊处优的生活，放弃了繁花似锦的京城长安，此刻，她又一次感到失落。想到今后在异族他乡，她就要以毡裘为衣，以羯膻为味，寒风浩荡，号角凄苍，朝见长安杳漫，夜闻陇水呜咽，冰霜凛凛，肉酪难餐。况且，雪域高原，人多暴猛，士多骄奢，不举孔孟，文化迥异，她一个弱女子能融得进那里的社会吗？想到这里，她叹息自己的命运多舛，也埋怨父皇李世民，不经意间让她走上了这条"和亲"之路。但是，生性刚强的公主，绝不是不明事理的人，她既然选择了"和亲"这条路，就要义无反顾地走下去，以自己柔弱的肩膀，扛起唐蕃亲善的重担。

在赤岭巅峰，她思之良久，拿出父王母后所赠的日月宝镜，抛下山涧，愿宝镜化作一座巍峨的山峰，在她想念故乡、想念亲人的时候，能够随时看到它。

书中暗表，据说公主抛下日月宝镜的刹那间，只听得天地间"轰隆隆"一声巨响，横亘出现一座山峰，巍然屹立，光芒四射。于是，后世的人们便将赤岭这座平地拔起的山峰叫做日月山，以纪念文成公主进藏和亲。

第 **六** 章

chapter.

兴吐蕃藏王东进　灭吐谷浑可汗失国

吐蕃，在长安之西八千里，本汉西羌之地也。其种落莫知所出也，或云南凉秃发利鹿孤之后也。利鹿孤有子曰樊尼……樊尼乃率众西奔，济黄河，逾积石，于羌中建国，开地千里。樊尼威惠凤著，为群羌所怀，皆抚以恩信，归之如市。遂改姓为窣勃野，以秃发为国号，语讹谓之吐蕃，其后子孙繁昌，又侵伐不息，土宇渐广。

《旧唐书·吐蕃传》

一

话说，文成公主一行千里迢迢，历经千辛万苦，辗转江河源头。而在此刻，吐蕃赞普松赞干布亲率人马，早早来到一个叫柏海的地方，在西边山包上安扎大营，修建行馆，恭候公主一行的到来。

文成公主抵达柏海的这天，松赞干布的卫队远在几十里外的前山迎接。迎亲队伍抵达柏海时，松赞干布又率众大臣出营相迎，气氛相当热烈。在赞普的行宫里，松赞干布以子婿礼恭迎江夏王李道宗，谦恭地说："小婿拜见王叔，愿王叔贵体安康，万事如意。"

言讫，献上狐皮锦袍一件，牛皮筒靴一双，作为御寒之物。

"贤婿，快快请起。"李道宗以叔父的身份致谢，欣慰地说："贤婿英俊潇洒，气宇轩昂，真豪杰也。"说着，解下随身佩带的一柄短剑赐予松赞干布。

短暂的礼节性会面结束后，松赞干布便在行宫里大摆酒宴，宴请来自大唐的贵宾。

"李老千岁，"酒过三巡，菜过五味，吐蕃大相噶尔·禄东赞含笑对李道宗说："我作为迎亲正使，抵达长安时已是隆冬季节，美丽的格桑花已然在睡眠之中。当我迎娶公主回到雪域高原时，这里又是千里冰封，银装素裹。怎么样，老元戎，您总不能让我这个迎亲正使卸不了任吧！"

"你是说赞普和公主的婚期吧？"李道宗一听，哈哈大笑，爽朗地说："按我们中原的习俗，男婚女嫁，尚需择一吉期，方能成亲。依老夫看来，皇家嫁女，天公作伐，择日不如撞日，今天就是黄道吉日。我们何不将欢迎宴改作喜宴，为赞普和公主举行一个隆重的婚礼！"

"难得老千岁爽快。"噶尔·禄东赞高兴地对松赞干布说："尊敬的赞普，柏海到逻些有数千里之遥，崇山峻岭，冰封雪覆，我们一时半会儿也到不了逻些。我看就依了老千岁之意，今天就把您和公主的婚事办了吧。"

"如此甚好。"松赞干布愉悦地说。

这天晚上，热闹了一天松赞干布和文成公主，已为对方的容貌和气质所倾倒，卿卿我我，耳鬓厮磨，似有诉说不完的贴心话。

书中暗表，这个名叫"周毛松多"的行馆遗址，至今仍然存在，它已变成了唐蕃亲密友好的历史见证。当地传说，当年文成公主进藏时，不仅在"周毛松多"和松赞干布成婚，度过了一段美好的时光；而且还在当地雕刻了不少佛像，教会当地蕃人如何尊崇礼仪，接受教化，把中原文化传授到这里。还留下一些从内地带来的农艺师和工匠，教人们如何种植青稞果蔬，种桑养蚕，建筑房屋。这些留居在澜沧江畔的农艺师便在此地留居下来，受到当地番族群众的尊敬，很快融入蕃人社会，成为蕃人的一部分。时值今时，当地的人们还把这些农艺师和工匠行居住的村庄称为"汉人村"。

盘桓旬日后，江夏王李道宗率领他的送亲队伍，辞别松赞干布夫妇，返回大唐复命去了。

又经过了两个多月的顶风冒雪的艰苦跋涉，春暖花开的时候，文成公主一行到了黄河的发源地——河源，这里水草茂盛，牛羊成群，一改沿途风沙迷茫的荒凉景象，让人精神为之一振。一路上很为吐蕃恶劣的自然环境而忧心的文成公主，这时也松了一口气。

文成公主到拉萨后，住在松赞干布兴建在玛布日山的王宫里。相传，松赞干布是观音菩萨转世，而"布达拉"在藏语中含有观音菩萨的寓意，因此，修建王宫时人们根据转世学说，将王宫起名为布达拉宫。正因为这样，吐蕃时期，布达拉宫也被僧俗大众敬为观音菩萨的道场，深受敬仰和膜拜。

迎娶大唐公主，使松赞干布感到非常荣幸，于是，还在拉萨墨竹工卡的嘉玛乃为公主筑一城，以夸示后世，遂立宫室以居。

文成公主进藏，给吐蕃的社会带来了新气象。随行的汉族乐师们演奏唐宫最流行的音乐，音乐舒缓优美，松赞干布听后大有如闻仙音的感觉，他对乐师和音乐大加赞叹，并选拔了一批资质聪慧的少男少女，跟随汉族乐师学习，使汉族音乐渐渐传遍了吐蕃的领地。

那些汉族的文士们帮助整理吐蕃文献，记录松赞干布与大臣们的重要谈话，使吐蕃的政治生态从原始走向文明。松赞干布命令大臣与贵族子弟虔诚地拜文士们为师，学习汉族文化，研读他们带来的诗书；接着，他还派遣了一批又一批的贵族子弟，千里跋涉，远赴长安，进入唐朝国家，研读诗书，把中原文化带回雪域高原。

汉族的农艺师们把从中原带去的粮食种子播种在高原的沃土上，然后精心地灌溉、施肥、除草，等到了收获的季节，那硕壮的庄稼，惊人的高产，让吐蕃人倍感诧异，不得不佩服汉族农艺师高超的种植技术。在松赞干布和文成公主的授意下，农艺师们开始向吐蕃人传授农业技术，使他们在游牧之余，还能收获到大量的粮食。尤其是把种桑养蚕的技术传给他们后，吐蕃也逐渐有了自制的丝织品，光泽细柔，花色浓艳，极大地美化了吐蕃人的生活，使他们喜不胜收，都十分感谢文成公主入吐蕃后给他们带来的好处。

当时，唐朝佛教盛行，而藏地无佛。文成公主是一位虔诚的佛教徒，她携带了佛塔、经书和佛像入蕃，决意建寺弘佛。她让山羊背土填卧塘，建成了大昭寺。大昭寺建成后，文成公主与松赞干布亲自到庙门外栽插柳树，以示纪念。柳树成活，树梢婆娑，遮天蔽日，后人称为"唐柳"。松赞干布还在大昭寺山门前立"甥舅同盟碑"一通，以唐蕃文字记录下唐蕃关系，以示后人。为了表示对公主的尊崇，他还把公主从长安请来的一尊释迦牟尼十二岁等身像，也供奉在了大昭寺正殿。后来，松赞干布又为文成公主修建了小昭寺。从此，佛教慢慢开始在西藏流传。文成公主还对拉萨四周的山分别以妙莲、宝伞、右施海螺、金刚、胜利幢、宝瓶、金鱼等八宝命名，这些山名一直沿用到现在。这是后话，不提。

文成公主一方面弘传佛教，为藏民祈福消灾，同时，还拿出五谷种子及菜籽，教人们种植。蚕豆、油菜能够适应高原气候，生长良好。而小麦却不断变种，最后长成藏族人喜欢的青稞。文成公主还带来了车舆、马、骡、骆驼以及有关生产技术和医学著作，促进了吐蕃的社会进步。松赞干布非常喜欢贤淑多才的文成公主，专门为公主修筑的布达拉宫，共有一千余间宫室，富丽壮观。但后来毁于雷电、战火。经过十七世纪的两次扩建，形成现在的规模。布达拉宫主楼十三层，高117米，占地面积36万余平方米，气势磅礴。布达拉宫中保存有大量内容丰富的壁画，其中就有唐太宗五难吐蕃婚使噶尔·禄东赞的故事，文成公主进藏一路遇到的艰难险阻，以及抵达拉萨时受到热烈欢迎的场面等。这些壁画构图精巧，人物栩栩如生，色彩鲜艳。布达拉宫的吐蕃遗址后面还有松赞干布当年修身静坐之室，四壁陈列着松赞干布、文成公主、禄东赞等人的彩色塑像。

二

松赞干布迎娶文成公主后，中原与吐蕃之间关系极为友好，此后20多年间，很少有战事，使臣和商人频繁往来。松赞干布十分倾慕中原文化，他脱掉毡裘，改穿绢绮，并派吐蕃贵族子弟到长安国学读书。唐朝也不断派出各类工匠到吐蕃，传授各种技术。文成公主入藏，带去许多工艺品、谷物、菜籽、药材、茶叶以及历法、生产技术与各种书籍，大大促进了吐蕃经济文化的发展与进步。后来，松赞干布又接受唐朝授予他的官职与封爵。文成公主入藏，把中原文化传播到了雪域高原，奠定了汉藏密切交往的基础。

贞观二十三年，唐太宗李世民去世，新君高宗李治继位后，遣使入蕃告哀，以松赞干布为驸马都尉，封西海郡王。松赞干布欣然接受了唐朝的官爵封号，并致书司徒长孙无忌等人说："天子初即位，若臣下有不忠者，当发兵赴国征讨。"同时，还献金银珠宝15种，请求置于唐太宗灵柩之前，表示深切哀悼和怀念之情。唐高宗并刻了他的石像列在唐太宗的昭陵前，以示褒奖。

　　松赞干布雄才大略，统一西藏，促进了吐蕃政治、经济、文化的发展，加强了藏族与汉族的亲密关系，为中国这个统一的多民族国家的历史发展作出了杰出贡献。文成公主知书达礼，不避艰险，远嫁吐蕃，为促进唐蕃间经济文化的交流，增进汉藏两族人民亲密、友好、合作的关系，作出了历史性的贡献。

　　文成公主死后，吐蕃人到处为她立庙设祠，以志纪念。一些随她前来的文士工匠也一直受到丰厚的礼遇，他们死后，也纷纷陪葬在文成公主墓的两侧。至今文成公主和这些友好使者，仍被西藏人视为神明！因此也产生了吐蕃人民赞扬文成公主的诗歌：

　　　从汉地来的白度母啊，

　　　带来了各种粮食三千八百种，

　　　给吐蕃粮库打下了坚实的基础；

　　　从汉地来的白度母啊，

　　　带来各种手艺的工匠五千五百人，

　　　给吐蕃工艺打开了发展的大门；

　　　从汉地来的白度母啊，

　　　带来了各种牲畜五千五百种，

　　　使吐蕃的乳酪酥油从此年年丰收。

　　……

　　唐蕃间的"和亲"给双方的社会生活带来了很大的变化，但"和亲"在当时最重要的作用，还是突出地表现在政治上。首先，双方之间表示友好的礼节性来往顿时频繁起来。据统计，从贞观八年至会昌二年的

209 年间，双方使者往来达 280 余次。而每次出使的人数少则有数人数十人，多则可达上千人。使团的任务有和亲、告丧、抚慰、吊祭等等，涉及政治、经济、文化生活的各个领域，使者的称呼也是名目繁多，不一而足。这些活动都极大地促进了双方间经济、文化上的交流，双方社会的经济文化生活因此丰富了起来。最重要的是，"和亲"政策在一定程度上奠定了唐太宗时期唐朝和吐蕃、吐谷浑三者间二十多年友好相处的基础，西北地区因此出现了短暂的和平局面。

唐朝正是利用这一难得的机会，向西发展平定了西突厥的动乱，有效地经略了西域。而且，在唐朝经营西域的过程中，吐蕃一度曾是唐朝最大的外援力量。

吐蕃一方面和大唐和亲，迎娶文成公主，通过联姻的方式，改善与大唐的关系。同时，他的东进方略并没有因文成公主和亲而发生丝毫的改变。就在文成公主下嫁吐蕃的当年，在吐蕃贵族的策动下，吐谷浑内部以握有实权的丞相宣王为首的亲蕃势力，阴谋借祭山神之机，袭击弘化公主，劫持吐谷浑王诺曷钵投奔吐蕃。后因事机泄露，诺曷钵携弘化公主率轻骑到湟水县的鄯城求援。鄯州刺史杜凤举派果毅都尉席君买与在鄯城的诺曷钵属下威信王合兵，攻击宣王叛军，杀宣王兄弟三人。这一事件使吐谷浑国内的亲吐蕃势力受到一次沉重打击。

但是，就在唐太宗皇帝李世民去世后的次年，也就是高宗李治永徽元年，吐蕃杰出的政治家、军事家松赞干布去世，唐蕃之间的关系开始发生微妙的变化。因松赞干布的儿子贡松贡赞早亡，吐蕃以松赞干布年幼的孙子芒松芒赞继位，朝中的大权落到以大相噶尔·禄东赞为代表的主战派势力手中。此时，吐蕃日益强盛，不断向周边扩张，并将吐谷浑作为首要的兼并对象。唐高宗、武则天时期，吐蕃对吐谷浑的染指，直接威胁到了唐在陇右、河西地区的统治。与此同时，吐蕃势力又向西北进入西域，唐蕃展开争夺安西四镇的争战，唐蕃之间因"和亲"平静了多年的边界，又开始战云密布，冲突迭起。

吐蕃独揽朝政的主战派，主张对外用兵，扩大疆域。为了达到扩张目的，摄政禄东赞于唐显庆元年统兵12万讨伐背叛吐蕃的白兰羌，激战三日，斩获首级千余，白兰羌复归吐蕃统治。

三

秋风劲吹，战马嘶鸣。

半个月前还是吐谷浑属国的白兰大草原上，毡帐一座连着一座，一眼望不到头。一队队吐蕃士卒腰别弯刀，警觉地望着四周，穿梭在毡帐之间巡逻。显然，这里如今是吐蕃军队的大营。

吐蕃大营中央一座硕大华丽的锦帐里，此刻正在举行一场重大的军事会议，吐蕃统帅、大论噶尔·禄东赞端坐在上方的锦榻上，神色凝重地环视着众将领，认真倾听着他们对战局的分析以及对下一步作战方向的见解。锦帐里，那一个个威风凛凛的战将，情绪激昂，慷慨陈词。

"尊敬的大论，依我看来，我军拿下白兰并不是目的，即使占领了吐谷浑全境，也只是完成了东进战略的一部分。"大帐里，一员年约三旬的蕃将，微黑脸膛，浓眉大眼，四方阔口，声如洪钟，慷慨陈词："大论，白兰一役，令吐谷浑胆寒，再也没有实力与我邦对抗。我军不如乘胜出击，直捣吐谷浑巢穴伏俟城，趁机攻灭吐谷浑。"

"钦陵将军未免过于轻敌。"一位年年逾五旬的蕃将，穿一件紫貂战袍，蹬穿一双牛皮筒靴，一绺长髯飘洒胸前。他将一捋胸前飘洒的长髯，不以为然地说："吐谷浑并不可怕，想要灭掉它，也在须臾之间。但是，我所虑者是唐朝，吐谷浑的靠山是大唐帝国。大唐毕竟是中原大邦，兵强马壮，实力雄厚，以我吐蕃现在的国力，恐难以与之抗衡啊。"

"老将军不要长他人志气，灭自己威风。"噶尔·钦陵不以为然，驳斥道："大唐王朝有何惧哉，我十万铁蹄早晚要踏过雪峰草原，杀入唐境。届时，河陇地区丰饶的草原农田，岂不是我邦的囊中之物？"

"钦陵，跟老将军说话要有礼貌。"禄东赞斥退爱子，以一副胜利者的神态，傲慢地说："河陇地区早晚是我们的，即使唐朝国都长安城，我吐蕃大军也可以走上一遭。只是当务之急，我军尚需休整些时日，是要全力对付吐谷浑。我军虽攻占了白兰，但未伤及吐谷浑的根基，待大军平定了吐谷浑，唇亡齿寒，收拾河陇的日子也就不远了！"

唐高宗显庆元年，噶尔·禄东赞率兵十二万，击败吐谷浑属国白兰，并长期屯兵于此，等待时机，出兵吐谷浑。

大唐王朝的京师长安，锦绣盈城，花光满路，三街五市，人如川流，熙来攘往，车水马龙，华盖如云。八水环绕的古都长安，经过高宗皇帝李治的"永徽之治"，丝竹乐曲，随风飘荡；奢靡之气，弥漫街巷。街市上、宫墙内，到处充斥着太平盛世的繁华景象。

这天，高宗皇帝李治刚退朝回宫，正与皇后武媚娘耳鬓厮磨，呢喃细语地说着魂销肠断的话儿，忽闻内侍急报：

"禀皇上，左仆射长孙大人送来鄯州督府八百里军情急报，请御览。"

"长孙大人呢？"李治清楚，舅舅长孙无忌如此匆忙来找，朝中必有重大军情，便问。

"正在宫外候旨。"内侍回答。

"请他稍候，待朕阅过急报后再作处置。"李治说着，急忙从内侍手里接过公函，匆匆一览，倒吸一口凉气，吃惊地说："这……唉，可恨吐蕃，全然不顾甥舅之谊，前番灭了吐谷浑，窃取白兰等大片土地。这次又兴兵寇边，掠地攻城，扰我河湟，这如何是好。"

"陛下切勿烦恼，区区吐蕃，何足惊慌。"皇后武媚娘接过公文，草草一览，便杏眼一挑，斩钉截铁地说："昔日，先皇乘天下鼎沸，叱咤风云，荡涤群雄，修齐庶政，而后南征北战，收服四裔，威令所行，东综东瀛，西定葱岭，北征漠北，南服吐蕃，国势之盛，创造了亘古以来难得一见的辉煌业绩。身为当朝天子，应以先皇为楷模，以天下大事为己任，举重若轻，胸怀坦荡，完全不必为形势所左右。据臣妾来看，朝中尚有李勣、薛仁贵、苏定方，都是能征惯战的宿将，难道还怕他吐蕃不成？"

"还是皇后胸怀韬略，心思缜密，真乃女中豪杰，朕的贤内助啊。"李治听得出，武媚娘的话既是对他的激励，同时也流露出对他的训诫和不满，尽管如此，他心里还是舒展了许多，他轻声说道："吐蕃来犯，朝野震惊，朕须马上去武德殿与众臣议会，再做处置。传旨，长孙无忌、褚遂良、李勣、刘仁轨等人，速到武德殿议事，不得延误。"

"是。"内侍领命而去。

李治起身，整整衣冠，深情地望着武媚娘，亲昵地吻了一下她的媚眼，才匆忙离去。

武媚娘望着李治离去的背影，浅颦微蹙，艳若桃粉的脸上浮现出一缕若隐若现的愁绪。

俄顷，武德殿君臣齐会。

"各位爱卿。"李治居高临下，环视群臣，语气和缓地说："大唐自贞观以来，在先皇与各位爱卿的治理下，国势强盛，河清海晏。尤其文成公主'和亲'吐蕃，唐蕃间使臣不绝，基本保持了睦邻友好关系，国家也逐步强盛起来。但是，自从永徽元年松赞干布去世以后，吐蕃以松赞干布年幼的孙子芒松芒赞为赞普，朝中大权为大相禄东赞所把持，穷兵黩武，对外扩张，先是起兵攻伐白兰羌，继而吞并吐谷浑。如今，吐蕃又把魔爪伸向鄯、凉诸州，不断派兵袭扰，是可忍孰不可忍！"

"众爱卿，吐蕃大相禄东赞举兵攻略吐谷浑，吐谷浑可汗诺曷钵遣使赴长安，请求我唐出兵驰援，挽救危亡。"朝堂之上，唐高宗举棋不定，犹豫地问："请诸位说说看，这吐谷浑救得还是救不得？"

"陛下，吐谷浑是我大唐的属国，如今遭受吐蕃侵扰，理当出兵驰援。"左仆射长孙无忌虽为文臣，但长期追随太宗皇帝李世民四处征战，也练就一副侠肝义胆，文韬武略。此时，面对吐蕃猖獗、吐谷浑亡国在即，便义愤填膺地说："吐蕃狼子野心，觊觎吐谷浑久矣。如果任由吐蕃嚣张，国力弱小的吐谷浑势必亡国，吐谷浑千里大草原便成了吐蕃的囊中之物。那样的话，唇亡齿寒，我河右地区从此永无宁日啊！"

"长孙大人说的对啊，陛下。"中书令刘仁轨出班奏道："河右幅员辽阔，东接陇塬，西抵西域，南御吐蕃，北拒大漠，为我大唐的战略要地，也是我朝连接中亚的商旅通道，万不堪受到异族的染指。吐谷浑虽然弱小，但是我大唐与吐蕃间的缓冲地带，若失去这个缓冲地带，我将直接面对气焰嚣张的吐蕃，其后果不堪设想啊！当务之急，我当派一员能征惯战的宿将，统兵十万，出征吐蕃，既可救吐谷浑即亡，又可加强河右的防务。"

"谈何容易，可如今朝中元戎宿将大多离世，后继乏人呐！"中书令褚遂良拈髯颔首，缓缓地说："再说，辽东战事正炽，哪里还能抽出这十万兵卒哩。"

"陛下，臣荐一人，可统兵敌御吐蕃。"英国公李勣出班奏道。

"李爱卿所奏何人，请速速道来。"李治知道，几天以后，李勣和刘仁轨都要赴辽东参战，便想听听他所荐的是何人。

"陛下，朝廷既然难以分兵，何不以凉州都督郑仁泰为青海道行军大总管，以加强河右地区的防御，以阻止吐蕃势力的东扩。"李勣环顾左右，侃侃而谈："郑仁泰乃我大唐开国将领，曾官拜右武卫大将军，长期在西北边地戍守，熟知边事。如启用此人统领西北诸军事，西北边事可定。"

"陛下，此人不可重用。"长孙无忌眉头微蹙，犹豫地说："龙朔二年，陛下以郑仁泰为铁勒道行军大总管、薛仁贵为副大总管，兵伐铁勒。此役唐军虽然取得胜利，但是，郑仁泰却因嗜杀过重，致唐军蒙受巨大损失而被降职。如果让这样的人执掌帅印，恐难以服众啊。"

"长孙大人，岂不闻：'人非圣贤，就能无过。'"李勣辩解道："现在是用人之际，也不好求全责备啊。"

"众爱卿。"李治为边事所扰，不堪其忧，再也顾不得军纪，说："郑仁泰功大于过，堪此重任，就这样定了吧。传朕的旨意，凉州都督郑仁泰任青海道行军大总管，率右武卫将军独孤卿云、辛文陵，分屯凉、鄯二州，加强河右防御，阻止吐蕃袭扰。"

四

这天，吐蕃统帅噶尔·禄东赞在大帐中正和几位将军饮酒作乐，忽听帐外由远及近，传来一阵马蹄声，旋即，一员蕃军小头目急匆匆走进帐来，单膝跪地，拱手道："启禀大相，西海之侧发现一支唐军，正缓缓朝我侧翼移动。"

"唐军？"禄东赞一怔，急忙问道："主将是谁？带多少人马？"

小头目答道："回大相的话，唐军主将是青海道行军大总管郑仁泰，率精锐步骑二万。"

"郑仁泰？怎么会是他？他不是凉州都督吗，怎么……"禄东赞心想，难怪这几天吐谷浑的战力突然增强了，这是唐朝的援军到了啊。他沉吟半晌，挥挥手斥退了小头目，然后说："唐朝援军已过赤岭，向我侧翼移动，这显然是趁我后方空虚，断我退路啊。如此看来，这次又要让诺曷钵逃过一劫哩。"

"父亲，区区二万唐军，有啥可怕的。"蕃将噶尔·钦陵少年得志，恶狠狠地说："孩儿愿领一支人马前往截杀，不出旬日，便将唐军主将郑仁泰的首级献于父亲面前。"

"是啊大相，吐谷浑已是强弩之末，就这样罢战岂不可惜。"几个少壮派将军也不甘落后，异口同声地说："请大相坐镇中军，指挥大军继续与吐谷浑作战，我们随少将军出战唐军，杀他个片甲不留，有来无回！"

"钦陵，敌情不明，休得胡来。"禄东赞喝住爱子，分析着对众将说："这个郑仁泰可非同一般呐。当年唐军征伐铁勒，李世民以他为铁勒道行军大总管，统兵十万，进军西域，取得胜绩。那时候，名震天下的白袍将军薛仁贵，还是襄理他的副大总管哩。此人不但骁勇善战，极有谋略，而且嗜杀成性，军中人称'郑屠夫'。正是因为坑杀铁勒俘兵的原因，他被降为凉州都督，多少年得不到重用。现在唐廷任他为青海道行军大总管，说明了两层意思。一是唐廷因辽东战事所累，已无元戎宿将可派；二来郑仁泰久在凉州戍边，熟悉边事，又是一员能征惯战的宿将。"

"如此说来，我们只能罢战撤军了？"众蕃将不解地问。

"撤兵，必须马上撤。"禄东赞沉吟片刻，神色凝重地说："其实，郑仁泰并不可惧，我军一支偏师就可以阻止他的行动。但是，郑仁泰大军的一侧，还有苏定方为策应，苏定方可是唐军的一员虎将啊。近来，唐廷任命左骁卫大将军苏定方为凉州集安大使，节制诸军，虎视眈眈，直接威胁我军，不可不防啊。"

几天后，吐蕃大军罢战，悄无声息地撤回到被他们占据的吐谷浑领地白兰。回到白兰后，禄东赞转变策略，开始实施新的图谋：挥兵西进，攻打勃律，策反西域，彻底颠覆大唐王朝在西域的统治，进而实现攻灭吐谷浑，东进河湟的战略图谋。

唐高宗龙朔二年，吐蕃发兵攻打勃律，成功策反龟兹、疏勒和西突厥的弓月部的亲蕃势力发动反唐叛乱，以牵制唐军。

书中暗表，太宗贞观年间，为了加强王廷对西域的有效统治，确保丝绸之路商旅通道的畅通无阻，唐王朝在西域的龟兹、疏勒、弓月、于阗四镇建立了安西都护府，势力达到了粟特地区和克什米尔。

禄东赞清楚地知道，西域是唐王朝新开拓的疆域，丝绸之路又是长安通向中亚各国的贸易通道，对唐廷有着举足轻重的地位，搅乱它甚至占领它，就意味着在唐廷的腹背插上了一把刀子，这比攻灭一个吐谷浑更有意义。因此，此次出兵勃律，策反西域四镇，吐蕃是下了血本的。在禄东赞的亲自指挥下，蕃军大破勃律，勃律分裂为大勃律和小勃律两国，大勃律臣服于吐蕃，小勃律则臣服于唐朝。吐蕃成功在西域设立了自己的据点，控制了瓦罕走廊。

面对吐蕃在西域的攻势，唐廷急诏伊州刺史苏海政，会同西突厥继往绝可汗阿史那步真、兴昔亡可汗阿史那弥射，统兵五万，前往攻打龟兹。继往绝可汗阿史那步真与兴昔亡可汗阿史那弥射，虽为同族兄弟，但两部落向有隔阂，不相往来。禄东赞利用他们之间的矛盾，挑拨离间，结果兄弟阋墙，发生内讧，兴昔亡可汗兵败被杀，唐军受到沉重的打击。吐蕃趁兴昔亡可汗被杀，招诱兴昔亡属下的咄陆部投奔吐蕃，以壮大蕃军实力，共以对抗唐军，西域战事陷入胶着。龙朔三年，疏勒和弓月部在蕃军的支持下围攻于阗，唐廷派安西都护高贤率军驰援，路遇蕃军伏击，无功而返。

高宗麟德二年，蕃军再次联合疏勒、弓月两部，发动对于阗的攻势，西州刺史崔知辩闻讯紧急驰援，击退了蕃军的进攻。高宗乾封二年，西突厥继往绝可汗死，其属下的弩失毕部投降吐蕃。之后，西域各地的叛乱活动更加炽烈，并迅速向于阗等地蔓延，唐廷终于失去对这一地区的控制，将安西都护府迁至高昌。

蕃军在西域各地的军事行动，彻底打乱了唐朝在西部边陲的军事部署。禄东赞见声东击西的策略使唐军首尾不能相顾，无暇顾及吐谷浑的安危，遂派噶尔·钦陵统二万精骑北伐吐谷浑，连克数营，在黄河边上屯兵驻扎。

五

清晨，血色一般的太阳升起来了，照得大地一片彤红，格外瘆人。

西海之滨的伏俟城王宫里，吐谷浑可汗慕容诺曷钵和弘化公主刚要进餐，突然，部将来报：

"禀可汗，现有大臣素和贵夤夜叛投吐蕃，将我国内虚实和兵力部署尽悉提供给蕃人。吐蕃噶尔·钦陵将军率劲骑二万，直奔我国杀来，屯于黄河南岸！"

"啊……有这等事情？这……如何是好……"诺曷钵大吃一惊，迭坐在卧榻上，茶呆呆地望着弘化公主，半晌说不出话来。

"可汗，大敌当前，您得尽快拿主意啊。"此刻的弘化公主，泪眼婆娑，说话哽咽，几年来颠沛流离的生活，已经使这个大唐公主憔悴得不成样儿了。

"公主啊公主，连年的战争，已经使国力耗损殆尽，我还能想出什么办法哩。"诺曷钵脸色苍白，绝望地说。

"昂城、龙涸、洮水一线尚有五万精兵，何不调来勤王护驾。"情急之下，弘化公主想到昂城一带的兵力，急忙向诺曷钵建言："请可汗速派精骑，调昂城之兵，速来救驾。"

"唉，人忙无智，我怎么把这支人马给忘了。"诺曷钵听公主一说，仿佛在茫茫洪涛中拣到了一根救命的稻草，急忙传令："来人呐，派出精骑，火速赶往昂城、龙涸，调集勤王之兵，速来救驾。”

“可汗，昂城、龙涸路途遥远，光从这里调集人马，恐怕是远水解不了近渴啊。”弘化公主想了想，又说：“以臣妾之见，我们还得向唐廷求救，唐廷不会坐视不管的。”

“这……”诺曷钵沉吟半晌，犹豫不决。

昂城、龙涸一线确有一支吐谷浑劲旅，统兵将领为名王慕容干臣，年过六旬，气宇轩昂，精神矍铄，是吐谷浑的老将。伏允可汗在时，慕容干臣曾听命于帐前，东征西讨，立下无数战功，深受伏允的器重。当年，唐军五路攻伐吐谷浑，伏允兵败，为左右所杀，干臣失望已极，便带领部众奔昂城而去。诺曷钵继位后，他曾寄予厚望，希望在新可汗的统领下，吐谷浑能重整旗鼓，恢复昔日的辉煌。然而，几年过去了，在唐蕃两个强邻的夹缝里求生存，吐谷浑每况愈下，一年不如一年。面对这个状况，他绝望了，常常是日暮酒阑，杯盘狼藉，沉湎在醉生梦死的日子里。此刻，他接到诺曷钵的求救信函，先是一声长叹，而后紧急调集二万精骑，昼夜兼程，勤王救驾。

不一日，慕容干臣统兵来到黄河边上，安营扎寨，埋锅造饭。岂料，吐蕃大军在钦陵将军的率领下，趁慕容干臣立足未稳，乘机杀出，遂在黄河边上击溃了吐谷浑军队。就连统帅慕容干臣也死于阵中。

吐谷浑大军全军覆灭的消息传到伏俟城，吐谷浑王诺曷钵及弘化公主率所部数千帐，连夜逃至唐境的凉州地界，并遣使向唐王朝告急。

“我们还能逃向哪里啊？”诺曷钵脸色苍白，两眼无神，嚅嗫地说：“想我诺曷钵，堂堂一代吐谷浑可汗，如今成了仓皇逃窜的丧家之犬了！苍天呐，眼见得吐谷浑大好的河山竟要落在吐蕃之手，我……愧对列祖列宗，我是吐谷浑不孝的子孙啊！”

说着，捶胸跺脚，热泪潸潸。

"可汗，军情急迫，你还是早点拿主意吧。"弘化公主收起泪眼，再次催促诺曷钵道："蕃军此番来犯，我国再也没有力量进行反击。依我之见，我们尽快打点行装，起赤岭转进湟水谷地，在鄯州躲避一时，方能逃脱厄运。"

"逃……对，逃！只有逃跑，才能躲过吐蕃铁蹄的蹂躏和荼毒！"诺曷钵经弘化公主一劝，从惶遽中醒悟过来，急忙传令道："来人，传令下去，全部落轻装简行，向赤岭唐境行进。着一小队精骑带我的书信，火速赶到鄯州，陈述军情，吁请鄯州刺史陶大举发兵接迎我们。"

但是，诺曷钵还没有启程，旦见手下游骑来报：钦陵在黄河南岸战胜吐谷浑军队后，连夜渡河，迂回过来，前锋已到赤岭，去鄯州的道路已被吐蕃军队封死，我们断难进入湟水谷地。

"啊……"诺曷钵闻报，顿时瘫坐在帐中，一时没了主意。

"可汗，你……"弘化公主见诺曷钵方寸大乱，劝也无益，便果断地命令部众："各位首领，请火速带领所部，随我们向北转进，翻达坂山，走斗拔谷，过了祁连山，便是凉州地界。"

"对，对……到了凉州，我们就安全啦。"诺曷钵也附和着说。

于是，吐谷浑可汗诺曷钵和弘化公主逃到凉州，从此再也没有收复失地的力量了。吐蕃攻灭吐谷浑后，河湟地区除鄯、廓二州辖治的唐境外，其余均为吐蕃政权所有。

唐朝在吐蕃发动对吐谷浑的战争中，先是举棋不定，优柔寡断，继而又采取绥靖政策，姑息吐蕃的占领，使吐谷浑这个在青海高原立国近三百五十年的鲜卑人国家宣告灭亡。

第·七章

伦钦陵逞雄河湟　薛仁贵兵败乌海

"薛仁贵,绛州龙门人。显庆中,为铁勒道行军副总管。时九姓众十余万,令骁骑数十来挑战。仁贵发三矢,辄杀三人。于是虏气慑,皆降。军中歌曰:'将军三箭定天山,壮士长歌入汉关。'后拜瓜州长史。"

【民国】《甘肃通志稿》

一

夏秋之际的西海,浩瀚缥缈,波澜壮阔,天水一色,数以万计的棕头鸥、斑头雁、鸬鹚,鸣叫着在水面上嬉戏飞翔,肥硕的裸鲤时不时跃出水面,成为西海的一大绝景奇观。滨海广袤的大草原上,山青草绿,水秀云高,五彩缤纷的山花在芳草茵茵的草原上绽放,膘肥体壮的牛羊和骢马似珍珠洒满大地,景致旖旎壮观。滨海四周为四座高山所环峙,战略位置十分重要。这四座大山,崇宏壮丽的大通山雄峙北方,逶迤雄伟的日月山绵延东界，延绵不绝的青海南山遥屏南境，峥嵘嵯峨的橡皮山盘踞西缘。站在日月山巅举目四顾，这四座大山环海雄峙，浑然耸立，独如西海的天然屏障。从山下到海滨，是苍茫无垠的广袤大草原，碧波连天、波澜起伏的西海，就像一个巨大的翡翠玉盘镶嵌在高山、草原之间，构成了一幅浓墨重彩的水墨丹青。

如果不是战乱，美丽丰饶的西海，必然是吐谷浑牧人们的天堂。然而，唐高宗李治显庆元年，吐蕃兴兵东进，一举灭了草原王国吐谷浑，从此，草原广袤，水草丰美的西海地区，成为吐蕃大军牧放战马，屯兵集粮的地方。

唐高宗乾封二年，大相禄东赞在吐谷浑逝世，吐蕃举国哀悼。在吐蕃，禄东赞可是个了不起的人物。他年轻时，极力辅佐松赞干布，为建立一个强盛的吐蕃，立下了不朽的功劳。暮年时期，吐蕃赞普年幼，野心勃勃的禄东赞，把持朝政，排除异己，进军西域，攻灭吐谷浑，把吐蕃拖向战争的泥淖。禄东赞死后，赞普芒松芒赞亲政，迫于禄东赞的压力，芒松芒赞不得不任命禄东赞的长子噶尔·赞悉若为大相，执掌朝政。赞悉若依仗家族的势力，大肆任用亲信，培植权力集团。同时又把他的几个弟弟分派到各地，掌控兵权。其中，派往吐谷浑故地的蕃军主将，就是禄东赞的次子、赞悉若的二弟噶尔·钦陵。

这天，天高气爽，凉风习习，成千上万的吐蕃士卒，在蕃将的带领下，演练刀枪，练习骑射。蕃军的擂鼓声、喊杀声，把平日宁静的大草原，变成一个充满仇恨和杀戮的演兵场。

蓦然间，东山坳马蹄声骤响，由远及近驰来一队轻骑，为首的一员蕃将翻身下马，来不及揩去身上的血污，顾不得伤痛，急匆匆来到中军大帐。

"启禀将军，在下奉命到唐境打粮，在赤岭以东遭到唐军伏击，兵败而归，请将军治罪。"蕃军小将伏在蕃军主将噶尔·钦陵面前，战战兢兢地说。

"什么？"正在和部将饮酒的钦陵，一掷手中的酒杯，吃惊地问："其余小队呢？难不成都遭到唐军攻击，收获甚少？"

"将军，"蕃军小将见问，便小心翼翼地说，"去往廓州方向的小队怎么样，情况尚不清楚，但去鄯州、凉州方向的小队，情况大致相同，有的小队伤亡惨重，几乎全军覆灭。"

"好啦，不要再说啦，一群废物，退下去吧。"噶尔·钦陵大手一摆，怒气冲冲地说。

书中暗表，吐蕃地处雪域高原的山宗水源，气候恶劣，地广人稀，物资匮乏，一应马匹粮秣，大都靠占领地区部落的供给。前些年，吐蕃北伐苏毗，苏毗等地成为吐蕃重要的军马供应之地。吐谷浑新亡，其降众又成为吐蕃的奴役，吐谷浑的劳作成果，又源源不断的流入蕃军大帐。如今，蕃军占领吐谷浑故地，唐蕃间的缓冲区消失了，蕃军又开始垂涎大唐境内的物产，麦熟季节常常派出精骑小队，渗透到廓州、鄯州、凉州等地，抢收粮食，以供军需。

这不，今年的夏秋季节，河湟地区粮食丰收，吐军主将钦陵亲自部署，精心挑选数千将士，组成十几个精骑小队，潜入河湟各地，直接掠夺农民即将收获的粮食，屡屡得手，战果颇丰。因此，贪得无厌的蕃军主将钦陵，干脆让精骑小队深入河湟腹地，不但收割田里的庄稼，就连唐军的军粮也要掠夺。岂料，河湟各地的唐军早有准备，针锋相对，处处设伏，结果，这次蕃军抢粮小队刚进入唐境，便遭到唐军的伏击，骄奢淫逸的蕃军不及提防，损失惨重。

"众将军。"吐军主将噶尔·钦陵环视左右，骄横地说，"想我数十万蕃军，西征西域，东剿吐谷浑，陷龟兹、取于阗、攻伏俟，大军所到之处，所向披靡，无人敢挡。可恨唐军，竟敢蔑视我蕃军的神武，处处与我作梗，断我粮道，掳我士卒，是可忍孰不可忍！"

噶尔·钦陵言讫，一双充血的环眼睥睨着众将。众将闻言，一阵怪叫，七嘴八舌地嚷嚷起来：

"将军，眼下正是秋肥季节，我军不如趁机出兵，狠狠捞他一把，也好报了其仇。"有人说。

"是啊，唐军主力远在渤辽，河湟那点兵力实在不是蕃军的对手，我们打吧！"也有人说。

"将军，您不是常说，廓、鄯诸州早晚是吐蕃的囊中之物吗。何不现在动手，把它夺了过来？"还有蕃将摩拳擦掌，跃跃欲试。

"钦陵将军……"

"诸位将军，少安毋躁，听我道来。"噶尔·钦陵经过一番深思熟虑后，把手一摆，制止住大家的议论，然后一字一顿地说："攻取廓、鄯，占据河湟，是本将军多年的夙愿。当年，我父禄东赞统兵攻占白兰时，我曾夸下海口，要率十万铁蹄踏过雪峰草原，杀入唐境，直取河陇，要河陇二十一座军州成为我邦的米粮之川、牧放之地。但是，当时有吐谷浑从中作梗，唐朝西域四镇又从侧翼掣肘我军的行动，致使我军顾虑重重，尚不能轻举妄动。现在，西域四镇已为我邦控制，吐谷浑也成为我蕃人的属地，今日的吐蕃，兵强马壮，今非昔比，是实现我们宏大夙愿的时候了。"

"众将士听令。"噶尔·钦陵沉吟片刻，面目狰狞地命令道："从即日起，吐蕃大军结束休整，进入临战状态。各地速调拨二万精兵，分三路袭扰唐朝的凉、廓、鄯、河诸州……"

一时间，西北大地再起波澜，战争的阴霾笼罩在河陇地区上空。

二

"启禀将军，蕃军精骑五千突入廓州，攻城掠地，锐不可当，廓州刺史请求驰援！"

"报，蕃军万余精骑攻入凉州地界，抢夺资财，杀人放火，无恶不作。凉州刺史奋起抵抗，但因寡不敌众，退守张掖，请求驰援！"

"将军，大事不好。蕃军精骑入寇河州……"

"报将军……"

这几天，各地告急文书像雪片一样传送到鄯州，弄得青海道行军大总管郑仁泰惊惶不定，心神不安。本来，吐蕃兵发吐谷浑，他因怯战未能出兵驰援，致使吐谷浑政息国灭。为此，他受到朝廷的严厉斥责，还差点被罢官削职，成为一介平民。近日，他刚请旨册封慕容诺曷钵为青海国王，准备将其安置在凉州以南的祁连山一带，以安抚吐谷浑失国之痛。慕容诺曷钵虽是亡国之君，但他毕竟还是弘化公主的丈夫、大唐的驸马哩。然而，他的这一行动尚未付诸实施，就遇到吐蕃军队的大举入寇，着实让他头疼。

郑仁泰不愧是身经百战的老将，危机面前稍有惊慌，但很快便冷静下来，沉着地处置危局，尽显大将风范。

"诸位大人，众将士。"郑仁泰星夜招来鄯、廓、凉、兰诸州的刺史，召集军前会议，商讨应对危机的对策。他说："蕃军多路出兵，扰我州县，杀我边民，夺我资财，可恶至极。大敌当前，军情紧迫，我们切不可等闲视之啊。诸位，有何御敌良策，可尽管道来。"

"将军，吐蕃兴兵，意在河湟。"鄯州刺史陶大举思谋良久，侃侃而谈："依在下愚见，此番吐蕃多路出击，兵犯大唐，表面上看气势汹汹，其实仍在探我虚实。因此，我州府县衙应当紧急行动起来，动用府兵，招募丁勇，抗拒蕃军，保境安民。将军则率大军巡逡关口要隘、交通要道，严密监视蕃军主力的动向，一有风吹草动，便可驰援。如此，造成蕃军判断上的失误，蕃军再猖獗，谅他也不敢贸然举兵。"

"陶将军所言，正合我意。"郑仁泰知道陶大举是武将出身，文韬武略，颇有章法。同时他也清楚各州府都有成百上千的府兵，虽然兵器简陋了些，战力也不怎么强，但利用好了也是一支不可小觑的力量。况且，民间尚可招募到一些数量可观的丁勇，遇到小股蕃军，完全可以聚而歼之。郑仁泰向陶大举投去赞许的一瞥，然后把目光转向其他几位刺史、将领，接着说："动用府兵，募集丁勇，可弥补我兵力之不足，此计甚妙。各州府尽管组织人马，兵器弓弩，统由本将军统筹，可及时补齐。"

"陶大人此计虽妙，但我廓州地广人稀，财匮力绌，没有那么多的府兵丁壮啊。"廓州刺史李羡也是一员战将，几次与蕃军交战，深知州县那些兵力根本无力抵御蕃军，于是说："面对强敌来袭，州县府兵丁勇可以抵挡一时，但坚持不了多久。在我看来，与虎狼成性的蕃军交战，还是要靠唐军主力。"

"这……"陶大举微微一怔，转而言道："这是我考虑不周的缘故，望李大人见谅。再下以为，为拒吐蕃染指河湟，郑将军可从兰、鄯、凉、河诸州抽调部分兵力，协防廓州可也。"

陶大举此议一出，得到兰、凉、河诸州刺史的热烈响应，当即决定各州各出五百人马，共同防御吐蕃的侵扰。

安排了各州县的防御，郑仁泰又快马上疏朝廷，请求发兵驰援。

咸亨元年，岁在庚午。

这天，风和日丽，廓天明朗。一场春雨过后，渭水两岸新竹摇曳，杨柳婆娑，麦禾青青，黄花吐蕊，点点农舍简约古朴，掩映在万顷碧波之中。清明节前后的关中大地，四野碧翠，花红叶绿，景致煞是好看。

倏忽间，从官道上驰过几匹快马，呵斥行人让道，直奔长安而去，身后扬起一遛尘埃。不一会儿，快马奔驰到紫禁城外，马上人带着倦意高呼："快，河陇有紧急军情……"

吐蕃兵犯河湟，朝野震惊，高宗皇帝李治即刻召集御前会议，商议对策。

"各位爱卿，"武德殿内，唐高宗李治跌坐于紫檀雕龙御座之上，面色憔悴，精神恍惚，有气无力地说："吐蕃犯境，河湟危机，哪位爱卿有御敌良策，请快快奏来。"

众大臣面面相觑，无言以对。

书中暗表，贞观之后，大唐又经历了"永徽之治"的辉煌，正处于国力强盛的鼎盛时期。慢说吐蕃犯境，就是联合突厥、铁勒一齐来袭，凭大唐的国力，是完全可以对付得了的。但是，继太宗皇帝驾崩之后，那些追随他南征北战的元戎宿将也一个个相继作古，后继乏人。不但如此，辽东战事旷日持久，朝廷将仅有的几员虎将也派往高句丽前线，哪里还有能征惯战的战将可派。没有名将出征，哪来的御敌之策啊！

"各位卿家，往日你们评论国是，叽叽喳喳，评头论足，似有说不完的道理。今天怎么啦，一个个耷拉着脑袋，像吞食了哑药似的！"与李治并驾而坐的皇后武媚娘，秀眉一扬，怒斥道。

"启奏皇上、皇后，"左仆射长孙无忌瞥一眼左右，出班奏道："非是臣等胸无良策，朝中实在是没有良将可派啊。昔日，吐蕃攻略吐谷浑，威胁唐境，朝中尚有郑仁泰、苏定方二位将军可举。龙朔二年，年逾七旬的苏定方苏老将军战殁杀场，以身殉国，西北战将也就仅剩郑仁泰一人了啊。"

"如此说来，是我大唐无人了？"武后杏目圆瞪，逼视长孙无忌，说："长孙大人，你不要妄自菲薄，小瞧了我大唐的实力啊。"

"非是大唐无人，而是那些能征惯战的将军们都在东辽。"长孙无忌稍加思索，胸有成竹地说："以微臣愚见，从辽东前线抽调一两名战将回朝，领衔御敌，兵发河湟。"

"哦？从辽东调将……"李治眼前突然一亮，来了精神，径直说："此议可行。颁朕的旨意，速调右威卫大将军薛仁贵进京……"

三

唐咸亨元年，吐蕃大举入侵西域，攻陷西域白州等十八个羁縻州，又和于阗联手陷龟兹拨换城，唐被迫罢安西四镇。继而，吐蕃迅速东进，攻灭草原王国吐谷浑，使大唐失去了防御吐蕃的战略屏障。如今，吐蕃又以噶尔·钦陵为蕃军主将，统领重兵，坐镇吐谷浑故地，鹰窥虎视大唐疆域，不断骚扰河湟地区，成为大唐西部边陲的心腹大患。

唐王朝遂以右威卫大将军、平阳郡公薛仁贵为逻婆道行军大总管，右卫员外大将军阿史那道真、左卫将军郭待封为副总管，统兵五万攻讨吐蕃，援助诺曷钵恢复其吐谷浑故地，进而挺进雪域高原，征服吐蕃。

薛仁贵系绛州龙门人，出身贫寒，骁勇善骑射，为唐之名将。贞观末年，薛仁贵应募从军，随唐太宗东征高丽，阵前着白袍率先冲锋，所向披靡，擢升游击将军，不久又因武功擢升右领军中郎将。高宗显庆年间，他又多次出征高丽、契丹，均有武功，擢升为右武将军。高宗龙朔二年，随凉州都督郑仁泰西征铁勒，铁勒令骁骑数千人阵前搦战，薛仁贵连发三箭，射死铁勒三员裨将，敌阵将士惊恐万状，纷纷下马请降，唐军大胜，薛仁贵俘叶护兄弟三人而还。薛仁贵"三箭定天山"的故事，流传千年，脍炙人口。薛仁贵平定铁勒部后，又三次征讨高丽，以武功封右威卫大将军、平阳郡公。因此，此次西征吐蕃，调用薛仁贵为统帅，足见朝廷对他的信赖和倚重。

朝廷此次西征，以逻婆为出师之名，是有深意的。抑或说，西征大军不但有攻取吐谷浑故地，恢复这个备受战争摧残的草原王国的战争目的，而且还有攻略吐蕃都城逻些、臣服吐蕃的战略企图。为此，唐王朝还以西突厥首领阿史那都支为左骁卫大将军兼匐延都督，以牵制吐蕃在西域的兵力，与薛仁贵大军遥相呼应。应当说，唐军的这一战略图谋还是很高明的，如果说，不是后来唐军自己出了问题，吐蕃会有什么结果，还两说着哩！

这年七月，薛仁贵率领大军进驻鄯州，稍事休整后，遂令军中将领在府署议事。在府衙大堂，薛仁贵环视众将，侃侃言道："众位将军，万岁将西北战事托付给我们，足见皇上对我们的信任。我们定要同心戮力，奋勇杀敌，直捣逻些，征服吐蕃，以报圣恩。"

"任凭将军吩咐，我将竭尽全力，万死不辞！"唐军副帅阿史那道真朗声道："薛将军，我愿请命充任前部先行。"

"阿史那将军，我军此次西征，不同以往，打的是消耗战。"薛仁贵看着阿史那道真，严肃地说："逻些与鄯州，遥遥千里，途间多为草原、沙漠、山峰，粮草军资无法就地取材，因此，特遣将军督办粮草，以为后援。"

"末将遵命。"阿史那道真应诺道。

"郭将军，此次西征，你我干系重大，说说看，你有什么见解？"薛仁贵转而问郭待封。

"你是主帅，我等全听你的。"副帅郭待封鄙视一眼薛仁贵，傲慢地说："如果将军真听我的，照我的意思，让我率大军征剿吐蕃，将军可坐镇鄯州，听我的佳音吧！"

"这怎么可以？"薛仁贵一征，眉头紧蹙，不悦地说："我军兵力局促，意在速战，绝不能分散兵力。我知道将军的威名，但此次与吐蕃的战事，关系到大唐的安危，不可掉以轻心呐！"

薛仁贵知道，郭待封自恃职高位重，不甘屈尊于他的麾下，这是与他过不去啊，但他毕竟是唐军主帅，应当放宽胸襟，不与这种小肚鸡肠的人计较。于是，他吩咐道："阿史那将军，这次出征，我军只有区区五万，我只好给你拨一万人马。其余四万，由本将军和郭将军率领，前往吐谷浑故地进发，征剿吐蕃。"

两天后，薛仁贵与副将郭待封率大军沿湟水西进，经鄯城、石堡城越赤岭，来到蕃军占领地大非川的切吉草原，安营扎寨。薛仁贵深知吐蕃军兵多将广，且以逸待劳，唐军须速战速决，方能取胜。于是，他派出大量的探马细作，侦察蕃军主力，寻求战机。

这天，探马细作来报，称："将军，蕃军云集乌海，毡帐连片，如同城堡。"

薛仁贵闻报，打开地图一看，乌海距大非川有数百里之遥，沿途层峦叠嶂，泥淖遍布，道路艰险，车仗辎重不能前行。看着地图，使得这位身经百战的老将军倒吸了一口凉气。"乌海之敌可是一群肥羊，万万不能让他从身边溜走。然而，大军前行，非但速度缓慢，还有误入沼泽、丧失战机之虞。精骑长途奔袭，会收到事半功倍的效果，可如此重大的军事行动，派谁为主将呢？大军前行，后营辎重又该怎么办，派谁比较稳妥呢？"

军帐之中，唐军主帅薛仁贵，眉头紧锁，愁绪连连。少顷，他主意已定，便立即升帐，安排作战部署。

"众将位领，乌海之敌只能智取，不可强攻。"薛仁贵顿了顿，深思熟虑地说："我率二万精骑，轻装奔袭，直捣乌海。郭将军统兵二万，留守军寨，保护辎重、粮草。郭将军，我走之后，你可在大非川岭上凭险设置栅栏，构筑工事，使之成为进可攻、退可守的前沿阵地。"

"末将遵命便是。"郭待封漫不经心地回答道。

"郭将军，我把后军辎重托付给你，就等于把数万将士的性命就交给你啦。"临行之前，薛仁贵再三叮嘱郭待封说："郭将军，乌海道路险远，车行艰涩，若引辎重前往，必将贻误战机。乌海多瘴疠，无宜久留，我破蕃军后即刻返回大营。大非川岭上宽平，足堪置栅，我留二万人马作两栅，辎重并留栅内。你无论如何，都要固守大营，保护粮草辎重，等我回师，再作打算。若遇蕃军攻寨，你只需坚守，不可出战，切记，切记！"

"薛将军不必吩咐，末将也曾身经百战，守营的事儿我自会处置，请将军出发吧。"郭待封不以为然，轻狂地说。

"郭将军，记住我的话，万万不可轻敌！"薛仁贵从郭待封的眼神里察觉出一丝不安，但他还是令旗一挥，令道："出发！"

四

薛仁贵即率精骑，轻装奔袭，直扑乌海蕃军大营。唐军行至河口地区，便与蕃军遭遇，双方展开激战。唐军轻骑长途奔袭，在河口一带出现，完全出乎蕃军的意外，猝不及防，被唐军打得丢盔弃甲，伤亡甚重，还损失牛羊万余头。

唐军首战告捷，踌躇满志的薛仁贵，乘胜进占乌海城，以待后援。

当时，蕃军主将是吐蕃第一名将噶尔·钦陵。唐军突然出现在草原腹地河口，在击溃了蕃军之后，又迅速挥兵乌海，着实出乎钦陵的意料，他不得不弃城而退，将乌海拱手让给了唐军。但是，噶尔·钦陵不愧是吐蕃的第一名将，遇到强敌，临危不乱，迅速调兵遣将，及时发动对唐军的反击。

岂料，薛仁贵侦知蕃军去向，以区区四万人的兵力，深入草原腹地，这让噶尔·钦陵感到意外。更令人想象不到的是，薛仁贵又率二万精骑长途奔袭，首战河口，再取乌海，打了蕃军一个措手不及，损失惨重。

如此看来，遇上这样一位对手，要重新夺回乌海，势比登天！但他也想，薛仁贵用兵再神，也有其欠妥的问题，那就是他精骑奔袭，必然远离大营，粮草供应不及是他的软肋。如果蕃军集其精锐，照他的软肋致命一击，必然使他首尾不能相顾，必败无疑。

噶尔·钦陵思谋再三，决定暂不对乌海采取攻势，而是调集本部人马，同时征集苏毗、羊同、吐谷浑降兵，以二十万兵力，破袭唐军大非川大营，切断唐军后备补给，不怕薛仁贵不退兵。主意已定，噶尔·钦陵便火速调集人马，气势汹汹，朝大非川杀来。

话说，大非川唐营留守将领郭待封，自恃名将之后，又曾任鄯城镇守，官职原与薛仁贵齐列，这次出征吐蕃时位居薛仁贵之下，竟视为耻辱，不愿服从薛仁贵的调遣。薛仁贵兵发乌海之时，曾以大非川为唐军的战略支撑，再三叮嘱他要固守大营，保护粮草辎重。可薛仁贵率领人马前脚刚走，他竟违令而行，擅自弃守大非川大营，带领辎重部队继续前行。

"将军，薛将军临走之时严令固守大营，守护粮草车仗，可将军却要我们拔寨而行，弃守大营，这是为何？"军中将领大惑不解，问道。

"你等知道什么？"郭待封一阵冷笑，嫉妒地说："薛将军此去，必然首战告捷。如此下去，战功全被他占了去，将来论功行赏，你我能有什么？"

"这……"将领们心想，这是什么理由呀？但一时又不好分辩，只好嘟囔着说："那要是蕃军来攻怎么办？要知道，我们还护卫着辎重粮草呢！"

"蕃军？哪来的蕃军？蕃军不是在乌海吗？"郭待封怒斥众将，自负地说："蕃军有何惧哉，本将军左卫将军的头衔也不是浪得虚名。如果途间果真有蕃军阻挡，我大军将以一当十，英勇杀敌，定叫蕃军有来无回。届时，他薛大将军的功劳簿上，也有我等重重的一笔哩！众将听令，大军启程，进发乌海！"

于是，后营唐军在郭待封的率领下，缓慢地向乌海进发。但是，唐军行进不及一天，忽闻鼓角喧天，战马齐鸣，探子来报，二十万蕃军已将唐军合围。后营唐军失去了大非川兵营，又深陷蕃军重围，顿时乱作一团。起初，唐军绝地反击，给蕃军以大量的杀伤，但是，蕃军越来越多，无法突出重围。无奈之下，主将郭待封带领部众左冲右突，总算杀开一条血路，落荒而去，可唐军所有的军粮辎重，尽数被吐蕃军掳掠而去。

"郭待封悔不该违我军令，擅离军营，招至惨败。"薛仁贵闻讯大惊，仰天长叹道："郭待封误我，郭待封误我呀！郭待封啊郭待封，我薛仁贵时乖运蹇，一世的英名，竟然毁在你这个鸡肠鼠肚的小人之手啦！"

薛仁贵本想占领河口、乌海后，以此为据点，待巩固战果后，再与郭待封会合，进军吐蕃。不料，噶尔·钦陵抓住薛仁贵尚在河口、乌海一线，来不及回援郭部辎重的时机，派大军进攻郭待封部。没想到，此时的郭待封部已弃营上路，让噶尔·钦陵又一次抓住机会，在途中围歼郭部，郭待封不知下落，唐军损失惨重，更要命的是唐军失去了粮草辎重！

薛仁贵自忖战机已丧失殆尽，加上剧烈的高原反应，唐军减员严重，便一面退守大非川凭险拒守，同时派出精骑向鄯州求援。

这时，吐蕃援军源源而来，主帅噶尔·钦陵调集四十万大军，将唐营围得水泄不通。薛仁贵所部唐军仅剩二万余人，内无粮草，外无援军，就连作战负伤的伤员，也由于缺乏最起码的救治，露宿在阴冷潮湿的野地里绝望地哀嚎。

恰在此时，大非川上空乌云滚滚，大雨滂沱，气温骤降，恶劣的高原气候也对露宿草地的唐军构成严重的威胁，唐军陷入了绝境。

五

彤云低垂，大雨滂沱。

薛仁贵身经百战，经历无数，却还是第一次遇到这样的困境。在雨雾蒙蒙的大非川营地，唐军主帅再次陷于沉思之中：如果郭待封听从命令，携辎重据险而守，若遇强敌攻击，是完全可以凭借防御工事抵御敌人，支撑到我回师回来，则可夹击打败敌人；如果郭待封在我军前方作战结束后率辎重前去会和，那么敌军攻击郭待封时，我军可以率部及时支援郭待封、夹击打败敌军；再如果……但是，这一切都被郭待封不服指挥、阵前违命、擅自行动击得粉碎！

他仰天长叹道："今年岁在庚午，军行逆岁，昔曹魏大将邓艾之所以死于蜀汉，我知道其中的原因了。"无奈之际，他想到了三国时期曹魏的大将邓艾。当年，曹魏伐蜀，遣邓艾、钟会两路大军深入巴蜀，邓艾父子历尽艰辛，越栈道天险，过天险鸿障，眼看胜利在望，却遭到钟会的陷害，命丧黄泉。今日大非川之败，非是薛仁贵无能，而是郭待封之过也。

"如今之计，面对二十倍于唐军的蕃军，和恶劣的天气，内无粮草，外无援军，我将如何应对啊？"薛仁贵在极度迷惘和困苦中思索着，寻求着被困的二万唐军的出路。

"将军，"几个追随他多年的将领，眼瞅着自己的统帅消瘦的脸庞和充血的双眼，齐声劝他："将军，蕃军数十倍于我军，将大非川围了个水泄不通，一场恶战就在眼前。即如此，为了大唐的江山社稷，我等情愿拼死一搏，掩护将军突围。"

"什么？让我只身保命？"薛仁贵一听此言，犹如生吞了一只苍蝇。他想，如果不考虑部众的生死安危，就凭他手中的双天画戟和"白袍将军"的威名，他单骑突出重围，完全不在话下。可是，这不是他薛仁贵为人处事的作为。于是,他深情地望着这些生死兄弟,斩钉截铁地说:"兄弟们,你们想想,几十年的血雨腥风、冒死拼杀,我堂堂薛仁贵啥时候丢下过自己的生死兄弟啊!此话到此为止,不准再说。"

"将军……"众将领知道,他把话说到这份儿上,再劝也无益,只好眼含热泪,问:"那怎么办?我们总不能……"

"各位兄弟,我薛仁贵并非贪生怕死之辈。"薛仁贵沉思片刻,宁神静气地说:"我薛仁贵死不足惜,两军阵前拼命一搏,不是你死,就是我亡,鞍马裹尸,此大丈夫也。我所虑者,今日一战,我军犹若只羊入狼群,断无生路,那可是二万多条鲜活的生命啊!"

"将军!"众将士群情激昂,悲壮地说:"我军困于大非川,内无粮草,外无援军,战亦死,不战亦死,还不如拼命一搏,战死疆场,也不枉追随将军一场!"

"是啊,将军,您就下令吧!"

"事到如今,只能如此。"薛仁贵稍加思索,当即令道:"传令全军,整军备战,准备突围!"于是,两万多人的唐军,终于在主帅薛仁贵的率领下,实施突围。在大非川草原上,薛仁贵一杆方天画戟上下翻飞,所向披靡,很快将蕃军重围撕开一个大缺口。

但是,草甸山地地通泉眼,加上连日的阴雨,沼泽遍布,沮洳如带。蕃军的战马惯常于泥泽草地的驰骋,奔走自如。而唐军因马匹动辄颠踬,行走艰难,行不多时,重新陷于蕃军重围。唐军进退失据,寡不敌众,加之饥肠辘辘,人困马乏,渐渐失去战斗力,只有任人宰割的份儿。

薛仁贵见突围无望,仰天长叹,说:"陛下,臣损兵折将,有负圣恩,以死谢罪了!"遂拔出宝剑,准备自刎。

"薛将军……"左右眼快,忙上前夺下宝剑,泣诉道:"将军万万不可,留得青山在,不怕没柴烧,我军还没到山穷水尽的地步啊。"

恰在此时，蕃军主帅噶尔·钦陵令军士在阵前喊话："薛将军，且慢厮杀，枉送性命，我军主帅有话要说。"

蕃军军士话音刚落，还杀声震天的战场，顿时寂静了下来。薛仁贵不知道噶尔·钦陵葫芦里卖的什么药，警觉地说："转告你家主帅，请阵前答话。"

"薛将军。"过不多时，噶尔·钦陵打马上前，拱手言道："在下久闻将军大名，今日得见，果然英姿飒爽，威风不减当年。在下清楚，以将军的威名，要叫罢战降蕃，显然是不可能的，也是对将军威名的侮辱。"

"那依钦陵将军之见呢？"薛仁贵大惑不解，问道。

"薛将军，唐蕃两军交战，今日已见分晓。"噶尔·钦陵在马上微微一笑，接着说："难道将军置两万唐军的性命于不顾，还要恃勇厮杀，血染杀场吗？将军可要看清，这可是一场实力悬殊的屠戮啊！将军，仗打到这个地步，为了保全各自的颜面，以愚之见，不如就此罢战言和。"

"哦，罢战言和？"薛仁贵微微一怔，然后朗声言道："本将军无能，致使唐军惨遭败绩。然唐军之败，不是败于蕃军，而是败于唐军用人失察。至于战场搏杀，裹尸马革，虽死犹荣，有何惧哉！钦陵将军，在下愚钝，愿就罢战言和，听听将军的高论。"

薛仁贵心里清楚，此番参加大非川战役，蕃军共动用了40万兵力，几乎是吐蕃全部的军力。虽然蕃军利用郭待封的专擅，劫取唐军辎重粮草，断了唐军的供给，而后倾其全部军力，进围大非川，使唐军丧失了战力。但是，蕃军在此战役中也大伤元气。如果此时阿史那忠和阿史那都支在西域发起对吐蕃的攻势，那么，吐蕃将会陷入绝境。对此，噶尔·钦陵的心里是清楚的，否则，没有一场殊死的较量，蕃酋是不会轻易与唐军讲和的。

"将军，自文成公主和亲吐蕃赞普松赞干布，唐蕃之间和睦相处，关系甚密，堪称楷模。"噶尔·钦陵滔滔不绝，侃侃而谈："但是，贵邦

124

屡屡听信吐谷浑的谗言，边将屡起事端，与我为敌，致使唐蕃失信，战乱迭起，百姓流离，生灵涂炭。吐谷浑宵小之邦，人心背向，泾渭分明，留他何益。将军声言要恢复吐谷浑，逆历史大势而动，必然遭此败绩，将军一世的英名也将付之东流。因此，罢战言和，岂不是更好的结局？"

"如果吐蕃确有诚意，从此不再寻衅滋事，染指大唐疆域，在下何乐而不为？"薛仁贵思之再三，对噶尔·钦陵的用意了然于胸，呵呵一笑，接着说："如若罢战，蕃军撤去重围，归还掳去的辎重给养，然后后撤三十里，我军将士自然罢战，班师回国。"

"薛将军，既已罢战，撤围之事尽在情理之中，我当遵命而行。"噶尔·钦陵哈哈大笑，说："辎重粮草既是我军战利品，自然无偿还之理。不过，我知道，唐营断炊已有两天，总不能让将士们饿着肚子上路吧。这样，我已令部下备了两万人的饭食，我军撤围以后，你便让唐营将士们用餐吧。"

"既如此，谢过钦陵将军！"薛仁贵痛苦地闭上了双眼，任泪水从脸颊流下。

薛仁贵兵败大非川后，虽然与吐蕃约和，才得以生还，但仍难免受到朝野议论的攻讦，被朝廷削去官爵，贬为庶民。

当然，英雄依旧是英雄，是金子总是会发光的。大非川战后不久，高句丽余众再度反叛，薛仁贵重被起用，封为鸡林道总管，统军经略高句丽故地。高宗上元年间，又因事被贬。高宗开耀元年，再度起用，除授瓜州长史、右领军卫将军、检校代州都督。高宗永淳元年，率兵进击突厥于云州，突厥兵将听说唐军统帅是薛仁贵，大惊失色，望风而逃，唐军不战而大获全胜。

永淳二年，一代名将薛仁贵病卒，赠左骁卫大将军、幽州都督。这是后话不提。

第.八章

承风岭唐军败绩　黑常之力挽狂澜

丙寅。李敬玄将兵十八万，与吐蕃将论钦凌战于青海之上。兵败，工部尚书、右卫大将军、彭城僖公刘审礼为吐蕃所虏。时审礼将前军深入，顿于濠所，为虏所攻，敬玄懦怯，按兵不救，闻审礼战没，狼狈还走，顿于承风岭……

《资治通鉴》卷二二○《唐纪十八》

一

斗转星移，时光荏苒，转瞬间到了唐高宗仪凤二年。

夜已经很深了，晴空万里，繁星点点，一弯新月照在穹苍，湟水河畔的鄯州城，在月光中一片朦胧。洮河道大总管兼安抚大使刘仁轨踱出府署，信步登上鄯州城头，四下眺望。月色中，四野空旷，天籁无息，只有湟水河呜咽着向下游流去。眼前延绵起伏的拔延山，薄雾蒙蒙，幻化无穷，就像时下的河湟局势，令人眼眩。

刘仁轨是半年前由宰相职出任洮河道行军大总管兼安抚大使，到临洮任上的。当时，朝廷根据河陇地区严重的形势，在鄯州设置都督府，督领鄯州、河州、兰州、廓州等军州的行政和军务，构成以鄯州为中心的军事防御体制。同时，将洮河军由临洮移至鄯州城，他也因此加封检校鄯州，辗转来到鄯州的。

他来到鄯州后，发现河湟地区的形势相当严峻。蕃军主帅噶尔·钦陵率领二十万大军驻扎在西海之滨，而蕃军大营仅距鄯州治下的湟水县西境竟咫尺之遥。与此同时，驻扎在大非川一带的蕃军，以小股精骑不断地侵扰唐境，弄得唐境生民风声鹤唳，鸡犬不宁。但是，唐廷在河湟只有为数不多的府兵外，再就是一些屯兵和丁壮，绵延千里的边境居然没有唐军驻防。难怪麟德二年，青海道行军大总管郑仁泰眼睁睁看着吐谷浑被吐蕃攻灭而不敢前往驰援，河湟兵力空虚啊。还有，咸亨元年，唐廷任命右威卫大将军、平阳郡公薛仁贵为逻些道行军大总管，右卫员外大将军阿史那道真、左卫将军郭待封为副总管，统兵五万，攻讨吐蕃。吐蕃倾尽全国之力，在大非川与唐军决战，结果唐军兵败大非川，薛仁贵与蕃军主帅噶尔·钦陵约和，才得以生还。

说句实话，这场战役失败，唐军主帅不和，副将擅权，贻误军机，固然是个重要因素，但是，唐蕃力量悬殊，薛仁贵身陷重围而得不到河湟地区唐军的支援，则是一个致命的原因。假如，那场战役副将不是郭待封，而是阿史那道真，也许五万唐军的悲惨历史将被重新书写，但是，朝廷以区区五万人马，就想恢复吐谷浑，直取逻些，臣服吐蕃的举动，实在是痴人说梦，天方夜谭。于是，他经过一番周密的分析，尤其唐蕃之间在河湟地区的兵力对比，奏请朝廷恩准，就在洮河军移至鄯州的第三个月，置河源军于鄯州湟水县的鄯城，驻军一万四千人之多；升廓州静边镇为积石军，驻军七千余人；连同洮河军的一万五千余人，战马八千四百匹，河湟地区唐军总兵力达到三万六千人、战马上万匹。同时，在鄯州、廓州设置有积石镇、洪济镇、承风戍等军事机构。尽管唐军力量得到加强，但地域广阔，山阻水险防务力量仍很单薄，远远不能适应抵御吐蕃的需要。

刘仁轨望着满天的星斗，月光照在他饱经风霜的脸上，折射出暗淡的阴郁和忧愁。

他清楚地知道，在咸亨元年的大非川战役中，吐蕃也曾占尽天时、地利、人和的优势，取得了空前的胜利。但是，连年的战争也使吐蕃过度地消耗战争资源，并在大非川战役中遭受重大损失，迫使它无力再战。更有甚者，吐蕃为了大非川战役的胜利，在西域抽调大量的蕃军，使吐蕃在西域的统治力量减弱，给唐朝重新返回西域，控制安西四镇，创造了有利的战机。因此，唐廷不失时机地抓住这个机会，于高宗上元二年，以于阗王尉迟伏阇为毗沙都督，联合西域其他各部，展开驱逐吐蕃的战争。几经争夺，吐蕃惨败，退出西域，唐廷堂而皇之地进入西域。蕃军主帅噶尔·钦陵致函唐廷，要求唐军撤出安西，被严词拒绝后，竟也无可奈何地接受这一现实。但是，吐蕃政权虽然在西域受到唐军和亲唐势力的打击，遭到了一些挫折，不得不放弃西域的一些据点，在河湟地区也处于不战不和的对峙态势。但是，吐蕃向东扩张的战略图谋丝毫没有发生改变，蕃军也从未放弃过对河湟唐境的袭扰和掠夺。

刘仁轨虽然身为唐廷宰相，是个文职官员，但也是一员文武兼备、身经百战的宿将。他出身汴州尉氏的平民之家，虽生在隋末的动荡年代，但他恭谨好学，每行坐所在，辄书空地，由是博涉文史。太宗皇帝时，曾任给事中、青州刺史。高宗时擢升中书令，调入京城，随王伴驾。显庆六年，百济旧将僧道琛、福信拥立故王子扶余丰为王，起兵反抗唐军，唐军大将刘仁愿不敌被围，请求朝廷发兵驰援。此时，薛仁贵率兵鏖战云州，正与突厥打得不可开交，朝廷再也派不出挂帅的将军。刘仁轨自告奋勇，奔赴辽东，指挥大唐和新罗联军，击退百济军，解了刘仁愿的围。龙朔三年九月，刘仁轨率领唐军170余艘战舰，准备从白江口溯江而上，攻取百济残军的巢穴，不期遭遇到已经先期来到江口设伏的倭国水军的伏击。当时，百济国为谋地方霸权，以应付依附唐朝的新罗，竟与倭国勾结，以致兵败半岛。倭国为救援百济，竟倾尽国力派出水军四万，舰船千余艘，以图阻击大唐水师，进而吞并国势微的百济，称霸半岛。然而，倭水军虽有舰船数量上的优势，但多为陈旧的小船，不利于攻坚，而唐军战舰数量虽然不多，却高大结实。结果四战四捷，给倭国水军以毁灭性打击。白江口之战，唐军共焚毁日本战船400余艘，歼敌一万余人，倭军的尸体把海水尽皆染红。此役，倭国领教了大唐的厉害，在以后近千年的时间里，不敢小看华夏，夹着尾巴蜗居在日本列岛，韬光养晦。这是后话，不提。

　　倭军溃败，百济新亡，新罗战局已定，战功辉煌的刘仁轨凯旋……起风了，刘仁轨不堪高原寒冷的夜风，缓缓地下了城楼，但他的思绪却不曾停止一刻。尽管唐军力量得到加强，吐蕃也暂时收敛了许多，但他对野心勃勃的吐蕃，不敢有丝毫的麻痹和懈怠。他在想，如何利用朝廷调整河湟地区兵力部署的机会，将鄯州打造成大唐抵御吐蕃的军事重镇。而打造一个地区的军事实力，关键还得有一员能征惯战、文韬武略皆备的将帅之才。他想着如果自己再年轻十岁，他将奋而请命，来担当唐军主帅的角色。但他也知道，自己已是七十有二的年纪了，风烛残年，已经没有这个能力了。他在想，一定要在返京之前举荐一位主镇河湟的将帅。

二

仪凤元年，吐蕃在西域的军事行动受挫，又变换策略，不断派遣蕃军多次入掠鄯、河、廓、芳诸州，攻城略地，大肆杀掠，并大规模向占领区移民。不但如此，蕃军主帅噶尔·钦陵还统军二十余万，屯于西海之滨，虎视眈眈，威胁鄯州，战争风云陡起，大有一触即发之势。

"刘爱卿，西北苦寒，让你受苦啦。"一天，高宗皇帝李治召见刚刚回京的刘仁轨，关切地说："你在鄯州曾上书于朕，言及西北局势，说要给朕举荐一能征惯战的将军，不知你要举荐的是谁啊？"

"启奏陛下，臣所荐举的，是中书令李敬玄。"刘仁轨深深一躬，继而言道。

"哦？李敬玄？"李治闻言，大惑不解地问："你们两人向来不睦，你怎么会推荐他呢？"

"举贤荐能，这是微臣的本分，不敢有丝毫的私心。"刘仁轨微微一笑，坦诚地说："臣与李敬玄确有嫌隙，但那也是为朝政争执，决非私人恩怨。据臣的观察，李敬玄饱读兵书，说起孙武子、尉缭子，一点儿也不比微臣差。此人虽然有些轻狂，正好到军旅磨砺，去其浮躁，岂不是好事一桩。"

"就依刘卿。"高宗捋髯颔首，随即任中书令李敬玄为洮河道行军大总管兼安抚大使，检校鄯州都督，即刻赴任，主镇河陇。

刘仁轨举荐李敬玄主镇河陇，有排除异己的嫌疑，但从根本上说，是他阅人失察，给皇上推荐了一位纸上谈兵的赵括式人物，致使唐军在大非川之役后又一次遭受到重大失败。

仪凤三年，蕃军再度犯境，以鄯州的兵力部署，可以遂行对蕃军的打击。但是，鄯州都督李敬玄过分渲染蕃军的实力，上奏朝廷，吁请发兵增援。唐廷闻报震怒，颁发《举猛士诏》，派金吾将军曹怀舜，很快招募膂力过人、弓马娴熟的勇士丁壮十八万，由工部尚书、左卫大将军刘审礼为总管，右鹰扬卫将军王孝杰为副总管，组成征讨大军，进发河陇，征讨吐蕃。

一天，鄯州都督李敬玄在府署内，与刘审礼会商军务。刘审礼初到鄯州，立功心切，言道：

"李将军，我初到鄯州，寸功未立，愿率本部人马，出战吐蕃。"

"刘工部请命出战，精神可嘉，卑职将竭尽全力相助。"李敬玄不谙军旅，对蕃军的部署也不甚了了，只好敷衍地说："只是将军远道而来，必然人困马乏，歇息几日，再战不迟。"

"古人云：知己知彼，百战不殆。"王孝杰身为副总管，久历战场，颇识韬略，劝说刘审礼道："刘将军，我军初来乍到，对敌军态势不甚了了，切勿急躁冒进。待末将派出侦骑，侦察一番，再作处置。"

刘审礼见众将说得在理，只好作罢。

却说蕃军主帅噶尔·钦陵，闻知刘审礼率大军西征，抵达鄯州，知道与唐军的战争不可避免，便派遣蕃将跋地设，率精骑五千，进入鄯州纵深，以为诱军，占领龙支，骚扰四方。自己则将蕃军主力一分为三，令其弟噶尔·赞婆率精兵五万，迂回到赤岭一侧，以为伏兵，待唐军败退时奋力杀出，呈关门打狗之势。他自己率精兵十万，伏与西海以北的大草原上，静待唐军的到来，然后将其围歼。营中留二万蕃军，由吐谷浑降臣素和贵和另一大将统领，从正面迎敌，稍战几合后即作溃败，将唐军引入蕃军的包围圈。噶尔·钦陵安排停当，三支人马在西海之滨张网以待，等待唐军主力的到来。

李敬玄不知是计，派部将张虔勖率领骁勇出击，遂与蕃军激战于龙支。战不多时，蕃将见唐军已上当，迅速败走，逃奔数百里，唐军掳获极多。

唐军龙支初战告捷，战报传来，刘审礼倍受鼓舞，忘乎所以，以为蕃军并不像人们所说的那么可怕，不可战胜。于是，便统兵十万西进，深入西海一带，寻求战机，欲与蕃军主力决战。作为策应，李敬玄也率部尾随，屯于赤岭以南。

蕃军主帅噶尔·钦陵见唐军恃勇而来，气势汹汹，便微微一笑，胸有成竹地说："本将军已布下天罗地网，任凭唐军嚣张，也难逃覆灭的下场。众将听令，待唐军前来，依计而行！"

"是。"众将领命而去。

这天，刘审礼率部来到海滨，远远看到蕃营旌旗不振，号角不明，心中一阵窃喜，不待安营下寨，便号令全军掩杀过去。

"将军且慢。"随行战将张虔勖见主将如此冒进，急忙劝道："当心有诈。"

"张将军，前些天，你以三千人马蹂蕃营，两战两捷。"刘审礼哈哈大笑，骄气十足地说："怎么，今天见了蕃营，张将军却显得畏首畏尾了呢？不怕，有我十万虎狼之师在，纵然蕃军使诈，也逃不出覆灭的下场。"

"刘将军……"

"张将军，三军气可鼓而不可泄，你敢抗命吗！"刘审礼鄙视张虔勖一眼，号令众将士："众将听令，大军向前，直取蕃营。"

随着刘审礼令旗一挥，唐军呐喊着杀了过去。早有蕃军报于蕃将，蕃将依计出营抵挡一阵，把马一拍，丢盔弃甲，落荒而逃。

"追！"刘审礼令旗一挥，"呼啦"一声，十几万大军全追杀过去。王孝杰见状，忙策马拦住他，劝道："刘将军，我看这蕃军撤得蹊跷，不能再追啦，小心中了埋伏。"

"是啊刘将军，此次出战当谨慎为好啊。"张虔勖手指蕃营说："我军侦知西海是蕃军主力的营盘，平时驻扎的人马达二十万人，可跟我军交锋的不足三万人，且不少是老弱病残，不像是蕃军主力。再说，战场搏杀时，也没见到蕃军主帅噶尔·钦陵啊！"

"哎呀，我们中计啦。"经他俩一说，刘审礼猛然醒悟，说："难怪蕃军没战几合就四下逃散，好像早有准备似的。快，鸣金，召回追兵……"

三

说话间，唐军追出二十里来地，忽听得前方一阵牛角号声，蕃军主力纷纷从埋伏的沟壑山谷中杀出，双方展开殊死的搏杀，唐军陷入重围。刘审礼见势头不妙，一方面令张虔勖带领一小队精骑，乘蕃军尚未合围，迅速冲杀出去，向李敬玄部求援。另一方面，组织有生力量，占据有利地形，凭险抵御。

却说，唐将张虔勖寻小路，找捷径，避开蕃军的纠缠，来到李敬玄营中，备述前军战况，说："将军，刘将军不听劝阻，一味冒进，误中蕃军重围，请将军发兵驰援！"

"啊……"李敬玄闻讯，大惊失色，一下子瘫坐在帐中，喃喃地说道："怎么会是这样？刘审礼兵败，我……该怎么办……"

"将军，救与不救，您该拿个主意呀！"张虔勖本是李敬玄的部下，也看不惯刘审礼目空一切的做派，但事到如今，也焦急万分，心急如焚地说："救援军队晚了，恐怕刘将军性命堪忧啊，将军！"

"这个我清楚，可事到如今，你叫我怎么办？"李敬玄面带忧色，无奈地说："前军一败，倘若蕃军来攻，我营也自身难保啊。张将军，为防蕃军偷袭，请你带本部人马驻守鄯州去吧。"

"唉！"张虔勖觉得窝囊，怒气冲冲地走了。

刘审礼身陷重围已有好几天了，军中将士死伤过半，粮草已于三日前告罄，唐军深陷绝境。此刻的刘审礼，灰头土脸，没有了往时的狂傲，只是希望张虔勖能尽快搬来救兵。他知道，李敬玄帐下除了洮河军、河源军外，尚有他从中原带来的八万精兵，要发援兵，兵力绰绰有余。然而，时间一天天过去，蕃军的攻势越来越凌厉，可左顾右盼，就是不见援军的影子。

开始，他还担心张虔勖中途出事，没能把大军被围的讯息送达李敬玄部，可随着时间的推移，他终于明白，不是张虔勖没去搬救兵，而是李敬玄怯懦畏战，只顾自保，没有发兵援救！想到这里，他顿时精神委顿，万念俱灰。

"将军，胜败乃兵家常事，不必气馁，丧失斗志。"副将王孝杰见状，忙安慰他说："我军现在突围，还来得及，你就下令吧。"

"突围？"刘审礼目光呆滞，喃喃地说："蕃军数倍于我，将我军围得水泄不通，能突得出去吗？"

"突不出去也得突，总不能在此引颈就戮，坐以待毙啊！"王孝杰目光灼灼，朗声言道："将军，突围之时，我率一支人马向西冲杀，将蕃军主力吸引过来。届时，将军可率精骑护卫从东面杀出，往东南二三十里，便是唐境，自然会有唐军接应的。"

"王将军，你……"刘审礼清楚，王孝杰这是打算用自己的生命，为他开出一条生路啊，他的眼睛湿润了。

突围开始了，王孝杰把唐军大旗带在自己身边，翻身上马，一声怒吼，冲向敌阵。众将士刀枪并举，齐声呐喊，紧随其后。在唐军的冲击下，仓慌之间，蕃军后退两里地。

站在高坡上观战的蕃军主帅噶尔·钦陵，猛地看到滚滚的冲击波中一面中军帅旗格外醒目，为首的唐将也是一马当先，所向无敌，顿时产生错觉，令旗一挥，调动人马向西杀来。

刘审礼见状，说："王将军，我们鄯州见。"言讫，急忙带领亲随护卫，向蕃军薄弱处冲去。

话说，王孝杰率部向西冲杀，吸引蕃军注意力，掩护刘审礼突围。这一招果然应验，在蕃军主帅噶尔·钦陵的指挥下大队蕃军蜂拥而至，将王孝杰部围了个水泄不通。接下来，战场上又是一场恶战……

噶尔·钦陵，一声怪啸，大刀一轮，催动战马，接战王孝杰。王孝杰大枪一抖，顺势一拧，刺死一员蕃将，然后又和噶尔·钦陵战在一起。然而，此刻的王孝杰，已经拼杀了两个时辰，早已体力透支，精神不继，枪法已乱，被噶尔·钦陵觑得时机，斜劈一刀，王孝杰躲闪不及，胯下战马早挨了一刀，战马负痛，把王孝杰掀下马来。噶尔·钦陵用刀逼住王孝杰，命令部下："绑了！"

蕃军审问王孝杰，这才发现战场拼杀的唐将并不是唐军主帅刘审礼，噶尔·钦陵直呼上当。

却说唐军主将刘审礼突围后，清点人马，身边仅剩三千余人。他令余众偃旗息鼓，仓皇东逃，眼看就要抵达赤岭，蓦然间，从赤岭北面杀出一支蕃军，为首的大将是噶尔·赞婆。

"刘将军，末将在此等候多时了。"噶尔·赞婆阵前喝道："刘将军，你逃是逃不掉了，快快下马受缚吧。"

"噶尔·赞婆，休得猖狂，我来也。"刘审礼一声大喝，跃马挺枪，与噶尔·赞婆战在一起，未战几个回合，力竭被俘。刘审礼率领的十万唐军，全军覆灭。

不久，刘审礼因伤势过重，死于吐蕃。王孝杰被押解到吐蕃后，年仅六岁的吐蕃赞普都松芒波杰，见他的容貌酷似自己的父亲芒松芒赞，便对王孝杰厚加敬礼，由是免死。

王孝杰又在吐蕃住了一段时间后，被都松芒波杰赞普送回大唐。

四

刘审礼全军覆没，李敬玄闻讯大惊，急忙收兵，退往鄯州。然而，由于李敬玄指挥不当，退兵成了溃逃，在去往鄯城的路上，唐军丢盔弃甲，狼狈逃窜，军械帐篷扔得到处都是。此时，西海之滨的战事已经结束，蕃军开始向东移动。

"黑齿常之将军，请你务必将……将蕃军拦住……"李敬玄在撤退途中得知这一消息，竟索索发颤，声音磕巴地吩咐道。

但是，李敬玄话音未落，却被蕃将跋地设挡住了去路。龙支一战，跋地设使出骄兵之计，三败龙支，完成了诱敌深入的任务，然后奉噶尔·钦陵之命，在去往鄯州的途间设伏，一旦李敬玄败退，便伺机杀出。

"天亡我也……"李敬玄见蕃军前有堵截，后有追兵，便惊恐万状，仰天长叹。幸得黑齿常之奋力拼死搏杀，尽管唐军损失惨重，但最终还是摆脱了蕃军的纠缠。

李敬玄退至鄯州境，在承风岭凭借泥沟，结阵自固。岂料，蕃军追兵紧随其后，在蕃将跋地设的指挥下，迅速占据有利地形，居高临下，杀声震天，箭如飞蝗。唐军躲无处躲，藏没法藏，陷于被动挨打的绝境。蕃军万箭齐发，唐军中不断有人中箭倒下，哀号声不绝于耳。眼睁睁看着士兵一个个在身边倒下，李敬玄竟乱了分寸，无计可施，藏身于军中坐以待毙。

就在这生死存亡的危急时刻，唐军副将、左领军员外黑齿常之挺身而出，组织五百人的敢死队，绝地反击，黉夜突袭蕃营。

黑齿常之是百济人，其祖出自扶余氏，封于黑齿，遂以封地为姓。黑齿常之身高七尺余，作战骁勇，极有谋略，善于治军。他初为百济郡将，唐显庆五年，唐将刘仁轨、苏定方攻灭百济时降附唐军，后因苏定方纵兵劫掠，滥杀无辜，他气愤不过，便又逃归百济。十来天收集三万余众，收复二百余城，苏定方发兵征讨，无功而还。龙朔三年，唐遣使诏谕，黑齿常之率众归唐，迁左领军员外将军。仪凤三年，吐蕃犯边，黑齿常之随洮河道行军大总管李敬玄进入鄯州，屯兵鄯城。

此次刘审礼出征吐蕃，黑齿常之随李敬玄部屯于赤岭之侧，以为策应。刘审礼中计被围，张虔勖冒死前来求援，李敬玄怯懦畏战，置数十万唐军生死于不顾，拒不出兵驰援，眼睁睁看着刘审礼部被歼。黑齿常之生性刚烈，疾恶如仇，对于李敬玄贪生怕死、一味自保的作为，早已厌恶已极，嗤之以鼻。今日又为他的无能感到无比的愤怒和羞愧，主帅怯懦畏战，何以统领三军？因此，黑齿常之以李敬玄为耻，见形势危急，绝地反攻，力挽狂澜，遂率敢死之士，杀向蕃营。

此时已至子夜时分，蕃军自恃兵多，一个个缩进军帐睡大觉，就连逡巡的哨兵，也都倚着栅栏夜梦周公去了。黑齿常之见状，一马当先，挑开营门，杀了进去。众将士个个奋勇，人人争先，见人就杀，逢帐就烧，刹那间，蕃营火光冲天，杀声震天。蕃军做梦也没想到唐军会来偷营，因此，许多蕃军将士还没明白咋回事儿，就成了唐军的刀下亡鬼。

蕃将跋地设被喊杀声惊醒，情知唐军劫营，便急忙起身，仓皇迎战，被迎面杀来的黑齿常之接住，又是一阵恶战。

蕃军主将跋地设侥幸逃命，弃营逃遁。

黑齿常之偷袭成功，唐军才化险为夷，得以脱险，回兵鄯州。

西海和承风岭之役，是唐军自大非川战后的又一次重大惨败。唐军不但损兵折将，数十万大军顷刻之间灰飞烟灭，甚至连唐军主帅刘审礼也为蕃军所擒。

噩耗传来，京师震惊。

唐高宗李治严厉斥责刘仁轨举人失察之过，罚俸一年，而将指挥不力、怯懦畏战的李敬玄，贬为衡州刺史。朝堂之上，刘仁轨虔心谢罪，进而历述黑齿常之的战功，请求擢升。李治允之，特赐金五百两，绢五百匹，并擢取为左武卫将军，兼检校左羽林军，充河源军副使。

五

晨曦，逶迤曲折的湟水河，谷空涧幽，烟笼雾罩，河谷两侧错落有致的村舍，在绿荫的簇拥下若隐若现。台地上一畦畦农田，麦苗青翠，菜花金黄，和远处的青山连成一体，景致煞是好看。

倏地，从河谷下游的小径上，传来"橐橐"的马蹄声，打破了沟谷的宁静。少顷，一队轻骑徐徐走来。为首的一位大将，微黑脸膛，浓眉大眼，身高八尺，虎背熊腰，一部长髯飘洒在前胸，一副不怒自威的神态。这员大将不是别人，正是一柄纯钢枣阳槊，打遍蕃军无敌手的百济人黑齿常之。

湟水谷地土地肥沃，又有灌溉条件，利于屯田。西汉神爵元年，后将军赵充国进抵湟水，曾三上便疏，力陈罢兵屯田，首开河湟地区屯田之先河。以后历朝历代，都有军垦屯田的先例。黑齿常之在想，前朝为经营河湟，尚且如此，我们何不效仿前人，也在此地实行屯垦，实现粮草自给呢？

"各位将领。"在湟水河谷的巡视途中，黑齿常之鞭指台地上层层叠叠的田地，无不羡慕地说："你们快看，这绿油油的庄稼，苗壮禾齐，长势多好啊。我几万将士铸剑为犁，垦荒拓土，种植庄稼，何愁军粮不能自给？"

"将军，垦荒拓土，发展屯田，不失为一条妙招。"一部将看看四周的农舍，疑惑地说："河湟谷地在西羌时就开始农耕生产，经上千年的开垦，这里的土地大部分已成农田，又有农民耕种，哪里还有闲余土地可开哩。"

"此话谬也！"黑齿常之胸有成竹地说："你只看到眼前的农舍田园，一叶障目，自然就看不到闲余的土地。你们放眼远瞧，那一片片丘陵，开垦出来得有多少倾良田哩。我已算计好了，就我们这几天看过的地方，要开垦上万顷的土地，一点儿问题都没有。"

"既是如此，万一蕃军来袭，将如何处置？"另一部将问。

"如有敌情，水来土屯，兵来将挡，有何惧哉！"黑齿常之拈髯颔首，坦然自若，深思熟虑地说："屯田之时，我军将在湟水上游广设烽燧，加强蕃军方向的预警。我怕他不敢来，他若敢于来犯，我定杀他个片甲不留，以雪前耻！"

在黑齿常之的主持下，河源军上下齐动员，在湟水谷地开荒垦田、修浚水渠，当年就开垦屯田五千余顷。翌年，将士们在这些新开垦的土地上，种上小麦、青稞、粟、豆类，当年收获屯粮一百余万石，较好地解决了军粮供给。

西海和承风岭之役，唐军惨败，大伤元气。蕃军虽胜，但也损兵折将，无力进攻鄯州。为了缓和边境冲突，创造一个休养生息的外部环境，唐调露元年十月，吐蕃假文成公主名义，遣大论塞掉傍前往唐廷告丧，趁机为新赞普请婚。这时，漠南东突厥部暴动，唐王朝也需要安定国内形势，因此，高宗在拒绝和亲的同时，派遣中郎将宋敏出使吐蕃，吊唁赞普的丧事。不久，唐高宗又遣以猛士从军的监察御史娄师德出使吐蕃，双方达成和解。由此吐蕃数年不再犯边。通过互派使者往来，双方都有了短时间的和平。但是，这种来之不易的和平局面，随着吐蕃形势的稳定，很快遭到了破坏。

唐调露二年，也就是风承岭战后的第四年，蕃军将领噶尔·赞婆和素和贵率兵三万，深入鄯州纵深，屯兵于鄯城镇以南二十里的良非川，耀武扬威，气焰特别嚣张。

139

良非川距河源军的驻地鄯城镇仅咫尺之遥，距鄯州城也不过一百余里。蕃军骤然而至，气势汹汹，鄯城告急，河源军压力空前。面对气势汹汹的蕃军，黑齿常之表现出惊人的冷静。他一面将军情传檄鄯州唐军各部，加强警戒。同时，率领本部人马进行反击，双方在良非川展开激战。

"赞婆将军听着。"两军阵前，黑齿常之手指蕃将怒斥道："将军，你既身为蕃军将领，就该恪守君命，维护唐蕃和解的协议和万千蕃民的福祉。可你不惜教训，依仗噶尔家族的权势，欺君罔上，屡犯吾境，是可忍孰不可忍！你今退兵，尚可罢了，如若一意孤行，良非川便是你的葬身之地！"

"黑齿将军，我知道你武艺高强，谋略过人，但比较上邦的薛仁贵、刘审礼如何？"噶尔·赞婆一阵狂笑，桀骜地说："少废话，放马过来，你我大战三百回合！"

"既然如此，在下陪你走几个回合！"黑齿常之哂笑着，两腿猛地一夹胯下战马，挺槊出战。

蕃军阵中，噶尔·赞婆刚要出阵，吐谷浑叛将素和贵抢先来到阵中，接战黑齿常之。

双方刀来槊往，战作一团，瞬间已战至二十余合。黑齿常之突然卖个破绽，斜鞍挥槊，朝素和贵当胸扫去，素和贵拿刀一隔，枣阳槊早已击中素和贵战马的马头。战马一死，将素和贵掀翻在地，黑齿常之复一槊击去。这时，蕃军阵中噶尔·赞婆看得清楚，拈弓搭箭，疾射过来。黑齿常之眼疾，早觑得狼牙大箭朝自己射来，纵马一跃，避开险境，素和贵乘机捡回一条性命。

"噶尔·赞婆，你等还要战吗？"黑齿常之威风凛凛立于阵中，连喝三声。

"撤！"噶尔·赞婆惊恐未已，咬牙切齿地蹦出一个字。

蕃军败走，黑齿常之也不追赶。不一会儿，良非川又恢复了平静。

蕃军进犯鄯州失利，噶尔·赞婆极不甘心，便学起了唐军，率部三万，在赤水一带搞起了屯田。唐廷晓得蕃军的用意，乘蕃军立足未稳，遂决意对吐蕃用兵，实施打击，将蕃军的屯田之举，扼杀在摇篮里。

开耀元年五月，黑齿常之奉命出击。此次出兵，一是破坏噶尔·赞婆的屯田计划，二是牵制吐蕃在剑南的军事力量。黑齿常之率精骑万余乘夜突袭吐蕃兵营，唐军大获全胜，缴获牛羊马匹数万，噶尔·赞婆等单骑而逃。随即，黑齿常之将吐蕃粮仓等尽数烧毁，引军回撤。

唐高宗永隆元年，噶尔·赞婆等率蕃军屯于西海之滨，对大唐境域构成威胁。黑齿常之率精骑万余袭破之，烧其粮储辎重后凯旋。

黑齿常之在河源军前后共七年，战守有备，多次打败吐蕃，使吐蕃多年不敢侵犯边疆。

嗣圣元年，黑齿常之迁左武卫大将军，乃冠以检校左羽林军。

第 . **九** 章

武氏女临朝称帝　王孝杰西域用兵

弘道元年"十二月……上崩于贞观殿，遗诏太子枢前即位：军国大事有不决者，兼取天后进止……甲子，中宗即位，尊天后为皇太后，政事咸取决焉……"

《资治通鉴》卷二三〇《唐纪十九》

一

垂拱元年，岁在乙酉。

湟水河谷的初夏，阳光和煦，气候宜人。湟水两岸的台地上，层层叠叠，全被青翠的绿色所覆盖，在微风中尽显出些许的生机。

这天，鄯州都督娄师德邀请河源军副使黑齿常之陪同，纵马驰奔，一齐来到雏都谷，巡察屯垦情况。

鄯州城外，一条迷津似的小径，弯弯曲曲地穿行在山谷中间，向着那山坡青翠、丛林环抱的村寨伸展过去。溪水流过的草地上牧放着牛羊，膘肥体壮，哞哞鸣叫。溪水两旁的田野里，麦苗青翠，菜花吐蕊，仿佛是远离尘嚣的世外桃源，风光旖旎，春意盎然。

再看那居高临下的村寨，错落有致的农舍，建造在曲折狭长的坡地上。家家户户的门前除了堆放着的柴草，还都有一块面积不大的平地，置放着兵器架，刀枪剑棍排列有序，令人望而生畏。山寨的中央还有一处打谷场，农忙时，打谷场除了一些妇孺幼童，几乎看不到青壮人员，但在农闲时，这里往往聚集着不少人，习拳练武，苦练本领。整个村寨，乍看起来，俨然一座兵营。

这是一处坐落在雒都谷口内的屯田，屯田的士卒，有世代戍边的军户，有来自陇塬、关中甚至河洛一带的移民，也有从长安、洛阳等地谪发充军的流徙甚至还有不少从河源地带流落到这里的吐蕃人、吐谷浑人。他们虽然来自不同的地域，各自身份迥异，但是，屯垦戍边却把大家的心扭结在一起，和睦相处，连成一个命运共同体。自从黑齿常之在湟水谷地推行屯田以来，这些辛勤耕耘的戍卒和屯民，年复一年，把勤劳的汗水洒在开垦的土地上，支撑着戍边唐军的粮草供应。

眼下正是农忙季节，往日里，湟水谷地，秀山翠谷，到处都是悠扬的山歌，人们的欢歌笑语，和田地里茁壮的禾苗、山坡上滚滚的牛羊，在这青山绿水之间勾勒出一幅恬淡悠然的田园风光。可时下的边塞，吐蕃犯境成为家常便饭，人们常常被蜂拥而至的蕃军所震惊，惶惊、惊恐和绝望的阴影笼罩着他们，甚至连做梦也都是离乱、屠戮和死亡的恐怖场面，哪里还有心思去务劳干涸的农田和饥饿的牛羊。于是，在官府的组织下，不论是屯田的军户，还是种田的农户，纷纷行动起来，拿起刀枪，群起自保。一时间，湟水两岸的村村寨寨，到处响起了习武练兵的呐喊声。

"娄大人啊，你不是说要巡视屯田吗，怎么到处都是刀枪剑戟，莫非我们到了军营不成？"黑齿常之笑容可掬，揶揄地问。

"黑齿将军，你我身旁不就是茁壮的禾苗、肥壮的牛羊，还有这些辛勤耕耘的军户？"娄师德哈哈大笑，鞭鞘指着一块块田垄里辛勤劳作的农户，欣慰地说："自从你老兄倡导屯田以来，给我们鄯州带来了新气象。你看看，这一垄垄的麦苗、油菜长得多壮实啊，都快赶上关中平原啦。这个山寨不仅开垦屯田，种植庄稼，还利用附近的草山，养了不少牛羊。照这样下去，鄯州的军粮可就有了保障啦。"

"是啊，解决了军粮，我洮河、河源两支大军可就没有了后顾之忧啊！"黑齿常之被寨子里传来的呐喊声所吸引，狐疑地问："怎么，现在不是农忙季节吗，他们不在农田里干活，却杀声阵阵，练起武来了？"

"哦，是这样……"娄师德稍加思索，收起笑容。冷淡地说："这是鄯州地界规模最大的一处军屯山寨，有上千户军户流徙，经营上万顷山旱水地，供给你们的军粮里，十有二三就是出自这个山寨。"娄师德稍微加思索，收起笑容，冷峻地说："正因为如此，雠都寨蕃军视为眼中钉，三番五次通过后山隘口袭扰，抢夺财物，祸害屯民。于是，这些军户流徙自发地行动起来，组织武装，群起自保。这一招还挺管用，自从成立了保田队，那些蕃军不见了踪影，就连打家劫舍的山贼流寇也销声匿迹啦！"

"如此说来，屯垦戍边还真是一着妙招哩！"黑齿常之自豪地说："平时屯垦种植，战时保家卫国，看来我给朝廷的奏折没有白上啊。"

"黑齿将军，你一个百济人，对屯垦戍边如此重视，真是难得呀！"娄师德向他投去赞许的一瞥，兴致地说："在我国，发展军屯由来已久。早在西汉时，汉廷就设置护羌校尉，屯田渠犁，经营西域。汉武帝神爵元年，后将军赵充国奉旨平定羌乱，然后三上屯田疏，在河湟地区修缮乡亭，兴修水利，修筑道桥，发展屯田。屯田士卒亦兵亦农，亦耕亦战，实属妙策。"

"如此说来,屯垦戍边已经有近千年历史了。"黑齿常之思量片刻,缓缓地说:"说实话,我对中原的历史知之甚少,更不知屯垦戍边为何物。跟随李敬玄将军来到鄯州驻屯,常常为粮草供给绞尽脑汁,尤其大非川之役因辎重被劫、粮草不继而导致薛仁贵大军惨败的现实,时时困扰着我们。我在想,河湟土地肥沃,地广人稀,如果能在这里垦荒种地,岂不更好。这时,我又在民间听到一些汉代屯田的传说,这才动了屯田的念头。"

说话间,一行人到了雏都谷军屯山寨。早有山寨的营田副使牛僖,率若干人在寨门口相迎。这牛僖原是娄师德麾下的一名小校,又和黑齿常之相识,一阵寒暄之后,将娄师德他们让进山寨军屯署衙坐定,吩咐手下沏茶倒水,热情备至,极尽地主之谊。

"牛僖啊,今年的庄稼长势如何?"娄师德呷一口香茗,然后问:"前一阵天旱的厉害,对你们影响怎么样?"

"回大人,今年的春旱虽然厉害,端午节前后两场透雨,旱情早已结束,庄稼长势尚好。"营田副使职轻位卑,在鄯州刺史和河源军副使这样的高官面前,难免有些拘束,小心翼翼地说:"只是……只是几场透雨过后,田里杂草疯长,劳力缺乏,给田间管理带来不少困难。"

"哦?"黑齿常之身为屯田的倡导者,听了这话,心头一紧,忙问:"既如此,你们还有精力练习武艺?"

"黑齿将军,所谓军屯,便是亦兵亦农,亦耕亦战。"牛僖见问,毕恭毕敬地说:"为了防御蕃军来袭,我们抽调身强力壮的屯卒,组建了四百余人的护田队,一日半天劳动,半天习练武功。至于田间劳力,除戍卒、移民、流徙外,就连他们的家眷也到田里干活,以缓解劳力不足的压力。"

"原来是这样。哎，既然如此，你们何不向府县求援？"黑齿常之额首微笑，饶有兴趣地问："如果临战，屯寨能出多少兵力？战力如何？"

"精壮士卒五百余人，后备兵源有八百余人。"问到战力，牛僖自豪地说："毫不夸张地说，我的护田队四百名戍兵，既是和洮河、河源二军比，战力也一点不比他们差。"

"那好，就让我们见识见识。"娄师德微微一笑，说。

二

雒都谷屯寨的打谷场上，此时已围满了戍卒流徙和附近村庄的乡民。一个年轻的小伙子，挥舞着三尺龙泉宝剑，在给刚刚组建起来的护田队戍卒们以作示范，宝剑在他的手里，突、刺、劈、拨，似一团耀眼的白光在眼前闪现，让人看得眼花缭乱。

黑齿常之不愿惊动他们，便绕道而行，站在离打谷场不远的山坡上，静静地观看小伙子舞剑。

"哟，这不是几位将军吗，这火辣辣的太阳，不到茶棚坐坐，喝杯茶解解暑。"一位老者眼尖，瞧见了山坡上的几位将军，忙上前施礼搭话。

"你是……"娄师德见说，疑惑地问。

"哦，这是寨中的李老爹，是个老军户啦。"营田副使牛僖介绍说："李老爹原是右威卫大将军薛仁贵的亲兵，曾随军到过辽东、铁勒，后来又随薛将军西征吐蕃，大非川之役身受重伤，脱离军籍，流落到湟水。身体康复以后，又拿起刀枪，执意要当个屯兵。老爹长期在薛将军身边效力，耳濡目染，练就的一身好功夫。前些年一直当屯寨护田队的教习，现在年岁大了，不再当教习了，但他也闲不住，就在打谷场旁边搭了个茶棚，专门为护田队的小伙子们免费供应茶水，偶尔也露露拳脚，教几个爱徒自娱。"

"啊呀，老英雄啊！"黑齿常之、娄师德听后，肃然起敬。

"嗨，啥英雄不英雄的，当年也就是给薛老将军牵马坠蹬，岂敢僭越，忝称英雄？"李老爹年约七旬有余，皓齿明眸，精神矍铄，说起话来声如洪钟一般："各位将军，你们难得到屯寨一趟，若不嫌弃，请到茶棚一坐，小老儿没啥好敬奉的，但茶水管够。"

"好，恭敬不如从命。"娄师德见茶棚就在打谷场旁边，不影响观战，便和黑齿常之等人来到茶棚。

"老人家，你能说说护田队的来历吗？"黑齿常之知道，屯田的作用就在于平时屯垦种植，战时保国戍边，可是这护田队是个什么样的建置呢？有戍卒在，护田队还有必要吗？

"黑齿将军，屯田的作用就是亦兵亦农，亦耕亦战。"李老爹喝口茶，娓娓道来："屯田设置之初，是由官府经营，营田的人大多为士卒，属于军事建置。这些戍卒一边屯垦种植，一边还要参加战事，小股敌人入寇，这些戍卒也能解决战斗。大非川战后，屯田营兵逐年老化，年轻人补充不上来，加上新来的流徙大部分不会武功，如此这般，屯寨的武备荒废，哪里还有战力保家卫国哩？那时候，小股蕃军，还有附近的山贼流寇，便把屯寨作为掳掠的对象，三番五次前来光顾，屯民不堪其扰。因此，我就把一些会武功的青壮年戍卒召集到一起，平时习武耕作，一有战乱，纷纷拿起刀枪组织抵抗。时间一长，大家索性给它起了个名，叫护田队。"

"哦，原来如此。"黑齿常之用赞许的目光，打量着眼前这位皓须银发的老人，心想，我们能多有这样一些老人该多好啊。他又问娄师德："娄大人，像雏都谷这样的情形，其他地方有没有？有多少？哦，我是说，河湟地区的屯寨要是都像雏都寨这样，不但临洮军、河源军的粮草供给有了保障，而且还贮备了一支强大的军事力量啊！"

"河湟地区有屯寨十数处，大多还能支撑，像雏都寨这样的屯寨却是凤毛麟角。"娄师德略加思索，神色凝重地说："还是各级官员不能尽责，懒散怠慢所至。要想各处军屯都像雒都屯寨这样，尚需整肃吏治，强化屯田，亦兵亦耕，方能奏效啊。"

"其实，要做到这一点，也非难事。"李老爹皓眉一扬，朗声说道："各处屯寨还是营兵居多，多少有点拳脚功夫，只要有两三个武艺高超的教习，三五年准带出一队战力不凡的士卒来。"

"是啊！"黑齿常之欣慰地说："如此，一有战端，各屯寨皆能出招，以求自保；坚壁清野，不使蕃军得到一米一粟；保护妇孺，不致惨遭敌兵杀戮；游击破敌，使小股敌军不敢恣意妄为。老爹，说说看，保田队是怎样组成的？都有哪些兵器？"

"雒都屯寨保田队有五百余人，都是一些青壮汉子，有戍卒，也有附近村庄的丁壮，还有数十名从草原来的蕃族汉子哩，还有数十名从尊。"李老爹想想，如数家珍般地说："我们是从实战要求，将这些丁壮分长枪队、大刀队和弓弩队编练，情况还好。只是兵器有些杂，箭镞也十分紧缺，一遇战事，肯定出问题。"

"这好说，都府给满足配备。"娄师德慷慨应诺，然后问："老人家，家里还有些啥人？该四世同堂了吧？"

"说来惭愧，我的孙子才六岁。"李老爹话虽如此说，可脸上洋溢着幸福的笑容。他说，他出来当兵时，年纪不到十六，在薛将军帐前做亲兵，还经常让别人来伺候。后来，跟着薛将军到过新罗，去过天山，在大漠戈壁遛过两个来回，要不是大非川兵败，说不定这会儿在家乡山西安度晚年哩。大非川战役那年，因为副将郭待封狗肚鸡肠，常常与薛将军过不去，致使辎重被劫，唐军失利。在那次战役中，他腿部受伤，无法行军，只好离开薛将军，飘落在河湟地区。他就一个当兵的，离开军队啥也干不了，于是找到湟水县衙，要求重回唐军。湟水县的县令是个热心

148

人，听完他的叙述后，便让他去了屯寨，从此，他有了一个稳定的生活环境。他回忆道："到屯寨不久，在热心人的帮助下，我成亲了。这一年，我已是三十大几奔四十的人啦。结婚以后妻子算争气，给我连着生了三个娃，长大以后都是车轴汉子。现在，老大、老二都在军中效力，身边只留了老三，仗着几分三脚猫功夫，爱打抱不平，极不安分，如今也是护田队的人，说来见笑，还当着个小头目哩。"

"他的三儿子你们都见过的，就是打谷场上演练剑术的那个小伙子。"牛僖介绍说。

"噢，这真是强将手下无弱兵啊。"黑齿常之用敬佩的目光端详着李老爹，感慨地说："我与薛帅有交往，说起来我还是他的手下败将哩。当年，我在新罗二次被俘，苏宝同将军执意要斩首示众，还是薛将军出面说话，才保住了我这条贱命。唉，说起来，都过去有十好几年啦，但是薛将军的救命之恩，我至今不敢忘怀啊！"

"可惜，大非川之战，由于郭待封的嫉贤妒能，致唐军惨败，薛老将军的英名毁于一旦！"娄师德一阵叹息，也感慨地说："李老汉不愧是薛将军的兵，就连三个儿子也受老汉的熏陶。戍守边疆，真是了不起啊！"

"将军过奖了。"李老汉谦逊地笑笑，直爽地说："屯垦戍边，本是男儿本分，何足挂齿……"

三

光阴如梭，转眼间到了嗣圣元年。

大唐王朝正在经历着一场历史性的嬗变。这一年，一位叫武曌的女人叱咤风云，横空出世，她的出现使大唐王朝变得纷呈异彩，诡谲异常。

这个女人就是太宗皇帝的才人、高宗皇帝的皇后武媚娘！

书中暗表，武媚娘是唐开国功臣武士彟的次女，乳名叫二女。幼时的二女就长得很漂亮，招人喜欢，到十四岁时已经出落得美艳绝伦，光彩照人，被太宗皇帝李世民纳入官内，封为才人，赐号媚娘。太宗病重期间，不甘寂寞的武媚娘，和太子李治建立了感情。贞观二十三年，太宗李世民去世，太子李治即位，是为高宗。皇帝李治旧情难舍，把她收进后宫，封为昭仪。封为昭仪后，野心十足的武媚娘，并不满足昭仪的封号，开始动起了当皇后的念头。这年，30岁的武媚娘才产下一女，女儿满月时，王皇后宅心仁厚，到昭仪宫看望她们母女。心狠手辣的武媚娘乘隙掐死自己的亲生女儿，嫁祸于王皇后，高宗一气之下把皇后打入冷宫。永徽六年，高宗正式立武氏为皇后。武氏当上皇后以后，残忍地虐杀了王皇后和萧淑妃；让自己的儿子李弘做了太子；为高宗出谋划策，采用先易后难的策略，先后罢黜了褚遂良、韩瑗、来济，最后还狠心除掉了皇帝的舅舅长孙无忌。

早在显庆五年，李治就患有上头风之疾，每每犯病，头晕目眩，不能视事，就把朝政交给皇后武媚娘料理。但是，武媚娘生性迥异，武断霸道，每当决事，处处凌驾于皇上，引起皇上不满，朝臣们在私底下也有非议。麟德元年，李治密诏宰相上官仪进宫，密谋废掉皇后武媚娘。岂料，上官仪的废后诏书尚未拟好，武后已接到密报。她径直闯宫，来到李治面前，诘问此事，李治生性懦弱，怕担责任，便把责任推到上官仪的身上。武后并不罢休，穷追不舍，上官仪被下了大狱，旋即被满门抄斩。从此以后，李治每次临朝，武后必在帘后操控，天下大事完全由她决定，甚至连生杀大权也操控掌握在她的手掌心。作为一朝之君的李治，只能唯唯从命，所以，朝廷内外皆称二圣。

此时，武后自认为自己好像是天上的太阳和月亮一样崇高神圣，于是独创一字曰"曌"，作为自己的名字。

弘道元年，唐高宗李治上头风复发，头痛难忍，十二月，久病不治，撒手人寰。李治临终遗诏：太子李显于枢前即位，军国大事有不能裁决者，由武后决定。四天以后，李显在奉天殿举行登基大典，帝号中宗，建元嗣圣，尊武后为皇太后。这一年，武后已经是六十七岁的人了。

嗣圣元年二月，中宗李显经不起皇后韦氏的枕头风，欲任韦氏的父亲韦玄贞为侍中。韦玄贞本是一个胸无点墨、碌碌无为的庸才，朝议时自然遭到宰相裴炎等大臣的反对。

"陛下，此议不妥。"宰相裴炎经过一番考虑，劝阻道："以臣的观察，韦玄贞虽贵为皇戚，然能力平平，碌碌无为，不能担此重任。"

"荒唐。"李显闻言大怒，生气地说："别说是一个小小的侍中，朕就是把整个江山社稷都给了韦玄贞，又有何不可！"

消息传到皇太后那里，武氏暗吃一惊，思忖道：这个皇上真是昏聩至极，竟然拿大唐的江山社稷开玩笑！于是，便以此为借口，将李显罢黜，改封庐陵王，贬到房州去了。接着，更立豫王李旦继承帝位，是为睿宗，改元文明。她自己仍垂帘听政，决大事于一人！

武后废黜唐中宗立睿宗，临朝称制的做法，引起朝野的质疑和反对。就在李旦称帝后的九月，柳州司马徐敬业自称匡复府大将军，以匡扶中宗、复辟皇统为理由，在扬州起事，响应者甚众，兵马很快增至十余万人。

时长安主簿骆宾王投奔李敬业，代李敬业草拟《讨曌檄》（原名）《代李敬业讨伐曌檄》。

伪临朝武氏者，性非和顺，地实寒微。昔充太宗下陈，曾以更衣入侍。洎乎晚节，秽乱春宫。潜隐先帝之私，阴图后房之嬖。入门见嫉，蛾眉不肯让人；掩袖工谗，狐媚偏能惑主。践元后于翚翟，陷吾君于聚麀。加以虺蜴为心，豺狼成性，近狎邪僻，残害忠良，杀姊屠兄，弑君鸩母。人神之所同嫉，天地之所不容。犹复包藏祸心，窥窃神器。君之爱子，幽之于别宫；贼之宗盟，委之以重任。呜呼！霍子孟之不作，朱虚侯之已亡。燕啄皇孙，知汉祚之将尽；龙漦帝后，识夏庭之遽衰。

敬业皇唐旧臣，公侯冢子。奉先君之成业，荷本朝之厚恩。宋微子之兴悲，良有以也；袁君山之流涕，岂徒然哉！是用气愤风云，志安社稷。因天下之失望，顺宇内之推心，爰举义旗，以清妖孽。南连百越，北尽三河，铁骑成群，玉轴相接。海陵红粟，仓储之积靡穷；江浦黄旗，匡复之功何远？班声动而北风起，剑气冲而南斗平。暗鸣则山岳崩颓，叱咤则风云变色。以此制敌，何敌不摧；以此图功，何功不克！公等或居汉位，或协周亲，或膺重寄于话言，或受顾命于宣室。言犹在耳，忠岂忘心？

一抔之土未干，六尺之孤何托？倘能转祸为福，送往事居，共立勤王之勋，无废旧君之命，凡诸爵赏，同指山河。若其眷恋穷城，徘徊歧路，坐昧先几之兆，必贻后至之诛。请看今日之域中，竟是谁家之天下！移檄州郡，咸使知闻。

武后看到《讨墨檄》勃然大怒，当即着左玉铃大将军李孝逸为扬州道大总管，统兵三十万，战将二十员，前往征讨。

李敬业听从谋士薛璋的建言，先南渡长江攻陷润州等地，再北向攻略，与李孝逸战于高邮。李敬业虽初战获胜，但久战兵疲，战力日衰。十一月，李孝逸以火攻大败李敬业叛军，李敬业逃往润州，终为部下所杀。

武氏惜才，遍查《讨墨檄》的作者骆宾王，然竟不知其下落。

翌年七月，僧法明等撰《大云经》四卷，妄称武后是弥勒佛化身下凡，应作为天下主人，武后下令将《大云经》等颁行天下，以为经典。至九月，武后又罢黜睿宗皇帝李旦，改唐为周，定都洛阳，自称圣神皇帝，改元光宅，以睿宗为皇嗣，赐姓武氏，以皇太子为皇孙。

唐朝易帜，从此进入周武时代。

四

天授元年的一天，大周圣神皇帝武氏临朝，商议国是。

"众爱卿。"大周皇帝武氏端坐于紫檀雕龙御座之上，环窥殿堂，目光停留在几位老臣身上，莺声言道："咸亨元年，吐蕃侵扰西域，连克龟兹、疏勒、弓月、于阗四镇，西域大片国土沦丧。朕登基以来，屡有出兵西域，收复失地的念头，无奈朝中杂务缠身，不得已而放弃。几天前，西州都督唐休璟上书，力陈收复四镇的重要性，请朝廷发兵，征讨吐蕃。各位爱卿，你们怎么看？"

"陛下登基以来，国运昌盛，天下太平。"宰相裴炎出班奏曰："只是西陲吐蕃，每每与大唐为敌，侵扰西域、攻灭吐谷浑，进扰河陇，实为我朝心腹之患。今吐蕃内乱已息，新君初立，又兵犯西南，掠南诏等地，锋矛直指剑南诸州。因此，抵御吐蕃东进，仍是我大唐的重要举措。"

"还有，西域安西四镇，乃太宗皇帝所建，为保障丝绸之路的通畅，发挥了突出的作用。"大理寺丞狄仁杰，也进而言道："但是，自从承风岭战时为吐蕃所攫取，致使丝路中断，商旅寥落，为我朝蒙受巨大损失。更有甚者，垂拱元年，蕃军视我大唐无人，竟然长驱而入，铁蹄践踏河西之地，我敦煌郡险些不保啊！因此，我……"

"裴大人、狄大人，何必长他人威风，灭自己锐志？"礼部尚书武承嗣仗着武皇内侄的身份，武断地打断狄仁杰的话头，傲慢地说："陛下，小小吐蕃，有何惧哉！儿臣愿率二万精骑讨伐，不上半年，定能征服吐蕃，还西域一个清平世界……"

"承嗣，休得胡言乱语，退下。"武氏清楚侄儿无非是哗众取宠，想当皇储，真正上了战场，哪里是吐蕃的对手。她斥退武承嗣，然后问众臣："众卿，吐蕃自器弩悉弄赞普剪除乱党以来，一方面多次遣使前来大周，示以友好，并为新赞普请婚。同时，厉兵秣马，积极备战，多次出兵攻伐邻邦，扩张势力。由此可见，吐蕃对我友善是假，真正的目的，在于侵占河陇、剑南诸州啊。"

"陛下，吐蕃猖獗，狼子野心，路人皆知。"狄仁杰沉吟片刻，献上一计，道："吐蕃大军侵扰西南，西北兵力空虚，我们不如乘此时机，派一劲旅，进军西域，收复四镇，还我丝路通畅。"

"狄卿之言，正合朕意。"武氏颔首赞许，当即拍板，道："拟旨，诏令右鹰扬卫将军王孝杰为武威军总管，武卫大将军阿史那忠节副之，统兵十万，进军西域……"

暮秋季节，秋高气爽。

右鹰扬卫将军王孝杰、武卫大将军阿史那忠节，统领武威军十万余众，战将二十多员，从神都洛阳起兵，一路浩浩荡荡，越陇山，经兰州，过凉州，向西域进发，征讨吐蕃。

王孝杰因长期驻屯西北，抵御蕃军的侵扰，深知蕃军的用兵之道，因此，大军一到西州，他便和武卫大将军阿史那忠节、西州都督唐休璟和麾下将领商讨军机，排兵布阵，欲与蕃军决一胜负。

"各位将军，我十万虎贲之师云集西州，如何战法，请各位谈谈自己的见解。"主将王孝杰环视众将，高声说道。

"将军，我大军此次出征，应当重拳出击，速战速决。"阿史那忠节听了，沉思半晌，分析道："吐蕃君臣猜忌，内部不睦，无暇顾及安西四镇。吐蕃在四镇中，只有受封吐蕃的西突厥可汗阿史那馁子，势力较强，其余各部战力远不如阿史那部。如果速战，我可先打垮阿史那馁子，便可在西域立住脚跟，届时任凭吐蕃再猖狂，也只有败绩。如若不然，战事形成胶着态势，我军粮草不济还在其次，一旦吐蕃援军一到，后果不堪设想啊！"

"阿史那将军言之有理，只是……"西州都督唐休璟沉吟片刻，然后侃侃而谈："只是西突厥久居西域，部落繁杂，盘根错节，可汗阿史那馁子更是阴险狡诈，极难对付。永昌元年五月，皇上以文昌右相韦待价为安息道行军大总管，征讨吐蕃，收复安西四镇，首战遇上的就是东突厥可汗阿史那馁子。但是，唐军主帅韦待价无将帅之才，临阵时慌乱不堪，只好勉强应战。时值天降大雪，唐军粮运不继，士兵饥寒交迫，死亡甚众。蕃军会合阿史那馁子，乘势进击，连克焉耆、龟兹等重镇。这次征讨吐蕃，唐军大败而还，究其原因，唐军主帅韦待价不知兵是一个原因，更重要的是，阿史那馁子极善用兵，韦待价根本就不是他的对手。因此，对于这样一个对手，必须出击迅猛，重拳打击。"

"古人云，打蛇先打头，擒贼先擒王。阿史那馁子是众部落之首，多年来依附吐蕃，为虎作伥，肆意妄为，是我收复四镇的拦路虎，必先除之。"阿史那忠节分析敌情，从容建言道："王将军，若先除掉阿史那馁子部，我军须兵分三路：一路率大军二万，进发于阗，以为佯动；一路统兵二万，出征龟兹，以为疑兵；一路为我军主力，屯于西州不动，一俟阿史那馁子出动，则以迅雷不及掩耳之势，予以聚歼。"

"阿史那将军所言，正合我意。"王孝杰听了他俩的话，一个大胆而审慎的作战计划油然而生，说："众将听令：阿史那将军统军2万，战将5员，作为警戒，进发于阗；唐将军统军2万，战将5员，作为疑兵，出征龟兹；本将军统军4万，战将8员，伏于西州以北方向，寻机歼敌。其余兵将坚守西州，以为策应。记住，此役乃大军之首战，不战则已，首战必胜。望我大军将士前仆后继，效命杀场，奋勇杀敌，战场立功！"

"是。"众将军领命。

五

花开三朵，单表一枝。

却说，盘踞在碎叶城的西突厥可汗阿史那馁子，依仗着兵强马壮，又有吐蕃作为后盾，气焰极为嚣张。今见王孝杰大军西征，主力南下于阗，于是纠集 5 万人马，浩浩荡荡，向西州杀来，企图断唐军粮道，从侧翼进攻唐军。岂料，此刻的王孝杰，正率领 4 万虎贲之师，伏于西突厥军队进发的地域。

这天黄昏，西突厥大军刚刚来到西州附近，准备安营扎寨。蓦然间，戈壁滩上响起阵阵号角声，唐军骤然从四面八方杀出。阿史那馁子大吃一惊，忙以疲惫之师仓皇迎战。于是，双方在戈壁滩上展开了一场殊死搏杀。唐军在主将王孝杰的统一指挥下，多路出击，分割围歼，顷刻之间将敌阵冲得七零八落，自相践踏，死伤惨重。这时，唐休璟也率领人马赶来参战，使唐军如虎添翼。王孝杰指挥大军，迅速将敌军分割包围，一举消灭了西突厥大军。西突厥可汗阿史那馁子，仅带几名贴身护卫，狼狈逃遁。

此时，阿史那忠节也探知，吐蕃援军在噶尔·钦陵的率领下，已到于阗附近。于是，他一面率领军马伏于蕃军侧翼，一面速报王孝杰大军。随后，王孝杰率唐军转战数千里，一路势如破竹，直至于阗等地，大破吐蕃。王孝杰乘胜一举收复龟兹、于阗、疏勒等镇。这时，突骑施部首领乌质勒也乘机助唐发起攻击，从西突厥手中夺回碎叶城，交付于唐。自此，唐朝重新收得安西四镇。

捷报传至神都，武皇无比兴奋，对侍臣说："昔贞观中贝绫，得此蕃城，其后西陲不守，并陷吐蕃。今既尽复于旧，边境自然无事。孝杰建斯功效，竭此款诚，遂能裹足徒行，身与士卒齐力。如此忠恳，深是可嘉。"激动之情，溢于言表。遂升王孝杰为左卫大将军，次年又升任夏官尚书、同凤阁鸾台三品、封清源男，声名大振。

在接受安西四镇几度失陷的教训后，武则天为巩固西域的边防，重新加强唐朝在西域的统治，派重兵驻守四镇，还将安西大都护府还治龟兹，从而摧毁了吐蕃苦心建立的西域统治体制。至此，唐与吐蕃结束了在西域反复争夺的局面，安西四镇的形势逐渐稳定下来。

王孝杰率领大军收复安西四镇，吐蕃赞普都松芒波杰十分恼怒，声言："此仇不报，非丈夫也！"于是，全国行动，征集兵员，训练人马，等待时机，重新夺回安西四镇的统治权。

武周延载元年二月，吐蕃大相噶尔·钦陵派遣大将勃论赞刃为蕃军主将，统兵五万，与西突厥傀儡可汗阿史那馁子的两万骑兵，合兵一处，再次向西域地区发动进攻。以往，蕃军攻伐西域，往往是翻越昆仑山、穿过大沙漠，从和田一带展开行动的。这次进发西域，为了达到战役的突发性，蕃军假道青海，昼伏夜行，隐蔽接敌，企图从唐军的侧翼包抄攻击，一举歼灭王孝杰部。

对于蕃军的图谋，王孝杰早已了然于胸，带领十万大军日夜兼程，在蕃军途径之地严阵以待，等候多时了。当吐蕃大军行至西海附近的冷泉时，蕃军主将脖论赞刃做梦也没有相到，唐军竟然出现在这里。脖论赞刃惊骇之余，指挥蕃军仓皇迎战，于是，双方在冷泉、大领一带展开殊死的决战。

为此，武皇任命王孝杰为肃边道行军大总管，娄师德为副总管，张仁愿为监军，统兵五万，前往临洮迎战。

唐军截击蕃军的消息，早由细作传递给噶尔·钦陵。因此，噶尔·钦陵一到临洮，就以素罗汗山为据点，集中优势兵力，占据有利地形，严阵以待，迎击唐军。王孝杰率大军从河西赶赴临洮，劳师以远，皆成疲军。噶尔·钦陵见唐军迤西而来，尚未安营扎寨，便指挥大军发动突然进攻，唐军顿时陷入被动。

噶尔·钦陵充分利用了地形上的优势，居高临下掩杀唐军，给唐军造成重大损失。接着，又出动精锐骑兵，前阻后截，追杀唐军，致使唐军伤亡惨重。

监军张仁愿素与王孝杰不和，此时便因人奏事，将失败的责任全部推给王孝杰，王孝杰因此被削官为民，娄师德也被贬为原州员外司马。

经此大败，唐军元气大伤，无力再战，只好与吐蕃议和罢战。

第 十 章

再会盟公主和亲　纳贿赂痛失九曲

景云元年……上命纪处讷送金城公主适吐蕃，处讷辞。又命赵彦昭，彦昭亦辞。丁丑，命左骁卫大将军杨矩送之。已卯，上自送公主至始平，二月癸未还宫。

公主至吐蕃，赞普为之别筑城以居之……

《资治通鉴》卷二九〇《唐纪二十五》

一

武周圣历二年七月的吐蕃圣城逻些。

这是一个没有月亮也没有繁星的夜晚，逻些河在没有歌声也没有喧哗的寂寥中汩汩地流淌，奔向远方。在绿荫的簇拥下，吐蕃赞普的夏宫，王妃和她的子女们已经睡去，进入梦乡。那些被驱使了一天的仆人杂役们，也一个个拖着疲惫不堪的身躯，去寻找属于他们的栖身之地。只有那些警卫王宫的士卒们，一个个精神抖擞，警惕的梭巡在宫墙内外。

赞普寝宫的会客厅里，几盏酥油灯在微风中摇曳着，放射出若明若暗的辉光，大厅里弥漫着酥油的气味。

"诸位大臣，孤幼年继位，在各位大人的提携和扶持下，虽不说国运昌盛，兴旺发达，但也没有辜负父辈的希望。"年轻的赞普都松芒布结阴沉着脸，神色凝重地说："然而，噶尔家族专国数朝，长期以来，钦凌兄弟久据权柄，位高权重，欺孤年幼，飞扬跋扈，专权弄政，培植亲信，为所欲为，达到登峰造极的地步，是可忍孰不可忍！"

书中暗表，噶尔·赞悉若是吐蕃前朝大相噶尔·禄东赞的长子。在吐蕃，噶尔·禄东赞可是个了不起的人物。他年轻时，曾极力辅佐松赞干布赞普，为吐蕃的强盛立下了汗马功劳，又为迎娶文成公主入蕃，深受松赞干布的垂青。暮年时期，吐蕃赞普芒松芒赞年幼，后宫便把辅佐赞普、打理朝政的重任，托付给了大相禄东赞。然而，禄东赞自恃功高，自把持朝政以来，排除异己，培植家族势力，进军西域，攻灭吐谷浑，把吐蕃一步步拖向战争的泥沼。禄东赞死后，赞普芒松芒赞亲政，但是，迫于噶尔家族势力的压力，芒松芒赞不得不任命禄东赞的长子噶尔·赞悉若为大相，执掌朝政。噶尔·赞悉若依仗家族的势力，大肆任用亲信，培植权力集团。同时又把他的几个弟弟分派到各地，掌控兵权。其中，派往吐谷浑地区蕃军主将就是禄东赞的次子、赞悉若的二弟噶尔·钦陵。噶尔·赞悉若死后，噶尔·钦陵继任大相，野心进一步膨胀，飞扬跋扈，专权弄政，欲玩赞普于股掌之中。都松芒结和前几代赞普不同，是个很有见地的雄杰，不甘心受噶尔家族的操控，时时刻刻盼着有朝一日剪除噶尔家族的势力。朝中大臣对噶尔·钦陵多有不满，欲将除去而后快。

"赞普，噶尔·钦陵兄弟依仗家族势力，视君臣如草芥，如若不除，终究是吐蕃王朝的一大祸患。"次相悉诺逻恭禄思虑片刻，躬身言道："芒松芒赞赞普在时，就有剪除噶尔家族势力的意愿，但是，当时唐蕃交恶，争战不休，赞悉若兄弟又大权在握，先王没有机会剪除奸党。现在，钦陵兄弟自恃功高，动辄慢误君王、诛杀大臣，已到了忍无可忍的地步。"

"是啊，赞普。"另一近臣论岩接过话茬，愤懑地说："赞悉若兄弟把持朝政，对外交恶四邻，对内横征暴敛，骄奢淫逸，穷兵黩武，将士厌倦连绵厮杀，百姓怎堪徭戍之苦啊。如此下去，吐蕃危矣！"

"如此乱臣贼子，应当速速除去！"悉诺逻恭禄深知赞普的心思，催促道："赞普，您就下命令吧。"

"是啊，剪除逆贼，势在必行。"都松芒结沉吟片刻，斩钉截铁地说："悉诺逻恭禄大人，由你和论岩负责，秘密解决钦陵兄弟在逻些的死党，然后兵发吐谷浑故地，武力征剿噶尔·钦陵。"

这年秋天，在都松芒结的指挥下，悉诺逻恭禄和论岩带领部族人马，秘密处死噶尔·钦陵在逻些的亲信党羽，接着以狩猎为名，率二万精骑，亲征吐谷浑故地，乘蕃军主将噶尔·钦陵外出之机，消灭其亲信部众二千余众。

噶尔·钦陵闻讯后大惊，忙举兵抗拒，双方在吐谷浑草原上展开激战。然而，令噶尔·钦陵万万没有想到，由于他的轻率，又因为他的生性暴虐，经常鞭挞士卒，将士们对他多有不满，今见赞普前来征剿，纷纷投向都松芒布结赞普，钦陵势力顷刻瓦解。钦陵战败后，欲投奔武周，在逃往鄯州的途中被赞普的军队包围，自刎身亡。

噶尔·钦陵自杀后，其弟噶尔·赞婆于同年降周，受封为归德王、右卫大将军，令其率众戍守凉州的洪源谷，以防御吐蕃。不久，噶尔·钦陵的儿子莽布支，也率吐谷浑部族七千余帐投降武周，被拜为左玉铃将军、酒泉公，后累迁至左骁卫大将军、朔方副大使，死后赠拨川郡王，其子亦在唐朝为大将军。这是后话，不提。

从此，显赫一时的噶尔家族，便从吐蕃王朝的权力巅峰消失了。

二

刚刚亲政的吐蕃赞普都松芒布结，还没有从铲除噶尔家族的喜悦中缓过神来，便又深深地陷入一个又一个矛盾的漩涡之中。这天，他把新任大相悉诺逻恭禄、副相论岩召进宫来，将自己的心声吐露一番，郁闷地说："二位贤相，剪除了噶尔家族势力，为我吐蕃的长治久安清除了障碍。然而，长期的战争，已经严重地损伤到我国的经济实力，弊政难除，部族纷争，民心不稳，长此以往，怎么得了！"

"尊敬的赞普，大凡处事，得有个轻重缓急。"悉诺逻恭禄思量半晌，抚慰道："想我雪域高原，虽为水源山宗之地，然地大而物不丰，要想发展，必须东进西扩，这也是无奈之举啊。赞普所虑者，乃当前国力积弱，民生艰辛也。在我看来，这些都是暂时的，只要我们君臣戮力同心，励精图治，用不了几年，就能使吐蕃更加强盛起来的！"

"话虽这么说，但要做起来，千头万绪，困难重重啊。"都松芒布结叹口气，哀愁地说。

"赞普，要实现重振吐蕃，臣的意见是对唐罢兵休养。"论岩经过一番深思熟虑，坦诚地说。

"对唐罢兵休战？"都松芒布结诧异地问。

"所谓罢兵休养，对外罢兵休战，对内休养生息。"论岩沉吟片刻，逐字逐句地说："赞普，您听过汉人卧薪尝胆的故事吗？我们要渡过眼前的难关，就得学习古人卧薪尝胆的精神，交好四邻，不再言战，创造一个休养生息的环境，以增强国力。"

"如此甚好。"都松芒布结眼前一亮，紧皱的眉头舒展开了。

于是，都松芒布结几次遣使入唐，请求与唐媾和，罢兵休战。

而在此时，刚刚恢复对安西四镇统治的唐王朝，因长期与吐蕃的征战杀伐，不堪重负，尤其关、陇之人，久事屯戍，迫切需要罢兵休养。同时，趁唐蕃间在河湟鏖战之际，迅猛崛起，对唐王朝鹰窥虎视，威胁越来越大。为了全力对付北方强敌的威胁，唐王朝也急需和吐蕃缓和冲突，建立睦邻关系。因此，唐廷审时度势，抓住这一时机，与吐蕃和，结束战争状态。

　　唐中宗神龙元年，吐蕃发生部族内乱，祸及王庭，赞普都松芒布结御驾亲征，镇压内乱。在一次交战中，都松芒布结不幸为流矢所伤，殒命阵中。这一年，都松芒布结年仅七岁的儿子赤松德赞继位。

　　都松芒布结的死讯传至长安，中宗为其废朝一日，举行哀悼，还向吐蕃发出了睦邻和平的讯息。神龙二年，唐廷委派尚书仆射豆卢钦望、魏元忠、中书令李峤、侍中纪处纳、萧至忠，侍郎李迥秀，兵部尚书宗楚客、户部尚书韦安石、左骁卫大将军杨矩等十一人，并吐蕃宰相等划界定盟，达成初步的政治和解。因为此事发生在神龙初年，故史称"神龙之盟"。

　　赤松德赞继赞普位后，鉴于赞普年幼登基，王庭吸取当年噶尔家族趁势坐大，危害朝政的教训，其祖母没禄氏摄政。没禄氏从小生活在显赫的家族里，在父兄从政才干的熏陶下，她也成为一个拿得起、放得下的才女。都松芒布结去世后，王庭的大事小情皆由她决断，件件得体，深受王庭官员的爱戴和拥护。

　　"各位大臣，先祖松赞干布，雄才大略，娶大唐之女文成公主为妻，使两国和睦相处，吐蕃繁荣稳定。"一天宫中议事，没禄氏谓群臣曰："如今王子赤松德赞已长大成人，到了大婚的年纪。我听说大唐中宗皇帝的义女金城公主，美丽贤惠，端庄大方，打算去说这门亲事，不知各位意下如何？"

　　"自古道，男大当婚，女大当嫁，唐蕃释然。"大相悉诺逻恭禄笑着说：

"我家赞普，虽未亲政，然睿智聪慧，长得威武英俊，仪表堂堂，犹如天神降临人间。若觅得大唐公主为妃子，真所谓男才女貌，岂不妙哉！"

"是啊，自西汉文景时起，汉家王朝多有'和亲'之举，唐朝概莫能外，先后有几位公主下嫁周边的异族邦国，留下不少佳话。"大臣论弥萨也说道："太后若有此意，臣虽不才，愿请命出使唐朝，一则修复唐蕃关系，作破冰之旅；二来向唐主求婚，永结秦晋之谊。"

"就依论弥萨之吁请。"没禄氏闻言大喜，即命他为特使，择日前行。

没禄氏派遣论弥萨来到长安，献骏马千匹，金两千两，为年幼的赞普赤松德赞求婚。

当时，正是唐蕃神龙会盟之际，唐廷也乐见其成。于是，景龙三年，唐中宗李显答应，以宗室女金城公主和亲吐蕃，嫁与赤松德赞赞普。

三

唐高宗李治和武后共生有四子二女。四子中，长子李弘，初为代王，后立为太子，英年早逝，被追谥为"孝敬皇帝"；次子李贤，封雍王，李弘死后立为太子，死后谥为"章怀太子"；三子李显，即唐中宗；四子李旦，初为相王，后为唐睿宗。

却说潞王李贤，年少时，初唐四杰之一的王勃曾做过他的侍读，得到良好的教育。长大后容貌俊秀，举止端庄，才思敏捷，深得父皇的喜爱。上元二年，年仅二十三岁的太子李弘猝死。李贤继立，直掌东宫。做太子期间，曾多次监国，颇有作为，得到朝野内外的一片称赞。调露二年，李贤遭人诬陷，被废为庶人，流放巴州。武周光宅元年，武后废帝主政，遣酷吏丘神勣赴巴州校检李贤居所。丘神勣一到巴州，立即拘禁李贤，逼其自尽，终年二十九岁。

武周垂拱元年，武皇诏令恢复李贤雍王爵位，家人得以返还长安。

武皇的诏令传到李贤家时，李贤已经去世，府上只有长子李光顺和次子李守礼。李氏兄弟到达长安时，朝廷封李光顺为安乐郡王，李守礼受太子洗马职，进封嗣雍王。

但是，这一时期正值武周革命，武氏族人十分忌恨李唐宗室，常与佞臣酷吏相勾结，罗织种种罪名，构陷李氏宗亲，就连皇帝李治和武后亲生的子嗣也不放过，不少支持过李唐的大臣和宗室，都遭到他们的构陷与迫害。

李守礼兄弟因父亲获罪，虽封官与爵，但仍与李旦的家人一起，被幽禁在宫中，十余年不得外出。不仅如此，在幽禁宫时常常遭到杖责和凌辱，遭受非人的待遇。李贤的幼子李守义，就在垂拱年间备受折磨而死。天授年间，他的长子李光顺也被诛杀。只有次子李守礼命大，熬过血雨腥风活了下来。

圣历元年，武皇决定复立废帝李显为皇太子，针对李唐皇室的迫害暂告终结。李守礼也死里逃生，重获自由，并授司议郎中，在朝中供职。李守礼生有一女，乳名唤奴奴，聪明伶俐，很讨人喜欢。太子李显怜悯皇兄李贤为奸人所害，英年早亡，又怜恤侄儿李守礼的遭遇，常常眷顾他们，对他们的女儿奴奴也倍加喜欢，常常接进太子宫居住，和他的儿女们学习玩耍。

神龙元年，朝廷发生兵变，宰相王柬之等人武力逼宫，诛杀佞臣张易之、张昌宗兄弟，迫使武氏退位，太子李显复辟，恢复大唐国号，再度荣登皇帝宝座。

中宗复辟后，开始加恩于遭到迫害的皇室宗亲。李守礼被授予光禄卿，得以与使者前往巴州迎回李贤的灵柩。景云二年，李贤的遗孀房氏病故，睿宗皇帝诏令追加雍王李贤为皇太子，谥号"章怀"，与太子妃房氏合葬，并加授李守礼为左金吾卫大将军、幽州刺史、单于大都护。

此时的奴奴小姐，年及并筓，生得端庄秀丽，娉娉婷婷，娇柔袅娜，而且天资聪颖，琴棋书画，样样皆通；诗词歌赋，无一不精。唐中宗伉俪十分喜欢奴奴，就将她收为义女，赐予金城公主的名号。皇后韦氏还常常夸她说："金城丽质天成，聪明伶俐，将来须选配一位才貌双全的驸马才是。"

就在这时，吐蕃借神龙会盟之际，为年幼的赞普请婚。唐中宗李显考虑再三，决定将金城公主许配给吐蕃赞普。

吐蕃为年幼的赞普请婚，中宗李显考虑再三，决定将金城公主许配给吐蕃赞普。公主虽然豆蔻年华，但已情窦初开，年轻男女之事，略有耳闻。因此，讯息传来，顿时在这位年仅十四岁的花季少女心中，掀起巨大的波澜。她忽而蛾眉微蹙，愁绪满腹，陷入重重矛盾和无限怅惘之中；忽而粉腮红晕，悲情慷慨，愁绪仿佛在幽幽琴声中得到释怀。

公主博览群书，纵观历史，对于和亲，她并不生疏，且不说汉代的一代才女王昭君，就是大唐王朝，和亲边塞异族的公主就有好几位。这些公主大多虽不是皇上亲生，但也出身皇室，地位尊贵，不是一般豪门巨室所能企及的。这些下嫁边塞的公主，命运也不相同，曾祖姑母文成公主和亲吐蕃，嫁于一代伟人松赞干布赞普，他们的姻缘成为唐蕃邻好的佳话。公主死后，被国人尊为度母。但是，她的另一位曾祖姑母弘化公主和亲吐谷浑，但却嫁了个亡国之君慕容诺曷钵，亡命大唐，最终客死灵州，命运相当凄惨。

想到这里，她的心猛地一紧，眉峰微颤，泪花晶莹，也许在她的面前，就是一条布满荆棘的和亲之路。

想到此时，金城公主的胸中波澜起伏，柔肠寸断。抑郁寡欢的她，披衣起身，款步向前，推开窗棂。窗外，皓月临空，夜风萧萧。

公主在想，自己若是男儿之身，或疏狂孤傲、激扬文字，当为舞文弄墨、吟风弄月的文坛领袖；或文韬武略、武艺超群，应为豪气干云、纵横驰骋的沙场战将。可叹啊，自己是个女儿身，文不能安邦，武不能治国，就连自己的终身大事，也要受命运的摆布哩！然而，她毕竟是太宗皇帝的后裔，为了李唐王朝的江山社稷，唐蕃间的世代友好，面前即便是一条布满荆棘、艰难曲折的路，自己也要像曾祖姑母文成公主那样，勇敢面对，坚定不移地跋涉前行。

四

景龙四年初春，温暖的阳光照耀着关中大地，使初春的原野竹更翠、松更青，在田垄、旷野播下一层嫩绿。

正月初三，吐蕃迎娶金城公主的使臣，来到长安。迎宾馆三日一小宴，五日一大宴，热情款待这些来自雪域高原的贵宾。

经过几天的准备，公主启程的吉期已到。公主启程这天，西京长安净水洒地，红灯高悬，旌旗飘展，朝廷举行盛大的欢送仪式。自从文成公主和亲吐蕃以来，长安城再也没有出现过这么隆重的嫁女仪式，人们目睹这一盛况，无不欢呼雀跃，奔走相告。

中宗皇帝李显率皇亲贵胄、文武百官，先来到太庙祭祀一番，然后銮驾出行，百官相随，将和亲队伍送至兴平。此时的兴平，锦帐帷盖，旌旗飘扬，杂技百工精湛的表演，龟兹乐舞悠扬的演奏，使这个唐蕃古道东端的小镇热闹异常。

金城公主出嫁仪式，是唐代历史上公主出嫁仪式中最为隆重的一次，中宗李显给她的陪嫁，也远胜于当年文成公主入蕃时的状况。中宗皇帝怜其幼小，赐她锦缯数万，杂技诸工、龟兹乐舞各一套。尔后，特命左卫大将军杨矩持节护送。

金城公主经唐蕃古道逦迤西行，吐蕃组织一千多人的迎亲队伍，并为公主车仗开凿道路。当公主的车仗行至赤岭时，她来到文成公主怒摔宝镜的地方，默默注视着起伏的山峦，留恋地捧起一抔黄土，用黄绫包好，放在车辇之中。

到达逻些后，吐蕃赞普祖母没禄氏亲自为赤松德赞赞普和金城公主主持大婚盛典，并在吐蕃另筑一城，作为公主的起居之处。他们的大婚结束后，没禄氏又派遣使臣勃禄，致谢睿宗皇帝、安国相王、太平公主等人。

金城公主西嫁吐蕃，唐蕃文化科学技术交流再起高潮，商业往来得到进一步加强。金城公主入蕃后，大量资助于阗等地的僧人入蕃，建寺译经，促进吐蕃文化的发展与传播，后又向唐王朝请《毛诗》《礼记》《左传》《文选》等汉文典籍，大力传播汉文化，对丰富和发展吐蕃文化起到了极大深刻的影响。此时的吐蕃，还经常以金城公主的名义，遣送贵族子弟到长安唐朝国子监读书。赞普赤德祖赞还派僧人桑希等人入唐，朝拜五台山等佛教圣地。大量的工匠、技艺人才跟随金城公主入蕃，在蕃区传授耕作、纺织、音乐等技术，促进了吐蕃王国政治经济、文化的发展，唐蕃文化互融加速。

赤松德赞与公主成亲以来，在公主的辅佐下，勤勉朝政，任人唯贤，吐蕃气象一新。公主的举动，受到王廷上下的称誉，夸她知书达理，温婉贤良，但也招致赤松德赞大妃喜妃的妒忌和诋毁。原来，金城公主进蕃前，赤松德赞已经娶了纳囊家族的女子喜登为妃，公主和亲时，他的身边已有两位妃子侍奉。大妃喜妃相貌平平，献媚妖冶，依仗家族的权势，骄奢淫逸，稍不如意，便撒娇耍泼，将后宫弄得乌烟瘴气。赤松德赞毫无办法，只好睁一只眼闭一只眼，任由她胡为。如今，赤松德赞身旁有了知书达理的金城公主，对喜妃逐渐疏远，喜妃心生妒恨，暗生除去公主的妄念。

人无远虑，必有近忧。大婚以后的赤松德赞，有了公主这个贤内助的协助，将国家治理得井井有条。但是，美中不足，却为子嗣的事发愁。转眼几年过去了，任凭赤松德赞怎样努力，总也不见妃子们给他生下个一男半女。为此，盼子心切的赤松德赞，茶饭不思，夜不能寐。

一天，赤松德赞要出门远行，临行前的一个晚上，与公主发生床笫之欢。床笫之间令人销魂的那一刻，公主呻吟着，鼻翼轻轻翕动着，呓语一样地告诉他道："赞普，臣妾有喜啦。"

"什么？有喜了？"赤松德赞一阵狂喜，把公主紧紧地搂在怀里。

就在赤松德赞出行前，喜妃也绯红着脸，羞答答地对他说："赞普，臣妾怀上您的孩子啦。"其实，喜妃是假怀孕。

"世上真有这样的巧事！"赤松德赞喜出望外，高兴地为两个妃子许愿说："先生一男者，当封为正妃。"

八个月以后，金城公主顺利产下子。喜妃闻讯后既妒又恨，妒火中烧。她想，金城产得一子，按赞普的许诺，后宫正妃的位子自然就是她的了。不但如此，自己假怀孕的行径再也瞒不住赞普，她清楚欺君之罪会是什么下场。此刻的喜妃，恨不能将公主娘儿俩活活掐死。

这天，喜妃叫来娘家兄弟纳囊，商议应对之策。

"这可怎么办？"纳囊望着一脸愁容的姐姐，阴毒地说："不如一把火把金城的寝宫烧了，让她娘儿俩葬身火海，赞普就是再宠她也无可奈何了。"

"不行。"喜妃想了想，说："金城娘儿俩一死，没人跟我争夺正妃的位子了。可是，我假怀孕的事不也暴露了吗？"

"那怎么办？"纳囊一脸沮丧，少顷，他心生一计，口吐一字："抢！"

"抢？"喜妃先是一怔，然后蹙眉舒展，笑着说："亏你想得出，这可是一箭双雕呀。事不宜迟，要早动手。"

就在这天晚上，喜妃带人来抢婴儿时，尚在"月子"当中的公主又气又急，哭着喊道："这是我的孩子"。同时，还拿有奶的乳房，据理力争。

岂料，喜妃谋子已久，早在乳房上涂了药，也挤出奶汁来，闹得大家搞不清孩子到底是谁生的。当时，纳囊家族在朝中势大，既是有人瞧出端倪，也不敢说出真话。最后，孩子还是被喜妃恃强抢去了。

赤松德赞有了儿子，却因生母难断，不堪其烦。为了判断孩子到底是谁生的，赞普想出了个办法，把孩子放在宫殿的另外一头，让两个妃子去抱，谁先抱到，孩子就是谁的。金城公主拼命先跑到那儿，把孩子抱到怀中，喜登后到，见孩子已被金城公主抱去，又急又恨，心想：孩子就是死了，也不能让你抱去。便不管死活地向公主怀中去抢。扯来扯去，孩子吓得"哇哇"大哭。金城公主害怕把孩子抢伤了，便大声说："孩子本是我生的，你这个泼妇，别把孩子弄伤了，让你抱去吧。"就这样，孩子被喜登抱走了，大家看在眼里，心里也就清楚了，但碍于纳囊家族权大势众，谁也不敢明说，又没有很好的解决办法。

过了一年，王子已经周岁，举行生日筵宴。赤松德赞心想要趁这个机会，判明王子的亲生母亲。于是，就把汉族亲友和喜妃的娘家人都邀来参加，等大家坐定，赤松德赞拿起一只金杯，杯中盛满美酒，然后交给王子，并说道："把这杯美酒献给你的真正的舅家亲。"

纳囊家族的人多，手中拿着各种玩具，逗引小王子。但是，小王子连看都不看一眼，说完，举起酒杯，步履蹒跚地走向公主的身边。

金城公主见此情景，热泪盈眶，张开双臂，激动地连声叫道："儿子，我的好儿子啊。"

小王子终于回到金城公主的怀抱。

金城公主入蕃三十多年，唐蕃间出现了"金王绮绣，问遣往来，道路相望，欢好不绝"的喜人局面，双方边境虽然有时干戈不断，但基本保持了和好的关系。

金城公主"和亲"吐蕃，开元二十七年去世，在吐蕃生活了三十多年。

在这三十余年间，在缓解唐蕃冲突、促成双方划界方面发挥了积极的作用。开元二十一年，唐蕃结盟，在赤岭定界刻碑，约以互不相侵，并于甘松岭互市。开元二十七年，金城公主在逻些去世。唐玄宗得到丧报后，在光顺门外为之举哀，废朝三日。吐蕃赞普赤松德赞在给唐玄宗的上书中指出："外甥是先皇帝宿亲，又蒙降金城公主，遂和同为一家，天下百姓，普皆安乐。"由此可见，金城公主西嫁吐蕃，进一步促进了唐蕃关系，并对后世产生了积极的作用，其历史影响不亚于当年的文成公主。

五

河风徐徐吹来，青翠欲滴的果蔬麦禾，金黄馥郁的油菜籽花，波澜起伏，飘逸着沁人心脾的幽香。轻柔细微的和风，拂动着斜欹娇揉的垂柳和古槐，发出沙沙的阵响。劳燕分飞，啼啭追逐，从角楼飞檐处掠过，令人陡添惬意。

傍黑时分，鄯州都督府衙前走来一主一仆两个不速之客。主人年纪约三十多岁，白净的脸庞，浓眉大眼，穿一身湖绸长衫，像是一个来自中原的富商。仆人有四十七八，面色黝黑，细眉小眼，两绺儿"山羊胡子"一翘一翘，咋看都像个西域的缠头。此二人左顾右盼，神色诡秘，看看大街上空寂无人，才来到府衙前轻轻叩门。旋即，府门开了，来人立即被都督府的管家杨仁接进里院，让进二堂的密室之中。

二堂密室，灯光昏暗，气氛诡谲，似有什么大事密商。二人进入密室，见室内空无一人，便面带狐疑之色，向杨仁投去询问的目光。

"二位稍候，我家主人随后就到。"说着，杨仁给客人倒上茶茗，退出密室。

"本都督有事耽搁了一下，让二位久等啦。"少顷，鄯州都督杨矩从侧门走进密室，狐疑地问："不知二位从何处来，找本都督又有何贵干？"

"杨将军真是贵人多忘事，怎么，没过两个月，就把老朋友给忘啦？""山羊胡子"迷瞪着小眼儿，笑容可掬地说："你忘啦，在金城公主的婚礼上我们还说过话哩。"

"啊呀，你看我这记性！你是论弭萨大人，吐蕃的……"杨矩笑笑，接着问道："这位是……"

"哦，我来介绍一下。"论弭萨捋捋山羊胡子，朝富商模样的人点点头，然后介绍说："杨将军，这位就是我家赞普的叔叔、吐蕃大相悉诺逻恭禄。"

"杨将军，久仰大名，今日得见，果然名不虚传。"悉诺逻恭禄恭手施礼，谦逊地说："公主大婚之日，我正好出使泥婆罗国，使我们失之交臂啊！"

"悉诺逻恭禄大相莅临寒舍，蓬荜生辉。失敬，失敬！"杨矩嘴里虽这般说，心里却直犯嘀咕：吐蕃大相行踪诡秘，必然不怀好意，我且听他道来。

"杨将军，我们此来，有一件重要的事情相商。"论弭萨讪笑着，狡黠地说："因为事关机密，我们不得不如此，还望将军见谅。"

"既有要事，且讲无妨。"杨矩摈退左右，然后说道。

"这里有我邦赞普的书信一封，请一览。"论弭萨诡秘地从怀中掏出书信一封，交到杨矩手里。

"赞普的书信？"杨矩疑惑地打开书信，只见上面写的不是信，而是开出的一个大礼单，所列的东西无非是印度的紫檀佛像、波斯的猫儿眼、中亚的紫龙晶、波罗的海的蜜蜡，还有雪域高原的鹿茸麝香、虫草雪莲。这些价值不菲的奇珍异宝，就是给大唐皇帝的贡品里，一下子也见不到这么多！

杨矩看完礼单，半晌没有说话。他心里清楚，此二人是讨债来啦！

原来，公主大婚，他是朝廷指派的主婚使。婚礼这天，他以朝廷钦命为荣耀，在吐蕃出尽了风头。而吐蕃正是抓住他的虚荣心，令论弭萨等一伙官员接待他，趁机灌了不少迷魂汤。就在他昏昏欲仙辨不清方向的时候，竟以金城公主汤沐地的名义，向唐朝索要河曲之地，要他向唐廷转奏。

杨矩是个既贪婪又没有主见的人，此刻被这伙人一恭维，再加上厚贿利诱，他竟稀里糊涂地应承下了这件事。回到鄯州以后，他觉得很害怕，成天提心吊胆的。好在一连几个月，吐蕃居然没有再提及此事，他以为事情就这么过去了，于是，悬在半空的心终于可以落地啦。谁承想，他准备忘记的事情，吐蕃却耿耿于怀，今天终于找上门来了！

"怎么样，杨将军感觉还满意吧？这可是你一生一世也挣不来的财富啊。"悉诺逻恭禄见杨矩沉吟不举，便利诱道。

"这……"杨矩表情复杂，面带难色。

"如此看来，杨将军是看不上这些奇珍异宝啦。"论弭萨看着好笑，威迫利诱道："将军是看不上这些货不打紧，可在公主大婚时说过的话还算数吧？我们可是专程为此事来的"。

"算……算数。可是……"杨矩贪婪地看着礼单，语无伦次地说："可是，割让土地是件大事，我怎么……"

"我们知道此事非同小可，你我之辈是决定不了的。"悉诺逻恭禄见机，不失时机地说："只要你以金城公主汤沐地的名义，奏请唐朝皇帝割让河西九曲之地给吐蕃可也。"

"那……好吧。"杨矩在来人的威迫利诱面前，终于屈服了。于是，他真的按吐蕃密使的授意，给朝廷上了一道奏章。奏章称：臣不才，忝为公主大婚的主婚使，荣幸之至。闻吾皇从政，向以德服众，谋万世之泰宁。今公主下嫁蕃王实布恩泽于蛮夷，然骨肉分离，遥遥万里而不得相见。故臣为公主求一汤沐地，以寄托吾皇之思念之情……

在吐蕃官员的厚贿利诱下，杨矩因一时的贪念，居然置国家的根本于不顾，写下这道贻害无穷的奏折。更有甚者，这篇奏折到了昏君李旦手里，昏聩无能的大唐皇帝连眼皮儿都没眨一下，竟稀里糊涂地写上了"准奏"的字样，将吐蕃费尽心机，用武力没有得到的河曲之地，拱手让给了吐蕃。待到李旦醒悟过来时，朝廷的圣喻已到了边关。

何谓河曲之地？河曲是指黄河以西、浇河以南的广袤地带，距积石军三百余里。河曲之地水甘草良，极宜畜牧，是唐军战马的主要供应地。因此，吐蕃觊觎河曲之地已久，曾为此地入寇唐境，反复争夺，付出了沉重的代价。如今贪婪的杨矩竟假借金城公主的名义，将这一地区拱手让给吐蕃。吐蕃轻而易举地得到了这一广袤的草原，喜出望外忙派重兵守卫。

这一地区不仅是一个优良的大草原，可给吐蕃提供无数的牛羊，而且也是吐蕃觊觎河陇、向东扩张的战略支点。因此，吐蕃在攫取河曲地后，便修桥筑城，置独山、九曲二军，陈兵河曲，窥视河陇，陇右、河西的领土直接暴露在吐蕃的威胁下，致使唐朝不得不加强陇右的军事防御。

第.十一章

蕃大相兵犯陇塬　薛将军名震洮水

己酉，吐蕃相坌达延遣宰相书，请先遣解琬至河源，正二国封疆，然后结盟。琬尝为朔方大总管，故吐蕃请之。前此琬以金紫光禄大夫致仕，复召拜左散骑常侍而遣之。又命宰相复坌达延书，招怀之。琬上言，吐蕃必阴怀叛计，请预屯兵十万于秦、渭等州，以备之……

《资治通鉴》

一

武周长安四年的一个夜晚。

半轮冷月被一团乌云层层遮住，神都洛阳的宫墙、楼阁、街区被笼罩在黑魆魆、昏沉沉夜幕里，尽归于苍凉和迷茫。

子夜时分，残月将尽。宰相王柬之府第，大门紧闭，寂静萧瑟，迎门两个大红灯笼透射出迷茫的辉光。庭院内，客厅寝室的灯已熄灭，寂无声息。只有西厢房灯光昏暗，人影绰绰，王柬之和文昌左丞崔玄暐、中台右丞敬晖、千牛卫将军李牟，神色严肃，行为诡谲，似在密谋着什么。

"崔大人、敬大人，皇上病笃，避居迎仙宫。宠臣张易之、张宗昌兄弟侍奉皇上左右，把持宫门，不许大臣探视，这不是好兆头啊！"王柬之愁容满面，阴郁地说："这些年里，张易之、张宗昌兄弟，倚仗权势，插手朝政，恣意妄为，陷害宰相魏元忠在先，残杀永泰公主于后，朝纲颠倒，乱象丛生，如此宵小，淫秽后宫，是可忍孰不可忍啊！"

"是啊，庆父不死，鲁难未已。"崔玄暐感同身受，也忧虑地说："张易之、张宗昌兄弟二人倚仗皇上的宠爱，淫乱宫闱，插手朝政，无所不及。更有甚者，武承嗣、武三思等人，趋炎附势，与张易之、张宗昌沆瀣一气，狼狈为奸，使武周回归李唐、传位太子的形势．变得更加扑朔迷离，变幻莫测。如此下去，李唐复辟无望矣！"

"二位大人，如果真的如此，那么皇上殡天之日，便是你我的末日！"敬晖惨然一笑，沉吟片刻，神色凝重地说："二位大人，与其坐以待毙，不若奋起一拼，进行兵谏。我等位及极品，如不能匡扶正义，挽救李唐，迎回太子，还奢谈什么忠信孝悌？"

"武谏？"二人一怔，不约而同地问。

"对，兵谏！"敬晖虽是文官出身，但颇识韬略，常任武职，到了危急关头，自然想到兵谏。他说："只有兵谏，才能剪除佞臣，诸武降爵，方能迎回太子，匡扶大唐啊。"

"如此机密之事，须当周密筹划才是。"王柬之神色凝重，严肃地说："既要兵谏，我们需如此这般，才能有必胜的把握。李牟将军，此次兵谏，非羽林军不可，你与羽林军副都统季虎交厚，可速去找他，届时让他出兵。敬大人，兵谏之事如能得到太子和太平公主的支持，胜算将增加两成。因此，你速去太子宫，密陈计谋，请他策应。我去会会太平公主，要她念在李唐的情分上，助我们一臂之力。"

"如此甚好。"几人商议停当，便秘密调集人马，准备发动兵变。

王柬之黉夜拜见太平公主，公主颇感意外，便在客厅会见他。

"公主，卑职黉夜叨扰，请见谅。"王柬之深施一礼，说。

"王大人请坐。"王柬之平时为人低调，态度谦恭，深受太平公主的敬重。这时，她蛾眉微颤，轻声说道："宰辅大人深夜来访，必有要事相商，我这里没有外人，但说无妨。"

"禀公主，卑职此来，确实有要紧的事情商议。"王柬之言语之间，眼神向左右飘去。

"你们退下吧。"公主明白，丞相深夜造访，必有机密大事，便摈退左右，然后说："王大人请讲。"

"公主，张易之兄弟谗媚宫闱，祸乱朝纲，实属十恶不赦。"王柬之一改平日的恭顺，一字一顿地说："你作为高宗皇帝的骨血，总不能眼看着李唐江山社稷落入他人之手吧！"

"王大人你……"太平公主大吃一惊，忙掩口道："你莫不是疯了，说出此等忤逆犯上的话来？"

"公主，我没有疯，倒是公主的一些行为举止，令人担忧啊。"王柬之静若止水，掷地有声，说："皇上年岁已高，张易之兄弟淫乱宫闱、干涉朝政，图谋不轨。武三思、武承嗣叔侄争宠，欲在立嗣。皇上百年之后，你敢说天下还是李家的吗？"

"这……"王柬之言之凿凿，不容争辩，公主沉默了。半晌，她阴郁地说："可事关皇上，我又能怎样呢？"

"事已至此，我作为一朝的宰相，再也不能坐视不管啦！"王柬之见公主已经心动，便把兵谏的计谋和盘托出，然后说："此事成功与否，我们就看太子和你的啦。"

"你们……你们这是要把我架在火炉上烤啊。"太平公主思前想后，含着泪水说："好吧，为了李唐的江山社稷……"

不久，敬晖也暗中拜谒太子李显，密陈兵变图谋，得到李显的赞同。

神龙元年正月的一天，张柬之与敬晖等人，率禁军五百余人，趁夜色闯入玄武门，直逼迎仙宫集仙殿。

"来者何人？"张易之发现形势不妙，声色俱厉地问："你等擅闯禁宫，要造反吗？"

"张易之，你兄弟二人谀媚宫闱，祸乱朝纲，实属罪不可赦！"李牟驱马上前，手指奸佞，高声喝道："我等奉诏除奸，尔等还不速速受擒！"

"奉诏？奉谁的诏……"张易之面容惨白，语无伦次。

"众将士，与我拿下此贼！"李牟一声断喝，早有几个将士上前，刀锋直逼张易之。张易之、张宗昌兄弟文不能治国，武不能安邦，平日里只靠着姿色取悦武皇，祸乱朝纲，哪里见过这种阵势。众羽林军一阵呐喊，早将二张制伏，捆绑起来。

随即包围武周皇帝武氏寝宫，历数二张淫乱宫闱、干涉朝政的罪行，诛杀张氏兄弟。然后要求武氏退位，迎回太子，复辟李唐王朝。

武皇见大势已去，于翌日禅位于原中宗皇帝李显，匆匆结束了风光一度、颇受世人诟病的武周时代。

二

中宗复辟后，百官、旗帜、服色、文字等皆复旧制，恢复以神都为东都。王柬之进位兵部尚书、中书令，与崔玄暐、敬晖等并为宰相。敬晖还被加封为金紫光禄大夫，升任侍中，赐爵平阳郡公，旋即又晋封为齐国公。而太平公主因参与诛杀二张兄弟有功，受封"镇国太平公主"。

然而，复位后的中宗李显仍然是个傀儡皇帝，朝中大权旁落在皇后韦氏、女儿安乐公主及武后余党武三思等人手中。这些新贵们欺瞒皇上，浊乱朝政，卖官鬻爵，财货山积，广占田园，欺压百姓，国家实力日见衰弱，黎民百姓处于水深火热之中。

王東之、敬晖等人做梦也没有想到，由他们冒着生命危险，推翻武氏政权而恢复起来的李唐王朝，竟会被这伙人糟蹋得乌烟瘴气，纷纷捶胸顿足，愤恨不已。于是，他们又聚集在一起，商议除去邪恶、匡扶朝政的对策。

"各位大人。"宰相王東之义愤地说："我们诛杀二张，迫使武后还政太子，初衷是建立强盛的李唐王朝。然中宗昏弱，李唐王朝前途堪忧啊！"

"是啊，下官也在为此事担忧啊。"崔玄暐愤慨地说："韦后贤德不及无盐，才能远逊武后，却要垂帘听政，污秽朝纲。更有甚者，武三思依仗亲王爵位，勾连韦氏，干预朝政，颐指气使，是可忍孰不可忍！"

"诸位大人，多说无益，还是看行动吧。"敬晖性子刚烈，朗声言道："改天早朝，我拼着丞相不做，也要参倒武氏余党！"

神龙二年五月的一天，中宗早朝，光禄大夫敬晖上表道："现在李唐王室中兴，朝中不应分封异姓王，武氏诸王理应降爵。"此议得到王東之等多名朝臣的附议，唐中宗准奏，将武氏诸王降为公爵。

对此，武三思等人非常恼怒，便勾结皇后韦氏，和安乐公主，在唐中宗面前不断进谗，称敬晖等人恃功专权，并提出明升暗降的计策。不久，敬晖、桓彦范、张東之、袁恕之、崔玄暐五人被罢去宰相之职，改封郡王，只能在每月初一、十五上朝面君。后来，昏聩之极的唐中宗，受到韦后、女儿安乐公主和武氏党羽武三思等人迷惑，将功臣张東之和敬晖等人全部流放诛杀。

这时，皇后韦氏已不再满足后宫的位置，她要走向前台，既是不能像武后那样独揽朝纲，也要垂帘听政，玩皇帝于股掌间。而她的女儿安乐公主则更是跃跃欲试，干朝预政，出尽了风头。然而，皇后韦氏虽有暴虐行径，而无武后的政治才能。唐中宗重返帝位，皇后韦氏、安乐公主与武三思勾结，操纵国政，势倾中外，达到登峰造极的地步。可叹大唐王朝有这样几个佞徒作祟，朝政更乱了。

　　景龙元年七月，太子李重俊谋反。安乐公主与宰相宗楚客勾结，趁机陷害太平公主和相王李旦，诬告他们与太子同谋。昏庸的中宗便令御史中丞萧至忠审理此案。萧至忠流泪进谏道："陛下富有四海，难道容不下一弟一妹吗？他们可是您的至亲骨肉，何必听信别人的谗言加害他们呢？"萧至忠一席话点醒了唐中宗，太平公主与李旦才幸免于难。

　　太子李重俊兵败后，逃入终南山，宗楚客派果毅将军赵思慎领军追捕，并奏请断李重俊身首以祭武三思幽灵。

　　景龙四年，昏聩加残暴的韦氏与安乐公主合谋，鸩杀唐中宗，密不发丧，暗中却在为韦后临朝称制做准备。

　　就在这时，一位名不见经传的人物从皇族里脱颖而出，出现在唐廷的政治舞台，从而改变了大唐王朝积弱难返的历史进程。这个人物不是别人，就是大唐的中兴皇帝李隆基。

　　李隆基是相王李旦的第四个儿子，生得英俊多艺，仪表堂堂，从小就很有大志，在宫里自诩为"阿瞒"，虽然不被掌权的武氏族人看重，但他一言一行依然很有主见。七岁那年，一次在朝堂举行祭祀仪式，金吾大将军武懿宗大声训斥侍从护卫，李隆基马上怒目而视，喝道："这里是我李家的朝堂，干你何事？！竟敢如此训斥我家骑士护卫！"随之扬长而去，武则天知道后，非常惊讶，不仅没有责怪，反而更加宠爱他。虽然李隆基获得了祖母的宠爱，但在长寿二年正月，其母窦氏与嫡母皇嗣妃刘氏被武则天秘密杀害，尸骨无踪。李隆基是在李旦的另一位妾室豆卢氏和姨妈窦氏的抚养下长大的。李隆基先被封为楚王，后改封为临淄王。景龙二年四月，兼潞州别驾。

七月，韦后在众党羽的拥戴下，紧锣密鼓地做着政变的准备。但她哪里想得到，螳螂捕蝉，黄雀在后，隐秘在市井当中的李隆基，早已明察秋毫，伙同一些志同道合的年轻将领，发动政变。太平公主闻讯后，也派自己的儿子薛崇简和朝邑尉刘幽求，前往皇宫，支援李隆基政变。李隆基入宫，迅速诛杀了韦后及其党羽，拥立父亲相王恢复了十多年前失去的帝位，这就是继中宗李显之后的又一个昏君唐睿宗。

唐睿宗李旦依靠儿子李隆基和太平公主的势力争得帝位，然后立李隆基为太子，允诺太平公主干预朝政。然而，李旦的昏庸，助长了太平公主的专横，引发太平公主与太子李隆基的严重冲突，唐朝宫廷争斗不休，危机重重。

唐睿宗李旦不堪其扰，遂于延和元年将皇位禅让给太子。李隆基即位，尊睿宗李旦为太上皇，建元开元，是为唐玄宗。

李隆基即位后，政治清明，经济发达，军事强大，四夷宾服，万邦来朝，开创了全盛的"开元盛世"。

三

话说，金城公主和亲之时，吐蕃虽然以贿赂和利诱的手段，骗取了廓州以南的大片土地，并由此为据，守可以屏障吐蕃纵深，攻可以攻扰河陇。但是，由于唐廷的坚持，河曲之地的归属并没有明确写进神龙界约之中，即唐廷没有承认吐蕃占据河曲的合法地位。对此，吐蕃的统治集团十分心虚，忐忑不安。为使占领河曲的行为合法化，神龙之后，吐蕃多次提出修改"神龙盟约"的要求，唐王朝不许，双方矛盾日益激烈。李隆基当上皇帝后，吐蕃一方面频频遣使，维持和唐王朝的和亲关系，并继续敦请修盟；另一方面以武力相要挟，阵兵唐境，寻衅滋事，逼唐朝就范。

开元二年五月，吐蕃大相坌达延在吐谷浑征集粮草马匹，屯重兵于唐蕃边境，并致书唐朝宰相，提出"定界于河湟"的要求。这年八月，吐蕃大将勃坌达延、乞力徐等，以河湟九曲之地为据点，纠集十万大军，进犯唐境，兵临洮州，继而攻打兰州和渭州的渭源县，夺得大批牧马而还。鄯州都督杨矩见蕃军竟以河曲为据点，频繁进犯唐境，联想到昔日为一些蝇头小利，请赐河曲为金城公主的汤沐之地，将河曲拱手让给吐蕃，悔恨不已，遂自尽于鄯州府第。

吐蕃进犯兰、渭诸州，消息传来，京师震惊，人心惶惶。谁都知道，临洮不仅是陇西重镇，更是李唐皇室祖先即陇西李氏的初兴之地，而渭源则是丝绸之路南道的必经之地，地处河西走廊的要冲。要是这些地方被吐蕃占据，大唐在西域、河陇的疆域非但不保，而且蕃军若是进军关中，也只有数百里之遥。事关江山社稷、祖籍之地，年轻的大唐皇帝李隆基再也坐不住了。

这天，玄宗皇帝李隆基在贞观殿召集文武百官，商讨应对之策。

"众爱卿，"贞观殿内，英气勃发的李隆基，剑眉微皱，目光炯炯，愤慨地说："自高宗皇帝确立转攻为守、屯田备兵的策略之后，河陇地区几无攻势，唐蕃间或有纷争，但总体上保持了一个平和的局面。金城公主和亲以后，特别是神龙之盟以来，本该通过姻亲关系，使唐蕃关系有一个根本的改善。岂料，吐蕃以贿赂唐臣为手段，将我河曲之地攫为己有。非但如此，蕃军还与大唐为敌，进扰河陇，掠我资财，杀我百姓，是可忍孰不可忍！每每想到此事，朕食不甘味，夜不能寐。众卿，时至今日，西北战事将如何处置，请大家各抒己见，谈谈自己的见解。"

"陛下，西北战事，唐军前有大非川、承风岭之败绩，战事之惨烈，令人不寒而栗。"宰相姚崇一番思虑，出班奏曰："但是，就大唐而言，河陇地区东屏关中、西接西域、北御大漠、南控吐蕃，战略地位十分重要。因此，无论战与和，我朝必须以重兵戍守边陲，防患于未然。"

"大人所言不虚。"吏部尚书宋璟沉吟片刻，无不忧虑地说："屯守河陇的人马不谓不多，郭知运、杜宾客、安思顺也是些能征惯战的将军，但是，纵观河陇军力部署，尚需一员运筹帷幄、号令三军的主将哩。以臣之浅见，凡主将者，当以智略为本，勇力为末。"

"陛下，臣荐一人，可担当此任。"兵部尚书卢怀慎坦言道："幽州都督薛讷，其父薛仁贵，乃太宗、高宗时期的名将。薛讷少时苦读兵书战策，习练刀枪剑戟，文韬武略，无一不精。成年后，随父从军，效力国家，屡建奇功。圣历元年八月，后突厥阿史那默啜可汗借口'奉唐伐周'，出动10万骑兵，进犯河北道诸州，攻城掠地，烧杀掳掠。为此，朝廷调兵遣将，加强守御。薛讷因出身将门，加上战功卓著，被提升为摄左武威卫将军、安东道经略。默啜见唐军已至，便率军返还大漠。不久，薛讷任右羽林卫将军。武周长安元年，出任幽州副都督，与都督李多祚共防突厥。此后，又任幽州镇守经略节度大使、左武卫大将军、幽州都督，兼安东都护。此人乃我朝不可多得的将帅之才，出任河陇主将，最合适不过。"

"朕知晓薛讷，此人论韬略武功，一点儿也不输于乃父薛仁贵，果然是个将帅之才。"玄宗眉头微微一蹙，犹豫地说："去年，朕遣薛讷为左军节度，兼任和戎、大武等军州节度大使，进讨契丹。由于指挥失误，致使唐军大败，损失惨重。战后，朕下旨将其制将全部治罪，对他格外施恩，削职为民。如果现在任他为河陇主将，恐怕不妥啊。"

"滦水山峡之战，薛讷确有骄矜轻率之错，陛下责罚于他，并不为过。"卢怀慎知道，滦峡之战薛讷确有指挥不当的错误，但究其原因，责任还在皇上。是玄宗皇上急功近利，不听众卿的劝告，盛夏出兵，让将士们冒着酷暑与敌军作战，才导致了这场战役的失利。卢怀慎稍加思索，接着说道："臣闻，薛讷自罢官以来，闭门思过，每每想到战死沙场的数万将士，痛彻心扉，罚罪自己。陛下，目下正是用人之际，朝廷不妨以布衣之身启用薛讷，令他效力杀场，戴罪立功，岂不更好！"

"卢大人此言甚妙。"姚崇思之再三，觉得朝廷用人之际，却闲置大将不用，决非明智之举，便顺着卢怀慎的话茬建言道："陛下，就依卢大人建言，以布衣身份启用薛讷，号令全军。待他果然立功，再封官加爵不迟。"

"这……"李隆基何尝不知，去年他在新丰讲武，岂料，校阅场上唐军军纪不整，号令不明。盛怒之下，他下令流放兵部尚书郭元振，杀给事中、知礼仪事唐绍。顿时，各路人马惊恐万状，不知所措，队形散乱，只有薛讷和朔方道大总管解琬二人所领兵马岿然不动。唐玄宗派遣轻骑宣召薛讷，企图进入薛讷军营。但薛讷治军严整，严禁使者随意进入军营。玄宗大加赞赏，特意慰勉，盛赞薛讷有周亚夫之风。想想也对，于是同意卢怀慎等人的建议，说："准奏。拟旨，着薛讷以布衣之身代理左羽林将军，出任陇右防御使，节制陇右诸军，出讨吐蕃，阵前戴罪立功，再行封赏。"

同时，唐玄宗颁诏，从京畿及河洛地区募得丁壮勇士十万人从军，以补充河西、陇右各州郡的兵力。

四

深秋的河、渭大地，红叶尽落，万物萧条。

吐蕃大相勃垄达延攻略唐境，屡屡成功，斩获颇丰，便与蕃军战将乞力徐等，于十月初统率蕃军主力，再犯渭州，攻打渭源县城。一时间，河、临、渭大地，烽烟滚滚，兵刀迭起。蕃军所到之处，攻城略地，烧杀掳掠，无恶不作，百姓涂炭，深陷水火。

玄宗李隆基闻报大怒，决意要御驾亲征，与蕃军决战于陇塄。姚崇等人极力相劝，才罢了御驾亲征的念头，诏令薛讷以布衣之身代理左羽林将军，出任陇右防御使；并与陇右群牧使王晙、鄯州都督臧忆亮、太子右卫率王海宾、北庭都护杨楚客等，统兵五万，迎击吐蕃。又命杜宾客、郭知运、安思顺等所部诸军，亦由薛讷节制。

薛讷统率征讨大军，浩浩荡荡向河陇进发，不一日，来到临州地界，在一个唤作武街驿的地方驻扎。唐军驻扎武街驿的，薛讷一方面知会鄯、廓、兰、河诸州的驻军，调兵遣将，部署防务。这天傍黑，他召集众将领，商讨御敌之策。

"众将军，薛某不才，忝作讨伐大军主将，实在惭愧得很。"薛讷环视军帐，开始排兵布阵，说："据探马来报，蕃军主将坌达延闻知我大军来剿，即刻收缩兵力，屯于距武街驿二十里处的大来谷，欲与我军决一死战。蕃军拥兵十万，战将无数，猬集大来谷。我军若采用单纯的防御，敌众我寡，双方兵力悬殊，战场形势稍有异动，唐军则有全军覆没的危险。因此，我欲派一支骑兵作为先行，主动出击，进攻蕃军，不知哪位将军担当此任？"

"末将愿往。"陇右群牧使王晙也是一名久历沙场的宿将，曾官拜桂州都督、朔方军副大总管、太仆少卿，素有韬略，武艺高强，今见薛讷点将派兵，忙上前请命。

"好！"薛讷闻言大喜，面授机宜道："王将军，由你来担任先行，我就放心啦。攻扰大来谷蕃军，须如此这般，方能取胜。"

"薛将军。"王晙笑笑，信心十足地说："俗话说，骄兵必败。蕃军以身犯险，侵我大唐纵深，骄奢淫逸，必然放松警戒。我愿率二千精骑，夤夜奔袭，大破蕃营。"

"王将军，此次行动，你带本部人马先行，我带大军随后策应。"薛讷吩咐停当，便令王晙出战。待一切安排停当，他踱步来到洮水河岸。

此刻，踌躇满志的薛讷，伫立在洮水河畔，遥望着远处灯火阑珊的敌营，心里有说不尽的感慨。当年，勇冠三军的父亲薛仁贵，在攻伐高句丽和突厥中立下赫赫战功，以至成为首任检校安东都护。当时，世人谈起父亲，皆呼："军若惊飚，彼同败叶，遥传仁贵，咋舌称神。"然而，正是他所崇敬的武功盖世，韬略过人的父亲，竟然败走麦城，大非川一役，损兵折将，成为老薛家几十年的诟病。

说起薛讷，他却有着与乃父迥然不同的仕途。尽管薛讷有个武功盖世，韬略过人的父亲，父亲的言传身教也成就了他文韬武略，一身的本领。然而，和父亲的经历相反，他的仕途是文职，而且是一个相当称职的地方官。武周时期，他担任蓝田县令，有个富商重金贿赂权臣来俊臣，从他手中得到义仓官粮数千石的批文，但去薛讷那里领粮的时候，却碰了一鼻子灰，薛县令死活不予支付，他厉声道："义仓本备水旱，以为储蓄，安敢绝众人之命，以资一家之产？"此事一经传开，颇为世人称赞。直到圣历元年，已届五十岁的薛讷才由文职改为武职，出任左武威卫将军、安东道经略。正因为如此，他的声名不像其父薛仁贵那样显赫，看似文弱的形象，军中有人竟戏称他为"薛婆"。然而，他却是一位身经百战，久历边镇，累有战功的将帅之才。

夜深了，他轻轻地吁了一口气，默默地说：父亲，四十六年了，明日一战，孩儿定将蕃军聚歼于洮河，一雪当年大非川之耻！

翌日黄昏时分，王晙率二千精骑，将士衔枚，战马裹足，奔袭二十余里至大来谷口。王晙深知，此次战事采用出其不意、攻其不备的战术，才能以少胜多，打败蕃军，于是，途间便与随行的王海宾、杜宾客等将军商议，决定以夜色为掩护，接近敌营，然后发动突然进攻。为确保战役的突然性，他还挑选七百名精兵，身着蕃军战服，作为前队，诈开蕃营栅门，乘势偷袭蕃军。不但如此，还在距蕃营五里处多置鼓角，以为疑兵。

午夜时分，唐军前队诈开蕃营，乘势火烧蕃军营帐，呐喊着冲向蕃军。王晙见前队已经得手，号令后队趁机杀入蕃营。此时，大来谷内鼓角齐鸣，杀声震天，惊醒了尚在酣睡中的蕃军。蕃军仓皇迎战，顷刻间被唐军砍倒一大片，余者退却，忙乱中却又相互践踏，死伤无数。

坌达延乃吐蕃主将，身高八尺，虎背熊腰，武艺高强，有万夫不当之勇，要在平时，王晙根本不是他的对手。可今夜遇袭，甲胄不齐，鞍辔不备，仓促应战，心理先输，加之唐军攻势猛烈，蕃营火光冲天，士卒狼奔豕突，便无心恋战，刀也没了力量。王晙觑得机会，躲过坌达延的狠招，一招"三元乾坤"直奔他砸来。坌达延看看唐将一招紧似一招，招招透着杀气，只得一抢一扫，虚晃一刀，落荒而去。

王晙见蕃军主将败走，大枪一挥，指挥众将士追杀。此时，王海宾、杜宾客率部从另一个方向杀来，三股势力合为一股，二千将士如虎狼一般，在蕃营横冲直撞，直杀得蕃军丢盔弃甲，哭娘叫爹，弃营而逃。

却说，蕃军大营被王晙所袭，首尾不能相顾，岂料，逃路却被薛讷大军所阻，堵得严严实实，水泄不通。后有追兵，前有堵截，吐蕃大军顿时乱作一团。幸亏蕃军主将坌达延，也是一位沙场老将，临危之际尚能保持清醒，迅速组织蕃军奋力反击，于是，双方在大来谷口展开激战。唐军前后夹击，大败吐蕃军。

此役，吐蕃想通过战争手段，迫使唐王朝修盟的图谋落空，蕃军遂退守至洮河以西，多少年不敢犯境。

战后，薛讷升任左羽林军大将军，复封平阳郡公，其子薛畅也官拜朝散大夫。不久，薛讷以年老致仕，回家休养。开元八年，薛讷去世，终年七十二岁，朝廷追赠太常卿，谥号"昭定"。这是后话，不提。

五

开元二年初春，突厥默啜可汗派遣其子同俄特勒、妹丈拔颉利发等，率领突军包围唐朝的北庭都护府。时任果毅将军的郭知运，跟随都护郭虔瓘，统军饬垒自守，并伏杀单骑逼至城下的同俄特勒，击败突军。战后，郭知运因功升任右武卫将军。

同年八月，吐蕃大将勃垒达延、乞力徐等率领十万大军兵临洮州，继而攻打兰、渭二州，大掠渭源而还。唐玄宗以郭知运为陇右防御副使，与摄左羽林将军、陇右防御使薛讷率领杜宾客、王晙、安思顺等部将前往抵御。郭知运与薛讷、王晙等形成掎角之势，最终击败吐蕃军。郭知运擢升冠军大将军，兼临洮军使，进封太原郡公，赐赉万计。此时，鄯州都督杨矩自杀身亡，都督一职空缺。于是，唐玄宗任命他为陇右诸军节度大使、鄯州都督。

开元五年七月，蕃军万余人，在乞力徐的带领下，兵出河曲，欲对洮州进行袭扰。郭知运得知军情报告，率临洮、河湟两军，在九曲设伏，大败蕃军，并将俘虏献于京师。

翌年，乞力徐率蕃军3万，再度进扰唐境，连破洮州、河州几座县城。郭知运率军驰援，在河曲截住返回的蕃军，双方发生激战。两军阵前，战马嘶鸣，刀光剑影，杀声震天。

郭知运觑得战机，把枪一挥，大声疾呼："众将士，杀贼……"主将呼号声未落，唐军大纛一扬，杀声震天，蕃军溃败而逃……

此一役，唐军斩杀敌寇万余人，缴获精甲、名马、牦牛等数以万计。

唐玄宗闻报大喜，将郭知运献来的战利品，分别赏赐给在京的五品以上文武官员。同时，颁诏擢升郭知运兼任鸿胪卿、代理御史中丞，加封太原郡公。

初夏时节，湟水流域的山山水水别有一番旖旎风光。

湟水奔流，粼粼波光，遥接群峰，如开百里翠衾。初夏的熏风，把湟水两岸的翠槐垂柳都吹醉了。山陬野岭上雉鸣鹃啼，乡村墟落鸡鸣犬吠。田垄里，绿的是禾苗，青的是油菜，翠的是青菜。山坡上，羊群一片白，野花一片红，灌丛一片绿。放眼远眺，花抱山巅峰处，却是白雪皑皑，俨若银屏，阳光一照，云蒸霞蔚。夏日的湟水河谷，如同妙笔高手描绘的一幅隽永的水墨丹青。

鄯州都督郭知运，一大早就登上鄯州古城的城头，尽情地欣赏风光旖旎的湟水河谷。不唯如此，郭知运还在城头摆上酒菜，和麾下将领、幕僚们一起，一边赏景，一边小酌，兴高采烈，谈笑风生。说到高兴处，他还以剑作琴，吟唱一首王之涣的新作《凉州曲》：

黄河远上白云间，一片孤城万仞山。

羌笛何须怨杨柳，春风不度玉门关。

"郭公真乃文韬武略，文武双全，我辈虽也拜读黉门，然所不能及也。"都督府幕僚柳恕之，一面欣赏盛唐大诗人王之涣的新作，一面恭维地说："郭将军不但谋略超群、勇冠三军，而且对民间曲谱情有独钟，戎马倥偬之际也不忘搜集西域、河西一带的曲谱歌谣，使这一瑰宝发扬光大。"

"哪里，我不过是搜集了一些西域、河西的曲谱，要说发扬光大，应当归功于当今皇上！"郭知运笑了笑，兴致勃勃地说："当今皇上是梨园高手，他把我送去的这些曲谱，交给教坊翻成大唐乐章，并以这些曲谱产生的地名为曲调名，配上新词，在宫中演唱。诗人王之涣就是以《凉州曲》为题，写下了这首脍炙人口的诗作。"

言讫，又尽情唱道：

单于北望拂云堆，杀马登坛祭几回。

汉家天子今神武，不肯和亲归去来。

"王之涣不愧当代大家。"柳恕之神往地说："他的诗作颇具边塞特色，大气磅礴，悲怆雄浑，韵调优美，朗朗上口。一句'黄河远上白云间'，就把大西北的壮丽景色跃然纸上，传唱远久……"

郭知运来鄯州任职六七年了，但这些年里他政事缠身，戎马倥偬，绝少有这样的闲情逸致。因此，当柳恕之说到王诗"大气磅礴，悲怆雄浑"时，他的思绪似驰骋的战马，冲向刀光剑影的战场。

"唉，'一将成名千骨枯'。千百年来，浩瀚戈壁、茫茫草原，不知葬埋了多少忠勇之士啊！"郭知运回忆着往事，凝神静气地说。

"将军……"众将领听了，心里很不是滋味。是啊，吐蕃作乱，边患不休，为了大唐的江山社稷，有多少仁人志士前仆后继，殒命杀场，又有多少血性男儿将循着英烈的足迹，勇往直前。

第·十二章
chapter.

陇右道烽火不息　拒吐蕃陇右屯兵

　　自高祖至中宗，数十年间，再罹女祸，唐祚既绝而复续，中宗不免其身，韦氏遂以灭族。玄宗亲平其乱，可以鉴矣，而又败以女子。方其励精政事，开元之际，几致太平，何其盛也！及侈心一动，穷天下之欲不足为其乐，而溺其所甚爱，忘其所可戒，至于窜身失国而不悔。考其始终之异，其性习之相远也至于如此。可不慎哉！可不慎哉！

　　　　　　　　　　　　　　　　　　　　　　　　　　　　《新唐书》

一

　　雪峰延绵，阳光明媚。

　　坐落在雪域高原逻些河畔的布达拉宫，群楼重叠，殿宇嵯峨，飞檐外挑，屋角翘起，大有横空出世、气贯苍穹之势。坚实敦厚的花岗石墙体，松茸平展的白玛草墙领，歇山式和攒尖式结合的金顶，既有蕃人的聪明才智，也具有强烈的汉代建筑风格。这座由吐蕃赞普松赞干布为迎娶文

191

成公主而修建的宫殿，在以后的近百年间，一直是吐蕃王朝赞普的冬宫，也是临朝议政、决定军国大计的地方。

这天，逻些城里晴空万里，阳光灿烂，然而，深居布达拉宫的赞普赤松德赞却愁绪连连，坐卧不宁，茶饭不思，将自己关在王宫里，成天苦思冥想。

"赞普，您成天愁眉锁眼，茶饭不思，所为何来？"金城公主看着日渐憔悴的赞普，一时心疼，便劝慰道："您有什么烦恼与臣妾说出来，千万别憋在心里，免得生出意外。"

"我……"此刻的赤松德赞，多么希望跟自己心仪的人吐露真情，将深藏于胸的愁烦诉说给她听，以期得到爱妃的宽慰，但他望着柔情似水的大唐公主，欲言又止。

"臣妾知道您的心思，您所愁烦的是河曲之地！"公主蛾眉微蹙，泪花晶莹，轻轻叹口气，说："夫君切勿忧烦，河曲作为臣妾的汤沐之邑，是大唐皇帝亲口恩准的，我想此事终会得到解决的。"

"唉，谈何容易！"赤松德赞满脸忧郁，愤懑地说："大唐中宗皇帝明明许了河曲地方为公主的汤沐之地，可李隆基登基以后，罔顾事实，拒不承认中宗的承诺，三番五次索要河曲地方，着实可恼啊。我邦提出修盟，确定河曲的条约地位，也竟遭到拒绝。"

"所以赞普就听信大臣们的谗言，与唐廷兵戈相见，武力修盟。"公主惨然一笑，然后说道："结果怎样，两犯唐境，与唐廷开战，使我邦白白损失了几万蕃军。赞普，以臣妾愚见，两国但凡有了争端，最好不要使用武力解决，唐蕃甥舅关系，以和睦相处才是啊。况且，河曲之地已为我吐蕃的实际掌控之中，假以时日，备述实情，或许大唐皇帝也就应允了。"

"孤何尝不想与唐廷和睦而处，但一想到洮河之战，愤恨难平！"

赤松德赞心里清楚,要让唐朝皇帝再许河曲之地,无疑是与虎谋皮,于是,他斩钉截铁地说:"爱妃,孤知道你置身于唐蕃纷争之间很为难,孤不怪你。但是,想我吐蕃,自先祖松赞干布起,驰骋疆场,所向无敌,何曾受过如此奇耻大辱啊!孤一定要重整旗鼓,一雪前耻!"

"别这样赞普,须知道,杀敌一千,自损八百。况且,我们面对的是实力雄厚的中原王朝啊!"公主想了想,说:"我想修书一封给大唐皇帝,玄宗皇帝念及骨肉亲情,兴许能修约勘界,遂了我们的心愿。"

"但愿如此吧。"赤松德赞嘴里虽这般说,可他为了攫取大唐领土不惜一战的决心,并没有发生丝毫的动摇。

却说,洮河之役后,玄宗皇帝李隆基并没有陶醉于胜利之中而高枕无忧,而是把战略目光投向边境,审时度势,重新调整军力部署。开元初年,他在大唐缘边地区设立八个节镇。受命之日,赐之旌节,谓之节度使,得以专制军事。行则建符节、树六纛。这八个节度使是:安西、北庭、河西、范阳、平卢、陇右、朔方、河东。开元二年,又置岭南、剑南二节度使,使节度使的数量增至十个。

陇右节度使署设于鄯州,领秦州、河州、渭州、鄯州、兰州、临州、成州、洮州、岷州、廓州、叠州、宕州等12州,辖兵力七万五千人,战马一万六百匹,兵力仅次于安禄山统辖的范阳节度使。陇右节度使遂以鄯州为中心,和河西、剑南二节度使联手,共同构成吐蕃极难逾越的军事防线。

二

开元初年,古城鄯州。

清风徐徐吹来,把一抹斜阳映照在湟水北岸燎高烽环抱中的丹崖峭壁上。丹崖峭壁经雨水冲刷,纤尘皆无,朱红鲜丽,艳妆重彩,远远望

193

去，势若蛟龙的丹崖孤峰，在斜阳中熠熠生辉，分外妖娆。崖壁上，那数十座魏晋时期的佛窟，虽经风剥雨蚀，已有不少残缺，但仍然有序排列，略显风采。

丹崖孤峰前的鄯州古城，巍峨耸立。"古城分内城和外城，外城置湟水县衙，百姓居家，军兵驻屯，军粮仓廪，商埠市井于一集，三街五市，车水马龙，官衙民宅，鳞次栉比。喧闹的街市，熙攘的人流，川流的驼队，以及逡巡的兵卒，则是这座南丝绸之路重镇的主旋律。内城三百年前是南凉王国的皇城，它包罗了王宫内苑，朝堂官邸，王朝所需，一应俱全，崇阁楼台，回廊复道，皆仿汉式建筑，鳞次栉比，宏伟壮观。虽经数百年风剥雨浸、兵刀摧残，王宫有些残损，但几经修缮，风光犹存。

设于内城的陇右节度使署衙，首任陇右节度使、鄯州都督郭知运，正气凛然，正襟危坐，环视众将。大厅内众将齐会，肃穆庄严，共商军务大计。

"诸位将军，洮河一役，吐蕃败绩，大唐河陇地区有了三四年的太平光景。"他仔细地端详着面前那一张张熟悉的面孔，心中一阵感慨，少顷，他收起思绪，正色说道："然而，自鲸吞吐谷浑以后，吐蕃一直觊觎我河陇地区，数十年间，侵扰之患，屡屡不息，唐蕃战争，接踵而至，朝廷糜费钱粮无数，河湟百姓苦不堪言。如今，朝廷为了防御吐蕃东犯，设立陇右、河西、剑南三个节度使，调集二十万大军，构筑起一道坚不可摧的边陲防线。"

"将军说得极是。"副卫将军王君㚟深知朝廷设立方镇的用意，也清楚军镇初立，事务繁多，便建言道："郭将军主政鄯州以来，便和大家朝夕相处，同甘共苦，殚精竭虑，不辱王命，为朝廷立下不朽的功绩。将军，如今节度使署府初定，各路大军部署也已到位，如此阵势，吐蕃纵有东犯的野心，量它也不敢胡为！常言道，智者千虑，尚且难免疏漏。

将军，陇右一十二军州地域广大，与吐蕃接壤的边界就有数千里之长，仅靠河源、积石、临洮诸军的七万多兵马，不过杯水车薪，军力犹显单薄。对此，末将有一言相进，望将军笑纳。"

王君㚟所说的陇右12军州，指的是秦州、河州、渭州、洮州、岷州、兰州、临州、叠州、宕州、成州、廓州、鄯州。这些地区东接秦州，西逾流沙，南接蜀及吐蕃，北接朔漠，不仅战略地位十分重要，而且盛产粮食和马匹，是大唐王朝重要的物资补给区。尤其吐谷浑培育的良马青海骢，更是闻名天下的宝马良驹，高宗时，在河陇设四十八监分掌，牧场幅员千里，尤为狭隘，更析八监，布于河曲丰旷之野，乃能容之，官养马匹多达七十余万匹。此外，丝绸之路流金溢彩，是一条川流不息的财富大通道。保障这条大通道的畅通，陇右节度使有着举足轻重的屏障作用。

"王将军，今天聚会意在议军，有啥话请讲，不必客气。"郭知运与王君㚟是同乡，又深知此人胸襟宽阔，志向远大，堪当大任，此时有话要说，必是军机大事，便说。

"吐蕃虽为番邦，世居苦寒之地，逐水草而居，靠毡帐而栖，但其韬略远胜两汉时期的西羌，草原王国吐谷浑更不是他的对手。就连大唐的许多名将，在与其交锋中也屡有败北。"王君㚟略加停顿，然后接着说："面对这样一个对手，仅靠我们的这点兵力，是远远不够的，因此，必须做好两件事，才能在强敌面前立于不败之地。"

"哪两件事？"郭知运听得明白，问得仔细。

"这一，是加强陇右与河西、剑南两节度使的联络，建立预警机制，一旦蕃军犯境，不论是谁都要相互驰援，打击敌军。这二嘛……"王君㚟沉吟片刻，说"这二，河湟地区既为唐境，百姓也为大唐子民。郭将军可令鄯州地界的湟水、鄯城、龙之等县，廓州地界的广威、达化、米川诸县，依靠屯寨和民户，组织丁壮乡勇，将他们武装起来。郭将军，一旦战事来临，这可是一支不可小觑的力量啊！"

"副卫将军说得对，三地节度使联络的事，刻不容缓，本将军这就安排要员，分赴剑南、河西。"郭知运真是心有灵犀，当下就派长史等人，前往成都、凉州。接着谈起了组织丁壮乡勇的事："说起乡勇丁壮，本将军颇有感触啊。开元二年，洮河战事用兵，朝廷命我带鄯州之兵参战。当时，鄯州都督府所辖兵力有限，我带走了二万兵，鄯州真成了一座空城。就在洮河大战正酣之时，有支五千人的蕃军，绕道金城，直逼鄯州，幸有鄯州军民殊死坚守，鄯州方保无虞。我记得，在抗抵蕃军的队伍里，活跃着一支叫保田队的民间武装，不但军民协守城防，也保住了雒都屯寨的安危。副卫将军提醒得好，我们不妨让湟水、鄯城、龙之、广威、达化、米川诸县都组建一支像雒都屯寨保田队那样的民间武装，就可以腾出更多的兵力镇守边陲。"

正因为有了这样一个设想，郭知运遂调整军力部署，除河源、临洮二军驻地不变外，其余白水军、安人军、积石军、振武军等前沿唐军兵力得到加强，均抵近疆域前沿部署；承风戍、黄沙戍、洪济镇、静边镇等军事重镇的防御力量也得到了加强。还在廓州方向设置合川守捉、绥和守捉和平夷守捉等军事机构。这样一来，以鄯州作为陇右节度使的指挥枢纽，支撑河源战事，遏止吐蕃东进，巩固大唐疆域的河陇战略体系建立起来了。

三

位于鄯州城东北有一条纵贯数十里的河谷，秦汉时这县是西羌部落的牧耕地，羌人便称这条河谷为雒都谷。赵充国征服西羌，推行屯垦戍边方略，并在雒都谷口设置雒都寨，为护羌校尉的府衙。从那时起到唐代，雒都谷便成为历代王朝置田屯垦的重要河谷。

五月的雒都谷，风和日丽，廓天明朗。一场透雨过后，雒都谷两岸杨柳婆娑，麦禾青青，油菜吐蕊，田野碧翠，花红叶绿，点点农舍村庄简约古朴，掩映在万顷碧波之中。遥看远山，翠峰环抱、林密草盛。宛若绿毡般的草地上，一群群膘肥体壮的牛羊，哞哞咩咩地欢叫着、嬉戏着，贪婪地掠食着肥硕的青草。沟谷婆娑的杨柳，青翠的麦苗，流彩的油菜花，和远处的青山连成一体，景致迷人，仿佛是远离尘俗的世外仙境。

这番景象，无论如何也没法和当时的河湟大地上的争战联系起来。可就是这如诗如画的雒都谷，最后也没能逃过吐蕃铁骑的践踏。

雒都谷西山坡的一块台地上，一位年轻力壮的少年正在练功。少年姓王，名铁汉，是雒都谷屯寨新任枪棒教头王仕龙的儿子，拜屯寨保田队赫赫有名的教头李成和为师。李成和是当年追随薛仁贵将军征辽东、讨铁勒，曾立下不少的战功，大非川之役受伤后留在鄯州的老英雄李老爹之子，一直在保田队当武术教头，曾带出十几名军旅的战将。如今他已过花甲之期，不再当教头了，只是一门心思地把他钟爱的关门子弟王铁汉培养成武艺高超的战将，为的是将来能在抵御吐蕃、保家卫国的战争中一马当先、以一抵十。

此刻，李成和正在一旁指点王铁汉练习剑术，见王铁汉挥汗如雨，便爱怜地说："铁汉，你先歇会儿，练功不能太急，欲速则不达。你年纪尚小，体力不足，要爱惜身体哩。"

"师父，我身体强壮着哩，您就让我再走一趟吧。"王铁汉头也不回，倔强地说："您刚才教我的招数，我还没有完全领会，不流点汗、不吃点苦怎能学得过硬的本领呢？再说了，不好好练习，也对不起师父的一片苦心啊。我再舞一遍，就辛苦您再给指点指点。"

"唉，这孩子，跟你爹一个样，真是一头犟牛。"李成和捋捋胡须，笑着说："饭要一口一口地吃，练功这东西，也得循序渐进，一步一步地来。这套薛家剑和前些天教你的三十六路薛家枪，为师已将要领悉数传授给了你，你需要用心领悟。这套剑术和枪法，是薛公毕生所得，十分了得。你若掌握了它，将来驰骋疆场，必将所向无敌啊！记住，为师教你武艺，是用来强身健体、抵御吐蕃、保卫家园的，万万不可用来卖弄和炫耀自己，欺负弱小，你可不要辜负了为师的一片心意啊。"

"师父的教诲，徒儿我谨记在心，请您放心，徒儿定当将这套剑术和枪法用在保家卫国的大事上，定不负师傅的期望。"

王铁汉深情地望着李成和，说："师父，你先回去歇会儿吧，让我一个人再练练。"

"铁汉你……"

"李老伯，有人找。"爷儿俩正说着话，倏地，山脚下传来一声呼叫，一个少年正朝着他们招手哩。

"谁找我。"李成和应着声，朝山下望去。

"湟水县令李大人驾到，就在屯寨佐署的客厅等您。"少年见他俩下了坡，便冲着李成和嘟囔道："李老伯真是偏心眼儿，好功夫都传授给铁汉哥了，就是不教我们。"

"大龙，别胡说，你不是有师父了吗。"王铁汉怕师父生气，偷偷地朝师父睨了一眼，问："最近功夫练得怎么样，枪法见长了吧？找个时间咱们可以切磋切磋啊。"

"马马虎虎吧。"大龙嬉笑着，虎目炯炯地说："我们哪有你铁汉哥幸运，不用上学堂，天天吃小灶，还有……还有李老伯罩着。不过，我们师兄弟商量了，哪天天气晴好，就向你下战书，怎么样，敢不敢应战？"

"大龙你……"铁汉嗔怪地瞅了他一眼,想教训几句,见师父一摆手,就不吱声了。

"龙儿,看来你们对老伯我成见不少啊。"李老伯捋捋长髯,"哈哈"一笑,语重心长地说:"老伯我不是不教你们,我老啦,胳膊腿儿大不如前,没法教你们啦。再说,你们现在的师父也是我的徒弟,个个武艺高强,身手不一般呐。只要你们用功,跟谁学不是学哩。"

"老伯,我们这是逗你哩!"大龙天真地笑笑,然后说:"不过,准备给铁汉哥下战书是真的,铁汉哥,你可不要怯战啊!"

说话间,爷儿几个来到佐署大院,旦见湟水县令李贽早就候在佐署客厅里,随行的还有县丞、县尉一干人。营田官刘康也已沏好了茶,正和县令他们说话。

"哎哟老英雄,豪气不减当年呐!"李贽不待李成和走进客厅,迎了出来,拱手言道。

"嗨,哪里还有豪气哩,带几个顽徒消磨时光呗。"李成和爽朗地一笑,躬身施礼,然后问:"父母官匆匆来到敝寨,找小老儿有何公干?"

"请您出山,教几个大顽徒玩玩!"李贽手指着县尉一伙人笑笑,接着开门见山地说:"时下吐蕃蠢蠢欲动,时局动荡,朝廷新设陇右节度使,府衙就设在鄯州都督府内。这些日子里,朝廷大军一拨又一拨,纷纷开进河湟地区,小小的湟水县,都快成兵营啦。我是又筹粮草,又派人夫,忙得连发愁的时间都没有啊!可话又说回来,观如今的时局,唐蕃早晚必有一战,而我湟水难免受到染指啊。我思谋几天,还是绸缪帷幄,把县里的丁壮组织起来,组成乡勇队,平时习练武艺,战时保境安民。"

"好啊县尊,你胸襟如此宽阔,湟水百姓幸甚。只是……"李成和沉吟片刻,迟疑地说:"我已过花甲之期,身体也大不如前了,到乡勇队岂不误事。"

"老英雄过谦了，黄忠七十还不服老哩。"李贽笑了笑，把节度使署关于各县组建地方武装的敕令说了个大概，然后说："湟水县衙准备组建一支六百人的乡勇队，目下已经招募丁壮三百来人，还准备从各乡里分派二百多。从乡里的热情来看，人是没有大的问题的，陇右节度使郭知运郭大人，又从河源、临洮两军调拨给不少绵甲、军械，武器也足够乡勇队装备的。"

"大人此行的目的，是不是招募丁壮啊？如果是招募丁壮，营田官在这里，你吩咐就是了。"李成和说。

"招募丁壮的事，我已与营田官刘大人说妥啦。雒都寨是大寨，又有办保田队的经验，我准备从这里抽调十来个骨干，做乡勇队各小队的头目。我今天来此，主要还是奔着老英雄您来的。"李贽无不焦虑地说："乡勇队是组建起来了，所憾的是这些乡勇大部分没经历过阵仗，也不会武艺，空有一副强壮的体魄。若凡有事，这样的兵丁怎能上得了战场啊！卑职此行的目的，就是诚邀老英雄出山，做乡勇队的总教头，帮助县尉训练丁壮。我知道，老英雄武艺十分了得，又有临战经验，训练区区乡勇，游刃有余。"

"对于李老英雄的武功韬略，在下十分敬佩。李老英雄，您老就应允了吧！"县尉在一旁也诚恳地说："我还想着拜您为师，好好学两手哩。"

"哦，我明白了。"李成和听了李贽的介绍，思谋良久，顾虑重重，说："这可是件大事，容我考虑考虑……"

四

蓦然间，场院里传来阵阵呐喊声、欢呼声。

李贽循声望去，只见佐署门前的广场上，有人在习拳练武，周围有不少人围观，还不时爆发出一阵阵喝彩声。李贽顿时来了兴致，招呼县丞、县尉走出佐署，来到广场的人群中。

广场中间，早有保田队的十几个小伙子排成双队，演练一套叫洪拳的少林拳术。

李贽饶有兴致地欣赏着小伙子们的演练，暗地思忖：雒都屯寨果然藏龙卧虎，不然，地处边陲的荒僻山谷，何以引来嵩山少林的拳脚功夫。

"各位老少，烦请大家往后退一退，我们保田队的两位小英雄，要给大家演练一套刚练好的剑术。"一套少林洪拳的招式结束，几个体态健壮的小伙子把场子打得更大一些，扩大了广场中央的空间。

不一会儿，场地中间走上两个年方十七八岁的少年。一个眉清目秀，目光炯炯，穿一套皂色练功衣；一个虎头虎脑，孔武有力，着一件齐肩短背心。这两个小伙子不是别人，正是王铁汉和张大龙。原来，大龙趁着李老爹晋见县令的机会，撺掇一帮小伙子，要和铁汉比试武艺。铁汉被撩得性起，答应接受挑战。于是，场院里上演了这场全武行。

此刻，大龙亮出黑黝黝的两只胳膊，手握一把尚未开刃的大砍刀，炯炯有神的目光里，充满着机智和俏皮，不时发出挑衅的辉光。王铁汉也手握一柄三尺龙泉，雄赳赳、气昂昂地站在那里，那神情架势也是傲骨凌人，全然不把对手放在眼里。蓦然间，两人双脚一顿，格斗开始了，全场看客屏住呼吸，眼睛直盯着广场中央，看两人的刀剑起势。

王铁汉左手伸出食中并拢的二指伸臂一点，右手宝剑冲天举高，猛地旋出一个漂亮的剑花。张大龙也不含糊，双脚轻轻一点，左手一撩，右手刀刃朝左向右一划，一个"叶里藏刀"的招式，然后腰身下蹲，弧形回环，横刀在胸，一招亮相，游刃自如，神气淋漓。顿时，广场上响起一阵阵喝彩。接下来，两人近身格斗，一个剑招粗犷奔放，刚柔并济，劈、刺、挂、点，招招剑如游龙，套路不乱；一个刀法凶狠彪悍，雄健有力，撩、劈、斩、抹，刀刀势如猛虎，刀势协调。突然，大龙一招横扫千军的虚招，然后单刀直入，刀刃直插铁汉的胸前。铁汉剑锋一变，剑光闪闪，风声呼呼，亮一招白鹤掠云紧护门户，紧接着就是一串空中燕子旋，一一破解了大龙一阵紧似一阵的凌厉攻势。突然，大龙脚下一滑，眼看就要跌倒在地，铁汉心里一紧，忙收起剑势，准备上前一把把他扶起。岂料，这是大龙使出的一招怪招，就在铁汉将要收起剑式，进前扶他时，大龙一个鲤鱼挺身，一跃而起，刀锋直封铁汉胸前。铁汉局促之间，用剑一格，化解了险招。

虽然哥俩儿用的都是虚招，招招都是点到为止，但逼真的表演，精湛的技艺，让周围观看的人们把心都提到嗓子眼儿了。人群中，就听到李成和一声高唤："住手！刚学会几招三脚猫的功夫，就想在此逞能，这不是瞎胡闹吗！"

"是。"铁汉和大龙斗得正酣，忽听师尊叫停，便跳出圈外，一个漂亮的收势收了场。

"两个不知好歹的东西，谁让你们在此比试武艺的！"李成和一脸愠色，训斥道："万一互相伤着了怎么办？还不退下！"

两人悻悻而退。

"久闻雏都寨保田队威名远震，今日亲眼得见，果然名不虚传。"李贽哈哈大笑，拱手对李成和说："此次屯寨之行，总算没有白来。这一是见了仰慕已久的李老英雄，老英雄豪气干云，老当益壮，实是晚辈们的福分；二来见识了保田队的武功实力，看到这些小伙子一个个雄赳赳、气昂昂的神气，还有那精湛的武术，看来保田队是后继有人啊！"

"哪里哪里，些许雕虫小技，让父母官见笑啦。"李成和拈髯颔首，谦逊地说："这些年来，唐蕃纷争，受害的往往是我们这些平头百姓。没奈何，我们组织了这个保田队，平时习练武艺，也参加农业生产，护护秋什么的。万一形势有变，蕃寇犯境，保田队便可以抵御小股流寇，保境安民，倒也起些作用。多年以前，吐蕃犯境，唐军怯战，府县逃亡，蕃军到处烧杀掳掠，河湟百姓惨遭屠戮。还就是我们雒都寨，乡亲们不分流徙军汉，抱成一团，跟来犯的蕃军周旋了一个多月。蕃军白天来，我们就悬起吊桥，闭寨防守；到了夜里，我们知道蕃军不来，我们就去收割庄稼，保田队还抽出小股人马骚扰敌军。蕃军围攻了一个多月，什么都没捞着，反倒白白赔了几十条性命！那年，别处许多村寨被蕃军抢光烧尽，还死了不少人，唯独雒都寨一带坚如磐石，毫发无损。"

"这件事我也从同僚中听说了，雒都寨真是了不起啊！"李贽感触地笑笑，然后问："我在想，如果整个湟水县的村寨，都能像雒都寨一样，组织起民间武装，共同构筑起一道抵御吐蕃的铜墙铁壁，那该多好啊！怎么样，老英雄，我刚才诚邀您出任县衙丁壮的总教头，您该答应我了吧？"

"县尊大人能够在百忙当中坐筹帷幄，组织武装，抗御蕃寇，这可是一件大好事啊！"营田官刘康在侧也说："李老爹，为了湟水的安危，您老就答应了吧。至于屯寨保田队的事，您就放心吧，我一定协助王仕龙将它办好。"

"但凡县尊用得着我，我将义无反顾，拼着这条老命，也要为县里训练出一支英勇善战的队伍来！"李成和稍加思索，回答说："只是保田队的事，烦劳刘大人多操些心。"

"说得好！老英雄威武雄健，豪气不减当年，我要的就是这等气魄！"李贽抚额大笑。

"师父，可别忘了带上我们啊！我们也要参加知县大人组织的丁壮队，跟着您英勇杀敌！"不知啥时候，王铁汉和张大龙来到李成和跟前，齐声说道。

"好，带上你们……"几天后，在湟水县丁壮乡勇的训练营地里，出现了李成和和王铁汉、张大龙的影子。

五

暑去秋来，时间倥偬。

自从陇右节度使署成立以来，河湟地区又有了几年的平静。这些年里，鄯、廓二州除了加强军备，训练士卒，还抽调军丁开展军垦，发展农业，出现了少有的繁荣景象，昔日缺粮少食的黄河、湟水谷地，也开始向关中地区输送余粮了。

河陇地区出现的繁荣景象，不仅使老百姓对未来充满了希望和憧憬，也引起驻屯于吐谷浑故地的蕃军的垂涎。这些日子里，蕃军又开始蠢蠢欲动，在边境地区滋扰寻衅。开元九年暮春，边关报警，蕃军万余人袭扰斗拔谷，大肆烧杀掳夺请求紧急驰援。

郭知运闻报大怒，遂将署府一应事务托付于右副卫率王君㚟，亲率精骑5000余，火速赶往斗拔谷迎战，双方战于浩门河畔的覆袁川。激战中，唐军神勇，杀声震天，锐不可当。蕃军屡战不敌，遂扔下数百具尸体和掠夺而来的资财，溃败而逃。郭知运乘胜追击，无奈途中遭遇暴风雪，道路被积雪阻塞，只好在浩门河畔安营扎寨，等候雪后放晴，再起达坂雪峰。岂料，这场大雪连降数日不晴，唐军出征匆遽，没有准备御寒的绵帐，就连出征的将士们，也都是薄衣单衫。连日来，士卒们虽也砍些树枝生火取暖，但仍冻饿而毙者不计其数。在冰天雪地里盘桓数日，唐军主帅郭知运也病倒在军帐里，待到王君㚟率援军抵达时，已经病疴沉重，奄奄一息了。

王君㚟见郭知运病入膏肓，无力视事，便将郭知运病重的情况上报朝廷，等候定夺。同时，令随军郎中救治郭知运，尽快使他康复。然而，郭知运身患绝症，随军郎中虽使出浑身解数，也未能挽救郭知运的生命。几天后，这位身经百战、功勋卓著的将军竟撒手人寰，病逝军中，年仅五十五岁。

消息传出，全军上下一片恸声，就连附近屯寨的屯民，也纷纷赶来祭奠。郭知运自开元二年任陇右节度使兼鄯州都督，历时八年，战功卓著，为吐蕃、铁勒所忌惮，人称"郭无敌"。朝廷念其戍守边疆时的功绩，追赠他为凉州都督，赐米粟五百斛、绢帛五百段，并令中书令张说为其书写碑文。上元年间，配飨太公庙。永泰初年，赐谥号威。

郭知运病逝后，朝廷即命王君㚟为陇右节度使、鄯州都督。王君㚟字威明，出生于河西瓜州常乐，幼年曾拜高人为师，学得一身好武艺，也读了不少战册兵书，文韬武略，无所不精。十八岁那年，蕃军侵扰河西，破城拔寨，肆虐横行，百姓惨遭涂毒。王君㚟奋而从军，一直追随郭知运南征北战，初事郭知运帐前别奏，后来以战功累除右副卫率。王君㚟不仅自己英勇善战，杀法骁勇，其威名与郭知运齐名，军中号称"王郭"，而且还有一位如花似玉、武艺高强的夫人夏氏。接任陇右节度使后，夫妻双方经常戎装出现在战场上，成为军中的美谈。

玄宗开元十四年初春，蕃军四万在主将悉诺逻的率领下，再度入寇大斗拔谷，攻打甘州，烧杀抢劫，然后携带大量掳掠来的物资回返。王君㚟料到蕃军劳师已远，必是疲惫之师，又有大量掠夺来的资财羁绊，行军速度一定很慢。于是，率夫人夏氏、秦州都督张景顺，冰渡西海，尾随其后。正好，蕃军在大斗拔谷遇到天降大雪，许多士卒被冻死。王君㚟见战机难得，连忙抢先派人从偏僻小道进入敌方将要路过的境内，烧掉路边的野草，并设伏于蕃军归途。

不一日，蕃军带着掳夺来的牛羊、粮食，在西海之滨安营扎寨，埋锅造饭，倏然间，从山谷里传来一声号砲声，接着，唐军从四面八方冲杀过来。蕃军猝不及防，仓皇应战，很快，万余蕃军便陷于唐军的重围之中。

王君㚟见蕃军败局已定，大枪一挥，率大军掩杀过去，蕃军大败。此一役，唐军斩杀蕃军千余人，蕃军在甘州掳掠的资财，全部落入唐军之手。

捷报传到京师，玄宗皇帝大喜，遂召见王君㚟夫妇，于临潼华清池广达楼设盛宴款待。席间，王君㚟备述河陇防务，其间言及与吐蕃的多次交锋，李隆基听了颇受感动，遂擢迁王君㚟为左羽林大将军、御史中丞，兼任河西节度使、凉州都督，封晋昌县伯。在河陇，身兼二节度使要职的，王君㚟当属第一人。其妻夏氏亦以战功，被朝廷封为武威郡夫人。

唐廷任命王君㚟兼任河西节度使，兼判凉州都督事，引起凉州回鹘首领契苾思的恐慌和不满。

书中暗表，回纥的前身敕勒是最早在西元前三世纪为分布于贝加尔湖以南的部落联合体。该部落群有狄历、敕勒、铁勒、丁零等名称。由于使用一种"车轮高大，辐数至多"的大车，又被称为高车。这些部落共有袁纥、薛延陀、契苾等十五部。北魏时，东铁勒袁纥游牧于鄂尔浑河和色楞格河流域，且为突厥汗国的统治之下。隋朝称韦纥，隋大业元年，袁纥部因反抗突厥的压迫，与仆固、同罗、拔野古等成立联盟，总称回纥。唐天宝三年，以骨力裴罗为领袖的回纥联盟在唐朝大军的配合下，推翻了突厥汗国，并建立起漠北回纥汗国，王庭设于鄂尔浑河流域，居民仍以游牧为主。唐朝时，回纥取"迅捷如鹘然"的意思，改作回鹘。立国后，回纥因历史的关系与唐朝的关系一直很好，不像其他游牧民族建立的政权大都要对邻国进行骚扰与掠夺。回纥汗国衰落后，其部族分三路西迁：一路迁往吐鲁番盆地，称高昌回鹘或西州回鹘。一路迁往葱岭西楚河一带，称葱岭西回鹘。一路迁往河西，称河西回鹘。

河西回鹘遂形成四大部落，其实力不可小觑。契苾思是河西回鹘四大部落推举出来的酋长，是凉州境内的实际统治者。现在，朝廷委任王君㚟为凉州都督，他认为这是对他的极不信任和严重挑战，因此，他想方设法要除掉王君㚟。

王君㚟洞悉回鹘部落的动向后，上奏朝廷，言及回鹘部落难以管束，有暗地策划叛乱之虞，应予严加防范。朝廷闻报，便留下四部落都督，以羁縻之。

开元十五年，蕃军假道河西去攻打突厥，王君㚟得知军情后，率精骑去肃州方向布防，抵御蕃军。河西回鹘四部落在契苾思的鼓动下，乘机起兵反唐，在王君㚟的归途甘州巩笔驿，埋伏下重兵。

肃州战事结束后，唐军在归途中经过甘州巩笔驿，回鹘伏兵突起，唐军陷入重围。王君㚟率唐军与叛众力战，从早晨战至夜晚，唐军悉数战死了，王君㚟也被杀。

王君㚟屯驻河陇有年，素为吐蕃、戎夷所畏惮，与郭知运齐名，时号"王郭"。死后，玄宗惜之，追赠特进荆州大都督。

王君㚟死后，河陇地区又进入多事之秋。

第·**十三**章

chapter.

再结盟赤岭互市　毁盟誓唐蕃交战

> 甥舅修其旧还，同为一家。……赤岭之外，其所定边界，一依旧定为封守。
> 为罗斥堠，通关梁。……无或背淳德，习凶梗，侵扰我河湟，窥视我亭障；
> 无取恣业，惊驰咆哮，剽窃我牛马，蹂践我农稼。汉家军领也不得兵马相侵，
> 我家用不奄袭尔城守，覆坠尔师徒，雍塞尔道路，湮灭尔部落。不以兵强
> 而害义，不以为利而弃言。则我无尔诈，尔无我虞，信也。
>
> 《新唐书·吐蕃传》

一

话说，吐蕃赞普赤德祖赞继位时，由于年幼，朝中一应大事全由祖
母没庐氏赤马类执掌。这位没禄氏，虽说是个女流之辈，但也是个了不
起的人物，治朝理政，纵横捭阖，堪与大唐女皇武则天相比。

赤德祖赞登基之初，内无谋臣，外无良将，属国小邦起兵自立，朝
中大臣居心叵测，更有甚者，权臣岱仁巴农囊扎、开桂多囊谋叛作乱，

占据那拉山，与吐蕃政权分庭抗礼。面对纷繁复杂、动荡不安的政局，年幼的赤德祖赞懵懂无知，哪有什么治国的良策哩。在这个关键时刻，祖母没庐氏毫不犹豫，挺身而出，从幕后走到台前，执掌朝政。她首先采取攘外必先安内的策略，从治理朝政入手，毫不留情地处决了几位心怀叵测、图谋不轨的大臣，将一些左右摇摆的官员免的免、罢的罢，将朝政牢牢地控制在自己手中。然后多次发兵，征讨叛逆，到唐景龙三年，彻底平定了叛乱。这时的吐蕃，在她的治理下，经济发展，政局稳固，吐蕃又一天天强盛起来。

赤德祖赞到了亲政的时候，没庐氏又三度遣使赴长安，一面向唐朝示好，建立睦邻友好关系。同时，向唐廷请婚，欲为赤德祖赞觅得一位唐朝公主。唐景龙四年，赤德祖赞迎娶金城公主，唐蕃关系又进入一个和平时期。

然而，时不多久，唐蕃间因金城公主和亲建立起来的睦邻友好关系，却让唐朝官员的贪墨和吐蕃官员的阴谋所破坏，没有维持多久。双方又为九曲之地的归属，兵戎相见，展开了旷日经年的争夺。十多年过去了，双方在河陇地区的殊死较量中，耗损了巨大的财力物力，有多少儿郎惨死沙场。但是，吐蕃最终还是未能实现以战修盟的目的，唐廷也没能收回失去的九曲之地。特别是吐蕃，在几次较大的战争中屡处下风，损失惨重，再也没有力量组织大规模的军事行动了。

这天，吐蕃赞普赤德祖赞闷闷不乐，独自一人坐在夏宫的锦帐里发呆，一双明眸流露出阴郁的神色。刚从帐外走进来的金城公主不觉一愣，忙问道：

"赞普，您今天是怎么啦，脸色这么难看？"

"没……什么……"赤德祖赞头都没抬，闷闷地说。

"不对吧？您肯定遇上了什么烦心事，给臣妾说说，兴许能……"

公主以为她和喜登王妃的"夺子"风波刚刚过去，喜登王妃的娘家纳囊家族又说出什么闲话来，惹的赞普不高兴。于是，她给赤德祖赞递过去一杯酽茶，柔声劝慰道："赞普，我和喜登王妃的矛盾已经和解了，您也不必……"

"爱妃，你说什么呀？孤有那么小心眼儿吗？"赤德祖赞没好气地白了她一眼，然后叹口气，恨恨地说："孤这是在生大唐皇帝的气哩。想当初，明明是睿宗皇帝把青海九曲之地作为你的汤沐之地，赏赐给了吐蕃，可到了玄宗朝，他却矢口否认。我邦曾几次要求盟约，都被他们粗暴地拒绝了。"

说着，他把几件唐蕃间往来的公文递给公主看。

"原来您是在为这事儿发愁哩。"公主来到吐蕃已有些年头了，这些年里，为了唐蕃友谊，也为了传播中原文化，她去过僧尼修行的静房，到过牧人栖息的毡帐，也在格桑花盛开的大草原上留下她俊美的倩影。可是，对于唐蕃之间的军政事务，她从不涉足，以免引起朝野的非议。今天，赤德祖赞破格地把这些公文拿给她看，还向她倾诉心中的烦闷，这让她多少有些恐慌和失措。少顷，她缓缓地说："赞普，臣妾身为大唐公主、皇室宗亲，这些年来，为避免口舌，我绝少参与国政，也很少过问唐蕃间的事情。今天，赞普将九曲之事说与臣妾，足见赞普对臣妾的一片厚爱啊，臣妾在这里谢过了。赞普，关于九曲之事，您也不必过于忧虑，事情总会得到解决的。"

"唉，说说容易，可事情哪有那么简单呐。"赤德祖赞长叹一口气，沮丧地说："孤为解决此事，几次派遣使者，吁请盟约，皆无结果。无奈之下，只好兵戎相见，以战修盟，结果屡战屡败，损兵折将，白白耽搁了十几年的光阴啊。"

"为了盟约的事，赞普屡屡发兵唐境，企图以战修盟。"公主蛾眉微蹙，坦言相告："赞普，说句不恭的话，在这件事上，吐蕃处事多有不智啊。"

"爱妃说说看，有什么智与不智？"赤德祖赞一怔，疑惑地问，面露一丝不快的神色。

"赞普，以臣妾看来，我邦处置此事有二不智。"公主想了想，侃侃而谈："贿赂唐朝边将，以阴谋手段攫取九曲，其一不智；动辄枉动干戈，以战修盟，其二不智也。唐朝乃泱泱大国，要给臣子或友邻赏赐些什么，是极平常的事。但是，我邦多有不智在先，以致触怒唐廷，因此，在修盟勘界中发生这么多的波折，也是情理当中的事。"

"这……"赤德祖赞执政以来，还没有那个朝臣胆敢妄议朝政，今见公主一说，心中顿觉不快。少顷，他阴沉着脸说："既然这不智那不智，难不成你要叫我放弃河西九曲？"

"赞普，你曲解臣妾的意思了。"公主莞尔一笑，接着说："河西九曲已在我邦的控制之中，盟约勘界是早晚的事。当务之急，是搁置争议，倡导睦邻，先把两国停战的盟约定下来。"

"搁置争议？"赤德祖赞眼前一亮，问："此事能成？"

"俗话说，谋事在人，成事在天。"显然，公主成竹在胸，她笑着说："成与不成，不试咋知道？我想，只要我们待人以诚，朝廷是不会拒人于千里之外的，因为唐廷也需要和平呀。"

"如此，就依爱妃。"赤德祖赞虽然心怀芥蒂，但还是采纳了公主的建言。

于是，赤德祖赞再度上书唐廷，表达和平意愿，引出唐蕃"赤岭盟约"的一段佳话来。

二

关中平原，唐都长安。

古称雍州的三秦大地，雄居天下，依山傍水，土地肥沃，物产丰饶，左有崤函之险，右有陇蜀之屏，三面环险，一面临河，陆有通衢交通，水济漕运之利，真乃国之根基，自古便是王者依重之地。经史大家班固在《西都赋》中称："汉之西都，在于雍城，实曰长安。"

隋末农民大起义，天下大乱，战火纷飞，烟尘四起，唐国公李渊挟隋恭帝进占长安。隋大业十四年，隋炀帝杨广为群小所迫，自缢江都，大隋亡。五月，隋恭帝被迫禅位于李渊，李渊继皇帝位于长安，国号唐，建元武德，定都长安。自贞观以来，经百余年的发展，帝王之都的长安城，繁花似锦，三街五市，车水马龙，华盖云集；官衙府邸，鳞次栉比，奢华之极。长安古城，到处充斥着穷奢极欲、歌舞升平的繁华景象，到处飘逸着管弦的音律、艺妓的歌声、酒肉的香气和奢靡的淫声，八水环绕的故都长安，沉湎于一派奢靡腐臭的淫声之中。

唐开元十八年，吐蕃赞普赤德祖赞致书唐玄宗，曰：吐蕃自先赞普松赞干布与文成公主婚配以来，一直视唐蕃为甥舅，保持友好睦邻关系，间或发生战端，也系边将挑衅所为，并不影响我邦与大唐的甥舅关系。大唐乃泱泱大国，礼仪之邦，就看在公主的份上，让我邦一步，我邦将感激涕零，决不再战……

唐玄宗接到信函后，在与吐蕃战与和的问题上，颇费了一番踌躇。按他的初衷，在与吐蕃的纷争中，唐廷是泱泱大国，拥有四海之地，不应该在边界问题上示弱的。是啊，曾祖一代，太宗皇帝为谋求河陇和西域地区的经营，曾倾注了多少心血啊。曾祖之后，又有几代人为之征战杀伐，用无数将士的鲜血和生命换来的大好河山，说什么也不能在自己手上受到外邦异族的染指。况且，对大唐而言，河湟地区东屏关内，西扼吐蕃，南控巴蜀，北御大漠，战略位置十分重要，寸土不能相让。但是，毕竟是时过境迁，尽管这些年来自己励精图治，文治武功，开创了所谓的"开元盛世"，然而，就其国家实力，较之与贞观之治，尚嫌不足。他思考再三，最终还是派出皇甫惟明、张元方，于同年以探视金城公主为名，出使吐蕃，向吐蕃赞普赤德祖赞表达和平意愿。

赤松德赞抓住这个机会，于翌年正月致书唐廷，回顾唐蕃间的历史渊源，自谦称甥，曰：

……先王松赞干布时，蒙唐朝皇帝厚受，建立姻亲。甥又蒙睿宗皇帝抬爱，有幸迎娶金城公主，忝作东床驸马。甥世尚公主，义同一家。中间张玄表等先兴兵寇钞，遂使二境交恶。甥深识尊卑，安敢失礼！正惟边将交构，以致获罪于舅。屡遣使者入朝，皆为边将所遏。今蒙远降使臣来视公主，甥不胜喜荷。倘使复修旧好，死无所恨！唐蕃之间同为一家，天下百姓。从今年起，甥已严令边将，不许侵扰唐界，若有唐人来投，便令遣返。如蒙大唐皇帝，厘清疆界，恩准盟约，甥将严格恪守，永不违盟。

随后，又派遣精通汉语的大臣悉腊，为吐蕃的会盟使者，前往长安，会商会盟之事。唐玄宗李隆基认真阅读信函后，觉得赤德祖赞为人坦诚，颇有诚意，便和宰相张说、兵部尚书卢怀慎、吏部尚书宋璟商议，派出御史大夫崔琳入吐蕃报聘。自此，双方互派使臣，关系进入一个新的阶段。

赤松德赞见会盟之事如此顺利，有些陶醉，便向唐廷乘机提出交马互市的请求，并把交马的地点选在鄯州辖区西堡城西二十里处的赤岭，互市的地点则选在松州的甘松岭。

书中暗表，在古代，两国间使臣一旦进入对方控制区时，马匹由对方供应，谓之"交马"。因此，交马之地也就是两国的分界之地。赤松德赞巧妙地提出交马地点，是有着很深远的战略意味的。

213

唐玄宗识破了赤松德赞的计谋，原先是不同意交马地点的，但顾忌到远嫁到雪域高原的金城公主，双方又是"甥舅"，便同意交马与互市都设在赤岭。

开元二十二年，应吐蕃要求，唐廷又派河西节度使张守珪、将军李行祎，会同吐蕃使者芒布支，在赤岭立碑刻约，并派金吾将军李佺监督。

不久，一通高六尺，宽四尺五寸，厚九寸的汉白玉石碑，伫立在赤岭的山巅。石碑正面，聘请国子监翰林、大书法家徐浩用隶体书写碑文，略曰：

甥舅修其旧还，同为一家。……赤岭之外，其所定边界，一依旧定为封守。为罗斥堠，通关梁。……无或背淳德，习凶梗，侵扰我河湟，窥视我亭障；无取恣业，惊驰咆哮，剽窃我牛马，蹂践我农稼。汉家军领也不得兵马相侵，我家用不奄袭尔城守，覆坠尔师徒，壅塞尔道路，湮灭尔部落。不以兵强而害义，不以为利而弃言。则我无尔诈，尔无我虞，信也……

徐浩少而清劲，随肩褚、薛，晚益老重，潜精羲、献，是唐代著名的书法大家。所书隶体，笔力遒劲，字体肥润，秀逸洒脱，堪称唐碑一绝。在这块用汉白玉制成的见证唐蕃联谊碑的背面，用蕃文同样刻写着赤岭盟誓的内容。

立碑这天，唐蕃两国官员相互道贺，共祝赤岭盟誓的成功。赤岭西侧的大草原上，见证了唐蕃间各民族和睦相处、团结友好的历史性丰碑，成百上千的汉人、蕃人、吐谷浑人兴高采烈，举行了一场场面十分壮观的赛马会。不但如此，立碑以后，吐蕃又请五经，敕秘书省写赐之。

不久，在朝廷的授意下，河西节度使崔希逸与吐蕃边将乞力徐，也共刑白犬盟，而后悉撤障壁，撤除了河西、陇右地区双方为准备打仗而设的障和壁。从此，草原上生产得以发展，一片欣欣向荣的气象。

三

盛开着格桑花的桑格大草原上，羊群像天上的云朵一样洁白，一群群牦牛在惬意地啃食着鲜嫩的牧草，偶尔跑过来几只雄壮的藏獒，警惕的观望着草原的四周，然后恬谧地卧在主人的毡帐旁，高傲地翘起它那颗像雄狮一样的脑袋。

突然，藏獒抬起高傲的头颅，朝远方一个步履蹒跚的人影，投去警惕的目光。随着人影渐近，蓦然间，藏獒咆哮起来，拼命地向来人扑去，要不是有绳索拴着，它一定会一跃而起，把来人扑倒在地，撕成碎片。

"切吉！"听到獒吠，帐篷的主人、一个年近三旬的妇人，飞快地跑了出来，喝住狂吠的藏獒。她轻轻地抚摸着藏獒，抬头望去，只见眼前站着一个中年汉子，那汉子满脸疑惑，问她："大嫂，你在叫我吗？"

妇人羞怯地摇了摇头，又看了看身边的藏獒，没有吱声。

"请问大嫂，这里是格桑草原吗！"中年汉子又问。

"嗯呐……"那女子轻轻地点点头，算是回答。

"我找根切朗巴家，他们是住在这个草原上吗？"中年汉子仔细地打量着她，继续问道。

"根切朗巴？"女子瞪着惊异的双眸，沉吟半晌才说："根切朗巴大叔家早不在了。你是谁？你怎么会……你……你是……"女子仿佛在思索着什么，倏忽间她想起十五年前一个少年的影子，情急之下，脱口而出："你是切吉？朗巴家的切吉？你……终于回……回来啦？"

顷刻之间，惊讶变成了哭啼，女子扑进了中年汉子的怀抱。

原来，那中年汉子的名字叫切吉，是他的父亲根切朗巴和母亲卓嘎的第四个儿子。他一出生就和父母、哥哥在一起，是格桑老爷家的奴隶。从他记事起，是牛羊和弓箭陪伴着他度过了童年和少年，当他十七岁那年，他懵懂着双眸端详着小他五岁的拉姆时，赞普的征兵令下来了。从此，他成了蕃军行伍里的一员，骑着他从草原带走的那匹黄骠马，驰骋疆场，搏命厮杀。也从这个时候起，他再也没有见到过他的父母和邻居家的小妹妹拉姆。

切吉不知道汉人在很早时候的就创作了《诗经》，也不知道《诗经》里还有"关关雎鸠，在河之洲，窈窕淑女，君子好逑"这样美好的诗句。但是，这个奴隶出身的汉子，在他还是愣头小子的时候，爱情的种子不知不觉地在他心中悄然萌发。入伍以后，每当战事的间隙，他脑海里显现的，除了年迈的父母，再就是这位活泼可爱的邻居小姑娘拉姆。

据军队里的人说，他的父母因悲伤过度，已先后去世，为此，他悲伤了好长一段时间。切吉不知道为什么要打仗，也不知道为谁去打仗，这一切都是他这个奴隶的儿子不需要知道的。但他清楚地知道，每当一场战争下来，就有无数个蕃人汉子，像他的三位哥哥一样悲惨地死去。他诅咒战争。如今，十几年过去了，他随大军到过西域，到过河西，也到过松州，这一场场战争留给他的，除了刀伤和箭伤，那就是一条瘸腿，其中，在松州城下的那处枪伤，正扎在他的前胸，如果不是军营中一个叫久迈的军医施以妙手，恐怕他早已像哥哥们一样，长眠于松州大草原上了。唐蕃赤岭会盟后，他终于获得自由，带着记忆和伤残，回到他所熟悉但却举目无亲的格桑草原。

"切吉阿哥，你回来就好，回来就好……"当听完切吉的诉说以后，拉姆泪眼婆娑，哽咽着说："切吉，你刚回家，没地方住，如果不嫌弃的话，就暂时住我这里吧。"

说话时，她把"暂时"两个字咬得很重。

"这……行吗？"切吉疑惑地打量着毡帐里的陈设，黑牛毛线织的破旧毡帐篷十分矮小，帐篷里除了简单的生活用具，再也看不到任何有价值的东西。

"别看了，帐篷里除了我，就剩这只藏獒了。"拉姆苦涩地笑笑，低沉地说："我有过一个男人，是达洼部落的奴隶，我们刚戴头，就被管家老爷拉去当兵了。后来据说是战死了，就在鄯州。"

这天晚上，在拉姆那座低矮的牛毛帐篷里，两个心怀羞涩的孤男寡女相拥而卧，切切细语。

"切吉，这些年来你都去哪儿啦？"拉姆紧紧地依偎着切吉古铜色的胸脯，轻言细语地说："你知道吗，那年你被绑去当了兵，害得我陪着你阿妈整整哭了三天三夜。这么些年了，你在哪儿，是死是活，我们都不知道。你阿爸阿妈就是这样给愁死的。"

"阿爸、阿妈……"切吉听了，心里一酸，眼泪扑簌簌流下了脸颊。半晌，他回忆着说："这十多年里，我哪儿都去过，跟汉人打，跟吐谷浑人打，有时候也跟蕃人打。唉，军人嘛，只要有战事，还能少得了我们？要不是腿瘸了，还回不了桑格草原，当然，也就没机会再见到你哩。"

"腿……"拉姆白天光顾到高兴了，根本没注意到他的瘸腿，这会儿听他说起，忙撩起皮袄，抚摸着他的瘸腿，惊讶地问："你的腿怎么了？是咋受的伤？现在腿还疼吗？"

"箭伤，早不疼了，可人瘸了。"切吉告诉她，他的这条腿是三年前蕃军偷袭鄯州时，被守城的唐军射伤的。

"该死的唐人，让蕃人把他们一个个全都杀死。"拉姆轻轻地摩挲着他的瘸腿，咬牙切齿地说。

"不能那样说，这不是唐人的错，怪只能怪战争。"切吉翻身坐起来，激动地说："唐军射伤了我，可他们也救了我的命啊！我受箭伤以后，由于缺医少药，伤口很快感染溃烂，人都快不行了。可恶的将军看我没法救了，就命士卒把我抬出军营，抛弃在一条荒沟里。幸好遇到两个唐人屯寨的军户，把我背到寨中，请来郎中给我治伤。虽然腿瘸了，但这

217

条命却保住了。哎，我经常想，要不是唐军那一箭射残了腿，行动不利索，我还回不了桑格草原哩。"

"这也是哩。"拉姆听得认真，迟疑地瞪大了眼睛。

当溢彩流金似的阳光，泼洒在五颜六色的格桑大草原时，切吉跛着那条残了的右腿，容光焕发地出现在开满格桑花的桑格大草原。每当切吉从拉姆那弥散着温馨的毡帐里出来，跛着瘸腿朝草原深处走去的时候。他的身后跟着的，是年轻貌美的拉姆，和她那只健壮凶猛的藏獒。切吉和拉姆两个被战争隔绝一方，在相互牵挂而又杳无音讯的十多年后，又重新迸发出初恋时的激情，在格桑草原上重又结为一对最幸福的夫妇。

远离战争，草原上的生活是恬静的。切吉的到来，原本对生活失去信心的拉姆，恢复了少妇的婀娜和美貌。草原上，拉姆的笑声多了，歌喉亮了，满脸的愁云也散去了。

有一天，当劳累了一天的切吉和拉姆正准备休息时拉姆惬意地告诉身边这个体魄强壮的汉子："切吉，你要当阿爸了。"

"啊？你说什么……"切吉简直不敢相信自己的耳朵，兴奋地将拉姆抱了起来，急切地问："拉姆，你说得是真的？"

当拉姆羞矜地告诉他这是真的时，切吉一骨碌从毡袄里钻出来，迅速穿戴整齐，望着帐外繁星闪烁的夜空，高声喊道："我要当阿爸啦……"

拉姆看着憨态可掬的丈夫，"咯咯咯咯"地笑个不停。拉姆知道，大她几岁的切吉，从小就喜欢她的，要不是因为战争，或许他们早就儿女绕膝了。然而，是这场战争，使他失去了太多太多，如今有了新的生活，他怎能不陶醉、怎能不虔诚，又怎能不忘乎所以呢？

四

在金城公主的极力斡旋下,唐蕃经过赤岭盟誓,关系改善,双方通好。然而,一波刚平,一波又起,唐朝在西域的统治又出现了危机。

原来,唐蕃在赤岭盟誓期间,吐蕃却暗地里染指西域,与苏禄突骑施汗国暗结联盟,唆使突骑施汗与大唐对抗。这时的突骑施汗国,经过数年的休养生息,国力日盛,亦萌生逞雄西域的欲望,唐朝与突骑施汗国的冲突在所难免。开元二十四年,唐军高献芝部击败突骑施,迫使突骑施大汗投降,苏禄政权自此一蹶不振。唐朝来自突骑施的威胁被解除了。

但是,树欲静而风不止。就在唐军转战西域,打败突骑施的这一年,吐蕃见唐军不但建立了稳固的河陇防线,使蕃军无隙可乘,就连西域,唐军势力日益强盛,吐蕃的图谋落空,便从暗中走向前台,公然出兵攻打唐朝的属国小勃律。勃律国遣使者告急,向大唐求救。

小勃律国是唐朝沟通西域乌浒水域诸国间联系的唯一通道,其战略地位不能小觑。为此,唐玄宗遣使警告吐蕃不得染指,但囿于赤岭盟誓,没有出兵驰援。然而,吐蕃竟置唐蕃赤岭盟誓于不顾,对大唐的警告置若罔闻,仍然加紧了攻战步伐,终于攻破了小勃律国。

小勃律国灭,唐朝失去西域的一个战略支点,中原与西域、中亚的商贸大通道丝绸之路,也因此受到影响,引起大唐朝野一片震惊和愤怒。玄宗李隆基更是怒不可遏,连声疾呼:"可恼啊可恼!速速敕令高献芝,迅速出兵小勃律,歼灭蕃军!"

恰在此时,河西节度使崔希逸遣傔史孙诲入朝奏事,李隆基闻之,急召孙诲上殿,询问河陇防务和吐蕃军情。

"陛下,自从赤岭会盟后,河陇边事尚安,吐蕃急于出兵小勃律,也放松了对河陇方向的军务。"孙诲山呼已毕,小心翼翼地说。

"这么说,蕃军主力已调离吐谷浑故地?"李隆基问。

"是的，皇上。"孙诲已从李隆基的问话里瞧出点什么，于是说："此时如攻略蕃军，我既可解小勃律之围，吐谷浑故地也唾手可得。"

李隆基遂派遣内给事赵惠琮与孙诲一道，赴河陇宣慰诸军，观察唐蕃边境形势。然而，赵惠琮等人到了凉州，就假借玄宗的名义，令河西节度使崔希逸出兵伐蕃。

作为镇守一方的节度使，面对河陇地区刚刚和缓的唐蕃关系，本不愿出兵。无奈，朝廷连下敕令，催促他出兵攻蕃。崔希逸不得已，从凉州南出发，率军进入吐蕃界两千余里，到青海湖西，遭遇蕃军，双方交战，唐军获胜。

吐蕃赞普赤德祖赞闻讯大惊，忙遣使赴唐紧急交涉，但唐廷以蕃军撤出西域为条件，谈判毫无结果。自此，吐蕃复绝朝贡，两国间狼烟又起。开元二十六年，赤岭之汉文碑亦被推倒，唐蕃间赤岭盟誓后出现的和平局面丧失殆尽。

开元二十六年三月，蕃军在主将乞力徐的率领下，入掠河西，沿途攻城略地，烧杀掳掠。河西节度使崔希逸调兵遣将，奋起抵抗。乞力徐大败，铩羽而归。

消息传到京师，玄宗李隆基愤慨地说："此番河西之战，吐蕃置甥舅关系于不顾，袭扰河西，涂炭生灵，是可忍孰不可忍！"遂正式颁诏，讨伐吐蕃。为此，唐庭调整战略部署，调兵遣将，加强对吐蕃的防御。以岐州刺史萧炅为河西节度使，鄯州都督杜希望为陇右节度使，太仆卿王昱为益州长史、剑南节度使，分道经略，以讨吐蕃。

玄宗皇帝李隆基，还颁诏高悬赏格，曰：

……河西、陇右、安西、剑南等州，节度将士以下，有能斩获吐蕃赞普者，封异姓王；斩获大将军者，授大将军；获次以下者，节级授将军、中郎将，不限自身官资，一例酬赏……

220

不但如此，唐军还捣毁了赤岭界碑，战火在河西、陇右、剑南三个方向同时烧起。

不久，陇右节度使杜希望攻取吐蕃新城，改其名叫威戎军，并留置千名兵士戍守。未几，杜希望又从鄯州发兵，夺取吐蕃河厉桥，在黄河左岸筑建盐泉城，驻军戍守。吐蕃恐河曲不保，发兵三万反攻。杜希望所领兵士人数有限，将卒怕寡不敌众，都没有作战的勇气。这时，左威郎将王忠嗣率所部冲锋陷阵，所向披靡，歼敌数百，蕃军大乱。杜希望统兵乘势攻击，蕃军大败。唐廷遂在盐泉置镇西军。

同时，剑南节度使王昱率领剑南兵士攻打安戎城。安戎城原为剑南唐军要塞，形势险要，易守难攻，自仪凤年间失陷于吐蕃后，唐军屡战不克。此次攻伐，王昱先在安戎城两侧筑小城，作为攻守的所在。自己陈兵蓬婆岭下，伺机发兵攻取。岂料，吐蕃发兵十万，驰援安戎城，两军战在一起，唐军大败，两小城皆失陷，士兵死者数千人。

开元二十七年正月，唐朝颁诏加强陇右防务，以荣王、京兆牧李琬遥领陇右节度使，要求李琬亲自到陇右巡按处置，并从关内及河东等地征召精锐步骑五万，赴陇右地区防御。七月，吐蕃攻白水、安人等军，玄宗敕临洮、朔方等分军救援，吐蕃败退。河西节度使萧炅遣军追讨，大获全胜。

开元二十八年，唐军开始全面攻势。三月，唐军拔取安戎城，让监察御史许远率兵镇守。蕃军发动反攻，又于五月间围困安戎城，截断唐军的水源和粮道。唐军固守，士兵们挖井取水，三日后在城中取得井水，保证将士饮用，终于力挫蕃军。十月，蕃军又攻打安戎城，益州司马章仇兼琼派遣裨将苦守，又发关中骁骑兵驰援。当时天寒地冻，不利攻战。蕃军围攻不久即行退兵。玄宗遂诏改安戎城为平戎城。

就在这年的十一月，和亲吐蕃的金城公主因病不治亡故，赤松德赞

221

遣使告哀，并请议和。玄宗皇帝李隆基不许。蕃使到京数月之后，朝廷才命在长安光顺门外为公主发丧，废朝三日。

此时，唐蕃交恶，边境地区争战不休。开元二十九年，吐蕃发大军四十万，攻承风堡，至河源军，西至长宁桥、安仁军。吐蕃又袭击廓州，攻克其辖县，接着用兵湟水，攻克石堡城，陇右节度使盖嘉运无力防守。于是，这一河源要塞又落入吐蕃之手。

五

翌年，唐玄宗改元，称年号为天宝。

进入天宝年间，唐蕃之间的战争更趋激烈，而河湟地区是这场纷争的焦点。

天宝元年，唐廷整饬全国防务，设置十节度、经略使以防御边庭。其中，安西节度使治安西，主持西域军务，统领安西四镇，置兵二万四千人。河西节度使治凉州，统辖凉州诸州，置兵七万零三百人，巡警河西，断隔吐蕃和突厥的交通。陇右节度使治鄯州，辖河陇十二州，统临洮、河源、白水、安人、振威、威戎、漠门、宁塞、积石、镇西十军及绥和、合川、平夷3守捉，置兵七万五千人，屯兵于鄯、廓、洮、河诸州，重点防御吐蕃入掠。剑南节度使治益州，统兵三万零九百人，主要西抗吐蕃。同年，唐廷遣使臣安大郎，奉诏赴逻些与吐蕃谈判，无功而返。

不久，蕃军又一次大肆进犯鄯州河源一带，唐陇右节度使皇甫惟明统河源军出兵拒击，双方在河湟地区展开激战，打得难解难分。

蕃军主将乞力徐，见唐军布防严密，一时难以取胜，便从逻些搬来救兵。救兵中有一小将，这个小将不是别人，乃是吐蕃赞普赤松德赞之子琅支都。琅支都幼时曾入佛门，遇一红衣武僧，学得一身的好功夫，十八般兵器，样样皆通。今年琅支都十七岁了，红衣老僧知道他不是修

222

行之人，便教他几册汉人的兵书战策，打发他回到王宫。琅支都回到逻些，正好赶上乞力徐派人来搬救兵，他便入宫乞求出征。赤松德赞也有意让他从征，好真刀实枪地历练一番，将来能堪大用，便欣然同意。

蕃军主将乞力徐见援兵已到，便于湟水河畔摆开架势，要与唐军决战。皇甫惟明亦统率河源军迎战。初战，琅支都自恃骄悍，骑乘宝马，在军前来往驰骋，若入无人之境。唐阵众将看得清楚，一个个摩拳擦掌，出阵迎战。皇甫惟明告诉众将："此人年纪不过二十，生得身材魁伟，虎背熊腰，定是一员勇猛的战将，两军对阵，千万不可小觑。"

"将军，何必长他人志气，灭自己威风，待末将去会会他。"皇甫惟明话音未落，唐营中早有一员战将打马出阵，来到阵前。皇甫惟明一看，是兵马副使张驰，心里暗暗叫苦，他虽然不清楚琅支都的武艺如何，但深知张驰武艺平平，这次出战，必然是凶多吉少。但要召回他，断无可能，便急令："擂鼓，给张驰将军助威！"

"娃娃，我看你乳臭未干，不若回家找你娘去。"张驰来到阵中，指着琅支都说。

"呜呀呀……"琅支都一声怪叫，也不搭话，窥中张驰就是一刀。

张驰用枪一架，只听"呛啷"一声，立觉双臂发麻，虎口剧疼，心想：不好，今天遇上硬茬儿了。张驰把刀架开，二人不及三合，被琅支都劈面一刀，张驰招架不及，被劈身亡。

乞力徐见琅支都力劈唐将，便大喝一声："杀啊！"掩大军杀了过来。唐军弓弩手万箭齐发，才稳住阵脚，不致被蕃军冲散了阵势。

刚一开战，就折了一员大将，皇甫惟明好不恼怒。这时，军锋王难德上前请命，皇甫惟明见蕃将骁勇，恐他难以抵挡，犹豫不决。王难德慷慨激昂地说："大丈夫生是豪杰，死为鬼雄，将军，你就下令吧！"

此时，琅支都耀武扬威，又在阵前叫阵，王难德不待主帅下令，一拍战马，杀进阵中。琅支都刚刚斩杀一员唐将，气焰更甚，哪里还把王难德放在眼里，仍在那里叫骂。王难德趁其不备，暗使弓弩，一箭把琅支都射下马来，复一枪结果了他的性命，斩了首级，夺回宝马。蕃军见王子阵亡，顿时大乱。皇普惟明乘势发动进攻，蕃军大败。唐军乘胜追杀，势如破竹，连克吐蕃大岭、青海等军，斩获甚多。

捷报传至京师，玄宗颁诏，犒赏三军。又因为王难德机智勇敢，封为羽林将军。

与此同时，河西节度使王倕抓住时机，亲率五千精骑，深入吐蕃纵深，进至鱼海，斩杀吐蕃鱼海军大使剑具，生擒其副使论悉诺迎等。又攻破吐蕃游弈等军，也获全胜。

赤松德赞得知爱子阵亡，十分恼怒，便令大将论莽布支统兵二十万，进发剑南，掘壕置栅，攻逼定戎城。定戎城守军在节度使王昱的亲自指挥下，沉着应战，巧布疑阵，大败蕃军，斩其大将论莽布支。剑南道以唐军的胜利也告结束。

天宝二年，陇右节度使皇甫惟明统兵三万，从鄯州出发，行军千里，以摧枯拉朽之势，大破蕃军，收取被吐蕃盘踞多年的洪济城。

天宝三年，在西北地区，唐将高献芝统率安西唐军五万，战将十员，攻破一度雄霸漠北，威胁唐朝北疆的后东突厥汗国，从而曾扬威西域的突骑施汗国也灰飞烟灭。去了后顾之忧，唐决心对吐蕃发动全面反攻，收复河源失地。

天宝四年，皇甫惟明奉诏督众攻打石堡城，但因战事失利，唐军大半被歼，陇右副将诸俐身亡。

皇甫惟明因此被免官。

第·chapter **十四** 章

边将邀功起烽烟　忠嗣赤诚治河陇

　　杜希望将鄯州之众，夺吐蕃河桥，筑盐泉城于河左。吐蕃发兵三万逆战，杜希望众少不敌，将卒皆惧。左威卫郎将王忠嗣帅所部先犯其陈，所向辟易，杀数百人，虏陈乱。希望纵兵弃之，虏遂大败，置镇西军于盐泉。忠嗣以功迁左金吾将军。

《资治通鉴》卷二一四《唐纪三十》

一

　　山明水秀，大地葱茏。

　　夏历四月初八这天，雒都谷老爷山庙会，屯寨的男男女女带着三牲供品，都去朝山。屯寨的军户、流徙和百姓，大多来自关内和中原一带，他们信的是张天师，供的是无量佛，崇敬的是关老爷。因此，他们出资在老爷山修建一座道观，顶礼膜拜，岁岁朝圣。几十年以后，老爷山又增添了玄天宫、圣母殿、吕仙殿、关帝殿等几座殿宇，规模宏大，声名远播，朝山的人络绎不绝。

王铁汉带着他刚过门的新媳妇翠花，穿梭于熙熙攘攘的人群中，来到九天玄女殿，先是焚香礼拜，然后拿起供桌上的签筒，哗啦哗啦一阵摇动，一支长签弹出签筒，直奔翠花飞去。翠花目不识丁，拾起竹签递给铁汉，王铁汉拿过来一瞧，是一支上上签，心里一阵狂喜，高兴地说："媳妇，果然是支好签。"

他喜不自胜，急忙找个卦摊，让卦师给看看。卦师接过卦签，兑换成一张纸条，交到他手上，笑着说："小伙子，祝贺你，你抽到的是支大福大贵的上上签。"

铁汉拿过纸条一看，只见上面写着四句话："家运亨通，事业有成，婚姻已动，子孙满堂。"

他看看字条，似懂非懂，刚想问些什么，突然，朝山的人群一阵骚乱，纷纷惊慌失措，哭娘叫爹，四下逃奔。

王铁汉举目一眺，只见从雒都谷深邃的沟谷里，奔杀出一支蕃军。这些蕃军见人就杀，见东西就抢，刹那间，上游几个村庄已是火光冲天，哀号阵起。眼看着一场热热闹闹的老爷山庙会，将要变成蕃军的屠场哩！

"乡亲们，大家不要惊慌，赶快撤离！"王铁汉匆忙把翠花交给父母照顾，然后抽出宝剑，登高大呼："雒都屯寨保田队的壮丁们，拿起刀枪，奋勇杀敌，保护我们的父老乡亲！"

"铁汉，你就下令吧，我们都听你的。"顿时，人群里冲出上百个青壮年汉子，有刀的拿刀，有棍的持棍，手里没家伙的，早瞅准了路旁胳膊粗的小树。

"小七、刘六，你二人骑上快马，速到州、县衙署报信，不得有误！"此刻，王铁汉就像一位临阵的大将军，临危不惧，沉着应战。他打发走了向官府报信的人，接着命令道："其余人员按平时训练，组成两队，一队保护乡亲们撤离，然后紧闭寨门，严防死守。一队跟我阻击蕃军，待屯寨安全后，直插敌后，伺机牵制敌人，保卫屯寨！"

说话间，蕃军前锋已冲到老爷山下，准备对手无寸铁的老百姓痛下毒手。

"跟我来，杀敌！"王铁汉一声令下，六七十个保田队成员，迅速摆开阵势，截杀蕃军。转瞬间，山下留下十几具蕃军尸骸。蕃军前锋遭其突如其来的打击，进攻速度明显减缓，保田队救援人员趁势转移走了赶庙会的百姓。

蕃军将领见阻杀他们的只是几十个乡野村夫，哪里忍受得了，于是"呜呀呀"一阵狂叫，指挥蕃军向王铁汉他们冲杀过来。王铁汉一伙凭借地形，沉着应战，节节阻击，直到朝山赶会的百姓全部退入雒都屯寨，他们才速速脱离战场，转移到安全的地带。

蕃军在经过雒都屯寨时，见寨门紧闭，防守严密，便留下数百蕃军对屯寨监视包围，大队人马继续前行，朝鄯州城杀奔而来。

书中暗表，唐军攻取石堡城失利，河源战事吃紧，唐军将士拼命搏杀，将几十万蕃军死死地阻挡在赤岭一带。蕃军主将乞力徐眼看着不能从湟水东进河陇，便派出一支五千人的精锐，翻山越岭，穿插到湟水纵深，伺机袭占陇右节度使驻地鄯州，从后方瓦解唐军阵线。如果让乞力徐的这一招得手，蕃军势必形成对河源、临洮二军的腹背夹击之势，唐军主帅皇甫惟明精心组建的赤岭防线就会顷刻瓦解，几万唐军将会湮灭在蕃军的铁蹄阵中。更有甚者，鄯州乃至河湟地区十数万生民百姓包括汉人、吐谷浑人、羌人、蕃人，将会颠沛流离，惨遭屠戮。

湟水县令李贽接到警讯，一刻也不敢怠慢。他一面将蕃军犯境的情况火速报给州衙，一面召集县丞、县尉，快速调集丁勇，准备迎敌。少顷，

227

鄯州督都府、湟水县衙的两千余名将士和丁壮，齐集府前大街。

"此番蕃军偷袭，意在陷我鄯州，动摇河源、赤岭唐军防线，此招歹毒啊！"都督府长史曹颖也是武功出身，面对强敌，沉着应对。他扫视一眼眼前的军丁，神色冷峻地说："众将士听令，督都府将士兵分两路，一路由督府校尉曹林率领，统兵六百，出城迎敌；另一路由我指挥，与湟水县丁勇合兵一处，齐心协力，拱守鄯州。"

"父亲，偌大的鄯州城，区区数百丁勇守卫，力量过于单薄。"原来，曹林是长史曹颖的爱子，曹颖奉诏来鄯州督都府任职，他把曹林也带到鄯州，好让他历练成材。

"孩儿啊，鄯州防守，官军加上县衙的丁勇，足有一千五六百人，足够啦。"曹颖想想，再三交代说："你出城以后，千万不要正面迎敌，与敌纠缠，从侧翼袭扰即可。记住，一定设法与屯寨保田队取得联系，互相支撑。"

"父亲保重，孩儿去了。"曹林说毕，领兵出城而去。

曹颖也不敢懈怠，指挥城中军民，抓紧备战。

二

过不多时，蕃军像潮水般向鄯州城涌来，顷刻之间，将鄯州四门围得水泄不通。

鄯州城四门紧闭，守城军民甲胄鲜亮，精神抖擞，张弓搭箭，手执利刃，严阵以待。城楼上，鄯州都督府长史曹颖一身戎装，按剑而立，威风凛凛。他的身边，是督府县衙的十几位将佐，也一个个手持兵刃，怒目而视。

蕃军统兵将领一看这个阵势，心中暗暗吃惊。他暗地思忖：主将乞力徐命他孤军深入，意在攻取鄯州，阻断河源唐军的后路。区区五千蕃军，如果要达到这个效果，就必须出其不意，攻其不备。然而，途经老爷山遭汉人袭击，不但使蕃军遭受不小的损失，迟滞了奔袭的步伐，而且还把战略意图暴露给了唐军，使他们有了充足的备战时间。看来，要攻取鄯州城并非易事啊。

气可鼓而不可泄，蕃将定一定神，喝令："攻城！"顿时，原野上急剧响起牛角号声，蕃兵潮水般涌来，铁蹄奔腾，刀枪闪动，大有排山倒海，无坚不摧的汹汹之势。

守城兵丁见蕃军势若涌潮，凶悍无比，难免有些恐慌，慌乱中拿起弓箭、搬动滚木礌石。曹颖见状，摆摆手，说："且慢放箭，待蕃军靠近了再放！"

"众将士，沉住气，莫要慌张，没有我的号令，谁也不许放箭！"湟水县令见丁壮有些恐慌，便来到丁壮队伍中，镇定地说："这鄯州城啊，在两晋时称为乐都，是当年南凉王国的首善之都，城坚池固，敌人是攻不破的。当年，南凉王秃发傉檀攻取凉州失势，退守乐都，北凉王沮渠蒙逊举倾国之力，两年内连围四次，都没能攻破乐都。其中一次，蒙逊举兵十万，围城三月，竟无功而返。"

将士们见长史、县令如此镇定自若，威风凛凛，顿时感到信心大增，倍受鼓舞，便沉稳下来，进行战斗准备。

蕃军蜂拥，已逼近百步之遥的护城壕边，弓箭手开始向城头放箭，以掩护攻城士兵填壕沟，架云梯，准备攻城。刹那间，箭如飞蝗，飞向城头，从严阵以待的守城官兵头上掠过。偶尔有一两个士卒被蕃军射来的箭镞射中，城头上传来一声声惨叫和呻吟。

守军被蕃军的汹汹气焰所激怒，纷纷要求实施反击，曹颖镇定自若，频频摆手，示意不可妄动。

守军的冷静沉着，助长了蕃军的气势，转眼间，蕃军离城墙根不及三十步，开始搭攻城云梯了，倏地，曹颖指挥令旗一挥，大声命令："放箭！"

刹那间，城头箭若飞蝗，城下蕃军士兵纷纷中箭倒地，死伤惨重。然而，蕃人习俗，人人向以战死沙场为荣，病死卧榻为耻，所以，蕃军士兵中不断有人中箭倒地，但有更多的人则呐喊着冒矢冲锋，毫无退却的意思，有些士兵甚至架起云梯向上攀爬。

曹颖一看，形势危急，便下令："滚木礌石，放！"

随着一阵阵轰响，滚木礌石犹如大雨倾盆，呼啸而下，弓箭手也各自瞄准目标，箭如雨发，顿时，城下蕃军哀号不断，死伤狼藉。李贽借机张弓搭箭，连连射出，射杀几个督战的蕃军头目。

恰在此时，曹林率领六百唐军，从蕃军侧后杀来，蕃军大乱，开始溃退。

子夜时分，曹林和偷袭敌军的王铁汉会合，悄无声息的潜行至鄯州城外的蕃军大营，撞开营门，冲杀进去。曹林和王铁汉，一个马战使枪，一个步战舞剑，哪里有蕃军就向哪里冲，很快，在他们的枪剑下，到处是蕃军的尸体。待蕃军主将醒悟过来，准备围困他们时，他们却像一阵狂风，消失得无影无踪。

翌日，恼羞成怒的蕃军统兵将领赤膊上将，阵前叫骂，要唐军出战。

"吐蕃将领，实话告诉你，吐蕃几十万大军都奈何不了我，就凭你们几个虾兵蟹将还能取我鄯州？"曹颖一手扶着箭垛，一手指着蕃将，冷冷地说："蕃将，听我一句劝，哪里来的回哪里去，赶快撤军吧！不然，单凭我鄯州军民，管叫你等有来无回，尸骨难收！"

"唐将，休要胡言乱语。"蕃将冲到城下，暴怒地说："快快出城应战，要不然城破之日，我将你碎尸万段！"

曹颖不再理会蕃将，命令弓箭手："放箭！"

无数支狼牙箭狂飙般倾泻而下，蕃将拨转马头，退回蕃阵。再看鄯州城，只见四门紧闭，吊桥高悬，守军严阵以待，官僚谈笑风生。任凭蕃军骂阵，竟无一人回应。蕃军只好悻悻而退。

可是，一到夜晚，这里便是唐军的天下。曹林和王铁汉联手，近千人的队伍，忽而向东，忽而向西，四处袭扰蕃军，使得蕃军彻夜难眠，疲惫不堪。唐军过后，蕃营里一片狼藉，尸横遍野。

如此折腾了半个月，蕃军非但没有占到便宜，拿下鄯州古城，倒扔下八九百蕃军尸体，仓皇逃遁……

<h1 style="text-align:center">三</h1>

石堡城失陷，唐廷震惊。

"众卿家，"玄宗李隆基朝议时问道："自赤岭盟誓之后，唐蕃两国化干戈为玉帛，保持了数年睦邻关系。但是，在以后的几年里，两国间烽烟又起，干戈不断。如今，吐蕃四十万大军犯我边境，攻承风堡，袭河源军，几陷廓州，肆虐河湟。接着又攻略石堡城，使这一河源要塞陷于吐蕃之手。如今之计，何人能担当起河西、陇右军务，迅速击退蕃军，还我疆域安宁？"

"皇上，臣保一将，可出镇河陇，抵御吐蕃。"武班里走出兵部尚书卢怀慎，趋步向前，奏道："云麾将军王忠嗣，武艺高强，熟读兵书，久历边事，持重历练，可替代皇甫唯明，出任陇右节度使。"

"王忠嗣是一个难得的虎将，可他尚在朔方任职，还兼着河东节度使，一时怕难以到任。"丞相李林甫与王忠嗣不合，便出班相奏："臣以为河湟形势严峻，恐调一两个将军很难掌控局面。臣以为节度使一职仍由荣王、京兆牧李宛遥领，另派一将军充任节度副使可也。至于节度副使的人选，臣举荐羽林将军董延光。此人武有武艺，文有韬略，文韬武略一点儿不比王忠嗣差。"

"李大人所言差矣。"丞相杨国忠与王忠嗣相交甚笃，又知道董延光是李林甫的心腹，是个胸无点墨、夸夸其谈的纨绔子弟，便讥讽地说："董延光和王忠嗣相比，恐怕不是'一点儿不差'，而是天地悬隔！李大人，我们现在是在为陛下荐举统兵作战的将军，而不是中看不用的御用花瓶！"

"你……"李林甫受到奚落，本想反驳几句，但又碍于皇上的脸面，只好忍气吞声，踱回文班。

"杨爱卿，依你之见呢？"李隆基问。

"陛下，八大方镇节度使权重势大，事关国体，由朝廷大臣或亲王遥领，理所应当。但是……"杨国忠有意要打压李林甫，便巧舌如簧，侃侃而谈："以微臣看，河、陇节度使一职，皆由王忠嗣本兼，加权节制河、陇、朔三镇军务，便宜行事。至于李大人所荐的羽林将军董延光，可遣至河陇军前历练历练，或许能成栋梁之材。"

"就依杨爱卿。"对于王忠嗣，李隆基是再熟悉不过的了。当年，吐蕃大相垩达延兵犯河、渭，左羽林将军薛讷执掌帅印，奉诏讨伐，王忠嗣的父亲、时任太子右卫率的王海宾随军出征。一次，王海宾孤军深入，截击垩达延，因后军驰援不及，王海宾与数倍于唐军的蕃军鏖战，身中数箭，为国捐躯。当时，王忠嗣年仅九岁。玄宗怜其父忠勇，收王忠嗣入宫，与太子李亨作伴，攻读史书，习练武功。幼年时，王忠嗣曾和玄宗谈论兵法，往往有独到的见解。玄宗大喜，喜悦地说："忠嗣小小年纪就熟知兵法，将来一定是个国家的栋梁之材！"成年以后，王忠嗣果然不负厚望，屡立奇功，表现出卓尔不群的才能。

玄宗皇帝李隆基拈髯颔首，思如泉涌，欣然命秉笔太监说："传旨，命王忠嗣为河西、陇右节度使，兼知朔方、河东节度使，克日赴任，不得耽延……"

天宝五年，唐廷以王忠嗣为河西、陇右节度使，兼知朔方、河东节度使。

却说，王忠嗣在朔方、河东主持军务时，每每遇到突厥精骑驰骋原野，马匹膘肥体壮，匹匹精良，羡慕之极。相比之下，因受突厥制衡，塞北良马难以入境，唐军骑兵得不到良马补充，战力急剧下降。王忠嗣思之良久，心生一计，忙令当地互市提高马价，购买良马。邻近胡人得知消息后，纷纷把良马带到唐境的互市上交易。从此，唐军获得到的好马越来越多，其中不乏宝马良驹，唐军以这些良马组建骑兵，军队战斗力日益增强。此次王忠嗣奉诏主政陇右、河西事务，便从朔方、河东调拨战马九千匹充实河陇，河陇将士的战斗力也得到很大的提升。

王忠嗣不仅是一个文武兼备、杀法骁勇的战将，而且还是一个胸襟豁达、知人善用的统帅。他在军中听到河西有一位叫哥舒翰的裨将，不但武艺出众、作战英勇，而且熟读兵书战策、胸怀韬略，便处处留意，很想见识见识。他知道，大唐不乏武功高强、作战勇敢的战将，但纵横捭阖，运筹于帷幄之中，决胜于千里之外的帅才，凤毛麟角。

这天，王忠嗣信步来到哥舒翰营中，不待通报，径直走进哥舒翰的营帐。此刻，哥舒翰正在沙盘上推演战法，精力集中，全神贯注，以致有人到了面前，也没能影响他的注意力。

"纵横捭阖，运筹帷幄，哥舒将军好雅致啊！"王忠嗣称赞一声，顺手拿起桌上翻开的《后汉书》一看，点头笑谈道："伏波将军马援，兴汉之良将，哥舒将军的志向果然高远，卓尔不群！"

"不知王将军驾到，末将失迎了。"哥舒翰抬头一看，是河西唐军主帅王忠嗣到了，稍有惊讶，吩咐道："来人，给王将军看坐，上茶。"

"早就听说哥舒将军熟读《左氏春秋》《汉书》，今日偶尔得见，果然手不释卷，王某敬佩之致。"王忠嗣手指着沙盘，饶有兴致地问："如此险关要隘，攻防错落，如果我没猜错的话，哥舒将军推演的，是汉伏波将军马援平定西羌时发生的唐翼谷之战。"

"王将军果然慧眼，一眼便看出了方寸之间的端倪。"马援一生南征北战，建树多多，王忠嗣怎么一眼就看出是发生在东汉初年的唐翼谷之战的呢？哥舒翰想：王将军果然是个帅才，皇上选他为河陇主帅，河湟从此无战事矣！

"天天在鄯州地面上行走，焉能不识鄯州曾经的古战场唐翼谷？"王忠嗣颔首微笑，用探询的目光打量着哥舒翰，说："哥舒将军，如果我还没猜错的话，你是在以唐翼谷之战，推演攻略石堡城的战法哩。"

"正是。"哥舒翰佩服得五体投地，问："敢问王将军，沙盘上没有任何标识，您是怎么看出来的？"

"唐翼谷在鄯州城西二十里处，山势高峻，峡谷幽深，此险关要隘也。一个推演沙盘，一本《汉书》在手，难道这不是你的答案吗？"王忠嗣哈哈大笑，揶揄地说："可叹呐皇甫惟明将军，珍宝就在你的身边，你咋就不识货呢！哥舒将军，拿酒来，我要和你痛饮几杯。"

几天后，王忠嗣升帐，将哥舒翰破格擢升为大斗军副使，迁左卫郎将。

至此，哥舒翰便在王忠嗣帐下开始了自己的辉煌人生！

天宝六年，唐玄宗调兵遣将，完成了西北地区的兵力部署后，兵分两路，一路以安西节度使夫蒙灵詧为主帅，副都护兼四镇兵马高仙芝副之，率疏勒守捉赵崇玼、拨换城守捉使贾崇瓘等大将，统兵十万，兵发小勃律，对吐蕃占领军宣战；一路以河西、陇右节度使王忠嗣为主帅，河西兵马使李光弼为副帅，以陇右之兵反攻，趁机攻取石堡城。

四

这天，王忠嗣正在书房阅览兵书，忽听门外一声高呼："圣旨到，请王将军速速接旨。"

王忠嗣心里"咯噔"一下，思忖道：眼看都到了麦熟季节了，皇上降旨，究竟为了何事啊？莫非又是……他不再想下去，急忙搁下手中的兵书，赶往前厅接旨。

"王将军近前接旨。"使臣见王忠嗣率府署将佐已候在大堂，高声说道。

"臣等接旨。"随着王忠嗣拜伏在地，顿时，众将佐呼啦啦跪倒了一大片。

使臣表情庄重，声色肃穆，宣读圣旨：

奉天承运

皇帝敕曰：朕惟治世以文，戡乱以武。而军帅戎将实朝廷之砥柱，国家之干臣也。乃能文武兼备，出力报效讵可泯其绩而不嘉之以宠命乎。不意，吐蕃全然不顾甥舅亲情，扰我河陇，占我疆域，无所不为，是可忍孰不可忍！兹特授尔陇右、河西节度使，兼知朔方、河东节度使，克日兵伐河源，收复石堡城，威震夷狄。

钦此。

"谢主隆恩。"王忠嗣叩谢毕，从使臣手里接过用黑犀牛角作为卷轴的圣旨，看着在上好蚕丝制成的绫锦织品上祥云瑞鹤，富丽堂皇的图案，心里不禁沉甸甸的，竟忘记了使臣的存在。

"王将军，卑职千里迢迢，风餐露宿，逶迤赶来，你总得尽尽地主之谊，给杯水喝啊。"使臣望着茶呆呆沉思的王忠嗣，不觉哑然失笑，揶揄地说。

"哎呀，你看我，尽想着圣旨的事儿，竟然把崔大人晾在一旁,该死！"王忠嗣先是一愣，然后歉意地笑笑，重新给使臣崔大人施礼看座，同时吩咐道："置酒排宴，给崔大人接风洗尘。"

"王将军，"说话间，崔大人见王忠嗣神色郁闷，似有什么难言之隐，便关切地问："看你接到圣旨后，神情恍惚，难道有什么难言之隐？"

"不瞒崔大人，石堡城建于高山之巅，易守难攻，十分险固。"王忠嗣沉吟片刻，接着说："吐蕃盘踞石堡城多年，举全国军力而守之，我若贸然屯兵坚城之下，死者逾过万，城堡虽然可得，恐得不偿失呀。"

"将军体恤将士生命，诚心可鉴！"崔大人拈髯颔首，由衷地说。少顷，他又问道："既然如此，皇上若要问起，我将如何复命？"

"崔大人不必为难，安心在鄯州住上几天，看看这里夏日的景致。"王忠嗣思量一会儿，心平气静地说："我准备把这里的情况，据实写份折子，请你回京后面呈皇上。"

"什么？你……"崔大人大吃一惊，急忙说："王将军，这万万使不得。你知道吗，你这么做是抗旨啊……"

"没关系，崔大人，不就是罢官削职吗。"王忠嗣眼望着手里的圣旨，淡淡地说："面对数万将士的生命，我只能这样了。"

很快，王忠嗣的奏折转到了玄宗皇帝李隆基的御案上。王忠嗣在奏折中说："石堡城地势险要，又是边境要塞，我若进攻石堡城，吐蕃必将全力守卫它。如果以疲惫之师攻其坚固的城池，既是攻取了城池，我军也会付出数万人的代价。因此，臣恳请皇上收回成命，休兵秣马，以观势态发展，一旦时机成熟，再举兵夺取它……"

"可恼呀王忠嗣，自己怕死畏战，还总拿将士的性命来教训朕。"李隆基看后大怒，欲令黄门官拟旨，将王忠嗣罢官削职，解回长安问罪。

"陛下息怒。"丞相杨国忠闻言大惊，出面相劝，说："陛下，依臣看来，王将军说的也有一定道理，攻取石堡城的事可以放一放，以观其变。再说，打仗是打钱粮，华清池的修缮尚缺大量银两，一旦唐蕃开仗，这库银可就捉襟见肘啦，请皇上三思啊。"

"这……"李隆基听了杨国忠的话，开始犹豫起来。

"陛下，攻取石堡城的事可以暂且搁置，但是……"立在一旁的丞相李林甫沉不住气了，心想：好不容易逮住了一个整治王忠嗣的机会，不意竟被杨国忠三言两语搪塞过去了。他急步趋前，阴阳怪气地说："但是，王忠嗣抗旨不遵的事，不可不究，不然……"

"算啦，他这也是为了大唐国体，朕也就不计较这些繁文缛节啦。"李隆基大度地说着，转而向杨国忠问起华清池修缮的状况来。

李林甫碰了一鼻子灰，更加妒恨王忠嗣，暗使心腹，搜集王忠嗣的过失，有朝一日，定要扳倒这个炙手可热的显赫人物。

终于，李林甫等到了构陷忠良的机会。

天宝六年，羽林将军董延光立功心切，给他的恩师李林甫吐露了想去边塞戍守的心怀，老奸巨猾奸相李林甫立刻想到了王忠嗣，便撺掇董延光去陇右府去建功立业，他心怀叵测的说："董将军，凭你的文韬武略，用不了几年，你就可以稳做陇右节度使啊。"

"做节度使？"董延光惊愕地看着奸相，执拗地说："我没想做节度使，我就是想在边塞打几个漂亮的胜仗，想在皇上面前证实自己的实力。不满恩师说，在长安的军营里，我都快要憋疯啦！"

"嗨，哪有将军不想当元帅的。"李林甫一阵奸笑，说："如此说来，眼前就有一个立功的机会，你若取胜，我保管让你替了王忠嗣。"

"王忠嗣？"董延光一愣，不解地问："那不是皇上的宠臣，末将怎能代替得了？"

"河源边境有座城池叫石堡城，先前也是大唐的边城要塞，后来陷于吐蕃，使大唐失一战略要地。"李林甫察言观色，接着说："皇上早有收取石堡城的决心，无奈陇右节度使惜命畏战，三番五次地拿石堡险要搪塞，使大唐的土地不能回归。你若替皇上解忧，拿下石堡城，这首功不就是你的了吗？"

"我这就找皇上请命去。"可他转眼一想，为难地说："我职浅位卑，见不到皇上呀！"

"这个无妨，你可以上书给皇上，有老夫代为转呈不就行了吗！"李林甫狡黠地笑了……

五

春风得意马蹄疾，羽林将军董延光领了皇上攻取石堡城的圣命，无暇顾及陇原的绝妙风光，一路蹿行，不及旬日，便来到鄯州。

"末将董延光，奉皇上之命，前来王将军麾下效命。"在节度使府署大堂上，董延光呈上了朝廷给王忠嗣的敕令。

"董将军鞍马劳顿，暂且到馆驿歇息，本将军改天为你洗尘接风。"王忠嗣早已洞悉董延光的来历，便吩咐中军带他去馆驿下榻。

翌日，不待王忠嗣安排接风宴席，董延光便兴冲冲地来到节度使府署大堂，说："王将军，末将此番前来鄯州，唯一的任务就是攻取石堡城。请将军分派兵马，允许我为先锋，发兵攻打石堡城。"

"董将军少安毋躁，攻城之事还得从长计议。"王忠嗣稍加思索，说："请董将军暂且留在中军，做一名参军，待熟悉军情后定有重用。"

"这……"董延光万万没有想到，他一个堂堂的羽林将军，竟做了王忠嗣的帐中参将，一怒之下竟拂袖而去。

"王将军，董延光可是李林甫的人，得罪不起啊！"河西兵马使李光弼看在眼里，忙上前劝说。

"这种胸无点墨、武功稀松的纨绔子弟，怕他做甚。"王忠嗣不屑地说。

"将军胸襟坦荡，性情耿直，真君子也。"李光弼想想，再三告曰："将军的心思，在下十分清楚。但是，皇上欲攻石堡城久矣，三番五次敕令开战。朝廷又有李林甫一干佞臣，少不了给皇上进谗言。您若不作出些姿态，用啥来应付皇上，又用啥来堵住屑小的谗言呢？如果那样，将军可就危矣！"

"李将军，在攻略石堡城的问题上，我意已决，你就不必劝了。"王忠嗣思谋良久，凝神静气地说："李将军并非不知，石堡城虽然凶险，但远离通衢大道，战略地位并非人们所说的那么重要。为了夺取一座战略意义不大的小小城堡，唐军就要损失数万人的生命，这是不值得的。为了保住自己的官职爵位，不惜万千将士的生命，这样的事，我王忠嗣是不会去做的。皇上若要问责，无非就是一个节度使的头衔吗，摘去就是了，怕它作甚。李将军，我知道你是为我好，但为数万生灵着想，我只能如此了！"

"唉，好一个爱兵如子的将军……"李光弼仰天长叹，怅然而退。

第二天清晨，董延光再次闯入节度使府署，主动请缨，攻打石堡城。

"兵法云：'知己知彼，百战不殆。'"王忠嗣被逼无奈，只好问道："董将军，你对石堡城的情况知道多少，蕃军的战力又是如何？你取胜的把握又有多大呢？"

"回王将军，有关石堡城的情况，我在长安时就有所了解，不就是一座城堡吗？"董延光神色冷峻，孤傲地说："我在长安，也是一员羽林将军，还怕它一座孤城？请将军拨我五千军士，不到旬日，我便拿下石堡城，向皇上报捷！"

"什么？十日……"陇右节度副使哥舒翰进来公干，听了董延光的话，不禁哈哈大笑，讥讽地说："五千人马，十日拿下石堡城？你这是在说梦话吧！"

"末将愿领军令状。"董延光睥睨一眼哥舒翰，接着说："王将军，若凡不能按期破城，我便提着脑袋来见您！"

"这……"王忠嗣踌躇半晌，犹豫地说：董将军，请不要意气用事，凡事都要三思而行啊。"

"为将帅者，定是举重若轻，胆魄过人，何必如此唯唯诺诺？"董延光眼睛圆瞪，直逼王忠嗣。

"董延光，你太狂妄……"哥舒翰大怒，斥责道。

"哥舒将军不必妄言，董将军年轻气盛也在情理之中。"王忠嗣微微一笑，说："董将军，既然如此，本将军也不再阻拦你攻打石堡城。这样，我派你精兵二万，战将四员，择日出战。"

不一日，董延光率军二万，来到石堡城下。他命军士安营扎寨，自己带领几员战将，观察地形。这一看，他不由地倒吸一口凉气，心中暗暗叫苦。原来，石堡城建在高耸入云的铁仞山半山腰上，只有一条小路单骑可行，四周皆是悬崖峭壁，如果不走近石堡，在山脚下张望，连石堡城什么样子都看不清。这还是在长安地图上看到的石堡城吗？董延光暗地思忖：难怪王忠嗣一再拖延攻城，这里的山势地形，险峻二字已经无法描绘石堡城的阵势了。

回到营帐后，这位盛气凌人的羽林将军再也提不起精神来。次日清晨升帐，众将上前请命，董延光踌躇不决，只是一味地叹息。末了，他咬咬牙，下令道："明日凌晨二更造饭，三更攻城，通晓全军，不得有误！"

次日，天蒙蒙亮，蓦然间，山脚下传来一声号炮声，唐军攻城了。一时间，石堡城下，战旗飞扬，杀声震天，唐军潮水般涌向铁仞山。然而，铁仞山上的石堡城，却出奇的安静，旌旗不举，飞鸟不惊，甚至连个蕃军的影子都看不到，仿佛就是一座空城。

唐军前锋将士刚气喘吁吁地爬过一段山坡，突然，山上响起一阵阵低沉而可怖的牛角号声，刹那间，狼牙大箭、滚木礌石蔽空而下，唐军躲避不及，不伤即亡，死伤无数。郎将马勇独擎一帜，冒着枪林箭雨，奋力向前，不及百步，惨死在冲锋的路上。待到山下唐军醒悟过来，急忙鸣金退兵时，前锋五千将士已经死伤过半。

董延光大怒，整顿军力再攻，仍被蕃军打退，伤亡惨重。就这样，唐军连攻五日，非但没有上得铁仞山半步，将士已损失七八千人。董延光虽为羽林将军，但从未经过大的阵仗，这次攻略石堡城，是他十多年的军事生涯中所经历的战事最为惨烈、损失最为惨重的战役。此时，面对无数具血肉模糊的唐军尸体，他竟不知道如何收场。

"耻辱，简直是奇耻大辱！"他手指随军将领，咆哮着训斥道："王忠嗣治军无方，手下将士尽是一些无能之辈！"

"董将军，事已至此，你发火也没用。"郎将王英冷冷地觑视一眼暴戾恣睢的董延光，讥讽地说："你是主将，是战是撤，你得拿个主意啊！"

"我……仗打成这样，我有什么办法？"董延光六神无主，手足无措，颓然叹道："唉，想我堂堂一个大唐的羽林将军，却为奸人构陷，在这小小的石堡城损兵折将，招此惨败。唉，苍天不佑啊！"

眼看王忠嗣规定的期限已到，他在节度使府署夸下的海口断无实现的可能，恼羞成怒的董延光想起了退路，一条毒计涌上心头。这天晚上，他摈退左右，秉灯夜战，先给奸相李林甫写了一封书信，然后绞尽脑汁给皇上写起奏折来……

第 · 十五 章

哥舒翰血战石堡城　护秋收光复失地

……上欲使王忠嗣攻吐蕃石堡城。忠嗣上言，石堡险固，吐蕃举国守之，今屯兵其下，非杀数万人不能克，臣恐所得不如所亡，不如且厉兵秣马，俟其有釁，然后取之。上意不快……

《资治通鉴》卷二一五《唐纪三十一》

一

岁在癸未，初冬十月。

玄宗皇帝李隆基，偕贵妃杨玉环，来到骊山脚下的温泉宫。

今天，玄宗皇帝李隆基心情格外舒畅，一番沐浴之后，在装饰一新的温泉宫摆宴，招待随行的文武百官。温泉宫建于太宗贞观十八年，称为汤泉宫。高宗咸亨二年，更名为温泉宫，是唐廷帝王的避暑胜地。李隆基登基以后，令内侍总管高力士扩建此宫，这里便成了李隆基与杨玉环的避寒之地，许多关于他俩哀婉动人、缠绵悱恻的爱情故事就发生在这里。沐浴海棠汤，慵睡芙蓉帐，醉酒玉楼宴，曼舞长生殿，是这位大唐王朝第六位君王感情生活的真实写照。

"众卿，"李隆基三杯酒下肚，面带微笑，神采奕奕，手指描梁画栋的骊山官，无不欣慰地说："骊山紧依京畿，风光旖旎，自古就是避寒消暑的胜地。周、秦、汉、隋的帝王，均在此地营建离官别苑，尽享旖旎风情。奈何，这些楼宇花苑，多毁于兵燹。太宗皇帝在此营建汤泉官，为这里添不少景致。高宗时，又将汤泉官修饰一新，更名为温泉官。武周时，则天太后移驾神都，温泉官多年失修，略显破损。去年，朕命高力士督修此官，以恢复昔日的辉煌。"

"皇上，建筑温泉官，全是国舅爷的功劳，奴才可不敢居贪天之功。"内侍总管高力士瞥了一眼杨国忠，坦言相告。高力士虽为内侍总管，掌管大内，权倾一时。但此人文武双全、时行善事，颇有些气度。多年来，他侍奉玄宗，深受信任，掌握大权，并不是凭着一味地奉承和巴结。高力士虽为阉人，却有非凡的政治眼光和决断性格，善于骑射，百步穿杨，一发而中，三军心服，确实颇有大将之风。若不是误入阉宦之列，或许他将成为大唐的栋梁之材。虽然唐玄宗恩遇特崇，功卿宰臣，因以决事。但是，高力士则中立而不倚，得君而不骄，顺而不谀，谏而不犯。进谏言而有度，持国柄而无权。因此，在前庭后官倒也落得个近无闲言，远无横议。

"陛下洪福，建造如此宏伟壮观、富丽堂皇的官殿，彰显我大唐的国力。"杨国忠揣度，皇上今日摆宴，心思不在朝政，于是奉承地说："唐初，紫禁城建有华清官，其华丽程度盖过当时的任何官殿。今观温泉官，构建嵯峨，装饰华丽，'温泉'二字略显俗套，不如改名为'华清池'。"

"杨爱卿言之有理，就叫华清池吧。"唐玄宗兴致勃勃，一口应允。

"陛下。"右丞李林甫极尽谗媚，不失时机地说道："昔日，周武革命，祥瑞重现，凤鸣岐山，武王神武，统一天下。大唐自陛下登基以来，文治武功，革故鼎新，四海扬名，天下归心，万国朝于京师，祥瑞聚于骊峰，既是太宗皇帝的'贞观之治'，也不过如此啊！"

"爱卿此言谬也。"李隆基听的舒心，但嘴里却说："朕虽有匡扶朝政、平定西域、开疆拓土，有大唐中兴之功，但岂能与太宗皇帝相提并论，所谓'贞观之治'，那也是朕的追求啊。"

"陛下，大唐自太宗皇帝开疆拓土，此宫殿如此富丽堂皇，已非昔日温泉宫可比啊。"李林甫见李隆基兴致很高，便话锋一转，说："陛下，臣有本奏。"

说着，"扑通"一声，跪伏于地。

众朝臣不知李相所奏何事，面面相觑，神色迥异，华清池的喜庆气氛，顿时变得冷峻起来。

"噢，所奏何事，如此局促？"李隆基正在兴头上，忽听李林甫有本，便冷冷地说："何事，说来听听。"

"陛下，"李林甫睨视杨国忠一眼，说："臣接陇西八百里加急，称：王忠嗣抗命不遵，致使攻略石堡城失利，河湟时局危矣！"

书中暗表，李林甫与杨国忠向来不和，相互攻讦，朝中上下互有朋党，双方总想压对方一头，甚至采取构陷、诬蔑等为常人所不齿的手段也在所不惜。如今，李林甫突然发现皇上对杨国忠宠信有加，而对自己似乎冷落了许多，奸相不甘寂落，决心实施反击，找个什么把柄，把杨国忠打下去，至少要让他有所收敛。他知道，王忠嗣出任河陇双节度使是杨国忠的主意，而王忠嗣和杨国忠又走得很近，所以，石堡城一战，正好给他提供了一个攻击杨国忠的机会。所以，他利用李隆基急于攻取石堡城的迫切心情，牺牲董延光这颗棋子，铲除王忠嗣这个眼中钉，借以打击杨国忠。

"什么？王忠嗣他……"李隆基大吃一惊，忙问："王忠嗣现在哪里？陇右道可有奏疏？河陇形势现在如何？"

"据上书房说，他们已于昨天下午就收到了河、陇节度使王忠嗣，和羽林将军董延光的奏疏。至于……"李林甫顿了顿，心怀叵测地说："至于上书房是如何处置的，臣不得而知……"

"上书房？杨卿，你可知道此事？"李隆基见杨国忠脸色十分难看，就知道这事蹊跷，便愠怒地问。

"这……陛下，我也是刚刚……"杨国忠跪匐在地，脸上白一阵红一阵，半晌说不出话来。杨国忠已于昨日下午就收到了王忠嗣的奏折，但事关重大，犹豫再三，暂扣了这份奏章。岂料，此事竟让李林甫占了先，杨国忠恼悔之极。

"陛下，臣还收到济阳别驾魏林的上疏一份，不敢隐匿。"说话间，李林甫将奏疏交给李隆基。

李隆基接过疏札，细细一看，疏札中有王忠嗣的"我与忠王李亨从小一起长大，如果可以的话，我愿拥戴忠王为太子"的字句，联想到王忠嗣曾是魏林的上司，流露出这样的话来也未可知，顿时大怒，将魏林的上疏掼在桌上。少顷，他令道："传旨，速调王忠嗣入朝，命令三司勘察！陇右节度使一职，暂由节度副使哥舒翰代理。"

"遵旨。"李林甫心想：王忠嗣啊王忠嗣，平日有皇帝罩着，我拿你没办法，这次你小子马失前蹄，终于栽到老夫的手里啦，看我怎么收拾你。他得意扬扬地看着杨国忠的窘态，暗地里欣赏着自己的这个一石二鸟之计。

二

王忠嗣一回到京城，立即被奸相李林甫投入大牢，严刑伺候，严加审讯，几乎被迫害致死。

王忠嗣获罪的消息传到河陇军营，即刻在众将领中间引起一场轩然大波，将士们纷纷找到哥舒翰、李光弼，表达出他们的无限愤懑和不满。

"哥舒将军、李将军，王公遭人构陷，身陷囹圄，我们不能坐视不管呐！"羽林将军王难得愤慨地说。

"是啊，哥舒将军，王公一生光明磊落，善以待人，我们决不能让好人受冤啊！"中郎将杨景晖也愤愤不平地说："这个贪生怕死、卑鄙无耻的董延光，哪天遇到手里，我非宰了他不可！"

"快想想办法吧，哥舒将军。我们不能眼看着让功臣勋爵蒙冤抱屈，寒了众将士们的心呐！"蕃人降将力玛达与王忠嗣交厚，此刻也动情地说："王大人主政河陇，外御蕃患，内抚百姓，就连内附的蕃人部落，也照顾有加，每每想起令人唏嘘啊。"

"哥舒将军、李将军，我职位低微，见不了天子的面，我这里有份折子，烦靖请转呈皇上……"湟水县令李贽说着，从衣袖里取出一个公文袋，递到哥舒翰手中。

"苍天啊，这是为什么……"帐外几个小卒哭天抹泪，向隅哭泣。

哥舒翰何尝不清楚王忠嗣是遭人构陷，心中自然愤愤不平，无奈身在边关，无法在皇上面前辩白冤情。恰在此时，玄宗李隆基为攻取石堡城，诏令哥舒翰入朝议事。

"将军，这是为王公洗脱罪名的最好机遇，你可否多带些银两珍奇，上下打点，好救王公摆脱囹圄之苦啊？"哥舒翰起程这天，鄯州都督府长史曹颖悄悄找到他，交给他纹银一千两、雪域高原的奇珍异宝若干件，向他建言道："这是下官多年的积蓄，请将军带上，到了京城，或许能帮些小忙。"

"曹大人请放心，我一定把诸位的意思，转奏给皇上。人非草木，焉能无情，要知道，王公与我有知遇之恩，我能袖手旁观吗！"

于是，他坚辞了曹颖送上的钱物，随身只带了一个盛着换洗衣物的包裹，偕朝廷官员奔赴长安。

哥舒翰进京，马上得到皇上的召见。李隆基见哥舒翰生得雄壮魁伟，气宇轩昂，十分喜欢，便令赐座。

"哥舒爱卿，你可是临危受命，担子不轻啊。"李隆基经历这场风波，明显憔悴了许多，但他强打精神，勉强说道："吐蕃一再侵扰，河湟风云诡谲，你身处要地，可不要辜负了朕的希望啊！"

"凡为将帅者，必以江山社稷为要，我愿为陛下赴汤蹈火，在所不惜！"哥舒翰忠勇，说起话来，掷地有声。人言哥舒翰暴虐，为了讨皇上的欢心，居然拿数万将士的生命作赌注，攻取石堡城。其实，他这样做，是另有一番苦衷的。在陇右戍边多年，他何尝不知攻取石堡城的困难，更清楚王忠嗣的苦衷的，区区石堡城，将要用数万将士的命去换，身为唐军主将，不论是谁都得掂量一番啊。但是，为了能使王忠嗣解脱牢狱之苦，他情愿冒死犯险去这么做。所以，他在玄宗面前慷慨陈词，是有玄机的。

"讲得好，哥舒爱卿不愧是国之材栋，朕之股肱啊！"李隆基果然中了圈套，为哥舒翰的忠诚所打动，连声夸奖几句，然后动情地说："吐蕃占据石堡城，犹如骨鲠在喉，使朕寝食难安啊。你这次回鄯州，一定要拿下石堡城，替朕出出这口恶气！"

"臣明白。我回到鄯州以后，立即部署攻城，收复失地，给皇上给朝廷一个满意的答复。"少顷，哥舒翰又面带疑虑，问李隆基道："陛下，臣有一事不明，可否奏来？"

"讲。"李隆基说。

"王忠嗣将军主政河陇，使河陇海晏河清，气象更新，万众敬仰，怎能凭董延光的只字片语，就要治他的罪呢？"哥舒翰略陈原情，然后坦然地说："陛下，目前正是用人之际，您可不能听信谗言，让大唐枉死一位栋梁之材啊，陛下！"

"哥舒爱卿啊，朕知道王忠嗣与你有知遇之恩，你是一个重情重义的人。可你知道吗，王忠嗣打小就在朕的身边，我是看着他长大的，他身犯忤逆之罪，难道朕的心里就好受吗？"李隆基一听，脸色一沉，严词拒绝："王忠嗣有违朕意，抗旨不遵，延误战机，招致败绩，有何冤屈？再说，作为臣子，染指东宫、妄议朝政，罪在不赦。哥舒爱卿，你就不要为他求情了。"

"陛下，王将军确实是冤枉的呀！朝廷要是这样对待一位身经百战的忠臣良将，令几十万戍边将士心寒呐，陛下。"哥舒翰"扑通"一声，跪倒在皇上面前，动情地说："要说王忠嗣抗命不遵，延误战机，这完全是羽林将军董延光对王将军的诬陷，意在为自己的狂悖误战作掩饰。要治罪，也是治他的罪啊。至于说王忠嗣染指太子、妄议朝政，这就更是荒诞离奇！陛下，唐营将士千千万，怎么就他魏林一人听到了这些话呢？"

"这……"经哥舒翰这样一说，李隆基倒是冷静了许多，他沉吟片刻，心想：对啊，李林甫屡屡奏称王忠嗣，劝朕杀了他，可指证王忠嗣忤逆的，为什么只有董延光和魏林二人？难道这里真有冤情？如果有冤情，那朕将如何处置，朕可是主张严办王忠嗣的呀。他翻来覆去，思量万千，最终明白，这是有人在陷害王忠嗣。但是，他是皇帝，一言九鼎，如果收回成命，赦免王忠嗣，那皇家的尊严、体面还往哪里搁。他思之良久，才缓缓地说："王忠嗣染指太子、妄议朝政之嫌，朕可以不予追究。

248

但是，他身为河陇主将，抗命不遵，延误战机一事，还是有过错的。这样吧，朕不治他的罪了，令他官降三级，去汉阳做太守去吧！"

"谢皇上。"见皇上终于赦免了王忠嗣之死罪，哥舒翰泪流满面，跪伏在李隆基面前，叩首谢恩。

三

盛夏季节，河湟麦熟。

这天，右武卫员外将军、新任陇右节度使哥舒翰视察河源防务，刚刚回到鄯州，就有军情来报，麦熟季节，又有大队蕃军云集河曲，前来抢收庄稼。原来，廓州地界黄河左岸有朝廷大量屯田，每到麦熟季节，蕃军就派大队人马前来抢收庄稼，以备军粮，还戏称这些屯田为吐蕃麦庄。屯田得不到守军庇佑，眼睁睁看着粮食被抢，村庄被毁，如有反抗，便招来杀身之祸，屯田军户苦不堪言。

哥舒翰升堂，与众部将商议护秋的事宜。哥舒翰说："每到麦熟季节，便有蕃军到河湟一带抢收粮食，还美其名曰：'吐蕃麦庄。'本将军到任后，决不允许此类现象再次发生。"

"将军，末将愿领五千人马，前往积石、浇河一带巡防，不叫蕃军抢粮的阴谋得逞。"羽林将军王难得上前请战。

"王将军此议很好，我就派你和杨景晖将军引兵五千，前往积石、浇河，保卫秋收。"哥舒翰听了大喜，欣然说道。

"哥舒将军，此计尚有疏漏，暂缓实施。"王难得、杨景晖二位将军正要领命，堂上有人提出异议，一位文职官员走到哥舒翰面前，彬彬有礼地说。

"掌书记官有何妙招，请讲。"哥舒翰一看，是军中幕僚高适，便饶有兴致地说。

"将军，蕃军为害河湟多年，已成积习，唐军光靠防、赌，不能杜绝隐患。"高适稍加思索，然后侃侃而谈："依卑职愚见，对待蕃军，防、堵不如聚歼。军情上报，蕃军五千前来抢粮，我军以五千迎战，只能是个击溃战，对改变战局起不到什么作用。"

"说说你的意见，我军该怎么做，才能取得完胜？"哥舒翰认真打量着眼前这位文质彬彬的幕僚，朗声问道。

"这次出兵护秋，表面上看是一次平平常常的军事行动，但安排好了，可以起到牵一发而动全身的作用，一举扭转战局。"高适见主将听得很投入，便接着说："哥舒将军以羽林将军王难得、中郎将杨景晖引兵五千，深入积石军以西设埋伏。您亲率大军出征，屯于积石，以为策应。蕃军若遭王、杨二位将军的伏击，必然向东流窜。届时，您可掩军出击，全歼蕃军。"

"此计甚妙，就依掌书记官。"哥舒翰听了，十分欣喜，忙说："号令三军，克日发兵。"

"哥舒将军，这次出征，您可要带上我啊。"高适笑了笑，恳切地说："我的亮银枪，也该沾沾蕃军的血了啊！"

高适字达夫，渤海蓨人，世居洛阳。他是盛唐时期著名的边塞诗人，与岑参并称"高岑"。高适不仅是才华横溢的杰出诗人，而且还是一位战功卓著的战将。早在中原时，他的一首《塞下曲》，脍炙人口，耐人寻味：

结束浮云骏，翩翩出从戎。

且凭天子怒，复倚将军雄。

万鼓雷殷地，千旗火生风。

日轮驻霜戈，月魄悬雕弓。

青海阵云匝，黑山兵气冲。

250

战酣太白高，战罢旄头空。

万里不惜死，一朝得成功。

画图麒麟阁，入朝明光宫。

大笑向文士，一经何足穷。

古人昧此道，往往成老翁。

然而，这样一位文武兼备、志向高远的诗人战将，由于生性耿直，得罪上司，一直得不到重用。直到天宝八年，年逾五旬的高适，受河西节度使哥舒翰的邀请，前往其幕中担任掌管书记职，其仕途才逐渐显达。

不几日，蕃军五千骑兵来到，对屯寨实施抢掠。唐军王、杨二位将军的伏兵杀出，蕃军先失战机，急转直下，往积石方向逃窜，唐军主帅哥舒翰见反击的时机已到，迅速出击，率领骁勇战士和蕃军战在一起。

哥舒翰擅长使用长枪，追赶上蕃军将领后，用枪搭在他的肩上呵斥对方，吐蕃军惊恐回头，哥舒翰便用枪刺中其喉，然后猛力一挑，挑起三五尺高，落下时早就没命啦。

解决了南犯之敌，哥舒翰开始部署攻略石堡城战事。在鄯州节度使署的大堂上，哥舒翰手捧皇上的敕令反复推敲，彻夜未眠。

然而，哥舒翰不愧是一员文武兼备的名将，他在反复研判敌我双方的形势和石堡城周围的地形后，采取步步为营、稳扎稳打的方略，先扫清石堡城外围的蕃军，切断石堡城与蕃军主力的联系，然后对石堡城发起攻势。哥舒翰请来河西节度使王倕、幕僚高适，几人又缜密地审视这一作战方略，确信万无一失后，遂派一心腹裨将，星夜兼程，送往长安。

玄宗皇帝李隆基看到哥舒翰的密奏，喜出望外，便敕令准奏。同时，依据哥舒翰在密折里提出的要求，将河西、朔方、河东等地的十万多士兵，统归哥舒翰指挥，以倾国之力，攻取石堡城。

哥舒翰见皇上批准了他的作战方案，又调遣朔方、河东十万大军助阵，陡然间情绪亢奋，信心倍增。这天，哥舒翰将众将召集到大堂，拜过帅印后，开始排兵布阵："河西节度使王倕听令。"

"末将在。"王倕上前，拱手领命。

哥舒翰令道："王将军，着你率领本部人马，伏于西海之滨，监视蕃军大营，一有风吹草动，奋力杀出，阻蕃军主力于西海以南，不得有误。"

"末将遵命。"王倕领命。

"阿布思将军，请你率朔方之兵，屯于石堡城以东十里，密切监视石堡城，若是蕃军有异动，就地聚歼之……"

"高秀岩、张守瑜二位将军听令……"

"各位将军。"待一切部署停当，哥舒翰手捧皇上敕令，威严地说："攻取石堡城，必先扫清外围蕃军。时下已是初冬，于战不利，本不该出兵。我之所以违背常规，意在出其不意，拿下西海，切断石堡城与蕃军主力的联系，此为石堡城之役的前奏。望各位将军恪守其职，不辱使命，打好眼前这一仗，为最终攻取石堡城奠定基础。"

几天后，一支唐军神不知鬼不觉地潜入西海纵深，在蕃军的眼皮底下修筑了一座防御城堡。城堡不甚宏伟，但很坚固，不远处蕃军营寨的一举一动，皆受到监视，唐军把它称为神威城，驻一千多士卒戍守。蕃军不甘受制，这年冬天，乘着大雪冰封，攻陷此城。唐军奋起反击，很快夺回了这座桥头堡。

哥舒翰巩固住了神威城，于是，在西海之滨再筑一座，称作应龙城，派驻两千人守卫。两座城堡像楔子一样，嵌入西海纵深，构成对西海蕃军的很大威胁，战势由消极防御变为主动进攻，战争的主动权已经掌握在唐军的一方。

四

天宝八年五月的一天，哥舒翰带领几位将领，神不知鬼不觉地来到铁仞山下，对石堡城的外围环境，又一次进行抵近侦察。

抬头来看，一座陡峭的大山，怪石嶙峋，直插云天。云端里时隐时现地浮出山巅，犹如一道从天际间垂落下来的幕墙，横插在大山的山脊上。铁灰色的崖壁，三面是陡峭险峻的绝壁，只有一条盘山小道，蜿蜒曲折，扶摇直上。小道长不过一里，背靠着华石山崖壁，面临药水河深潭，只容双人单骑通过，大有"一夫当关，万人莫开"之势。再向上，半山腰出现广深约十余亩的一块凹地，筑有一座可容纳上千士卒的城堡，人称石堡城，又根据崖壁的颜色，当地人称铁仞城。城堡依山势而建，城墙就地取材，用长条巨石砌成，坚如磐石，易守难攻，是唐蕃两军拼死争夺的战略据点。

面对如此险要的城堡，哥舒翰陷入了沉思。

自天宝二年以来，陇右节度使皇甫惟明、王忠嗣及羽林将军董延光等人，曾多次督军攻打石堡城，均以失败而告终。几次较量之后，王忠嗣望城叹息道："石堡城险固，唯天下之仅见。若要拿下石堡城，非要拿成千上万将士的性命去换不成！"

作为唐军的主帅，哥舒翰十分清楚，王忠嗣将军的告诫决非妄言。事实上，石堡城仅仅对于扼守湟水至西海药水道有利，却无法完全阻止吐蕃东进，在战略上并没有多大意义。因此，唐军以高昂的代价夺取石堡城，除对蕃军产生战役威慑以外，对于改变河陇地区的战争形势起不到多大作用。但它是唐朝的失地，又是唐蕃争锋的重要边塞之一，因此，皇上为攻取石堡城，几乎到了昼思夜想的地步，并以河东、河西、灵武及突厥阿布思等所部六万多人马相助，任他调遣。而他攻取石堡城的作战方略，也经皇上诏令获准，打与不打已经由不得他了。

天宝八年六月，一场夺取石堡城的攻坚战打响了。攻城的唐军加上突厥阿布思部，共有兵力六万三千人，而吐蕃守军仅仅数百人。但是，一夫当关，万夫莫开，蕃军据险而守，他们贮藏了足够的礌石和滚木，牢牢地封锁了通往城中的唯一山道。唐军以郎将高秀岩、张守瑜为攻城先锋，率五千精兵，猛攻数日，死伤枕藉，仍然不能得手。

　　"众将领。"这天，焦急万分的唐军主帅哥舒翰，决定罢战一日，召集众将领议事，重新部署兵力，以图速速拿下石堡城。哥舒翰正襟危坐，威严地逼视着众将领，一字一顿地说："攻城三日，我军死伤无数，石堡城毫发无损，难道要重蹈董延光的覆辙不成？"

　　"将军，石堡城实在难攻，不如……"一将军瞥一眼正在发威的哥舒翰，战战兢兢地说："前几次皇甫惟明将军、董延光将军不是都没能……我是说，不是将士们不用命，而是这石堡城实在是……"

　　"你想扰乱军心？"哥舒翰正在为攻城的事发愁，忽听有人怯战，怒不可遏，连声喝道："斩！拉出去斩首示众！"

　　"将军饶命，饶命啊将军……"该将军连声求饶，众将领面面相觑。

　　"临阵怯阵，扰乱军心，杀无赦！"哥舒翰想要他的人头重振军威，提振士气，喝令刀斧手行刑！

　　"众将军，再敢言退者，就是此人的下场！"哥舒翰怒目豹眼，环觑众将，然后问道："高秀岩、张守瑜何在？"

　　"末将在。"高秀岩、张守瑜二人心虚，战战兢兢出列。

　　"身为先锋，在战场上左顾右盼，畏葸不前，你二人可知罪？"哥舒翰逼视两位爱将，一字一顿地说："前两天的战况，我不深究。但是……但是，明日之战，你二人必须用命，身先士卒，全力搏杀，务必于日落之前攻克石堡城。"

　　"这……"高、张二人面有难色。

"难道你二人也抗命不遵,以身试法吗?"哥舒翰把脸一沉,喝问道。

"将军,非是我二人抗命不遵,而是时间局促,恐误了军情大事。"高、张二人毕竟是哥舒翰的心腹爱将,帐中虽有一颗血淋淋的人头,两人说话还是硬棒些。

"以三日为限,不可再争。"哥舒翰沉吟半晌,又说:"立下军令状,如果到期不克,军法从事!"

"遵命。"高、张二人齐声说道:"将军,三日定克石堡,如若到期不克,我二人甘愿献上项上人头!"

哥舒翰采用杀一儆百的招数果然奏效,攻城唐军不惜一切代价,冒着蕃军势若飞蝗般的箭镞和礌石,发起一轮又一轮的冲锋。攻城的第三天凌晨,哥舒翰还从军中挑选了百十来名善于攀崖的健儿,组成敢死队,从石堡城的侧翼攀爬上去,突然出现在城下,给蕃军以突如其来的打击。虽然大部分敢死队成员死在蕃军的滚木礌石、弓弩箭镞之下,但为唐军攻城赢得了时间。

第三日酉时,唐军终于以死伤数万人的代价,如期攻下了石堡城。此役,俘获蕃军大将铁刃悉诺罗以下四百余人,石堡城这个从草原直达河湟的战略要地,再次回到了唐军手中。

捷报传至华清池,唐玄宗十分欣慰,哥舒翰因军功拜特进、鸿胪员外卿,赐物千匹,赐庄园一座,加摄御史大夫。

一将功成万骨枯,唐军为攻取石城堡弹丸之地,惨死数万人之众,斩获仅数百人,果如哥舒翰的前任王忠嗣所预言,唐朝付出了高昂的代价。

石堡城之战,唐军付出的代价是惨重的,但是,对唐廷而言,收复石堡城带来的战略意义,却是不可估量的。

五

雄浑的黄河，丰饶的河曲。

由于石堡城的得而复失，一夜之间，战争的阴霾浓罩在草原上空，这里的静谧被打破了。

唐军取得石堡城之战的胜利之后，以此为契机，厉兵秣马，步步逼近，开始了收复九曲部落的战役。

九曲部落自景龙四年被杨矩贿买给吐蕃，已经整整四十三年了。这四十多年来，唐蕃两国为九曲部落的归属，上演了一幕幕纵横捭阖、惊心动魄的春秋大戏，但是，一场场大戏谢幕以后，河西九曲之地问题依旧，而数以十万计的表演者们却一个个沉沙折戟，命赴黄泉。

天宝十二年，陇右节度使哥舒翰动员陇右、河西及突厥阿布思所部的人马共十四万众，乘胜出击，以图收复河西九曲之地。战役前夕，他认真总结分析了以往对蕃作战的经验教训，一改往日长驱直入的战法，采取依托军镇、步步为营的战略战术，牢牢掌握战场的主动权。

这天，哥舒翰升帐，部署攻略河曲的方略。

"众将军，朝廷收复失地的决心已定，望三军将士谨遵皇命，奋勇杀敌，战场立功。"哥舒翰踌躇满志，毅然决然地说："此次作战，以军镇为依托，采取步步为营，稳扎稳打，灵活用兵的战法，以收复河西九曲。大军做好准备，三日后拔寨启程，进军洪济城。"

"遵命。"众将齐声呐喊，声若洪钟。

"中郎将田良丘听令。"哥舒翰熟读战册兵书，自然明白知己知彼，百战不殆的真谛，因此他命令道："着你率领步兵小队，乘夜渡过黄河，打探蕃军消息，如有异动，速速来报。记住，一定要胆大心细，千万不可暴露行踪。"

"末将遵命。"田良丘领命，出帐而去。

"高秀岩、张守瑜上前听命。"哥舒翰仔细打量眼前这两位心腹爱将，说："命你二人担任前部先锋，统率精骑二万，克日出兵，逢山开道，遇水架桥，拿下洪济城便是首功一件。"

"谨遵主帅之命。"二人昂首，领命而去。

却说高秀岩、张守瑜二位将军军帐领命后，带领本部人马，即刻起程，浩浩荡荡，奔洪济城杀来。

洪济城位于黄河右岸，系当年蕃军所筑，驻有蕃军五千人，守城蕃将为罗悉诺、阿蒙，都是蕃军中的悍勇之将。唐军攻城，早有探子报入城中，蕃将传令，准备迎敌。

不多时，唐军来到城下，霎时，将洪济城围得水泄不通。阿蒙性急，不待罗悉诺下令，便带本部人马出城迎战。罗悉诺无奈，只好率大军紧随其后，出城观敌瞭阵。

"来将何人，速速报上名来，本将军刀下不斩无名之卒。"唐将张守瑜指着蕃将喝道。

阿蒙"呜呀呀"一声狂叫，来到阵中。张守瑜见状，拍马上前，与蕃将战了起来。未及几个回合，观敌瞭阵的唐将高秀岩，窥视敌情，张弓搭箭，趁阵中二马错峰，朝蕃将面门就是一箭，弦音未落，蕃将应声坠马倒地，张守瑜复一枪结果了性命。

唐军见首战告捷，便奋力掩杀过去，蕃军不敌，四处逃窜，把一座河湾重镇洪济城丢给了唐军。

高秀岩命众士卒占领城池，打扫战场，迎接哥舒翰大军。哥舒翰遂以洪济城为据，调整兵力，步步为营，稳扎稳打，又收复了蕃军军镇九曲，驻守九曲的蕃军也尽悉被歼。

接下来，陇右节度使哥舒翰又攻取大莫门城，九曲之地尽归唐朝所有。哥舒翰奏请在当地分置郡县和军。于是，在临洮西 200 里的新置洮阳郡及神策军，在积石军西百里地新置浇河郡、宛秀军，以充实河曲之地。以临洮郡太守、漠门军使成如璆兼临洮郡太守，仍为神策军使。以前积石军使减奉忠为浇河郡太守，充本郡镇守使。至此，唐朝巩固了对河西九曲之地的占领。

史书载道："是时中国盛强，自安远门西尽唐境凡万二千里，闾阎相望，桑麻翳野，天下称富庶者无如陇右。"

战后，唐玄宗果然兑现诺言，封哥舒翰为西平郡王。当时，异姓人获得此荣誉的只有两个人。一个是陇右、河西节度使哥舒翰，凭借无数战功，获取西平郡王的封号。另一个则是身兼平卢、范阳、河东三镇节度使的安禄山，他却采用阿谀奉承，极尽谗言，博得玄宗李隆基欢心，窃取东平郡王封号的。

这一年的春节，为了渲染热闹的气氛，也为了庆祝唐军的胜利，鄯州各地的汉人村寨都耍起了新春社火。

西汉时，后将军赵充国为平息羌乱，率领汉军进入湟水，在湟水流域设置郡县，实行移民实边，推行屯田戍守，迁徙大量汉人屯垦戍边。这些汉人不仅带来了中原地区先进的农耕技术和儒家典籍，也将那里的的节俗文化带入河湟地区。隋唐沿袭汉代屯垦戍边的做法，在河湟流域遍置屯寨，汉人也大量增加。这些汉人远在河湟地区屯垦戍边，不能回归故里，只好用表演社火的形式，寄托对故乡的思念。因此，除了腊月初八举行傩祭和傩舞表演外，除夕守岁、元宵灯会、清明扫墓、中秋赏月等节俗活动，在这些汉人的村寨里蔚成风气。新春之际，村村寨寨，鼓乐喧天，歌舞四起，分外热闹。表演的节目主要有"大头和尚""花鼓""竹马儿""旱船""扑蝴蝶""五鬼闹判"等。近来唐军节节胜利，一些军旅节目如"西凉乐""敬德洗马""狮子舞""威风乐鼓"也在各地流行起来。

腊八傩日刚过，各屯寨按捺不住喜悦的心情，鼓乐喧天，歌舞蹁跹，开始将一台台社火送到署府县衙、节镇兵营。湟水县令李贽触景生情，突发奇想，与节度使府掌书记官高适等人相商，决定在正月十四到十六举行社火调演，以示庆贺。他们干脆在南门外校场扎结舞台灯棚，归置场地，一场热热闹闹的新春社火就此拉开序幕。

　　正月十五这天，鄯州朔风暂息，阳光普照，是高原少有的晴好天气。南门外校场鼓乐齐鸣，欢声阵响，一队队身着鲜亮服装的社火队已经入场。四面八方赶来观看这规模空前的社火调演的人群，已将校场围个水泄不通。昔日的阅兵台上，陇右节度使哥舒翰及各文武署衙的官佐将领，也早早入座，静候演出。校场的另一端，松篷搭桑，香烟缭绕，湟水县令率领几位屯寨的长者和司仪，正在举行祭祀活动。

　　稍顷，祭祀活动毕，司仪宣布社火演出活动开始，顿时，全场响起雷鸣般的欢呼声，鼓乐声、鞭炮声响彻云霄。随着一阵阵娓婉动听的乐器伴奏声，首先出场的是雒都寨的社火队，百十来个保田队的小伙子们舞龙耍狮，踩起高跷，舞起刀枪，在锣鼓点的指引下，浩浩荡荡开过来了。稍顷，安夷寨的旱船队开过来了，精壮的小伙子们妆扮起船姑娘来，维妙维肖，煞是好看，引来阵阵欢呼声。屯垦戍边中有不少是隋末唐初来的江南人，是他们把旱船这一表演形式带到了河湟。接下来上场的最后上场的是一支蕃人的队伍，只见他们头顶牛角，身披褐衫，舞动牛尾，踩着鼓点蹦蹦跳跳，恣态煞是好看。这些年唐蕃纷争，蕃地有不少人不堪忍受吐蕃政权的横征暴敛，也畏惧日益频繁的战争，纷纷来到河湟地带，寻求安定的生活。新春之际，他们也受到鼓舞，跳起了牦牛舞。最后上场的是一支上百人的军旅队伍，上百名军汉排成方阵，轮番表演军旅乐舞"秦王破阵乐""西凉乐""威风锣鼓"等，威武雄壮，颇具气势。

　　哥舒翰看着眼前的欢乐场面，兴高采烈地对高适言道："高参军，如此欢乐场面，不来首诗助助兴？"

"这有何难，遵命便是。"高适稍加思索，即兴吟道：

万骑争歌杨柳春，千场对舞绣麒麟。

到处尽逢欢洽事，相看总是太平人。

众人听后，赞不绝口，连声说道："好诗好诗，好雅兴……"

安史乱唐廷现危局　哥舒翰走河湟失陷

……河西陇右节度使哥舒翰，病废在家。上藉其威名，且素与禄山不协，召见，拜兵马副元帅，将兵八万，以讨禄山。仍敕天下，四面进兵，会攻洛阳。翰以病固辞，上不许，以田良仁为御史中丞，充行军司马，起居郎萧昕为判官，蕃将火拔归仁等，各将部落以从。并仙芝旧卒，号二十万，军于潼关……

《资治通鉴》卷二一七《唐纪三十三》

一

天宝十三年的深秋，陇右节度使哥舒翰收复了河曲，并在河曲地区设置了洮阳、浇河二郡，成立了宛秀、神策二军之后，凯旋鄯州。此刻的大唐，已经把边界推进到西海至黄河河曲以西一线。陇右是时自安远门西尽唐境凡万二千里，间阎相望，桑麻翳野，天下称富庶者无如陇右。

唐军大捷，阖府欢庆。

夕阳未尽，高适等幕僚们早已把节度使署府布置一新，高悬的宫灯，红色的帷幕，带彩的喜烛，还有一班龟兹的乐舞，整个署府大厅洋溢着欢乐和喜庆。去年，哥舒将军兼任河西节度使，爵封凉国公时，高适就想张罗一场规模盛大的庆功宴，可那时候战事紧张，只好放弃。但是，这件事一直萦绕在他的心头，久久不能忘怀。今天，哥舒将军凯旋，正好遇上他爵进西平郡王。要知道，目下能够享此殊荣的，只有哥舒将军和范阳节度使安禄山。好事连台，怎能不好好庆贺一番呢！

过不多时，哥舒翰在众将佐的簇拥下，步入署府大厅，在帅位上坐定。顿时，署府大厅内响起了优美悦耳的龟兹乐，由高适主持，按众将佐按照职衔，依次给他行礼祝贺。

"诸位将军。"哥舒翰开心地大笑，一一还礼毕，接着谦恭地说："今日之功，一仗皇上的洪福齐天，二赖众将军的齐心戮力。本镇何德何能，受此大礼啊。好，啥都不说啦，大家喝酒，一醉方休。"

于是，大家纷纷端起酒杯，给哥舒将军敬酒。

"哥舒将军，如果没有你的神勇和气魄，石堡、河曲二地怎能轻易收复啊？"哥舒翰的心腹爱将高秀岩端起酒杯，自豪地说："皇上封你为西平郡王，这是实至名归啊！"

"谁说不是哩。"另一爱将张守瑜也不甘落后，接过话头，恭维地说："将军一战收复石堡城，再战收复河曲地，使蕃军闻风丧胆，不敢踏入河湟半步。跟着您这样的统帅，将是我们的骄傲。"

"哎，如此佳期，怎么会没有诗呢？"酒过三巡，菜过五味，席间有一幕僚提议道："自从高大人来到军中，我们每宴都有诗歌助兴，今日哥舒将军的庆功宴上，高大人何不乘兴吟诵一首！"

"这个提议很好，在下就献丑了。"高适是节度使署的记事参军，又是文武兼备的一员骁将，和这些将军们厮混惯了，说话也很随便。此刻，他饮下一杯酒，沉思片刻，吟唱道：

许国从来彻庙堂，连年不为在疆场；

将军天下封侯印，御史台中异姓王。

"好一个'封侯印''异姓王'，这不是在说哥舒将军吗？"有人说："好诗，好诗。如此佳作，哥舒将军和高大人应当同饮一杯。"

说着，又是一阵推杯换盏，触筹交错。

"哥舒将军、高大人，我一介莽夫，不会吟诗作对。但今天在坊间听到一首好诗，学说出来给大家助助酒兴。"眼看着哥舒翰和高适满饮了一杯酒，有一将领跟着吟诵道：

北斗七星高，哥舒夜带刀；

至今窥牧马，不敢过临洮。

高适暗地一笑，心说：这不是西鄙老夫子的诗作吗，怎么这么快就传到军中来啦！他见大家都很高兴，又即兴吟唱道：

铁骑横行铁岭头，西看逻些取封侯。

青海只今将饮马，黄河不用更防秋。

……

这一夜，这些经历过生死搏命的将士们，在鄯州城的节度使署府痛痛快快地闹了一场，直到玉兔高悬。

几天后，哥舒翰和几个心腹将领在署府议事，说话之间谈到了朝政。

"诸位将军，凡为将帅者，须义勇无伦，忠贞有素，艰危效用，始终不渝。"哥舒翰面带忧色，闷闷不乐地说："然而，近观朝政，权贵当道，宵小专权。更有甚者，有人拥兵自重，尾大不掉，野心勃勃，恐我大唐又将面临多事之秋啊！"

"将军所虑者，属下也多有耳闻。"高秀岩一听，也无不郁闷地说："朝中传闻，范阳三镇节度使安禄山，依仗丞相李林甫的权势，谗媚圣上，专横跋扈，无耻之尤。"

"是啊，安禄山久居平卢、范阳，结党营私，扩充实力，朝廷如不加以阻止，恐其日后生变啊！"张守瑜也附声道。

"此人不学无术，擅长钻营，靠阿谀奉承求得高位，实在是边将中的败类。"高适曾在渤海谋事，对安禄山的行径一清二楚，今日见哥舒翰说起，便直言道："此人貌似憨傻，实则奸诈，大唐若乱，必是此人！"

"我今天找你们来，说的就是这件事。"对于安禄山，哥舒翰再熟悉不过了。以前，他对此人钻营舞弊、阿谀奉承的做派深恶痛绝，因此，两人之间绝少往来。最近，他收到右相杨国忠的密函一封，言及朝政，称安禄山结党营私，招兵买马，扩充实力，日久必生变故，要他注意时局，严加防范，一旦安禄山滋事生变，也好有个应付。这几天，他茶饭不思，夜不能寐，脑海里尽想着这件事情。按理说，朝廷有事，作臣子的只能全力以赴，责无旁贷。然而，吐蕃新败，河陇局势刚刚有些平静，一旦中原生变，吐蕃决不会作壁上观，河陇的大好形势就会毁于一旦！为此，哥舒翰踌躇了。今天，他考虑再三，决定未雨绸缪，抢在安禄山作乱之前，把河湟的事情向部下做个交代。他经过一番深思熟虑，然后严肃地说："二位将军，种种迹象表明，安禄山、史思明原形已然毕露，反叛朝廷也在须臾之间。届时，我有可能率大军赴关中勤王，鄯州的防务就托付给二位了。陇右大军如果东撤，吐蕃不可能没有行动，而蕃军入侵的第一个关口，便是石堡城。高将军，你对石堡城情况比较熟悉，石堡城乃至鄯、廓二州的防御就交给你们啦。"

山雨欲来，未雨绸缪，哥舒翰已经开始最坏的打算……

264

二

山雨欲来，乌云压城。

当安禄山、史思明起兵造反，进逼洛阳的时候，贪图享乐，纵情声色的唐玄宗李隆基，还沉浸在绝代佳丽温馨的怀抱里，继续做他开元盛世的春秋大梦。

唐玄宗李隆基在位年久，放纵享乐，怠于朝政，纲纪日下。尤其纳了儿媳杨玉环为贵妃后，罢免贤相张九龄，任用佞臣李林甫、杨国忠，更加沉溺酒色，从此，国政渐乱，纲纪不振。

俗话说，一人得道，鸡犬升天。自从杨玉环进宫以后，但凡她的父、母、叔、兄，死了的追赠，活着的封官，就连她的从兄杨钊，也被封为侍郎。杨钊何许人也？杨钊是武周时期的武则天的"面首"张昌宗之子，因为寄养在杨家，所以姓杨叫杨钊。受封这天，李隆基认为杨钊的"钊"字有金刀之相，带有杀气，便赐名为"国忠"。从此，杨钊不但成了当朝国舅，而且有了一个响当当的名字杨国忠。不久，他又官拜右丞相，权倾一时。

丞相李林甫占据朝纲十八年，妒贤嫉能，陷害忠良，卖官鬻爵，恣意妄为，向有"口蜜腹剑"的恶名。杨国忠当上侍郎以后，与时丞相李林甫及宦臣高力士，沆瀣一气，相互勾结，上欺皇上，下压群臣，闭塞言路，排斥贤才，骄奢淫逸，垄断朝政。李隆基为了放纵享乐，便把朝政交付于这样几个奸佞处置，可谓荒唐至极。好端端的一个大唐王朝，被他们一伙搞得乌烟瘴气。

开元十年，为了便于管控辽阔的疆域，加强对军队的控制，在全国设置了九个节度使和一个经略使，又将濒于崩溃的府兵制，改为募兵制。李林甫乘机提拔任用了一批外族番将充任边将。李隆基好大喜功，这些边将便屡屡挑起对外战事，以邀战功。以致节度使成为区域间集军、政、民为一体的方镇，久而久之，形成节度使尾大不掉的局面，也为以后藩镇割据留下了祸根。

时有范阳节度使安禄山，营州人氏，本姓康氏，乳名轧荦山。其父为胡人，母阿史德氏是个突厥族巫婆。因其父早亡，他从小随母在突厥人部族生活。开元初年，其族破落，他纠结一伙突厥伙伴逃奔幽州军旅，做了幽州节度张守珪的义子。开元二十八年，安禄山因作战骁勇，被任为平卢兵马使。他秉性机灵聪慧，善于钻营，以重金贿赂过往官员，便很快受到李隆基的赏识和重用。奸相李林甫又一味迎合唐玄宗，都说安禄山的好话，很快，他又被任为代理御史中丞、平卢节度使。天宝三年，他又接替裴宽兼任范阳节度、河北采访、平卢军等使等。后来，野心勃勃的安禄山，竟请求当了杨贵妃的养子，从此，平步青云，炙手可热。天宝十年，安禄山进宫朝拜唐玄宗，又请求担任河东节度，唐玄宗竟授给了他。还将他的大儿子安庆宗，任为太仆卿；小儿子安庆绪，任为鸿胪卿。之后，安禄山又与皇家结亲，给儿子安庆宗娶了皇太子的女儿为妻。

其实，安禄山是个野性十足，权欲熏心的人。尤其他一身兼任平卢、范阳、河东三镇的节度使以后，野心进一步膨胀，时刻想着推翻大唐王朝，建立一个安氏天下。于是，明面儿上，他如此乐此不疲地交结权贵，巴结贵妃，讨好皇上，把自己掩饰成一个忠于朝廷、孝敬皇上的大忠臣。暗地里却交结死党，招兵买马，屯集粮草，扩充实力，窃得时机，以求一逞。

天宝十四年冬，安禄山、史思明终于在范阳起兵，举帜造反，这便是"安史之乱"。起事这天，安禄山打着讨伐奸相杨国忠的旗号，率领平卢、范阳、河东三镇叛军主力和从突厥等处借来的骑兵共十五万众，晓行夜宿，饥餐渴饮，浩浩荡荡，向东都洛阳进发。

安禄山、史思明叛乱的消息传到长安，玄宗皇帝李隆基正在华清池与杨贵妃演奏《霓裳羽衣曲》。当杨国忠惊慌失措地把这一消息禀报给皇上时，李隆基一皱眉头，不以为然地说：

"有这种事？这是从哪儿来的谣言？"

"不会的，陛下。"杨贵妃先是一惊，继而一笑，嗔怒地说："陛下待禄山情同父子，禄山哪能造反呢？这肯定是哪个言官嫉贤妒能，在恶意中伤他哩！"

"陛下，微臣所奏，句句是实。"杨国忠惊魂未定，悲哀地说："这会儿，安禄山、史思明叛军已经打到河南的陈留啦！"

"什么？这……这是真的……"李隆基像泄了气的皮球，一下子蔫了，语无伦次地说："安禄山他……他怎么会……朕待他不薄啊，他怎么会……"

安禄山、史思明叛乱反唐，朝野一片骇然。玄宗李隆基平时歌舞升平，恣意放纵，全然不把朝政放在心上，任由李林甫、杨国忠之流胡作非为。现在到了生死危亡的关键时刻，朝廷竟派不出一支可用之兵，就连拱卫皇宫的羽林军，也是临时从市井商贩中募集而来的。这样一支军队，怎能和叛军的虎狼之师相抗衡呢？为了防止叛军西进潼关，朝廷只得打开皇家仓库拿出绫罗绸缎来招募士卒，又命高仙芝、封常清为统兵主将，仓促开赴潼关。

"安史之乱"暴发后，前方战报像雪花一样传进宫内：

天宝十四年十二月，安禄山叛军攻取陈留，河南节度使张介然城失殉难，首级被叛军传到河北；叛军屠杀投降官兵，死亡六七千众……

同月，叛军进攻荥阳，荥阳太守崔无波奋力抵抗，城破殉难……

同月，叛军进军洛阳，洛阳留守李憕、中丞卢奕、采访使判官蒋清烧毁河阳桥，以阻叛军；旋即，洛阳失守……

天宝十五年正月，安禄山僭越称帝，国号大燕，建元圣武……

大明湖畔的大明宫。

267

唐玄宗李隆基早就没有了昔日的儒雅风流和闲情逸致，呆坐在大明宫，六神无主，乱了方寸。

"陛下，事到如今，您看派谁出征……"杨国忠心绪惶急，也拿不出什么好的主意。

"拟旨，速诏汉阳太守王忠嗣进京，封征讨大元帅……"危难之际，李隆基想起了一年前被贬为汉阳太守的王忠嗣。

"皇上，王忠嗣他……他已于半年前病逝了。"内侍总管高力士低头瞄一眼皇上，嚅嗫地说："以奴才之见，应该速调西平郡王哥舒翰、九原太守郭子仪二位将军进京，挂帅出征。"

"哥舒翰、郭子仪……"李隆基听后，颇费踌躇，迟疑地说："郭子仪尚可，但是，如今的西北边陲形势也岌岌可危，哥舒翰动不得呀。"

"皇上，安禄山大军压境，直逼京畿，长安危如累卵。"高力士看看皇上方寸已乱，便力劝道："西北边陲形势再危，那也是疥癣之疾，可安禄山进军急迫，这才是心腹大患啊。皇上，为了李唐的江山社稷，也为了朝廷的安危，您还是下决心吧！"

"这……"李隆基心想，事到如此，只能先顾了眼前再说。于是，他急忙颁诏，令哥舒翰率领陇右、河西戍边之兵火速开往关中，勤王救驾；擢任兵司使郭子仪为朔方节度使，率山西各路兵马在侧翼征剿叛军。

三

哥舒翰接到勤王的诏书时，他已经调集宛秀、神策二军共万余人马，准备从鄯州启程，直奔关中，勤王救驾。

早在前几日，他根据河陇地区的形势，已经做出勤王救驾、河陇戍边的通盘考虑，以六百里加急呈报朝廷。如果按他这个部署，抽调五万人马勤王救驾，河西、陇右两个方镇尚有五万人马，如此，既是吐蕃入寇，尚能应付局面。可是，皇上诏书在此，严令河西、陇右两节度使主力尽数东撤，全力征剿安禄山、史思明叛军。

哥舒翰心里十分清楚，安禄山、史思明叛军猖獗，大唐已经到了万分危急的时刻，否则，朝廷是不会把戍守边疆的军队尽悉调走。可是，调走了戍边军队，无疑是把河陇地区大好河山拱手让给了吐蕃。哥舒翰也清楚，当前朝廷能与安禄山、史思明相匹敌的，只有安西副都护兼四镇知兵马使高仙芝、朔方节度使张齐丘、剑南的杨国忠和陇右的他。这时，前方又传来高仙芝因战事失利，已被朝廷冤杀，张齐丘也与叛军殊死激战，胜负难料的消息。如果他此时不起兵前往，大唐王朝可就危矣！

在这进退两难之际，他这个河西、陇右两镇的节度使，深感势态严重，沉吟不决。然而，此刻的李隆基，已经被叛军搅得头昏脑涨，六神无主，竟然置陇右、河西防务于不顾，连下几道圣旨，迫令哥舒翰穷尽河、陇之兵，急驰关中，勤王救驾，征剿叛军。

于是，哥舒翰对河陇防务作了安排，起兵前往关中，勤王平叛。然而，哥舒翰毕竟年岁已高，刚率河陇之兵入关，便积劳成疾病倒了。唐玄宗命他出兵潼关，他在病榻上致书皇上，以疾病为由，极力推辞。玄宗不许，诏令太子李亨统兵东讨，以哥舒翰为太子先锋兵马元帅，领河西、陇右之兵，固守潼关，以拒叛军。哥舒翰无奈，抱病出征，兵至潼关。他奉旨镇守潼关，审时度势，思之再三，也采取了与高仙芝、封常清相同的策略，固守险要，以疲敌师。叛军为哥舒翰的威名所忌惮，竟隔河相望，迟迟不敢发动对潼关的进攻。

按哥舒翰的谋略，唐军坚守潼关，迟滞叛军进攻，待郭子仪、李光弼勤王兵至，然后实施反击，一举歼敌主力。但是，唐玄宗求胜心切，又接连发出命令，催其出关决战。此时的哥舒翰，病疴沉重，已经无法骑马作战了，便再次致书玄宗，陈述病情，亟盼请辞。李隆基以为哥舒翰居功自傲，是在装病，一面严加斥责，一面又加封哥舒翰为尚书左仆射、同中书门下平章事之职，再令他出关作战。哥舒翰迫不得已，让士卒将自己抬在担架上，恸哭出关，屯兵于灵宝西原。

灵宝南靠大山，北临黄河，中间是一条七十里长的狭窄山道。叛军早已依地形设伏，只等着唐军闯入天罗地网。

这天，唐军前锋与叛军接战，叛军以诱军之计引其前锋进入埋伏圈，后援十万大军紧随其后，也被诱入隘路。这时，叛军伏兵从山上砸下无数滚木礌石，唐军死伤枕藉，遭到重创。

哥舒翰见大势不好，急令毡车在前面开路，前往驰援。但是，叛军早把数十辆点燃的草车推下山谷，顿时烈焰熊熊，火光冲天。唐军在烟雾中看不清目标，只知道胡乱放箭，直到日落时分，弩箭用尽，才发现没伤到敌人分毫。此时，叛军统帅崔乾祐命令精锐骑兵从唐军背后杀出，前后夹击。唐军乱作一团，溃散逃命，掉进黄河淹死的就有几万人，绝望的号叫声惊天动地。战后，哥舒翰清点人数，二十万大军，仅仅剩下八千余人了。

后来，哥舒翰兵败被俘遇害，潼关大门洞开，安禄山麾军长驱直入，京师长安陷落。唐玄宗带着杨贵妃兄妹，还有自己的皇子、皇孙，加上文武官员和羽林军将士数千人，仓皇逊国，逃往蜀地。队伍行至马嵬驿，羽林军将士哗变，提出处死杨国忠兄妹，否则，大军不能前行。李隆基无奈，只好诛杀了杨国忠及其党羽，又以三尺白绫赐贵妃杨玉环死，哗变才得以平息。

太子李亨奉唐玄宗之命，北幸灵武，招募兵勇，抵御叛军。这年七月，李亨率众抵达灵武，在宦官李辅国的拥立下，奉唐玄宗为太上皇，自己登基称帝，改元至德，是为唐肃宗。

安禄山占据长安后自称大燕皇帝，年号圣武。

经过八年时间的平叛，这场叛乱才得以平息，但大唐王朝却由此由盛转衰，盛况不再。这是后话，不提。

消息传到吐蕃，吐蕃赞普赤松德赞抓住这个机会，厉兵秣马，伺机进军河陇。战争的阴霾，在吐蕃大地上蔓延。

冈什察尔雪峰环抱下的格桑草原，在夏日里显得格外恬静。乌里雅吉河缓缓地流淌，滋灌着生机勃然的大草原，一群群牛羊在水草肥美的草原上滚动，尽情地享受着大自然的馈赠。

切吉跛着那条在战场上被汉人的箭镞射残了的右腿，看着在开满格桑花的草原上嬉戏的妻子和儿女们。每当看到这样的场景，他总是笑盈盈地哼着蕃人的民歌，沉浸在美妙的惬意之中。

切吉回到格桑草原已有五六年时间了，他和拉姆生的第一个孩子是个女孩，已经五岁了。他们的第二个孩子是个男孩，刚迈开蹒跚的步履，开始咿呀学语，就显露出一般男孩子们所特有的顽皮和淘气，在母亲又有身孕而显得有些臃肿的身躯旁撒娇。

在格桑大草原上，拉姆的生活是幸福的。尽管她牧放的数以千计的牛羊全部都是格桑老爷的财产，就连她自己也不是自由身。然而，身边自从有了切吉，脸上的阴霾早已散去，始终绽放着灿烂的笑容，失而复得的心上人带给她的不仅是几个充满阳光的孩子，还有对生活的希望和憧憬。

"切吉，你看小确布，又欺负他姐姐了。"拉姆指着把姐姐当马骑的儿子确布，呵斥道："确布，快下来，这孩子。"

"没事儿阿妈，弟弟在跟我玩呢。"女儿卓玛已到了玩骨揪的年龄，对于弟弟的嬉闹毫不在意，小手一指，说："你看阿爸，愁眉苦脸的。"

"切吉，你……这是咋了，心事重重的？"拉姆这才注意到切吉愁眉锁眼，充满心事的样子，心里一紧，紧着问："这日子过得好好的，你发哪门子愁啊？再过两个月，这老三就出生了，你这做父亲的，该高兴才对呀。"

"唉，这孩子来得不是时候呀。"切吉叹息着，郁闷地说："又要变天了，我们该咋办哩。唉，这世道……"

突然，草原上传来一阵急促的马蹄声，格桑府的管家邦荣带着两名蕃兵，向切吉他们驰来。

"是邦荣管家……"切吉疑惑地望着几位不速之客，脸上掠过一缕不祥的神色。

瞬间，快马已到了他们跟前，邦荣管家连马都没下，傲慢地说："切吉，你听着，赶紧挑一百头牛，二百只羊，送到格桑老爷府上。你也备好行李，随部落的人马一起走。"

"管家老爷，牛羊的事好办，不用半天时间，我就能送到老爷府上去。"切吉赔笑着说："至于我嘛，还得烦请管家老爷在格桑老爷面前美言几句，一来在鄯州与唐军作战时瘸了一条腿，实在没办法随部落行动。再说，再过一两个月，拉姆就要生了，您说我能离得开吗？"

"嘿嘿。"管家狞笑着，断然拒绝道："王廷要和唐朝开战了，草原上的青壮男子都要应征去打仗，就连身带伤残的人，也要随征当伙伕、马伕什么的，你能免得了？别做梦啦，快收拾收拾，后天就要出发哩。"

"管家老爷，我……"切吉话没出口，管家的马已经蹿出去几丈远。切吉呆呆望着奔马扬起的尘埃，自言自语地说："该来的还是来了。"

"切吉，这么说，你……又要离开我们哩。"拉姆面对眼前发生的事情，犹如晴天霹雳，不知所措，眼泪刷刷地流下脸颊。半晌，她扑在他的怀里，脸贴在切吉的胸前呜咽地说："十几年前想你，盼着嫁给你，做卓嘎阿妈的儿媳妇。可你走了，留给我的却是无限的思念和扯盼。是白度母大发慈悲，在我绝望的时候把你送到我的身边，才有了这几年幸福的光景。

可如今你又要抛下我，你让我……让我和孩子们……咋活哩……"

"拉姆，人的命运是前世注定了的，我们要认命哩。"切吉牙根咬得"咯咯"响，却安慰妻子说："放心吧，拉姆，我会安全回来的。听管家老爷说，我们这些残废了的人，不就是在部落里喂喂马烧烧饭，不会上战场的。用不了一年半载，还不得回到你的身旁吗？我倒是担心你，又是牛羊又是孩子的，又该受苦遭罪哩。"

"切吉……"拉姆哭泣着茫然地点点头，抚摸着隆起的肚子说："这孩子来得不是时候呀……唉，这个可诅咒的世道……"

广袤的格桑草原上，传来一阵阵凄怆的哭泣声、诅咒声……

四

却说，中原发生"安史之乱"，哥舒翰率领河陇八万将士赴关内勤王，河陇地区二十一军州，仅有二万将士在苦撑局面。

吐蕃赞普赤松德赞，抓住河陇地区防御空虚的有利时机，以陇右为突破口，大规模入寇大唐疆域。于是，数十万吐蕃大军，犹如决开了闸口的洪流，漫向陇右，漫向河西，漫向剑南……

天宝十四年秋，吐蕃大将论绮力卜藏、尚·东赞率蕃军入侵洮州，攻城略地，烧杀掳掠，不久，洮州城陷于吐蕃。冬十月，蕃军大破石堡城，攻陷鄯州。鄯州本为陇右节度使治所，节度使郭英义抵挡不住吐蕃的进攻，遂移治廓州，河西地区门户洞开。蕃军乘胜追击，唐朝设在河湟地区的威戎、神威、定戎、宣威、制胜等军相继沦陷。

唐肃宗上元二年，吐蕃又兵分两路，一路以论绮力卜藏为主将，统兵五万，入寇剑南，松州告急。另一路以尚东赞为主将，统兵五万，再度攻入河湟，直逼廓州、鄯州。已经卸任陇右节度使的郭英义，虽接到朝廷调令，仍率领残余唐军，据守廓、鄯二州，与蕃军进行殊死的搏杀。

这一年，在郭子仪等将领的进攻下，山西、河北的平叛战争取得节节胜利，唐肃宗终于松了一口气，把目光再次投向战乱迭起的剑南、河陇地区。为了抗御蕃军对剑南的侵扰，他不得不将陇右宿将郭英乂调任卫羽林军大将军，调往剑南西川任节度使。又将凤翔府尹李鼎调任为陇右节度使，统兵一万，火速驰往鄯州。

春寒料峭，满目凄凉。

李鼎大军一进入鄯州境内，映入眼帘的是到处可见兵火的遗迹，以及荒芜的村舍和农田。寒风乍起，吹散弥漫的血腥味，刮过来三两声凄厉的号角，使人顿添山河破碎、满目疮痍的感觉，也激发出唐军奋勇杀敌、收复失地的信心和决心。

陇右节度使李鼎和长史王恩并辔而行。他难抑内心的愤慨，怅然道："唉，当年如果朝廷能采用哥舒将军的谋略，吐蕃的铁蹄怎能轻易入寇河陇，鄯州何以遭此劫难啊！"

"是啊，'安史之乱'，朝廷调河陇之兵平叛，给了吐蕃可乘之机！"王恩叹息一声，感慨地说："李将军临危受命，出任陇右节度使一职，担子不轻啊！将军，看到这兵刀叠加、满目疮痍的景象，接下来您将怎么办？"

"此次出征陇右，朝廷只给我一万人马，加上我在凤翔府的三千府兵，总共只有一万三千人马。唉，杯水车薪，如何能阻挡得了五万蕃军的攻势哩。"李鼎也是马上战将，骁勇无比，现今临危受命，走马上任，十分清楚河陇的形势。他思虑再三，坦言道："要想扭转河湟战局，非一人之力所能为也。当务之急，要火速联络河陇各地的唐军和屯寨，形成合力，协同作战，方能稳定局势，进而驱逐吐蕃，恢复大唐的统治。"

少顷，他吩咐道："王大人，到了鄯州以后，你务必尽快草拟文书，火速派人送往廓州、凉州，知会羽林军大将军郭英乂、河西节度使杨志烈，派员来鄯州议事，共商抗蕃……"

李鼎话音未落，一阵惊呼在他身后响起，打断了他的话头。

"西面山谷驰来一彪人马……"

"不好，有蕃军杀过来了！"

李鼎举目一望，山川萧索的旷野里，腾起一团烟尘，其快如风，转眼间驰出沟谷，朝唐军冲来。

李鼎迅速指挥军队，准备迎敌。他身边的将领们，也纷纷立马路边，挺枪持刀，跃跃欲试。

一时间，原野上杀气腾腾，弩张弓拔，一场血战就在眼前。

突然，对方军中一将跃马而出，高声呼喊："前面可是新到任的陇右节度使李鼎将军？"

"正是。"李鼎尘埃中辨不清对方的旗帜，大声问道："你们是谁？如何知道本将军的名讳？"

"果然是李鼎将军！"来将一听，惊喜地说："末将是陇右经略副使吴彪，奉郭英乂郭将军之命，前来迎接李将军。"

"郭将军现在何处，快快带我去见。"李鼎忽见吴彪满身征尘，浑身血污，不解地问："吴将军，你这是……"

"郭英乂将军日前去廓州征剿蕃军，尚未返回，鄯州城只留卑职守候。"吴彪军前施礼，然后笑了笑，一副满不在乎的样子说："将军有所不知，刚才与一队蕃军遭遇，厮杀了一场。蕃军约有数百人众，已经尽数被歼。不瞒李将军，自从唐军主力勤王救驾，东撤关中，蕃军乘机经常来犯，像今天这样的战斗，几乎天天都有，我们已经习惯了。"

"吴将军真豪杰也。"李鼎爽朗一笑，然后急切地说："请前面引路，我们前去鄯州城。"

于是，大军重启行程，浩浩荡荡，直奔鄯州而来。

两天后，郭英乂满身征尘，从廓州返回。

李鼎将他迎进署衙，恭顺地说："久闻郭将军大名，今日得见，果然豪气干云，威风凛凛。"

"李将军过奖了。"郭英乂谦逊地笑了笑，然后阴郁地说："李将军，从即日起，陇右这副烂摊子就交给你了。说来惭愧，吐蕃陈兵西海，虎视眈眈，如今的河陇，形势危若累卵，要想固守大唐的这片土地，难呐。"

"郭将军，皇上把这副担子交给末将，就是再险再难也得挑起来。"李鼎稍加思索，谦逊地问："陇右地广人稀，兵力不足，要想不负圣命，保住这片土地，郭将军有何良策，可传授李鼎一二。"

"四处受敌，疲于奔命，哪有什么良策哩。"郭英乂思之良久，缓缓地说："临别之际，送将军两句话：加强与河西、剑南两节镇的联络，一有警讯，可以互相驰援；倚重州县丁壮，弥补兵员不足。"

"将军所言极是，我将谨记于心。"李鼎若有所思，点点头说。

送走了郭英乂，李鼎便集中精力，加强鄯州、廓州各地的防务，又广泛联络各地的民间武装，企图在军力严重不足的情况下，军民合作，构筑起一道抵御蕃军的牢固防线。

然而，春光不再，独木难支，唐王朝在河湟地区的统治将面临崩溃……

五

湟水呜咽，残阳如血。

鄯州城四门紧闭，吊桥高悬。守城的军民在陇右节度使李鼎的指挥下，张弓搭箭，手执兵刃，严阵以待，一个个伫立在城头。他们已经记不清击退了蕃军的多少次进攻，也不知道能不能守得住这座城池，但是，他们清楚，这是大唐的疆土，只要大家还有一口气，决不能让这座有着数百年历史的古城遭到毁灭。当然，他们还得到一个确切的消息：早在三天前，廓州、兰州、凉州等地已经沦陷，也就是说，既是他们想弃城逃跑，也没有后路了。

送走剑南西川节度使郭英乂以后，李鼎接连与入寇河湟地区的蕃军打了几仗，曾一度收复积石、威戎、神威、定戎等军镇和鄯城县。但是，此时剑南的巂、松二州早已沦陷，成为蕃军大举入蜀的大本营。而在河西，蕃军攻势猛烈，凉州、甘州、肃州相继失陷，河西节度使杨志烈孤守瓜州。陇右诸州，洮、临、成、河、廓等州已为蕃军占领，河湟地区只剩鄯州孤城一座，守城唐军在强大的蕃军重围下负隅顽抗。

城楼上，李鼎按剑而立，神色严峻，威风凛凛。连日的厮杀，已经使这位临危受命、刚到任三个月的凤翔府尹，忘记了畏惧也忘记了家人，仅从城下尸体枕藉，血迹盈野的惨状不难看出，这里发生的战事，是空前惨烈的！

昨天凌晨，数万蕃军挟势而来，对鄯州城发动了新一轮的攻势。一时间，湟水谷地鼙鼓齐鸣，杀声震天，蕃军像潮水般向鄯州涌来。

李鼎披挂停当，率领三千步骑冲出南门，前往迎敌。两军阵前，蕃军主将尚东赞手执钢叉，高声叫道："唐军主将上前答话。"

"尚东赞休得猖狂，我来也。"李鼎拍马上前，挺立阵中，义正词严地说："尔等鼠辈，不在草原上放你的牛羊，却乘我国危难之际，侵我疆域，掠我城池，劫我财物，杀我同胞，无耻之尤。今天两军阵前，不是你死，就是我亡，你还有啥话可说？"

"久闻李将军大名，今日一见，果然名不虚传。"尚东赞不急不恼，侃侃而谈："李将军不愧是上邦之名士，说起话来，义正词严，滴水不漏。大唐是礼仪之邦，我有幸也在国子监求学三年，还曾与酒仙、诗圣谋过面哩。你我今天阵前相遇，难免一场殊死的搏杀，但我还是要劝你，请你让出鄯州，我放你鄯州百姓一条生路。"

"果然是国子监的门生，说起话来还带点大唐遗风。"李鼎无不讥讽地笑了笑，说："尚东赞将军，岂不闻两军阵前，但有断头将军，无有投降将军。事已至此，废话休提，快放马过来，你我阵前一搏！"

言讫，跃马扬威，挺枪叫阵。

"李将军，杀鸡焉用宰牛刀，这一阵首功就让予小将吧！"说话间，唐营中冲出一员虎将，耀武扬威，杀向敌阵。李鼎见是营田副使马汉勇，知道此人杀法骁勇，机智沉着，便放心地退回唐营，观敌掠阵。

"主将退后，待我生擒唐蛮。"蕃阵中也冲出一员蕃将，生得鹰隼其目，豺虎其形，健勇异常，挥舞着一根浑铁大棍，杀进阵来。

李汉勇见蕃将面目狰狞，鬓发飞张，再看手中的大棍，料到此人必是力大悻勇之人，便悄悄扯弓搭箭，窥得机会就是一箭。一支狼牙大箭正中蕃将咽喉，"扑通"一声栽下马来。

蕃将中箭落马，蕃军阵中一阵骚动，李鼎乘机大枪一挥，指挥唐军掩杀过去。蕃军见状，仓皇迎战。顿时，唐蕃两军搅在一起。

战场上，一方是人多势众、强悍无比的草原斗士，仗着连日的胜绩，奋勇向前，恨不得把对方一口吞掉；一方是刀枪闪亮、身怀绝技的军旅彪汉，绝地反击，拼命捍卫身后的城池。双方虽然兵力悬殊，但在生死攸关的时刻，都能把各自的长处发挥得淋漓尽致。战场上不断有人中枪倒地，形势空前惨烈。然而，蕃军数倍于唐军，又多为骑队，战不多时，战场上的优劣已经显现出来：唐军不支，逐次退却，鄯州危矣！

就在这危急时刻，蓦然间，从蕃军侧后杀来一支骑队，冲进蕃阵，一阵厮杀。蕃军眼看胜利在望，岂料，后军杀入一支劲旅，顿时大乱，惶遽之间向后撤退。李鼎见援军已到，便大枪一挥，三千甲兵齐声呐喊，冲杀过去，蕃军大败，死伤无数。

李鼎收兵，再瞧援军，心里直犯嘀咕：这支千余人的队伍，没有旗帜，没有唐军号服，身着杂七杂八的衣服，如果不是在血肉横飞的战场上相遇，谁能相信这是一支骁勇善战的军队！

李鼎疑惑未定，待要发问，忽见骑队中为首的一员骑将，滚鞍下马，向前施礼道："李将军，恕草民救援来迟，让将军受惊了。"

"你……"李鼎戍守鄯州多日，不知附近还有唐军，再说他口称"草民"，情知不是唐军，便致谢道："谢谢壮士，如若你们再迟来一会儿，鄯州城可就危险了。敢问志士，你们从哪来，如何知道今天的战事？"

"将军有所不知，我们本是湟水、鄯城二县的屯民。"这位年轻的骑将笑了笑，接着说："自大唐以来，我们祖祖辈辈都是屯垦戍边的屯民。'安史之乱'，哥舒将军尽起河陇之兵，赴关中勤王救驾，河湟防务空虚。蕃军趁机大举入侵，留守唐军不敌，河湟地区惨遭蕃军铁蹄的蹂躏，就连我们的屯寨也饱尝兵刀荼毒。但我们是大唐子民，亲人罹难，家园没了，我们只好拿起刀枪，和唐军一起抵抗蕃军。然而，我们又不是在编的唐军，享受不到士卒的待遇，就连武器、服装、马匹也都要自己解决。即便是这样，我们还是打了不少的仗，杀死了不少敌人。后来，仗越打越大，越打越残酷，唐军死的死逃的逃，终于不见了踪迹，我们的兄弟也损失很多。我们中有很多人是军户，按大唐律法，不脱籍是入不了关的，所以，只好留下来打游击。"

"原来是这样。"李鼎把他们带进城，暂时安顿到军营，然后带那位年轻的骑将，来到署衙。李鼎笑着说："说了半天话，我还不知道你的姓名哩。你叫什么名字，在军户队里担任什么职务？"

"回将军话，我姓李，叫李志勇，是鄯州一带军户队的统领。"那位年轻的骑将回答说。

"军户队的统领……"李鼎在战场上见识了他们英勇杀敌的本领和气概，又见小伙子聪明伶俐、武艺高强，于是说："愿不愿意跟着我？

如果愿意，就把你们编入唐军吧，名称就叫军户营。"

不久，蕃军主将尚东赞纠集十万人马攻打鄯州。这时，兰州、会州、渭州都已失陷，鄯州成为一座孤城，陇右节度使也名存实亡。于是，在一个漆黑的夜晚，李鼎带领残兵败将，奉诏弃城而去。

李志勇最终还是脱离了唐军，带着他的那支伤亡惨重的军户队，神秘地消失在祁连山深处……

第.十七章

郭令公计收长安　长庆盟鄯州易帜

……戊寅。吐蕃入长安，高晖与吐蕃大将马重英等，立故邠王守礼之孙承宏为帝，改元置百官，以前翰林学士于可封等为相。吐蕃剽掠府库市里，焚闾舍。

长安中萧然一空……

《资治通鉴》卷二二三《唐纪三十九》

一

岁在辛丑，时至初冬。

距离小雪尚有半月光景，凛冽的西北风就卷起了漫天大雪，越过祁连，刮过达坂，由西海一路向东南而来。倏忽间，鄯、廓二州六县，天地间混成一片无边无际的苍茫白色，数不尽的城堡屯寨都被吞没在了无边的风雪之中。

一夜醒来，陇右道鄯州府的百姓们骇然发现，呼啸而来的西北风带来的除了酷寒的大雪之外，还有蕃军的滚滚铁骑！

　　石堡城破、鄯州陷落、唐军溃退的消息，像瘟疫一样在迅速地扩散蔓延，百姓纷纷逃离家园。昔日雄浑壮观的鄯州城，竟骤然间光彩尽失，雄风不再！

　　一场旷日持久的安史之乱，使大唐大伤元气，从此由盛转衰，国力式微。吐蕃抓住这个千载难逢的机会，以"助唐灭叛"为由，迅速兴兵东进，深入大唐纵深，攻占凤翔以西、邠州以北的十数座军州，陈兵关中，直逼长安。唐代宗宝应二年十月，蕃军又大举攻唐，出兵占领乾州，挥师长安。唐代宗李豫畏战，率众逃往陕州避难。于是，蕃军长驱直入，顺利占领大唐都城长安。

　　蕃军占领长安后，一方面大肆抢掠财物，搜罗美女财帛，尽悉送往城外的蕃军大帐。另一方面，又在皇室宗亲中找到雍王李守礼之子、广武王李承宏，拥立为大唐天子，以为吐蕃的傀儡。

　　当时，唐廷穷于应付藩镇割据，兵力捉襟见肘，在长安周围没有部署军队，唐代宗无计可施，便急忙下诏拜郭子仪为关内兵马副元帅，要他火速入关，收回长安。此时的郭子仪，手中既无战将又无兵卒，仅有二十余骑随从。尽管如此，但他毫不犹豫，匆忙从神都洛阳出发，一边行进，一边招募人马，到武关时，已收拢散兵游勇四千余。当他带着这些勉强收拢起来的士卒到达蓝田关时，各路勤王之师才相继抵达关中。

　　此时，蓝田关城已为蕃军占领，挡住了他们的去路，于是，他们把大营扎在蓝田关前。

　　"各位将军，国内内乱未息，吐蕃又乘机入关，占据大唐京师长安，威逼神都洛阳，是可忍孰不可忍！"这天，郭子仪在蓝田大营升帐，召集各路勤王大军的将领议会，商讨御敌之策。他环顾众将，神色严肃地说:"在这万分危急之际,各路勤王大军云集关中,共赴国难,以雪国耻。功高莫过于救驾,望各路将军在此次收复长安的战役中,戮力同心,英勇杀敌,驱逐吐蕃。"

"郭元帅,值此多事之秋,我辈理当替皇上分忧,共赴国难,以雪国耻。"各路将军气宇轩昂,齐声说道:"大敌当前,各路勤王之师愿从大元帅的调遣,纵是刀山火海在所不辞!"

"各位将军,我们面临的形势是严峻的。进入关中的蕃军有十数万之众,皆为吐蕃之精锐,而我军仅有数万,皆为各地临时招募的新兵,没有多大的战斗力,无法与敌正面厮杀。"郭子仪详细地分析敌我态势,然后冷峻地说:"在敌强我弱、敌众我寡的形势下,唐军需采取声东击西,虚张声势之计,方能战胜蕃军,收取京师。羽林将军长孙全绪听令。"

"谨从郭元帅调遣。"羽林将军长孙全绪披挂整齐,气宇昂扬。

"令你带领二百轻骑,到蓝田城北门佯作攻城,白天擂鼓呐喊,夜晚燃起篝火,以为疑兵之计,牵制蓝田蕃军。"郭子仪吩咐道。

"末将遵令。"长孙全绪领命而退。

"禁军将军王甫听令。"郭子仪手持令箭叫道。

"末将听令。"禁军将军王甫上前听令。

"着你率领精干士卒百余人,乔装打扮,秘密潜入长安,暗中联络京城青壮豪侠,以为攻城做内应。"郭子仪再三交代:"王将军,你的任务十分重要,要做到胆大心细才是啊。"

"各位将军,其余各部由老夫率领,攻取蓝田西门。"郭子仪安排布置停当,便令长孙全绪、王甫二人依计行事,即刻出发。

翌日,长孙全绪率二百轻骑来到蓝田城北门,擂鼓呐喊,叫阵搦战。城中蕃军见攻城唐军衣甲不整,人数寥寥,便懒得搭话,也不出城应战。长孙全绪干脆让士卒下马,席地而坐,高声骂阵。到了晚上,唐军又燃起一堆堆篝火，有人喧哗，有人烤火，有人甚至拿出酒来在城下狂饮……如此折腾三日，城中蕃军也就见怪不怪，有不少人还来北门看热闹。

郭子仪见时机已到，便令郎将李文率精兵五千，迅速来到东门，奋勇攻城，打得守城蕃军措手不及。蕃军主力直向蓝田城东冲杀，李文见状，若即若离，与敌纠缠。郭子仪见状，立刻下令猛攻西门，西门城破，唐军乘势攻入城中，蓝田城失而复得。

蕃军守军眼见蓝田失守，方知中计，惊惶失措，便收拾残军，向长安退去。

郭子仪收复蓝田城后，一刻也不停留，亲率大军直扑长安而来。唐军刚刚杀到长安城下，王甫将军便带领京城中的内应，此起彼伏，齐声高喊："郭令公亲率大军来了！"

蕃军身陷险地，四面楚歌，十分惊慌，慌忙逃离长安。他们在撤离长安时，纵兵焚掠，长安洗劫一空。

郭子仪收复长安后，即刻上书代宗皇帝李豫，请朝廷移驾长安。但是，朝廷畏敌，却滞留陕州，不敢移驾。

郭子仪再次上书，曰：

长安之地，古代称为天府，右面控制陇、蜀，左面扼守崤、函二关，前有终南、太华的险峻，后有清渭、浊河的坚固，是神明的腹地，王者所都的地方，土地方圆数千里，带甲之兵十余万，兵强士勇，雄视八方，有利则可以出击，无利则可以退守。近来，因吐蕃的侵逼，銮驾到东部去巡行。是因为六军之兵，向来就不是精练的部队，全都是些市肆屠沽之民，他们只是挂个虚名，来逃避国家的征赋，等到驱赶他们去打仗时，百人中没有一个能够胜任。也有的人暗中输献财物，以此请求免去军籍。

另外宦官掩蔽各地的实情，致使各种政务都荒废了。遂使陛下振荡不安，退居于陕郡。这些都是因为委任的失当，怎么可以说是秦地不好呢！

陛下所忧虑的是京师遭到剽掠，粮食不足，国用缺乏。依臣之见，只要轻征薄敛，抚恤百姓，简选贤才，托付老臣练兵御侮，中兴之功，旬月之间就可有所希望。

"郭卿尽心于国家，真乃社稷之臣也。有郭令公护驾，朕也就高枕无忧了。"代宗皇帝看过郭子仪的奏疏，心情沉重地对左右侍官说："即是如此，打点行程，朕要移师京都。"

岁在庚申，国运维艰。

这年，唐宪宗李纯去世，太子李恒即位，建元长庆，是为穆宗。

彤云缥缈，残星犹在。凌晨寅时，长安大明宫灯火辉煌，人影纵横。一声净鞭响过之后，鸿胪寺齐奏礼乐，众文武跪拜山呼。已近不惑之年的穆宗皇帝李恒，在庄重的礼乐声中接受文武百官的叩拜之后，表情严肃地环觑朝堂，然后言道："各位爱卿，自安史乱后，我大唐兵连祸结，内乱不休，国基不稳。后来仰仗郭子仪、李光弼等一批忠臣良将，驰骋疆场，奋力厮杀，大唐王朝才从危局中解脱出来，有了今天这番光景。然而，安史之乱，家国动荡，给了吐蕃一个可乘之机。吐蕃夺陇右，取河西，如今又大举进攻西域各地，使我大唐失去了自陇山以西的大片疆域。每每想起，令朕食不甘味，夜不能寝啊。"

"陛下，要收回河陇、西域并非难事，只要举全国之力，定能收复失地，使大唐恢复昔日的辉煌。"盐铁使王播出班奏曰。

"陛下，王大人妄言西征，荒谬之极，断不能信。"尚书左仆射崔植秉性耿直，刚直不阿，看不惯小人得志，于是奏曰："大唐自天宝十四年以来，战乱迭起，赤地千里，百业萧条，国势式微啊。当务之急，就是迅速平定内乱，安抚百姓，恢复经济，充实国库。到那时，我大唐再收取河陇、西域不迟啊。"

于是，朝堂之上，文武官员各执一词，相互攻讦，莫衷一是。穆宗李恒昏庸无能、猜忌刻薄，面对朝堂上乱哄哄的场面，却丝毫想不出一个好的办法，只好任由他们去争执。恰在此时，吐蕃派专使来京，向唐朝新皇致以祝贺，并转达了吐蕃赞普与大唐会盟的意愿。

唐穆宗李恒长庆元年（吐蕃赞普赤祖德赞彝泰七年），吐蕃专使、礼部尚书论讷罗，与唐朝丞相崔植、王播、杜元颖等十七人，于当年十月在长安西郊会盟。翌年五月，唐朝和盟专使、大理寺卿刘元鼎率领使团去吐蕃，与吐蕃钵阐布·勃阑伽允丹为首的官员在逻些东郊会盟。会盟前，赤祖德赞接见并宴请刘元鼎等唐使。会盟由钵阐布升坛主盟，依惯例，与盟人员都要履行歃血的仪式，钵阐布因是僧人，不歃血，只饮郁金水为誓。会盟毕，吐蕃遣使随刘元鼎至长安，又派人到大夏川召集东道将领一百多人宣读盟文，要求他们信守不渝。

其碑文曰：

大蕃神圣赞普可黎可足与大唐文武惠德皇帝，商量社稷如一统，立大和盟约。兹述结约始末及此盟约，勒石以垂永久。神圣赞普，鹘提悉勃野化现下界，来至人间，为大蕃国王。於雪山高耸之中央，大水奔流之源头，高国洁地，自天神而为人主，德泽流衍，建万世不拔之基业焉。

王曾立善教善律，以王慈恩，内政咸理，又深谙兵事，外敌调伏，开疆拓土，强盛莫比。自此钵教护持之王在位以后，南若孟族、天竺，西若大食，北若突厥、涅牟（即咽面），莫不畏服，争相朝贡，俯首听命。东方有国曰唐，东极大海，日之所出，与南方泥婆罹等诸国义，教善德深，足以与吐蕃相匹敌。唐以李姓得国，当其立国之二十三年，王统方一传，神圣赞普弃宗弄赞与唐主太宗文武孝皇帝通聘和亲，於南观之岁迎娶文成公主。此后神对赞普弃隶缩赞与唐主（中宗）圣文显武皇帝重结旧好，景龙之岁，复迎娶金城公主，永崇甥舅之好矣。中间边将开衅，弃好寻衅，兵争不已，然当此忧危之际，吾人於欢好之念终未断绝，以彼此近邻而又素相亲厚也。重寻甥舅之盟，何日忘之？

父王赞帝弃猎松赞陛下，睿智天成，教兴政举，受王慈恩者，岂有内外之隔？遍及八方矣！四方万国皆来盟来享。况唐国谊属近亲，地接比邻，甥舅商量和协，欲社稷之如一统，与唐主神圣文武皇帝结大和盟约，旧恨消灭，更续新好。些后赞普甥一代，唐主舅又传三叶，嫌怨未生，欢好不绝，信使往还，频见书翰之通传，珍宝之馈遣，然未遑缔结大和盟约也。夫甥舅和协，扫彼旧怨，泯其嫌隙，喜兵革之不作，惟亲好之是岂，岂不盛欢！神圣赞普可黎可足，圣明睿哲，代天行化，恩施内外，威震四方。与唐主文武惠皇帝甥舅商量社稷如一统，结大和盟约于唐之京师西兴唐寺前，时大蕃彝泰七年，大唐长庆元年，即阴铁牛的（辛丑年）十月十日也。又盟於吐蕃逻些东哲堆园，时大蕃彝泰九年，大唐长庆三年，即阴水兔年（癸卯）二月十四日事也。

树碑之日，唐使太仆寺少卿杜载等参与告成之礼，同一盟文之碑亦树立唐之京师云。

唐以盟约形式承认了吐蕃对河陇地区的占领，使其合法化。于是，吐蕃便在河陇地区设置军镇，建立政权体制，河湟百姓稍有反抗，便招来杀身之祸，从此，河湟地区进入吐蕃统治时代。

陇右地区被吐蕃占据以后，便成了吐蕃重要的经济、军事基地。为了使这一经济、军事基地在吐蕃的军事扩张行动中提供强有力的经济和人力方面的支撑，吐蕃在占领区设立了管理机构，强化了对占领区的统治。吐蕃在河湟地区采取的军事政治措施，主要包括政权组织和军事体制，设置巡边安抚大使，建立议事会议制度。

二

隆冬的一天，北风呼啸，寒风凛冽。

王兴唐带着百余丁壮去巡山，在雒都谷深邃处的白桦林中，竟意外地发现一支蕃人的队伍。王兴唐纳闷地窥视着这支形迹可疑的队伍，心想：自从哥舒将军东撤以后，河湟地区的主要城镇和交通要道均为蕃军所占领，就连小小的雒都屯寨，蕃军官兵也隔三差五地前来光顾。谁这么大胆，在这种情形之下，竟然把一支蕃人队伍藏匿在雒都谷的深山老林里。

为了一探究竟，王兴唐悄悄派出两个精明丁壮，前往蕃人的营地侦察，看看这些人究竟是何来历，到此地究竟何为。他特别嘱咐："你二人此去，一定要胆大心细，悄悄接近敌人，万不可暴露行迹。弄清楚情况之后，速速来报。"

两个丁壮领命而去，很快隐没在林木掩蔽的山坳里。

王兴唐吩咐其他人隐蔽歇息，他自己攀爬到一处山崖，仔细打量着蕃营四周的地形。蕃营凌乱地搭建在一片稀疏的白桦林中，白桦林的两旁是陡峭的巉岩和密林，巉岩之险，密林之盛，外人稍不留神，很难发现这里竟然隐藏着一处营帐。然而，令他感到疑惑的是，这极其隐蔽的营帐，五颜六色，新旧不一，跟蕃军营帐形成鲜明的对比。再说，营帐周围不见嘶鸣的战马和飘扬的军旗，倒是从残破的帐篷里传来一阵阵小孩的哭声和大人们的呵斥声。还有，营帐周围不见站岗的士卒，偶尔见到人形，隐约分辨似是拣拾柴火的蕃族妇人。难道说这是一伙避难的蕃族流民？他摇了摇头，百思不得其解。

不一会儿，前去打探情况的丁壮回来了，禀报说："寨主，树林里驻扎的是一群蕃族百姓，看样子住在此地有些时日了。"

"蕃族百姓？"王兴唐微微一怔，不解地问："估计能有多少人？冰天雪地的，在这深山老林里他们吃什么？"

丁壮回答道："看样子情况不妙，好像陷入了绝境。"

"走，我们看看去。"王兴唐一声招呼，带着丁壮们进了白桦林。

"什么人？"倏地，从白桦林钻出两个半大蕃族小伙，张弓搭箭，警惕地喝道："站住，不然我就放箭哩。"

"不要紧张，我们是当地的百姓。"王兴唐一听这些蕃人会汉话，装束也是普通百姓打扮，知道不会有什么危险，便朝前迈出两步，友善地问："年轻人，你们这是从哪里来，在此地盘亘有何事情？"

"我们……"显然，他们听懂了王兴唐的问话，一个青年怯生生地看一眼王盛，朝一座黑黝黝的牛毛帐篷喊道："切吉大叔，你快来啊。"

"就来。"说话间，从帐篷里钻出一个中年汉子，警觉地问："你们这是……"

"哦，我们是雒都寨的屯民，巡山到此，看见你们驻扎在这里，便过来问问情况。"王兴唐确信眼前是一群蕃人百姓，便善意地问："你们是什么人，冷冬寒月地为何住在这里？"

"雒都寨？"那个叫切吉的汉子眼前一亮，一瘸一拐地走上前来，急切地问："既然你们是雒都寨的人，那王铁汉你们一定认识了？"

"王铁汉……你认识王铁汉？"王兴唐一怔，一面打量着蕃人汉子的瘸腿，一面疑惑地问："你一个生活在草原上的蕃人，咋会认识王铁汉的呢？"

"唉，说来话长……"蕃人汉子叹息一声，深情地问："他老人家可好？身子骨还硬朗吧？"

"他是家父，谢世已有好几年了。"王兴唐听后似乎想到了什么，试探地问："这位兄弟，如果我没有记错的话，你叫尼玛切吉，是格桑大草原的人？"

"你是兴唐兄弟？"切吉仔细打量着王兴唐，确认无误后，拉着他的手感慨地说："兴唐兄弟，那年要不是王老伯和雒都寨的汉人兄弟，我这条当奴隶的贱命，肯定扔在鄯州城外的乱坟岗子了。"

"果然是切吉兄弟。"王兴唐扳着他的肩膀，愉悦地说："记得那年你才二十几岁，这一晃又过去十五六年，已经是个中年汉子了。哎，切吉，成亲了吧？有孩子了吧？弟妹和侄儿们呢？"

"嗯呐。"切吉兴奋地点点头，按蕃人的礼俗深施一礼，然后欣喜地喊道："拉姆，孩子们，快出来啊，我的救命恩人来啦。"

霎时，从五颜六色的帐篷里，钻出男女老幼五六十个人来。一片喧闹声过去后，王兴唐这才注意到，这的确是一群蕃人难民。

"兄弟，这是咋回事？你们怎么流落至此？"王兴唐望着这群在寒风中微微打战的人，疑惑地问。

"唉，一言难尽呐。"切吉叹息着，讲述这几年的经历……

几年前格桑大草原征兵时，切吉就预感到这次出征凶多吉少，于是，他在格桑老爷那里求爷爷告奶奶，还是邦荣管家说好话，允许他带着家眷出征。吐蕃兵制，部落出征，男丁在阵前作战，妇孺皆到军营效力。因此，切吉带家眷到军营，并不是老爷们的恩赐，只是聪明的切吉利用这次出征，彻底摆脱以凶神恶煞著称的格桑老爷。切吉在想，如果继续留在部落，不是被蕃军驱使上战场战死，便是被凶残的格桑老爷迫害致死，格桑草原上是没有他们这群奴隶的活路的。但是，能否逃脱格桑老爷的控制，尚在两可之间，逃出来后去哪里栖身也是摆在他们面前的难题。就在切吉愁肠百结，苦思冥想之际，蓦然间想起鄯州，想起了在雒都寨养伤的日子。于是，他暗下决心，去鄯州，投奔雒都寨，在那里谋一条生路。出征以后，由于河陇地区唐军兵力空虚，蕃军攻城略地，进展特别神速，不多时格桑部落所在的蕃军，便攻陷了河、渭、会、兰四州。这几个月，切吉被发配去喂马，情况还好一些，拉姆可是遭了罪了。她在伙房帮厨，不仅要干很重很累的体力活，还要带好两个孩子，况且她还是一个即将分娩的孕妇。好在有上天的眷顾，就在蕃军攻占渭州的那天晚上，她平安分娩了，给切吉添了一个大胖小子。以后，蕃军翻越陇山，进入关中，他们的这支部队屯守秦州，一次偶然的机会，他带着家人脱离部落。再后来，他们东躲西藏，一路辗转，向鄯州奔来。然而，此时的河陇地区，到处都有蕃军，到处都在打仗，去往鄯州的道路已中断，他只好绕道北地，这一绕就绕了七八年……

接下来，王兴唐和众人商量，将切吉他们安置到雒都寨设在后山的牧场里，送去衣服食物让他们过冬，还把牧场的牛羊交给他们牧放。

三

斗转星移，时光荏苒。

转眼间，几十年过去，大唐皇帝也换了几位了，然而，河陇百姓时刻盼望、梦寐以求的大唐王师杳无音信，盼来的却是吐蕃政权要河湟百姓蕃辫易服、改宗蕃人的一纸通告。

这是深秋的一天。雒都屯寨连日寨门紧闭，吊桥高悬。屯寨周围的田野里，已经看不到一个人影儿，就连平时牧放在山坡上的牛羊，也被主人早早赶回寨中圈养起来。唯有瑟缩在寒风肆虐的灌丛衰草，起落着成群结队盘旋觅食的昏鸦，一边聒叫，一边仰望天际飞过的雁阵，这叫声是那么凄凉，显得秋声更悲，秋意更浓。

寨中一座不算很大的宅院里，年逾不惑的王兴唐，唤来两个年及弱冠的儿子王强、王盛，焚香叩拜神主，久久凝目着父亲王铁汉的牌位。

"强儿，盛儿，想当年，你们的爷爷以一介布衣，为了捍卫大唐疆域，追随王忠嗣、哥舒翰等将军，跃马横枪，驰骋疆场，那是何等的威风啊！"

良久，王兴唐神色凝重地说："如今，朝廷孱弱，权臣当道，军阀混战，国土沦丧，蕃人的战马已经牧放到了陇原，河湟已不再是唐朝的疆土了。唉，恐怕我有生之年再也等不到王师收复失地的日子了。"

说着，他的眼眶是潮潮的，声音也有些哽咽。

十几年前，蕃军铁蹄越过陇山，进入关中平原，肆虐京师长安。消息传来，在家养病的王铁汉一口气没倒过来，口喷鲜血，气绝而亡。老英雄去世后，王兴唐强忍仇恨，在家守孝三年。这三年里，唐军主力已经撤入关内，即使没有撤走的零星唐军，也被蕃军剿的剿，杀的杀，损失殆尽。蕃军在这里设置政权，屯集军队，还从吐蕃和吐谷浑故地迁来大批百姓屯耕，来不及逃走的河湟百姓受尽了凌辱和迫害。

"爹爹，朝廷与吐蕃订立'清水之盟'，我们回归大唐的期望变得十分渺茫啊。"长子王强无不郁闷地说。

"这都怨朝廷，河陇唐军东撤，河湟兵力空虚，吐蕃狼子野心，焉有坐视之理？"小儿子王盛长得虎头虎脑，说起话来也毫无顾忌："爹爹，吐蕃已经贴出告示，要我们蓄发易服，改变族姓，看来，我们是当定亡国奴了。"

"安史之乱，大唐经历一场空前的浩劫，河陇唐军东撤勤王，也是不得已而为之。只可惜了哥舒将军的一番苦心，河陇大地从此沦为蕃地了啊！"王兴唐长叹一声，止不住热泪潸潸，呜咽地说："记住，孩子们。今后河湟地区不论受谁的统治，也不管遇到什么情况，我们都是中原人！"

"爹爹，我们记住了。"王强凝目父亲憔悴的面庞，一股激情从心底浮起，压抑在心底多年的郁闷和愤懑像火山一样喷薄而出："父亲，大唐没有能力收复失地，还有我们弟兄，只要父亲一声令下，雉都寨上千子弟也能成为抵抗蕃军的一支力量！"

"是啊，哥哥说得对，雒都寨上千子弟组织起来……"王盛也紧攥双拳，铿锵有力地说。

"孩子们，仅凭雒都寨的力量，独木难支啊。"王兴唐制止住王盛的话头，沉吟片刻，缓缓地说："此事万万不可性急，当务之急，我们要想尽一切办法，找到李志勇和他的军户队，那可是一支战斗力很强的队伍啊。"

"李志勇？"王盛一听到李志勇的名字，眼前豁然一亮，激动地说："爹爹，您说的是鄯城军户队的统领李志勇吗？听人说，李统领可是一员战将哩，那年，蕃军攻略鄯州，他率军户队襄助李鼎将军守卫鄯州，立下了汗马功劳。"

"是他，但不知他如今流落在何方？他的那支英勇善战的军户队还在不在哩？"王强毕竟大王盛几岁，见识也广一些，问："弟弟，你可知道李志勇是谁？"

"是谁？"王盛问。

"他和爹爹同拜一个师傅，说起来，还是爹爹的同门师弟哩。"王强自豪地说："那些年守卫鄯州，爹爹也参加了，而且还是军户队的副统领哩。"

"是吗，爹爹？"王盛一听，急切地问："那你们肯定打了不少胜仗吧？后来怎么样？"

"胜仗是打了不少，可那时候安禄山、史思明反叛朝廷，中原大乱，朝廷自顾不暇，不得已，从河陇地区调走了哥舒翰戍守边疆的大军。唉，唐军一撤，鄯州也跟着丢啦。"王兴唐回忆着，阴郁地说："唐军撤走后，李志勇率队也撤走了。那时候，盛儿尚在襁褓之中，为了照顾你们母子，我便离开了军户队。"

"那李志勇，噢，李叔叔他们现在在哪儿？"王盛问道。

王兴唐想了想，又说："据说去了河西，但究竟去了哪里，谁也说不清……"

"兴唐贤侄……"王兴唐正待要说，倏地门外有人在唤他，打断了他的话题。王兴唐回身之际，邻居张老爹和他的孙女天霞姑娘已踏门而入，后面紧跟着几名精干的庄客。

"老爹，出了什么事？"王兴唐疾步相迎让坐，然后恭顺地说："有啥事您让云霞叫一声，还烦您老亲自劳动？"

"蕃军血洗刘家庄，全庄老少一百余口全部罹难！"张老爹扬了扬怒眉，接着说："张虎和李豹前去打探消息，至今也没回来，我担心他们会出事。"

张老爹本名叫张大龙。当年，年轻力壮的张大龙，和王兴唐的爹王铁汉一起练武，一把大砍刀练得炉火纯青。后来，他应湟水县令李赟的招募，在县衙组织的丁勇队当了一名头领。十多年前，李府添了个孙子，一家人欢天喜地庆贺一番，岂料，让山后的一伙马贼盯上了。马贼乘丁勇队给唐军送粮未归，湟水县衙空虚，黄夜偷袭县衙，李赟指挥衙役奋起反击，结果误中埋伏。张大龙得信儿以后，率队前来援救，马贼被歼灭了，可李赟夫妇、儿子儿媳和十几个衙役全部罹难。张大龙在雏都谷寻了块茔地，厚葬了李赟一家，然后把李赟襁褓中的孙子李豹领回家，交给尚在月房的儿媳抚养。如今，张老爹已过花甲之期，儿子张勇也是习武之人，和王兴唐搭档，做屯寨保田队的二头领。孙子张虎和李赟的孙子李豹，也已长大成人，又是王强、王盛的生死兄弟。

"派人去接应了吗？"王兴唐一边问，一边和大家一起登上寨墙翘首眺望。湟水南岸刘家庄方向，火光冲天而起，烟焰滚滚，惊人心魄。张老爹摇头叹息，王兴唐也为之英眉微蹙，心中发紧……

四

王兴唐心里一紧，忐忑不安地问："老爹，张虎、李豹没回来，派人去接应了吗？"

"我也是刚刚得到的消息，还没来得及派人。"张老爹心慌意乱地说。

"王强、王盛，你二人带几个精干庄丁，速速接应张虎和李豹。"王兴唐又叮咛道："路上时有蕃军巡逻，需小心谨慎，遇上蕃军切不可与之纠缠。"

"是。"两个年轻人像出征的将士，威风凛凛，一脸正气。

王强、王盛二人走不多时，就发现前面有人沿山根向屯寨方向跑来，踉踉跄跄，步履艰难。王强仔细一看，惊叫道："是李豹，好像是受伤了，赶快派人去接应。"

"哎，怎么就他一人，张虎兄弟呢？"王盛警惕地四处张望，发现距李豹不远处，张虎浑身血污，倒在地上，艰难地向前蠕动。

"张虎兄弟……"王盛惊叫一声，扑了过去。

王强、王盛一人一个，背起他俩飞快地向寨子里跑去，庄丁拣起两人的兵刃，一面跑，一面回头向后面观望。

"他们回来了。"寨墙上，天霞姑娘眼尖，一眼就认出了他们，急切地说："有人受伤了，快放吊桥，把他们接进来。"

张虎、李豹浑身血污，再看兵刃，也是血迹斑斑，一看便知道是从恶战中逃出来的。

"伤哪儿了？"张老爹心疼地问，还拿出了随身携带的金疮药。

"没伤哪儿，就是……就是一路跑来，累……累的……"张虎大口大口地喘气，说话都结巴了。

"你们这是怎么啦？刘家庄到底发生了什么？"王兴唐上前一看，两个小伙子虽然浑身血污，但都没有受伤，只是在混战中被喷溅了不少敌人的血。王兴唐一见这情形，悬在嗓子眼儿的心又落到了实处，便问道。

"情况是这样的……"张虎说，早上我和李豹两人在巡寨，听说蕃军围了刘家庄，刘家庄向来不与吐蕃往来，这次蕃军围村，肯定是凶多吉少，于是，我们来不及通报，便匆匆去了刘家庄。说到这里，张虎大放悲情，泪眼汪汪地哭诉道："大伯，我外公、外婆都被蕃军杀了……刘家庄一百二十余口人全完了啊……情况那个惨呐……"

说着失声痛哭起来。

"外公、外婆……"张天霞听了，又撕心裂肺地哭了起来。

"我俩摸到村头时，蕃军杀完了人，正准备放火烧村庄。"李豹接着说："眼睁睁着亲人被杀，我们再也忍耐不住心头的怒火，冲进敌阵和蕃军厮杀起来。开始，我们杀死了几个蕃军，其中还有一个小头目。到后来，蕃军越杀越多，我们只好杀开一条血路……"

李豹话音未落，蓦然间，寨墙外面突起一阵牛角号声，一彪人马朝雒都寨方向驰来。庄丁报警呼喊道："王首领，有一队蕃军沿村道直奔屯寨而来！"

"看清楚了吗？"王兴唐异常冷静地问。

"看得非常清楚，约有二百来人，为首的是上次来我们寨的那个狗官。"

"看来蕃军来者不善呐。"张老爹对王兴唐说："你带几个年轻人先躲一躲，这场面我来应付。"

"大叔，您老和他们躲一躲吧，我来应付蕃军。"王兴唐哪里肯依，凝神定气地说："与蕃军的这一仗，恐怕躲不过去了。根据我们事前的商定，您带着他们和寨中的妇孺老幼先撤，我来应付那狗官。"

"既然送上门来，大伯，我们就和他们拼了吧！"张虎捡起地上的刀，大声请命。

"张虎不得鲁莽。"王兴唐转声对天霞姑娘说:"快带你哥和李豹下去,把血衣换了。寨中所有男丁都准备好家伙,看我眼色行事。"

说话间,蕃军已到了寨门口,高声呼叫:"开门,快开门。"

"事已至此,先开门再说。"张老爹见王兴盛主意已定,便决定冒险搏一把,便对王兴唐说:"贤侄,无须老汉我赘言,今日之事还需冷静,切不可妄动,稍待那狗官露面,你先与他巧妙周旋,看他说些什么。"

王兴盛何尝不明白,雒都寨离湟水县不过十来里路,寨中还有上千口人没地方躲,一旦打起来,眼前的蕃军好办,保田队不用一顿饭的工夫就解决了。可鄯州城里尚有蕃军上万人,万一大队蕃军杀来,刘家庄的惨剧在所难免。

想到这里,他大声喊道:"快开寨门,迎接吐蕃官员。"

张老爹和王兴唐大步走过吊桥,在护寨河边上走了十来丈,昂然跻身于蕃军中间,躬首施礼道:"吐蕃官员光临,有失远迎,请大人寨内赐教。"

"王寨主,有人密报,说你藏匿抗蕃罪犯,请交出来吧。"吐蕃官员是一位文职人员,因多年赴长安走动,说的一口流利的汉族官话。

自从雒都寨的屯署卫尉随州县府衙一道东撤以后,寨中便推选王铁汉负责管理寨中的一应事务。前几年,王铁汉病逝,子承父业,王兴唐便接过了管理的职能。因为寨主一词叫着顺口,便众口一词,大家都称呼王兴唐为寨主,就连有些蕃人小吏也是这般称呼。

"大人,我雒都寨向以朝廷法度为准则,怎么会藏匿罪犯呢?"王兴唐目光如炬,沉着镇定,昂然言道。

"谅你也不敢。"吐蕃官员哈哈大笑,随王兴唐走进屯寨。

"王寨主,在下清楚,你们汉人对吐蕃的进占,很不服气,袭扰蕃军的事多有发生。"吐蕃官员拈须颔首,沉吟良久,满脸堆笑地说:"俗话说，识时务者为俊杰。唐朝自文成、金城二位公主和亲吐蕃，便是甥舅情谊，理应和睦相处。而今唐朝势衰，早已顾不得河陇了，因此，外甥替舅舅看护疆域，是再正常不过的事情，你说呢？"

"既是汉人，便是大唐的子民，我还从未听到过大人这番宏论哩！"王兴唐心想：人世间还有这样厚颜无耻的人哩！他不卑不亢，针锋相对地说："大人，你若凡把大唐皇帝委托吐蕃管理河陇的诏书拿来，我们便俯首帖耳，唯大人之命是从。"

"王寨主，河湟百姓素怀大唐情结，我是可以理解的。"吐蕃官员一副悯天怜地的样子，来了一个现身说法，道："不瞒你说，下官也并非蕃人，往前推几代，还是吐谷浑的贵族哩。当年，吐蕃吞并吐谷浑，我的曾祖父也曾奋起反抗，与之厮杀，战殁在河源的战场上，不可谓不壮烈。曾祖死后，尚在襁褓中的祖父，和曾祖母一道为蕃军所俘获，过起了悲惨的生活。据祖父回忆，失去家园的日子，真是不堪回首啊。但是，人的第一本能就是求生存，顽强地活下去。王寨主，贵寨现在的处境，就和当年的吐谷浑一样，只能是身在屋檐下，怎能不低头，难道还有选择吗？"

"话是这般说，但也不能赶尽杀绝，你得让我们活下去啊。"王兴唐听了他的一番表白，也觉得此人可怜，便愤慨地说："吐蕃官员，我们祖祖辈辈生活在大唐的土地上，祖茔在此，难道你让我们卖国求荣，数典忘祖吗？"

"王寨主，话虽如此，但决非卖国求荣，数典忘祖啊。"吐蕃官员不恼不怒，从袖中取出一帧黄绢，展开读道："大蕃神圣赞普可黎可足与大唐文武惠德皇帝，商量社稷如一统，立大和盟约……"

"这……"王兴唐一阵目眩，两行热泪潸然而下……

五

　　几天工夫，王兴唐老了。卧倒在病床上的王兴唐，满头黑发变成了一根根银丝，憔悴的容貌已经看不到当年的豪气，平日干脆利落的他，口中反反复复念叨的只是一句话："难道大唐真的就这么完了，以致连几代君王打下的江山连同他的子民也不要了？"

　　自从那天从昏厥中醒来，王兴唐就一直处于隐隐作痛的迷惘之中。那天，吐蕃官员还说了些什么话，他已经记不起来了，但是，吐蕃官员所说的要汉人"易服辫发、鲸面文身、口吐蕃语……"这几个带有侮辱性的词句，像刀刺一样在他的心上搅动，刻骨铭心。

　　他何尝不知，所谓易服辫发，就是让河湟地区的汉人以及鲜卑人、羌人、吐谷浑人改变自己民族的服饰，改穿蕃人那种左衽长袖缺胯衫，辫发束髻在耳后，项中饰有瑟瑟珠，头戴红毡帽，腰束革带的衣饰。至于鲸面文身，纯粹是吐蕃人对汉人和其他部族实行的歧视政策。为了防止汉人逃跑，他们对掳掠来的普通人实行鲸面，充当奴隶，以服苦役；对于有一技之长的人，则在他们的右臂涂黑刺肤，以作文身记号，供蕃人驱使。右臂上的刺字是"天子家臣。"不唯如此，他们除了给青壮年人鲸面文身外，还给襁褓中的婴儿文身。这些措施是严酷的，带有明显的部族歧视，引起占领区百姓尤其汉人的强烈反对，但无一例外地遭到吐蕃官府的残酷镇压。长此以往，这些地方的汉人以及鲜卑人、羌人、吐谷浑人不但忘了本民族的服装装束，而且忘记了本民族的文字语言，有很多汉人迫于压力，干脆依附于蕃族豪门，充作奴隶。

　　王兴唐心里明白，这是吐蕃推行的一种民族同化政策，他不是第一次听到这些字眼儿的，前些日子，蕃军窜至刘家庄，强令庄里的汉人改唐装为蕃服，留蓄蕃人发辫，村里的百姓不从，奋起抗争，蕃军大发淫威，刘家庄一百多口人惨遭屠戮。

"难道从今以后，我们就成了任蕃人摆布的顺民？"想到这里，王兴唐心里一阵发紧，脑袋一阵阵发胀发痛。他挣扎着从病床上站起身来，走到门口，唤来两个儿子。

"爹爹，您身体好些了吗？"老大王强见父亲起床了，忙抬把椅子让他坐下，说："您自从那天晕倒之后，这几天身体时好时坏，可把我们吓坏了。"

"是啊，爹爹。"老二王盛接着说："为请郎中，大哥、大嫂来回跑了几趟县城。"

"我不打紧，只是苦了你们兄弟俩了。"王兴唐强忍住头疼，缓缓地问："这几天寨子里没事儿吧？自从那吐蕃官员走后，蕃军没再来过吧？"

"没……没再来过。"

"说实话，来过没有？"王兴唐见王强说话支支吾吾，便觉蹊跷，眼睛一瞪。

"真没……没来过……就是……"王强涨红了脸，不知如何回答。

"说实话！"王兴唐说。

"来过……只是……"王强被逼不过，才勉强地说："只是两个衙门里的公差，见您身体欠佳，只是喝了杯水就走了。"

"就没有说些什么？"王兴唐不满地看了一眼王强，问。

"也没说什么，只是……"

"王强啊王强，你打算要瞒到什么时候？"王兴唐再也忍不住了，"腾"地一下站起身来，气喘吁吁地说："是福不是祸，是祸躲不过，你们瞒我做什么？告诉我，他们除了要我们易服辫发、鲸面文身，还要干什么？"

"爹爹……"王强知道，再瞒下去，父亲可就真生气啦，于是跪倒在地，嚅嗫地说："易服辫发、鲸面文身是免不了的，更要命的是，我们的雒都屯寨也算是保不住了。"

"什么……雒都寨也保……保不住……"王兴唐惊愕了，忙问："你说什么？雒都寨保……保不住是什么意思？"

"爹爹，您老别生气，待孩儿细细讲来。"王盛再也抑制不住仇恨愤懑，愤恨地说："您养病期间，那狗官带着兵丁又来了。他说，鄯州节度使尚婢婢诏令各地，从即日起，唐军在河湟地区的屯田，全部收归吐蕃所有，原有的军户屯民仍然留屯，为蕃军生产粮食……"

"这……"老二一席话，让王兴唐惊呆了，半晌说不出话来。良久，他仰天长叹，老泪纵横地说道："天子啊天子，你听到没有，大唐的江山社稷，从此不再姓唐了啊！"

说完，一口鲜血喷出，轰然倒下，不省人事……

几天后，他挣扎着支起身来，把张老爹请过来，流着泪说："老爹，我……不行了，两个孩子就……就托付给你了。"

"兴唐贤侄，你不会有事儿的……"张老爹老泪纵横，话也说不利落，但他知道兴唐想说什么，于是说："贤侄，你别胡思乱想，静养几天，服几副汤药，身体会好起来的。你不能倒下，你倒下了，王盛和天霞的婚事谁来操持哩。"

"我恐怕等……等不到……那一天了……"王兴唐大口大口地喘息着，艰难地说："老爹……王盛和天霞的……的婚事，就……托付……给您了……告诉孩子们，千万不要……忘了我……我们是唐人……"

言讫，他又一次昏厥了过去。

第 chapter. 十八 章

禁佛令吐蕃内乱　三贤者避乱央宗

初，吐蕃达磨赞普有佞幸之臣，以为相。达磨卒，无子。佞相立其妃琳氏兄尚延力之子乞离胡为赞普，才三岁，佞相与妃共制国事。吐普老臣数十人，皆不得预政。首相结都那见乞离胡不拜，曰：赞普宗族甚多，而立琳氏子，国人谁服其令……

《资治通鉴》卷二四七《唐纪六十三》

一

很久很久以前，在神秘的雪域高原流传着莲花生大师一个美丽的故事：在天竺南边一个叫乌金的国度里，富有而仁慈的国王为了子民的福祉，不惜将自己的财富施舍给受苦受难的子民，甚至把自己的双目挖下来，去拯救双目失明的穷人重见光明。因此，乌金国的百姓十分拥戴他们善良而慈祥的国王，视他为观音菩萨派到人间的使者。然而，就是这样一位受人敬重的国王，生活得并不幸福。这些年来，尽管国王尽心尽力地治理国家，以尽可能多的财富去拯救穷人，让百姓过上富足安康的生活。然而，似乎天公有意在与他作对，他倾心向善，帮助百姓过上好日子，可是乌金国偏偏遭受连年旱灾和饥荒，江河断流，土地干涸，庄稼颗粒无收，百姓只能拿野菜和树皮充饥。国王倾尽资财，去拯救每一个饥肠辘辘的百姓。岂料，就在国王倾其所有去拯救百姓的时候，他的独子不幸去世。这真是福无双至，祸不单行。

阿述他女神见国王痛彻心扉，对生活失去了信心，便夜里给他托梦，说："你要拯救你的百姓，就要去龙宫求宝。记住，龙王可能怜悯你，会给你许多珍宝，你只要那颗闪烁蓝光的夜明珠，只有它才会助你摆脱困境。"

国王顿悟，根据阿述他女神指点，去找龙宫了。

却说，大慈大悲的观音菩萨在极乐世界看到人间这幅惨景，心里极为不忍，便去拜见弥勒佛祖，恳请佛祖降下法旨，救救受苦受难的芸芸众生。

"唉，乌金国王前世孽缘深重，今生该有此番磨难啊。"弥勒佛祖见观音菩萨神态恳切，便笑眯眯地说："好吧，既然大慈大悲的观世音开了尊口，我就应了你。"

说话间，佛祖笑口一开，舌尖上顿时射出一道金光，在乌金国丹那湖上空盘旋，稍顷，金光将湖中的一朵莲花轻轻一罩，霎时间，湖面上云烟氤氲，莲花绽放。佛祖尊口再开，射出一柄写有梵文"施"字字符的金刚杵，立于莲花之上，金刚杵在彩虹环绕的光芒中缓缓化作一个童子，端坐在莲花上，他的四周萦绕着代表智慧与慈悲的女神空行母。弥勒佛祖又将"唵嘛呢叭咪吽"六字真言暗慑入童子的心灵，童子如同醍醐灌顶，顿觉幡然醒悟。

再说，可怜的乌金国王听了阿述他女神的指点，冒险前往龙宫，向龙王诉说人间的疾苦，向龙王祈求一颗愿望宝石。龙王听了国王的倾诉，十分同情，便送给他很多宝石。国王感激涕零，他在琳琅满目的珍宝中，只挑选了阿述他女神所说的那颗光彩夺目的夜明珠，紧紧地贴在胸前。

乌金国王小心翼翼地端着这吉祥宝石，用黄布包裹起来，放进怀里。归途中，国王虔诚地许了一个善愿，一刹那间，他瞎了的左眼便重见光明。当国王经过丹那湖的时候，看见一道五色彩虹高悬天际，在一个硕大无比的巨莲上端坐着一个散发着金光的童子。

"哎呀，天下还有这等奇异的事情……"乌金国王感到无比惊讶，便问道："这一童子，你是哪里人，要到哪里去？"

"尊敬的国王。"童子不慌不忙地答道："我无父无母，是阿弥陀佛和观世音菩萨的化身，是佛祖和菩萨让我来普度众生、弘扬金刚乘教义的。"

"如愿宝石果然灵验，我刚得到它，就遇上了你这样一位灵童。"乌金国王喜出望外，殷切地说："如蒙不辞，就请你到我的王宫里去做客吧，我还有许多问题要向你请教哩。"

"这好说，只要你答应我做你的儿子，我便去。"童子笑着说。

"答应，答应……"国王听后十分高兴，瞎了的右眼也完全复明了。

乌金国王高兴地把灵童带回王宫，兑现诺言，真的封他为太子及王位继承人，并取名为莲花生。此后，莲花生就在乌金国弘扬佛法，普度众生，乌金国从此风调雨顺，国泰民安。为了感谢莲花生的恩德，乌金国的生民百姓亲切地称他为莲花生大师。从此，莲花生大师的名字传遍天竺各地。

这就是传说中的莲花生大师。

却说，到了唐玄宗天宝年间，崇佛信教的吐蕃赤松德赞赞普，听说莲花生大师的事迹以后，将他请到吐蕃，传经布道，普度众生，葳扬佛法。莲花生大师来到吐蕃，建造了第一座佛、法、僧三宝齐全的佛教寺院桑耶寺。寺院破土动工的这天，赞普赤松德赞亲手荷锄，举行了隆重的奠基仪式，寺院及佛像竣工时，他又召集吐蕃官民僧俗举行了规模宏大的庆典活动。后来，莲花生大师又从天竺请来无垢友等高僧大德入蕃，传授子弟，翻译佛经，创建显密经院和密宗道场。很快，佛教在雪域高原广为传播。

唐宪宗元和十年，赤松德赞赞普病逝，由他的第五个儿子墀·热巴津，嗣吐蕃赞普位。赤松德赞共有五个儿子，长子藏玛信佛出家，次子和三子幼年早亡，四子达玛，就是以后弑弟篡位、废法灭佛的吐蕃末代赞普。

墀·热巴津当上赞普以后，秉承父亲的意志，一方面推行和平的对外政策，与四周列国休兵罢战，立约盟和，唐蕃间出现了少有的和平景象。另一方面大力推崇佛教，师事两位钵阐布，任用他们辅佐朝政，极力通过提高佛教的地位来平衡国内的各种政治势力。到墀·热巴津执政的晚期，僧侣贵族专政达到无以复加的地步，佛教势力和苯教势力的争斗日益尖锐，也激化了君臣之间的矛盾。当时，墀·热巴津身患疾病，于是便把政务一概交给僧人钵阐布掌管。这些措施激起了反佛派贵族的极端仇视。他们先以钵阐布与王后行为不轨为借口，杀死了钵阐布。后来，墀·热巴津的哥哥达玛和信奉苯教的贵族沆瀣一气，指使贝达那巾、交绕拉隆乘墀·热巴津酒醉熟睡的机会，潜入墨竹厦白宫卧房，用牦绳子将他活活勒死。然后，达玛堂而皇之地登上了赞普的宝座。

达玛本来就是一个嗜酒喜肉、凶悖少恩、荒淫无道的人。执掌权柄之后，更是沉陷于酒色之中，不理朝政，国中大事唯大论结都那之言是从。而在此时，吐蕃各地自然灾害频发，不是地震，便是水旱灾害。当年，松潘草原发生地震，泉水涌动，岷山崩陷，阻断洮水，逆流三日。地震过后，又发生瘟疫，死者相枕藉，连鄯、廓诸州夜闻鼙鼓声，人皆相惊，灾害之烈，可见一斑。

达玛作为吐蕃赞普，不是采取积极的应对措施，而是听从大论结都那的建议。把一切天灾人祸、时疫杂病，统统归咎于佛教结都那不仅是个狂热的苯教徒，而且生性奸诈龌龊，极尽阿谀奉承，构陷污蔑之能事。结都那在王廷的地位一天天坐大，以为时机来临，便把一切天灾人祸、时疫杂病，统统归咎于佛教。经过一段时间的精心策划，酝酿已久的灭佛禁令终于出笼，达玛政权颁布了"灭佛废法命令"，拆毁或封闭了全境所有的寺院佛堂，取缔崇佛的仪式和供佛场所，将佛像毁弃或掩埋，在寺院的门墙上涂绘僧人饮酒作乐的图画，烧毁或封存所有的佛经典籍；强命僧人离寺还俗，逼使僧人脱去袈裟充当屠夫和猎人，叫他们杀生破戒；禁止贵族和百姓信佛，改信苯教，否则要受到严惩，稍有反抗就被处死。

吐蕃赞普达玛，因灭佛废法，佛教徒说他是牛魔王下界，便在他的名字前面加个"牛"字，以示蔑视和丑化。因为"牛"字在蕃文中读"朗"，因此他的名字就成了朗达玛。

这一旷日持久的灭佛活动，使吐蕃境内的佛教势力受到毁灭性打击，有的僧人被捕被放逐，更多的人被迫还俗，一些名僧大德被杀。幸存下来的僧人，躲过王宫的迫害，偷偷带上一些佛经典籍，向上阿里、秦汉、喀木等地逃遁。

二

湟水谷地，冬夜愁惨。半轮冷月被一团乌云层层围裹着，远山丛林、荒丘、田垄、村舍被笼罩在夜幕里，显得格外瘆人。

在凄风那令人心悸的呼啸声中，万木瑟瑟发抖，摇曳着败坏枯秃了的树杈，间或响起三五声被山猫野狸惊起的昏鸦怪诞的叫声，一种惘怅茫然的感觉，蓦然间袭上行人的心头，勾起无限的愁绪。

这是一个漆黑的夜晚，途间没有行人，村庄寂寥无声，就连喜欢在夜间觅食的猫头鹰也不见踪迹。只有河谷的风，紧一阵慢一阵地吹着，卷起一团团枯枝乱草，发出"嗦嗦"的声响，倏然间，几个衣着褴褛、蓬头垢面的僧人，在夜色的掩蔽下，步履艰难地跋涉在荒郊野路上，漫无目的地寻找着栖身之地。打头的一个僧人看上去年约四旬有余，虽衣着褴褛、遍体尘土，但黝黑的脸庞丝毫掩饰不住冷峻刚毅、睿智机警的神色。他警惕地看看周围的环境，不时地回过头招呼同行的伙伴们小心前行。从他的神情看，他似乎在提防丛林中摇曳的枯枝乱影间，或是路边蓬乱的草棵里突然跃起的山贼路盗。然而，此刻的他，更惧怕附近巡逻的蕃军士卒。

这些僧人从雪域高原一路走来，昼伏夜行，不知越过了多少沟沟坎坎，不知绕过了多少蕃军的营帐，终于来到鄯州境内一个叫胡浪沟的山谷里。疲惫不堪的夜行人再也熬不过困乏，就地找到一处僻静的地方，打坐歇息。

"饶赛大师，这就是我们将要落脚的胡浪沟。"打头的那位僧人看看人都到齐了，便对一位身披绛红色袈裟的僧人说道："据当地人说，沿着这条沟上行二十里，崇山峻岭之间，森林茂密，蔽天遮地，泉溪汩汩，山上还有几个天然洞窟，稍加收拾，便可栖身。"

"格琼，这一路全靠你帮衬了，不然我这把老骨头，早就扔在荒郊野外喂狗了。"那个名叫饶赛的僧人全名叫藏·饶赛，年纪约五十出头，由于长年奔波亡命，使他的身体遭到严重损伤。这会儿，他气喘吁吁地说："唉，我们这一路逃来，从阿里、回鹘，辗转到了鄯州地界，途间不知遭了多少罪！唉，可诅咒的朗达玛啊！"

"我们遭罪事小，佛界的损失是大呀！"另一位叫玛尔·释迦牟尼的佛教大师，也愤愤地说："朗达玛一个灭佛令，毁掉了多少寺院，无数佛像被毁弃，无数典籍被焚烧，无数僧侣遭侮辱，唉，造孽啊。"

"唉，松赞干布的不孝子孙们，你们等着，佛祖不会饶恕你们的。"尤·格琼望着黑魆魆的四野，愤愤地说。

这会儿天快亮了，几位大师在一个山洼里稍事歇息，解除旅途的困顿后，席地而坐，诵经念佛，开始了他们一天的功课。环境是严酷的，随时都有厄难，但是，他们对佛祖的虔诚，任凭什么力量也是阻挡不了的。

碰巧，附近山村住着几户刚迁来不久的蕃人，他们发现有几个蕃僧在此地打坐，便主动烧好奶茶，带上酥油、炒面，给这些僧人送了过来。藏·饶赛他们为躲避蕃军的堵截，昼伏夜行，有好多日子没和生人打过交道，更不用说吃上顿奶茶和酥油糌粑了。

"谢谢你们，望佛祖保佑你们。谢谢。"藏·饶赛双手合十，连声道谢。

"大师，你们从哪里来，要到哪里去？"蕃民问。

"不瞒你们说，蕃地毁佛灭教，我们要在四处找一块崇佛理教的净土哩。"藏·饶赛见他们也是一群虔诚的佛教徒，便实话实说。

"唉，造孽啊。"那位蕃民摇摇头，叹息着说："蕃地'灭佛废法'，汉地的皇帝也蔑视佛教，开始禁佛啦。唉，时下的佛界，可是遭了大难了。"

"这可怎么办？"尤·格琼面露难色，指着沉重的行囊说："此处若无安身之处，这些佛学典籍可就保不住了。"

"大师，不用找了，这里就是崇佛理教的净土哩。"一位上了年纪的老人听了，不觉微微一笑，指着远山说："这条沟谷上游有座山峰，南倚唐述雪山，四周群峰环伺，谷中流水潺潺，森林茂盛。山上还有洞穴，正是佛爷们修行的好地方啊。"

约莫一个多时辰，他们做完了早功课，就着奶茶吃了酥油糌粑，然后又上路了。根据老人的指点，他们沿胡浪沟上行，在那儿觅寻一处修身养性、葳扬佛法的净土，好让濒临绝境佛教传承下来。

一条幽深曲折的沟谷，一条透迤天际的小道。他们不知走了多少个弯道，趟过多少次小溪，爬了多少个山坡，道路越走越窄，终于一座山峰横亘在他们面前。

他们沿着一条羊肠小道，艰难地爬上巅峰，极目远眺，立刻被眼前的景致所吸引，目不暇接，惬意无限。但见眼前群峰耸峙、峦岗苍秀，林密草盛，流水淙淙，那千姿百态的峰峦，深邃奇幻的沟壑，还有波浪般起伏的森林，竟如片片色彩艳丽的花瓣，簇拥轴芯，酷似卧莲。

"哎呀，天底下竟有如此旖旎风光，这真是你我修身养性的好地方啊！"藏·饶赛惊奇地望着眼前的景致，高兴地说。

"你看那山，千姿百态，深邃奇幻，层层叠叠，犹如一簇盛开的莲花。"玛尔·释迦牟尼也情不自禁地说。

"是啊，这是莲花生大师在冥冥之中昭示给我们的修炼圣地啊。"藏·饶赛兴致地说："我看，就把中间突兀的这座山叫莲花山吧！"

"佛祖显灵，莲花山便是重振佛门的圣地！"几个人忘情地赞诵着，觅寻栖身之所。

从此，寂静了千万年的莲花山，沐浴在佛光的普照之下……

三

在吐蕃，由达玛赞普掀起的禁佛灭法的活动，还在继续着。

在这场浩劫中，无数佛教寺院遭到损毁，被损坏的佛像扔到处都是，一堆堆佛教经典被烧成灰烬，不少僧侣被迫还俗，充当屠夫和猎人，叫他们杀生破戒，以此来摧残他们崇信佛教的信念和意志。佛教在雪域高原遭到了空前的摧残。

但是，达玛赞普的倒行逆施和他的种种劣迹，引起了广大佛教徒和信众强烈地的仇恨和反抗，整个逻些——不，整个吐蕃，都在暗流涌动，随时将掀起愤怒的排天巨浪，要把邪恶的达玛一伙吞噬掉。

会昌元年，逻些发生了一件惊天动地的事件：吐蕃赞普达玛，在他戒备森严的王宫里，被一个叫拉隆·华吉多杰的刺客刺杀身亡。

书中暗表，拉陇·华吉多杰是一位笃信佛教的武将。过去，追随先赞普墀·热巴津南征北战，立下了不少的汗马功劳。二十多年前，达玛弑兄夺位，执掌权柄，华吉多杰对墀·热巴津的死因十分怀疑，以为这是达玛发动的弑兄夺位的宫廷政变。然而，华吉多杰苦于缺乏证据，再加上达玛上台后和苯教贵族沆瀣一气，势力强大，仅凭他们几个中下层武将，根本奈何不了达玛，所以，只好忍气吞声，在虚幻缥缈的佛国世界里打发时光。岂料，达玛弑兄夺位当上赞普后所做的第一件事，就是灭佛禁法。达玛灭佛禁法的倒行逆施，不仅打破了雪域高原的宁静，也使这位蕃军将领陷入了迷惘和失望。这些日子里，他在痛苦中挣扎，也在痛苦中思索，幻想着有朝一日佛祖能点化邪恶的达玛，令他在罪恶的道路上幡然悔悟。然而，这个由牛魔王转世的邪魔达玛，在以后的灭佛活动中，非但没有收手，反而变本加厉地迫害那些高僧大德，达到了登峰造极的地步。

拉陇·华吉多杰终于明白一个道理：庆父不死，鲁难不已，吐蕃的这场灾难，就是由赞普达玛这个从魔国降临到草原上的恶煞造成的，不除去他，吐蕃就不会有安宁的日子！于是，他便精心策划、上演了一出在戒备森严的王宫里，刺杀达玛赞普的话剧。

这是一个漆黑的夜晚。

华吉多杰悄无声息地来到赞普夏宫附近的一片树林里，用锅底灰染黑了自己的脸庞和战袍，也染黑了心爱的战马，然后又擦拭弯刀，整理弓箭，待一切都准备停当后，便倚在一棵大树下，静静地等待。午夜时分，华吉多杰在夜色的掩护下，秘密潜入王宫，见达玛在寝宫饮酒作乐，两个姿容姣美的妃子，一边一个，坐在达玛粗壮的大腿上，莺声燕语，姿态肉麻，令人作呕。华吉多杰心想，此刻不动手，还待何时。于是，窥中达玛，张弓搭箭，连射三箭，达玛和身边的两个美人应弦毙命。

逡巡的王宫卫士听到赞普寝宫有异动，忙赶过去查看，但见几个王宫卫士被杀，寝宫宫门洞开，达玛赞普和两个妃子皆中箭身亡，鲜血流了一地。众卫士见状，大吃一惊，纷纷亮出手中的兵刃，四处搜索，捉拿刺客，灯笼火把把王宫照得如同白昼一般。此刻，华吉多杰就潜伏在宫墙一角的花圃旁，和搜寻的卫士近在咫尺，情况十分危急。突然，逻些上空乌云翻滚，电闪雷鸣，倾盆大雨不期而至。华吉多杰灵机一动，趁着大雨，用战袍遮面，避开卫士，冲出王宫，策马跃入汹涌滔滔的逻些河。逻些河的河水洗掉了华吉多杰涂抹在脸庞上、战袍上的锅底灰，战马的鬃毛也变得雪白雪白，在闪电的映照下格外威武。王宫卫士隔河相望，诧为奇事，以为是神灵显身，再也不敢追赶了。

于是，拉陇·华吉多杰才得以逃脱，奔走他乡。

拉陇·华吉多杰一路忍饥受饿，风餐露宿，还要躲避蕃军的追杀。吐蕃地界是待不下去了，于是，他沿着蕃僧们逃亡的路线，不知走了多少时间。终于辗转来到河湟地区。

这天，拉陇·华吉多杰由马信缰，来到鄯州，随便找家饭铺吃点东西。倏忽间，他听到有人提起玛尔·释迦牟尼，心头一热，回头张望，见是一个蕃人装束的中年汉子在说话。他见那中年汉子一脸风霜，忠厚老实，便悄声问那中年汉子：“朋友，你说的这个玛尔·释迦牟尼，是不是从吐蕃来的僧人？”

“你问这干什么？”那中年汉子顿时神色慌张，警觉地朝周围瞧瞧，然后反诘道：“你是什么人？为什么找他？”

"哦，别误会，我没有歹意。"华吉多杰善意地笑笑，解释道："我叫华吉多杰，刚从吐蕃来。我有一个朋友叫玛尔·释迦牟尼，是个僧人，还精通医术。我是他的俗家子弟，有要事要找他。"

"你说的是真的？"中年汉子似乎从主家那里听人说起过华吉多杰这个名字，说这个人是个英雄豪杰，刺杀了吐蕃赞普朗达玛，潜逃在外的话，于是，他仔细地打量着华吉多杰，迟疑地问："你……就是华吉多杰……"

"朋友，我华吉多杰行不改名，坐不改姓，骗你做啥。"华吉多杰清楚，如今的河湟地区，已经是吐蕃的天下，朗达玛遇刺身亡的消息，不可能不传到这里，说不定此时此刻，吐蕃缉拿他的海捕公文早到了鄯州节度使尚婢婢的书案上了。再说，达玛毁教灭佛，那些高僧大德只能在空山寂静、人迹罕至处落脚，当地人不相信生人打探，也是情理之中的事。于是，他耐着性子说："如今我也是避难之人，初来乍到，人地两生，忽听到你说起玛尔·释迦牟尼，我才斗胆向你打听，也好有个去处啊。"

"原来是这样啊。"那人笑笑，诚实地说："朋友，我这不是怕坏人在打他们的主意吗。这样吧，我知道他们在哪里，我的家离那儿不远，我带你去。"

因为天色已晚，他俩约定第二天清晨起程。翌日清晨，那人如约来到住处，于是，华吉多杰便在那人的带领下，上路了。

那人领着华吉多杰跋山涉水，整整走了一天。

"到了。"傍黑时分，那人遥指着群峦，饶有兴趣地说："这个地方叫莲花山，你要找的玛尔·释迦牟尼，就在这里修行。和他在一起的，还有吐蕃名僧藏·饶赛和尤·格琼两位大师。"

华吉多杰眺目一看，果然在昏暗的前方，影影绰绰看见一点灯光。

四

吐蕃赞普遇刺身亡的消息，不胫而走，迅速地在雪域高原刮起一阵阵雪崩式的飓风。

达玛遇刺身亡，首先感到震惊和恐惧的，是达玛赞普的大妃琳氏。此刻，她脸色苍白，表情复杂，顾不上悲哀和哭泣，一只手托着高高隆起的大肚子，一只手指东指西。大声地指挥着王宫里乱作一团的人们，甚至斥责那些因达玛的死吓慌了神儿的奴仆。可她心里很清楚，那个用羊毛团塞起来的肚子，恐怕今生今世再也不会给她生出个一男半女来的。

"总管，"这会儿，琳氏着急地问管家："去请大相老爷的奴才回来了没有？大相贝达那巾怎么说？"

"回禀王妃，奴才回来了。"派去请大相的人刚进门，急忙跪倒在地，战战兢兢地说："大相说，宫里出了这么大的事，他总得处置一下。等他处理完政事，马上就过来。"

"尚延力将军呢，他上哪里去了？"琳氏想想又问。

"尚延力将军和大相在一起，他答应就过来的。"奴仆知道，大妃所说的尚延力，是她娘家的弟弟，权势大得很，便小心翼翼地回答。

琳氏恶狠狠地瞪了一眼，呵斥道："既然这样，还回来做什么，还不去宫门口迎接大相！"

不一会儿，大相贝达那巾和尚延力将军便来了。琳氏迎上去，心急如焚地问道："大相啊，赞普殡天了，我该怎么办哩吗？"

"不要慌张，王妃。"大相贝达那巾知道，达玛赞普新亡，四周有多少双贪婪的眼睛在窥视着王宫，此时若有半点闪失，后果不堪设想。因此，当他喝得醉醺醺的，在爱妾的锦被中厮混的时候，猛听到赞普遇刺的消息，顾不得含情脉脉的爱妾，冒着大雨来到王宫，控制局面。贝达那巾来到王宫，指挥众人把缉拿凶犯、赞普治丧、严控时局、稳定朝野等一连串事情安置妥当，这时他才想起后宫里还有个大妃琳氏哩。

"事情到了这个地步，我怎能不慌哩。"琳氏似乎有些绝望地看看贝达那巾，指着隆起的大肚子，惴惴不安地说："赞普殡天，举行国葬，这事好办。可它怎么办？再不想想办法，它可就要露馅儿啦！"

"是啊，该想个办法处置了，不然，立嗣的事情可就要泡汤了。"尚延力是琳氏的亲弟弟，听姐姐这么一说，心里也有些打鼓。

"这……"贝达那巾沉默了一会儿，然后果断地说："事到如今，干脆一不做二不休，你就把他'生'下来。尚延力将军，请你尽快回府，将顶替的那个婴儿准备好，一到子夜时分送进王宫。切记，一定要严守秘密！"

"好，我这就去准备。"尚延力应了一声，奔出了王宫。

原来，赞普达玛虽有两个正妃，十几个偏妃，这些妻妾一个个容貌姣美，风情万般，但都没有为他生出个一男半女，为此，他很苦恼。一年前，他对妃子们说："你们谁先生出儿子，就让谁做王后。"

两个正妃，大妃琳氏，小妃叫蔡邦氏，都想做吐蕃的王后。于是，两人为争得王后宝座，使出所有手段，在生子立嗣上较上了劲儿，把个达玛赞普弄了个筋疲骨散。感谢苍天，不久，蔡邦氏那里传出消息，说小王妃已经有了身孕，过不了多久，就会给赞普生下一个大胖小子。琳氏听了心里很着急，可使出浑身解数，这肚子就是不争气。后来，还是大相贝达那巾给她支了一招，要她拿羊毛团塞在自己的腹部，佯装怀孕，先瞒过达玛和宫里人。待到分娩时，秘密地从娘家抱过来一个婴儿，瞒天过海，抢在蔡邦氏前面把孩子生下来。

就这样，琳氏的肚子在达玛的眼皮底下，一天天鼓胀了起来，就等着最佳"分娩"时刻的到来。

岂料，人算不如天算。再过一两个月，就到"分娩"期了，可就在此时，达玛遇刺身亡，整个吐蕃都塌了天了。

琳氏一想，达玛一死，这后宫的王后是做不成了，可母随子贵，母后的地位更加诱人啊。于是，不论如何，她要把孩子"生"下来，而且，"分娩"的时间就要在赞普殡天的这个晚上。

达玛遇刺身亡的噩耗传来，身怀有孕的小妃蔡邦氏，经受不住这一打击，眼前一阵眩晕，重重地摔倒在地上。这一跤虽然没有摔伤蔡邦氏，但动了胎气，就在琳氏张罗着要"生"孩子的时候，蔡邦氏早产了，生下了一个小王子！

蔡邦氏虽说是个女流之辈，平日里也温柔敦厚，一副温顺柔弱的样子，但骨子里却是一个刚强的极有城府的人。

她清楚地知道，在时下这个多事之秋，大妃琳氏绝不会只沉浸在达玛遇刺身亡的悲哀中，此刻的她，也许已经磨刀霍霍，向自己袭来。琳氏的娘家是吐蕃最有权势的纳郎家族，她本人又是一个权力欲和嫉妒心极强的人，在这场后宫的权力角逐中怎么能销声匿迹呢？况且，她又有大相贝达那巾给他出谋划策……这一切，对自己、对刚出生的王子来说，无疑都是风刀霜剑！

想到这里，她心里不禁一阵颤栗。为了她母子的平安，为了这个残破的家族，也为了这个风雨飘摇中的国家，她必须坚强起来。因此，在这个生死存亡的关键时刻，蔡邦氏拖着产后孱弱的身体，与命运进行着拼死的抗争。这天夜里，她从产房挣扎着起来，召集亲近之臣进宫，第一时间把小王子出生的消息传达给王廷，在世人面前争取小王子顺利承嗣的合法化。接着，又召集王宫卫队，加强警戒，以防不测。

无独有偶，恰在此时，宫中传来了大妃琳氏也"产"下一子的消息。

这一消息，使蔡邦氏感觉到危机正一步步朝她母子袭来，于是，她令宫廷侍卫日夜守护在小王子的房间里，严防敌人来袭。同时，她让女仆们在小王子的周围点上许多蜡烛，人一走动，烛光便随风摇曳，以此来防备外人的闯入。她还当众给小王子取名叫"维松"，蕃语的意思是"光明"。

五

彤云低垂，寒风刺骨。

初秋季节，一场不期而至的暴风雪，纷纷扬扬，向重峦叠嶂的吐蕃都城逻些袭来，顷刻之间，逻些的远山近岭，都过早地披上了一层雪白雪白的绒衣。

整整下了一天一夜的鹅毛大雪，将在夏窝子里放牧的牧人围困在山里。他们一边诅咒着天气，一边艰难地踩踏着厚厚的积雪，重新支好被大雪压垮的牛毛帐篷，赶拢走散了的牛羊，面无表情地望着白雪皑皑的大山。

几个牧人哆嗦着，挤在一起取暖。

"阿爸，这才秋天，就下这么大的雪，大雪一封山，这日子咋过哩？"一个蓬头垢面的少年说。

"不要紧的，现在还是秋天，等天一放晴，这满山遍野的雪就化了。"面色黝黑的父亲，抚摸着少年的头，安慰地说。

"炒面剩的不多了，曲拉也快吃完了，这天一时半会儿晴不了的话，我们可就要挨饿啦。"说话的是这个家庭的主妇，她还在一个劲儿地埋怨丈夫："我说要你多装些炒面，你就是不听……"

"算啦，你就别叨叨啦。"一位老者阴沉着脸，望着团团乌云，阴郁地说："乌云再厚天总会晴的，冰雪再厚也会融化为水的。但是，我们能不能平安回家，回家以后能不能过太平日子，这还要看老天爷的脸色哩。"

"阿爸，你在说什么？"那位家庭主妇不解地问。

"唉，汉人谚语说：'宁叫死爹娘，不叫死帝王'。"老人叹口气，布满皱纹的脸阴沉得难看，似乎在自言自语地说："唉，达玛赞普一死，吐蕃的老百姓又该遭难哩，唉……"

"这……"一听这话，大家都沉默了。

彤云密布，秋风萧瑟。

吐蕃王宫里，为了赞普立嗣，一场辩论在王妃、大臣们之间激烈地进行着，互不相让，剑拔弩张。

"诸位，我承认，小王妃蔡邦氏在赞普殡天的那个晚上确实生了一子，可是……"大相贝达那巾顿了顿，傲慢地说："可是，就在那天晚上，大妃琳氏同样生下一子，而且，时间比小王妃生子早了半个时辰。根据达玛赞普的遗训，早生的王子就该立为新赞普。因此，我们应当立琳氏所生的王子云丹为嗣。"

"这恐怕不对吧，贝达那巾大人。"对于贝达那巾的言论，小妃蔡邦氏并不感到意外，但很恼怒，便讥讽地问："大妃的孩子既然是那天晚上生的，就应该是一个不足满月的孩子，怎么会长出满口的乳牙呢？贝达那巾大人，你这是在信口雌黄，胡说八道！"

"这……"蔡邦氏一言既出，贝达那巾一时语塞，无言以对。

"这么说，你是在怀疑云丹不是我的儿子？"琳氏急了，拿出泼妇的横劲儿，蛮不讲理地说："告诉你蔡邦氏，你十月怀胎生了一子，我怀孕的时间一点儿不比你少。云丹就是我的儿子，告诉你们，谁也别想打他的歪主意！"

"琳氏，告诉你，真的假不了，假的也真不了！"蔡邦氏气愤已极，含着泪水，高声说道："谁不知道云丹是尚延力的孽子，还敢冒充赞普的骨血。你们兄妹偷梁换柱，这是要断赞普一脉的香火呀！"

"你……你胡说……"琳氏自知理亏，支支吾吾说不出话来。

"新赞普云丹在此，还不施礼参拜？"尚延力见状，恐争执下去阴谋败露，对他和大妃不利，便拔出腰刀，威逼着说："有谁胆敢妖言惑众，小心你的项上人头！"

　　尽管众大臣也怀疑这是一个阴谋，但在朝堂之上，一面是大妃琳氏泼妇般的叫嚣，一面是尚延力的威胁和恐吓，他们慑于大妃的淫威，没人敢提出异议。于是，大妃琳氏的儿子云丹，由尚思罗辅位，继立为赞普。

　　面对强权，蔡邦氏无计可施，又恐日后遭琳氏兄妹加害，便在近臣和娘家族人的护卫下，带着小维松回到自己的故乡山南。

　　时间一年一年过去了，维松和云丹也一天天长大成人，但是，天无二日，国无二君，这场由立嗣而引发的争议，并没有随着时间的变化而终结，而且在持续发酵，终于酿成吐蕃的分裂、灭亡。

　　当时，尽管唐廷势衰，吐蕃猖獗，但吐蕃新君继位由唐廷册封的仪轨并没有改变。然而，云丹嗣位后，既没有派遣使者赴长安，请求唐廷册立分封，也没有照会周边列国，只是在大妃琳氏与辅臣尚思罗的把持下，和贝达那巾、尚延力等人相互勾结，草草登基。琳氏与辅臣尚思罗、大相贝达那巾、将军尚延力把持朝政，相互勾结，沆瀣一气。而那些前朝元老和大臣们纷纷被斥退，不能预闻国事，眼睁睁看着由这些乱臣贼子祸乱朝政。

　　这天，王宫照例议会，进行朝觐。尚思罗、贝达那巾、尚延力等一批逆臣向新赞普叩首已毕，然后胁迫其他大臣也进行礼拜。众臣迫于压力，只好违心地叩拜。但是，也有首相结都那等大臣，藐视云丹，拒不行跪拜之礼，并一再对云丹的真伪提出异议，坦言要从山南迎回维松，继赞普位。

　　辅臣尚思罗等人淫威大发，杀害了首相结都那，还残忍地诛灭了结都那家族数百口人。尚思罗、贝达那巾、尚延力一伙的残暴行径，激怒了朝中大臣，也引起了各部族首领们的愤怒和斥责。吐蕃大地，暗流涌动，一场兵燹之乱，不可避免地在雪域高原爆发。

再说，小妃蔡邦氏蛰居山南以后，并不甘心失败，在王廷围绕立嗣的纷争中，她审时度势，抓住时机，依靠近臣和娘家族人的势力，拥立维松为赞普，并以山南为根据地，联络达玛旧部，扩充实力，屯集粮草，与逻些的云丹政权分庭抗礼，实施叛乱。

于是，围绕王权的继承权，由宫廷争执终于引发战争，维松、云丹由后妃及王族大臣、蕃军将领的扶持下，分裂成势不两立的对立集团，兴兵割据，互相征伐，杀得昏天黑地，天日无光。庄稼被焚，牛羊被屠，房舍被毁，老百姓纷纷逃亡，无数生灵惨遭涂炭，饿殍遍野，赤地千里。

从此，立国二百余年的吐蕃王国，走向崩溃。

第·**十九**章

chapter

吐蕃边将乱鄯州　河湟生民遭涂炭

吐蕃鄯州节度使尚婢婢，世为吐蕃相，婢婢好读书，不乐仕进，国人敬之。年四十余，彝泰赞普强起之，使镇鄯州。婢婢宽厚沉勇有谋略，训练士卒多精勇。论恐热虽名义兵，实谋篡国，忌婢婢，恐袭其后，欲先灭之……

《资治通鉴》卷二四七《唐纪六十三》

一

咆哮如雷的黄河，肆无忌惮地撕裂着小积石山的崇山峻岭，呼啸着朝下游流去。在它的身后，留下一串串亚赛珍珠般的峡谷盆地。居高临下俯视，一片片碧绿呈现在眼前，阵阵清风吹过，盆地里便翻起层层碧浪。在那碧绿浪花当中，俨然泛现出万紫千红。洁白、金黄、黛绿、殷红、深粉、浅蓝……林林总总，美不胜收。

书中暗表，吐蕃占据河陇地区各军州之后，为了强化对该地区的统治，一方面残酷压榨剥削河陇地区的百姓，为他们提供源源不断的物质财富；另一方面强迫汉人和其他部族，易服辫发，鲸面文身，推行蕃语，实行文化奴役和同化政策。同时，在这些地区设置军镇，强化统治。吐蕃占领河西、陇右地区后，在河州设东道节度使，作为河陇地区的最高军政长官。河州东道节度使下设沙州、鄯州、河州、洛门州、松州五个节度使。节度使下设部落，部落下辖有将，将设将头，每个部落有左右各十个将。驻军有二十多万众，占蕃军总额的三分之一。另外，还在河陇地区设立军镇，这些军镇既是独立于节度使的军事机构，也兼管民政，如陇州军镇、凉州军镇、瓜州军镇等。在赤岭以南设置赤雪冲、黄河九曲设玛冲。冲下置军，如九曲军、独山军等。

吐蕃鄯州节度使尚婢婢，此刻正驻足一座高峻的悬崖之巅，饶有兴致地欣赏着黄河峡谷姹紫嫣红的绮丽风光，还不时地举目远眺，脸上微显焦灼。作为雄霸一方的吐蕃大将，他心里明白，虽然眼前的景致是那样的旖旎，那样的静谧，然而，过不了多久，眼下的镇西关就会成为一个大屠场。

镇西关就坐落在黄河左岸的一块平坦的台地上。镇西关城小池浅，但很宏伟，隋、唐时，这里是通向积石军的军事通道，常有数百军士屯守，也居住着百十来户老百姓。陷于吐蕃后，驻守在镇西关的唐军撤走了，关内就剩下一些来不及随军撤走的普通百姓。镇西关虽小，但它北依积石，南临黄河，一条通衢大道横贯东西，是河州通向廓州的唯一通道，有着极其重要的战略位置。

尚婢婢是吐蕃羊同人，本姓没卢，名赞心牙。这尚婢婢从小喜欢看一些汉家的兵书战策，也喜欢舞刀弄枪，习练武艺，因此，文韬武略，无一不精。可有一样，他虽习文练武，但并不喜欢做官，年近不惑，也没弄个一官半职，人们对他十分敬重。然而他所处的时代是一个多事之秋，国家用人之际。所以，在他四十多岁时，架不住赞普可黎可足的再三征召，奉命出任鄯州节度使。尚婢婢宽厚沉勇，文武兼备，尽职尽责，训练出一支英勇善战的军队。达玛赞普遇刺身亡，吐蕃大妃、小妃的权力之争，导致吐蕃分裂。占领河陇地区的蕃军，也迅速分裂成为两大实力集团：一派是以鄯州节度使尚婢婢为首的"云丹派"，另一派则是以吐蕃节度使、洛门川讨击使伦恐热为首的"维松派"。两派即立，形同水火，势不两立，战争也达到了白热化的程度。

唐会昌二年，伦恐热以尚思罗拥立的云丹没有经过唐廷册命，不能算做真正的赞普为由，自封吐蕃国相，以"清君侧，诛琳妃""以正国家"的名义，征集数万部众，会师洛门川，发兵西征。

吐蕃赞普云丹得知消息后，派遣国相尚思罗统领大军，迎击伦恐热。双方在渭州薄寒山发生激战，尚思罗军大败，丢弃辎重粮草，退守松州。伦恐热趁势扩充实力，屠戮了渭州城。尚思罗不甘心失败，又征发苏毗、吐谷浑、羊同等部的青壮男丁，充实讨伐军，屯兵松州建立应对伦恐热防线。伦恐热大军兵发松州，见对方严阵以待，几乎无懈可击。于是，就利用吐蕃长年统治属部的矛盾，实施离间计。

两军阵前，他让士兵喊话，离间，离间尚思罗与苏毗、吐谷浑、羊同部的关系。同时，派人四下散步谣言，并威胁说："尚思罗逆天行事，扰乱国家，上天派大伦恐热来讨伐，你们怎么能助纣为虐呢？恐热是赞普任命的大伦，国内的兵卒都受他的管制，你们如果不听从，伦恐热会给你们生存的机会吗？。"

尚思罗军中的苏毗等部受到煽惑，都疑而不战，于是，尚思罗大军分崩离析，不战自退。伦恐热逐带轻骑渡河，苏毗等部都举起了降旗。

尚思罗见势不妙，单骑脱逃，为论恐热追获缢杀，其残众十余万，都被伦恐热收归麾下。伦恐热残忍嗜杀，他领大军自渭州赴松州，所过州县，杀人如麻，尸相枕藉。

击溃尚思罗之后，伦恐热并没有乘胜向南长驱逻些，去实践他起兵时许诺的"清君侧，诛琳妃"的誓言，而是西向略地，把主攻矛头指向了依旧忠于云丹赞普的鄯州节度使尚婢婢。

半个月前，尚婢婢巧使诱兵之策，暗地里一支精悍骑队，趁伦恐热不备，夜袭他的后营，辎重粮草付之一炬。伦恐热暴怒，发誓不报此仇，誓不为人。因此，迅速集结五万精锐步骑，气势汹汹，向河湟地区杀奔而来。

尚婢婢深知伦恐热生性暴戾，知道他遭此一劫，势必挟众报复，便早早地在沟壑幽谷之中布下伏兵，张网以待。

蓦然间，地面微微颤抖。阵阵如闷雷似的铁蹄踏地声，随即由远处迅速传来。只是眨眼工夫，地平线下陡然腾起一道黑色洪流，呼啸咆哮，汹涌奔腾而至。

是军队！千军万马，在黄河峡谷的大道尽情驰骋，扬起的黄沙蔽日，尘土漫天。一望无边的军阵，在一面面大旗的指引下，威武雄壮有排山倒海之势。漆黑大军的中军处，高高举着一杆象征三军统帅的白毛大纛。大纛之下，有一名年约四十，相貌如鹰视狼顾，极具枭雄霸主气质的中年汉子，他就是吐蕃洛门川讨击使伦恐热。

尚婢婢见此情景，脸上露出一丝笑，给随行的中军参将岌藏丰赞耳语几句，然后迅速走下悬崖。

黄昏时分，伦恐热大军抵达镇西关，已然人困马乏，只好在镇西关安营扎寨，埋锅造饭，准备在这里宿营。顿时，往日里寂寥冷落的镇西关，人喊马叫，熙熙攘攘，热闹了许多。

傍黑，时值侦骑回营复命，禀报前方侦察结果："将军，我们奉命一路侦察，距此二百里处发现尚军行踪，他们一路向西，狼狈逃窜。"

"情况属实？"伦恐热急切地问。

"如有半点妄言，甘受军法处置。"侦骑如实回答。

"各位将领，"伦恐热闻报，急忙召集众将领议事。他通报完军情，然后狂妄地说："速速传令下去，凌晨三更造饭，四更出发，三日内必须追上尚婢婢，消灭他们。"

夜幕降临了，奔波了一天的恐热士卒，个个钻进军帐里熟睡，鼾声如雷。关城内外，营外除了哨马逡巡，再就是一阵紧似一阵的河风和黄河发出的雷鸣般的涛声。

倏忽间，黑暗中闪过几个人影，绕过逡巡的敌兵，直扑镇中大营。他们潜入敌营后，很快找到粮车和马厩，拿出硫磺和火油，泼洒在上面，然后放起火来。恰在这时，天空电闪雷鸣，狂风骤起，刹那间，火借风势，风助火威，大火熊熊，照亮了镇西关的夜空。

这场大火，烧死伦恐热裨将以下数百人，烧毁辎重粮草无数。伦恐热以为是天神发威，十分恐惧，盘桓半月，不敢前行。

二

夜幕沉沉，苍穹冷寂。

天际间层层薄云飘浮，把广袤的大地笼罩在烟雾迷蒙的幽暗之中，令人感到一阵阵寒战和心悸。戒备森严的鄯州城，深街陋巷里偶尔传出幼童的哭泣，和几声低沉而又严厉的呵斥，旋即，这些哭声戛然而止，这里又迅速地归于寂静。只有一支支逡巡的蕃军，在城头上、街市里来回走动，使大战在即的鄯州城徒增不少凄凉和恐怖。

吐蕃鄯州节度使尚婢婢伫立在城头，手扶垛口，神色阴沉，一双略显疲惫的眼睛阴沉而郁闷地投向城外。城外，宽旷的野地里，是层层叠叠的蕃军——吐蕃分裂,以维松一派的大将军、洛门川讨击使伦恐热率领的蕃军大营。看着这些密密麻麻的恐热大军的营寨,尚婢婢的心绪变得越发沉重而复杂。

伦恐热大军兵临城下,守军势单力薄,鄯州城危在旦夕,这让尚婢婢焦灼万分。河源一战,尽管双方投入的兵力不多,战斗也不惨烈,但挟势而来的伦恐热大军,还是让尚婢婢损兵折将,吃尽了苦头,要不是手下部将庞结心领兵驰援及时,河源能不能守得住,还在两可之间。而在一个月前,尚婢婢巧布疑兵,在镇西关火烧敌军的辎重粮草,迫使伦恐热不战而退。今天,伦恐热率领十万精锐围城,意在一举拿下鄯州城,彻底歼灭他这股吐蕃云丹一派在河陇的势力,出出他在镇西关惨败的恶气。

"诸位将领,伦恐热依仗着维松政权的支持,倾巢出动,妄图一举拿下鄯州城。"尚婢婢清楚,这是一场实力悬殊的对决,绝对不能意气用事,于是,他在傍黑时分召集众将领,笑笑说:"目下,敌军十万围城,我守军不过两万,力量悬殊,不可力战。我的意见是,我军派遣一名将领,献以金帛、牛羊、美酒,犒劳彼军,使其志益骄而不为备。兵书曰,骄兵必败,到那时我们再来一个反击,不怕他不败。"

众将听了,莫不叫好。于是,尚婢婢给伦恐热致书言道:

相公举义兵以匡国难,阃境之内,孰不向风!苟遣一介,赐之折简,敢不承命!何必远辱士众,亲临下藩!婢婢资性愚僻,惟嗜读书,先赞普授以藩维,诚为非据,夙夜惭惕,唯求退居。相公若赐以骸骨,听归田苗,乃惬平生之夙愿也。

书写毕,遂遣一名能说会道的稗将,带上犍牛二十头,肥羊五十只,青稞酒五十坛,金帛若干,前往敌营下书。

然后，尚婢婢带领众将军登上城楼，以观动静。

却说，伦恐热得到尚婢婢的书信，喜出望外，问尚军稗将："鄯州城中有多少人马？你家将军尚婢婢现在在干什么？"

"回禀大相，城中守军尚有两万。为了接受大相的检阅，河源、积石方向的三万精骑也已经在路上。"尚军稗将果然能言善辩，不动声色地说："我家尚将军已在城中杀牛宰羊，准备明天开城迎接大相。"

"你该不是诳本相吧？"伦恐热眼珠圆瞪，疑惑地说："区区鄯州，哪有那么多兵将，你分明是在撒谎。"

"句句是实。"稗将不卑不亢，沉着冷静地说："大相应当知晓，鄯州是陇右重镇，自古就是兵家麇集的地方。自从婢婢将军出任鄯州节度使后，恪尽守土之责，广揽贤士，扩军买马，势力一点儿不比昔日唐朝的西海郡王哥舒翰差。""各位将军，"伦恐热心想，以尚婢婢的为人，不到万不得已，他是不会轻易示弱的。今天致书与他，说明尚婢婢已到了山穷水尽的地步，既如此，就应该倾尽全力去攻击他、消灭他。但是，论恐热是一个生性多疑的人。他又想，尚婢婢杀牛宰羊，以迎大军的话绝不可信，但也说明一点，这就是我军兵伐鄯州，以尚婢婢的文韬武略，尚军早有准备，况且，尚军还有积石、河源两支人马，说不定这两支精骑已经在驰援鄯州的路上。我若攻城，势必形成腹背受敌，到那时……想到这里，伦恐热倒惊出一身冷汗。

伦恐热不愧是久历战场的一代枭雄，此刻，他脸色一转，哈哈大笑，拿起尚婢婢的书信一边给诸将看，一边说："尚将军致书与我，尊我为相，真识时务也。将来我一旦得到国家，以尚将军的韬略，我当以宰相之位许之。"

"将军……"众部将不解，迟疑地望着伦恐热。

"各位将军，尚将军劳军，足见诚心待我。"伦恐热十分欣赏自己的这一判断，对众将说："令各部黉夜准备行装，明天一早撤兵。"

然后，给尚婢婢修书一封，勤厚答之。

"燕雀安知鸿鹄之志！"次日凌晨，尚婢婢望着伦恐热大军远去的背影，抚髀笑曰："吐蕃分裂，幼主难保，我就是投降，也只能投降大唐，岂能降你犬鼠之辈乎！"

山雨欲来，战云密布。

会昌四年，论恐热又纠合二十万部众，进攻鄯州。一时间，不论是通向鄯州的通衢大道，还是山间小路，到处都是旌旗招展，战马嘶鸣，恐热的兵像决了闸的洪水，气势汹汹，向鄯州漫来。

在敌强我弱的形势下，尚婢婢分兵五路，连环出击，硬生生斩断了伦恐热大军的两翼，大败论恐热。伦恐热连着打了几个败仗，损兵折将，士气低迷，只好退保东谷山，坚壁不出。

尚婢婢分兵击溃伦恐热大军后，又集结人马，将东谷山团团围住，在东谷山周围遍置木栅，然后断绝其粮道和水源。伦恐热生性残忍，狡诈多谋，兵败被围后，越发暴虐残忍，属下人人思叛。部将岌藏丰赞出面劝阻，反受其辱，一气之下，率领本部人马，下山投降了尚婢婢。

伦恐热孤立无援，数日后，只得率百骑突围，其余兵将尽降。伦恐热兵败至薄寒山，收集残众数千人，先战于歇鸡山，后战于南谷峡，都大败而归。

此一役，伦恐热二十万大军，死的死，逃的逃，再加上临阵倒戈，投降尚婢婢的兵将，其主力几乎损失殆尽。

三

屡战屡败，屡败屡战，伦恐热并不甘心失败。

会昌五年十二月，他又召集诸部进攻鄯州。尚婢婢派遣部将庞结心、炭藏丰赞，各领兵五千，前往阻击。伦恐热又遭大败，仅与亲信数十人逃遁。

就在此时，尚婢婢传檄河湟各地，列举伦恐热的种种罪行，劝谕道，"河湟百姓本为唐人，现在吐蕃无主，将相残虐，你们应当起来，归返大唐，再也不要受论恐热的驱使，残害自己的同胞！"在尚婢婢强大的宣传攻势面前，那些追随伦恐热的部众，纷纷离散，有不少人甚至投奔到尚婢婢军中。伦恐热大军军心动摇，四面楚歌。

会昌六年，唐武宗李炎去世，举国治丧。伦恐热乘机诱使党项及回鹘余众，进犯河西，企图扩展地盘，广辟兵源。唐廷令河东节度使王宰率领代北诸军阻击。王宰先派沙陀人朱邪赤心为前锋，从麟州渡河，在盐州大破伦恐热，伦恐热伸向河西的魔爪被斩断。

翌年仲春季节，伦恐热又遣大将莽罗急藏，统兵二万，西击湟水。行至常川，被尚婢婢大将拓跋怀光一举击败，莽罗西藏率残部万余，投降了尚婢婢军。

伦恐热在和尚婢婢的争斗中一再落败，遂恼羞成怒，准备掷下最后赌注，与尚婢婢决一雌雄。唐大中三年二月，伦恐热聚集兵力屯于河州，准备西上湟水流域，攻伐在河源军的尚婢婢。

尚婢婢大军在和伦恐热的战争中取得一连串的胜利，骄奢淫逸的情绪在军中滋长蔓延，将领们纷纷来找尚婢婢，慷慨陈词，请求出战。

"将军，末将愿带五千人马，前往积石关，定斩伦恐热于马下。"一稗将立于帐中，慷慨陈词。

"将军，让末将……"另一稗将也紧随其后，上前请命。

"众位将领，万万不可轻敌。"尚婢婢熟读兵书战策，深知"骄娇"二字对军队的危害，摆了摆手，劝阻说："伦恐热乃世之枭雄、草原狡狐，与我军作战中虽屡屡战败，但并未伤其根基。若我军骤胜而轻敌，彼穷困而致死战，战必不利。"

遂率军东下，防守黄河北岸，以逸待劳。岂料，部下诸将不听劝阻，擅自渡过黄河，前去迎战伦恐热。尚婢婢闻报大惊，暗自思忖：众将不听忠告，必将招致杀身之祸。为防意外，他亲自率领将士，镇守黄河渡桥。果然不出所料，那些部下将士，不久便遇到伦恐热主力，一战即溃，铩羽而归，还白白断送了几员战将的性命。尚婢婢知道此战已严重影响部众的士气，只好收集余众，趁着桃花汛期来临，黄河水上涨，焚毁河桥，率众返回鄯州。

大中四年，岁在庚午。

这年初秋，在蕃军战乱的夹缝中苟延残喘的人们——那些汉人，也包括蕃人、党项羌人、鲜卑人，好不容易盼来一个丰收季节。他们面露饥色、惊魂未定的脸上，终于露出了一缕笑意。然而，一则伦恐热又要与尚婢婢开战了的消息，令他们惊慌失措，来不及收拾田园里已经成熟和即将成熟的糜谷、荞麦，又纷纷逃离家园，奔走他乡。

九月初的一天，伦恐热果然派遣大军出击河州以西的鸡项关，在黄河上建造浮桥，然后以大队人马渡河，向尚婢婢军占据的龙支、柴沟一线进击。尚婢婢闻讯后，指挥部队在白土岭一线设防，遂令部将尚铎、罗榻藏统兵固守，抵御来犯之敌。

这天，伦恐热兵至，尚铎、罗榻藏率领守军沉着应战，双方围绕白土岭的争夺，展开了激烈的战斗。

白土岭，南凉政权时，曾在这里筑白土城，用以抵御西秦王国的袭扰。白土城城小池浅，但由于南控黄河，北抵龙支，战略地位十分突出，历来为兵家所不弃。到了唐代，虽然陇右节度使在黄河沿岸建有若干个军镇，但在白土城仍驻有一支唐军，逡巡临津渡的安危。但是，蕃人是草原民族，主要由蕃人组成的蕃军，惯常于攻城掠地，驰骋原野，但对筑建城池，凭城坚守，则往往不予重视。因此，白土岭阻击战开始前，尚军部将尚铎、罗榻藏循着草原民族的惯性思维，放着险关要隘不用，立足于战马驰骋，野战搏杀。然而，当数倍于尚婢婢军的伦恐热大军铺天盖地，冲到阵前时，才发现自己的那点兵力，捉襟见肘，根本阻挡不了敌军的轮番攻击。

尽管尚铎、罗榻藏攻守防备上的排兵布阵已注定了己军的败局，但是，白土岭的战斗是惨烈的。当伦恐热大军潮水般涌来时，坚守在白土岭的尚婢婢的蕃军，在主将尚铎、罗榻藏的指挥下，毫不动摇，沉着应战。战场上，双方将士都杀红了眼，惨烈的战斗从早上持续到傍晚，阵地还牢牢地控制在尚婢婢军手里。明日再战，又是一场生死的较量，战至午后，五千守军全部战死，无一生还，白土岭战事结束。

白土岭的防御战遭到惨败，尚婢婢又令部将磨离黑子、烛卢巩力，领兵五千，在牦牛峡抵御迎战。然而，大敌当前，两位将军却为战场的攻与守，发生了严重的争执。

战前，主将磨离黑子不待与副将烛卢巩力商量，便指挥士卒安营扎寨，凭险而守，以逸待劳，等待敌军来攻。

"磨离将军，白土岭的教训犹在耳际，此法万不可取。"副将烛卢巩力视察牦牛峡的山势地貌，冷静地说："按兵驱险，不宜正面与之交锋，而以奇兵绝其粮道，使进不得战，退不得还，不过旬月，其众必溃。"

"烛卢巩力过虑了。"磨离黑子坚决不同意，狂妄地说："牦牛峡沟壑纵横，地势险要，我军在此布阵，纵使敌军有神仙助阵，也别想越过牦牛峡天险。"

"唉，如此墨守成规，迷信山险地促，必败无疑。"烛卢巩力见磨离黑子不为所动，负气地说："我宁为不用之人，也不做败军之将。"

于是，烛卢巩力借口身体有恙，返归鄯州。

不日，伦恐热兵至，磨离黑子仓促迎战，兵败身亡。

四

深秋的鄯州，愁云低垂，大地凄怆。

尚婢婢兀自坐在鄯州节度使署的大堂上，思绪滚滚，感慨万千。当年，他受先赞普可黎可足之聘，出任鄯州节度使，镇守河湟地区。那时候，吐蕃已经完成了对河西、陇右的军事占领，唐蕃之间的关系也因"长庆之盟"的建立而趋于缓和，他在鄯州任上也曾有过数年的惬意时光。然而，风云突变，好景不长。可黎可足遇害、达玛灭佛遇刺、二妃争锋吐蕃分裂，这一连串的变故，对他打击不小。当时，他也曾有过急流勇退，归隐草原的念头，但还来不及细想，伦恐热的大军气势汹汹地杀奔过来，企图一口吞噬了他。

风起云涌，时乖运蹇，面对咄咄逼人的伦恐热大军，尚婢婢放弃了归隐原野的念头，率领河湟将士，与伦恐热展开旷日持久的争战。

战争的开头几年，胜利的天秤总是向他倾斜，首战镇西关、再战东谷山，河州长川一役，伦恐热大军几乎全军覆灭，主将伦恐热只带领几员心腹战将，落荒而逃。尚婢婢心想，依照这个形势发展，蕃军进取河西，廊清秦陇，也就是个时间问题了。每每想到这里，他喜不自禁地说："这是苍天庇佑，我吐蕃中兴有望啊！"

然而，白土岭一战，尚婢婢军全军覆灭，军前两员大将尚铎、罗榻藏命丧黄泉。讯息传到鄯州，尚婢婢犹若迅雷击顶，万箭穿心，痛彻心扉。不得已，他把抵御敌军的希望寄托在牦牛峡之战，是啊，他多么希望有一场胜仗来提振将士们的士气啊！然而，接下来，牦牛峡惨败，守将一死一病，又让他心乱如麻，气涌丹田，大叫一声，昏厥于地。

这天下午，尚婢婢安神定气，召集部将，商议对策。

"诸位将军，我悔不听诸位的忠告，轻率用兵，错误用人，以致我军一败再败啊。"尚婢婢泪流满面，凄凉地说："牦牛峡失陷，使鄯州失去屏障，伦恐热大军不日将至，鄯州危矣。"

"将军，末将有一计，可扶倾厦于既倒。"大将庞结心思量半响，建言道："我军虽败，精锐尚存，只要我们暂弃鄯州，转进河源、环湖一带，以祁连山地为依托，与之周旋，必有转机。"

"庞将军所言极是。"大将拓跋怀光也诚恳地说："河源、环湖地区北可抵祁连，南可达广袤，回旋余地大，可暂避敌军锋芒。只要我军这面旗帜尚在，不假时日，仍可重振雄威，恢复失地。"

"两位将军，你们说的都有道理，只是……"尚婢婢沉思片刻，阴郁地说："只是伦恐热大军此来，必有一番恶战。我军连失白土岭、牦牛峡两阵，折我三员大将，将士士气低迷，无心再战。再说，旷日持久的征战，军中粮秣消耗殆尽，很难以与之长期对峙啊。"

"将军，强敌当前，国家危急，该怎么办你就下命令吧！"众部将一所，没有了主意。

"众将军，容我想想。"尚婢婢看着眼前的场景，心乱如麻，陷入了沉思。良久，他慢慢地抬起头来，悲哀地说："各位将军，你们追随我多年，抛家舍业，风餐露宿，抛头颅，洒热血，吃尽了苦头。时至今日，我再也不愿为一个没有前途的国家殉命了，请大家听我一言相劝，放下武器，跟我到一个没有杀戮的地方去，以免你我的眷属惨遭涂毒啊。"

"将军……"庞结心心中惨然，吃惊地问。

"我意已决，请各位不要再说啦。"尚婢婢悲切之际，缓缓地说。

"将军若去甘州，末将也不反对。但是，鄯州可不能就这样轻易地交给伦恐热。"拓跋怀光浩气凛然，朗声说道："将军，你带领大军转进甘州，让我来留守鄯州。只是，末将的家眷就托付给将军了。"

"如此，我也愿留下来，重整河源军，以策应拓跋将军。"庞结心也执拗地说。

"好吧……"尚婢婢在绝望中哀鸣道："令你二人各领兵五千，分守鄯州和鄯城。记住，鄯州是我军的根基，要善待鄯州百姓。还有，万一鄯州守不住，要保住实力，千万不要死守……"

几天后，尚婢婢带领三千人马，与庞结心、拓跋怀光洒泪告别，去了祁连山北麓的甘州草原……

却说，伦恐热率大军取得白土岭、牦牛峡胜利后，原本取道积石关向西进发，但在行军途中侦知尚婢婢撤兵甘州，鄯、廓二州兵力空虚的消息，遂挥师北上，转而进攻尚婢婢的大本营鄯州。

鄯州守将拓跋怀光面对挟势而来的敌军，凭借鄯州城坚池广，据城坚守。鄯州百姓也深受伦恐热军的残害，纷纷拿起武器，协助拓跋怀光守城。鄯州军民，同仇敌忾，坚守坚城，将伦恐热大军拒于坚城之下。

伦恐热围城十数日，攻城不下，又有河源、廓州两路尚婢婢军袭扰粮道，攻击后方，恐后方有失，遂罢战撤围，转而向廓州进发。又有廓州守城军民，同仇敌忾，顽强抵御，伦恐热损兵折将，廓州岿然不动。

伦恐热攻城，连连受挫，气急败坏，便纵兵逞凶，大掠鄯、廓两州的乡间，遇青壮年便杀，遇见老弱和妇人，不是砍腿就是割鼻子，甚至用刀挑着婴幼儿童以为游戏，其暴行之残忍，令人发指。在回渭州的途中，残酷屠杀手无寸铁的百姓，放火焚毁百姓的室庐，千里之间，赤地殆尽。

五

大中五年，岁在辛未。

在吐蕃军阀毫无休止的混战中，鄯州城处处残垣断壁，满目疮痍。到处是兵燹天灾留下来的痕迹，田园草场不见野老农夫、村姑牧童；城墟乡村不闻欢歌笑语、鸡鸣犬吠。那荒芜的田垄，灼伤的树木，残败的村落，横陈的尸骨，无一不在控诉着吐蕃边将在昔日南凉国都的残暴行径！

河风吹散弥漫在天空的血腥腐臭，却吹不尽满目疮痍。偶尔传来三两声乌鸦凄厉地啼鸣，使劫后空旷的原野显得更加凄凉和悲怆。

已经是清明时节了，了无生机的雏都寨，终于三三两两走出一些衣着褴褛、垢头蓬面的人。他们先探头探脑地左右观察，当确信寨外没有蕃军时，才放心大胆地走向村寨的近郊，去给亲人上坟祭奠。

二十多年了，吐蕃边将尚婢婢和伦恐热的战争旷日持久，河湟百姓惨遭兵燹之灾，无处不戴孝，村村冒狼烟。雏都寨因是尚婢婢的军粮生产供应的重点村寨，战乱开始时，还受到尚军的保护，损失不大。但到后来，随着两派蕃军拉锯式的战争加剧，尚婢婢连自己的命都不能保全，哪里还顾得上屯寨的安危哩。由于战争的破坏，昔日有着上千口人的雏都寨，如今是十室九空，连同以后搬来的蕃人、羌人、鲜卑人，总共不及四五百人，就在这座被战乱摧残成千疮百孔的村寨里苟延残喘。

今年的雏都寨，又添了不少新坟。去年，尚婢婢因连打了几个败仗，士气低迷，力促势蹙，难以与伦恐热大军抗衡，遂留部将拓跋怀光镇守鄯州，自己率领部众三千余人，移居水草丰美的甘州一带。伦恐热乘机攻掠鄯、廓二州。残虐的伦恐热见鄯州久战不下，便纵兵抢掠，屠了几个村庄，其暴行令人发指，罄竹难书。被焚的村庄，大火熊熊，余烬数日不息。

书中暗表，切吉和拉姆十年前离开桑格草原来到雏都寨定居的。那是一个血雨腥风的岁月，可恶的伦恐热为了一己之私，居然枉动刀兵，在河源地区与吐蕃大相尚思罗展开了殊死的搏杀。战事以伦恐热的胜利宣告结束，但对生活在草原上的百姓来说，无疑是一场空前的浩劫。格桑花盛开的桑格草原，就是在那场惨烈的厮杀中被毁灭的，无数牛羊被劫，无辜百姓遭屠，伦恐热临撤兵时，又一把大火将草原烧个净光。

在这场战乱中，切吉和拉姆虽然躲过了刀兵的屠害，但家园被毁，他们又身陷绝境。无奈之下，一家人便开始了逃亡的生涯。陌途漫漫，举目无亲，哪里才是切吉的归宿呢？情急之下，切吉想到了昔日征战过的湟水谷地，雒都寨曾给他留下不可磨灭的印象。一年以后，蓬头垢面的切吉和他的家人历经周折，终于来到了雒都寨。虽然河湟已经是吐蕃的占领区，吐蕃军阀无休止的内讧，已经使美丽丰饶的鄯、廓诸州残败如此，但雒都寨的乡民们还是热情地接纳了切吉和拉姆，使得饱受流离之苦的切吉有了栖身之地。切吉欣慰地说："谢天谢地，我切吉终于有了一片安身立命的地方。"

然而，风云叵测，无情的灾难还是再次降落到这个不幸的家庭。切吉和拉姆就是在这次屠杀中失去小儿子确布的。那天，确布和几个小伙伴去山坡上放羊，正在玩官兵捉贼的游戏，倏地，从山间小路上冲过来一队伦恐热兵，残虐地杀害了几个放羊的小孩，羊只也尽数被掠走。

噩耗传来，切吉和拉姆痛彻心扉，悲泪涟涟。切吉抓起一把铁锨，冲出去要跟恐热兵拼命，被闻讯而来的王盛夫妇拦下，好说歹说劝回了家。

"切吉大哥，你这么单枪匹马的出去，使不得啊。"王盛脸色阴沉，眼含悲泪，同情地说："他们就是一伙丧尽天良的禽兽，你这么出去，不是白白送死吗？你走了，嫂子怎么办？"

"拉姆嫂子……"他俩还没进门，就听见屋里一声惊呼，王盛妻子急切地喊道："拉姆嫂子你醒醒……"

他俩急忙跑进屋一看，拉姆悲痛欲绝，已经昏过去了，王盛妻子一手摇晃拉姆的身躯，一手掐住她的人中穴，紧急施救。

"我的儿啊……"半晌，拉姆才出了一口气。

"大哥，嫂子，事情已经这样了，请节哀吧。"王盛望了望尚在悲痛中的切吉夫妇，轻声地说："我去找两个后生，先把小确布的后事处理了吧。"

切吉泪流满面，无声地点点头。

在这次蕃军的暴行中，雒都寨又有一百多人惨死在蕃军的屠刀之下，其中就有不少是迁徙到这里不久的蕃人。

阴霾滚滚，风云乍起。

尚婢婢转进甘州后，仍留主力拓跋怀光于鄯州，为日后战胜伦恐热打下了基础。河湟地区的蕃人成为这段历史时期左右时局的主角，尚婢婢兵败，他们蒙受屈辱和杀戮，在围歼伦恐热的战斗中他们又是冲锋陷阵的英雄。

由于伦恐热生性残虐，嗜杀成性，百姓深恶痛绝，部下多有叛离之心。鄯州守将拓跋怀光窃得这个机会，不断派人劝诱离间，伦恐热部属或流散地方，投奔蕃人部落；或反戈一击，投向拓跋怀光大军。如此一来，伦恐热处境日窘，力促势蹙。

伦恐热恐如此下去，部属有残烬星散之虞，便蛊惑道："我已依附大唐，不久将从唐廷借兵五十万，以廓清河陇，一统吐蕃，然后以渭州为国城，吁请大唐皇帝册封我为吐蕃赞普，到那时，谁敢不从。"

翌年五月，伦恐热果然具表投诚大唐王朝，并请求唐宣宗李忱封他为河渭节度使。对于伦恐热在河陇地区的残暴行径，宣宗李忱早有耳闻，于是，只接受伦恐热的降表，而对他的封官请求，未予允许。

伦恐热此举没有达到目的，遂怏怏离开长安，回到老巢洛门川，聚其旧众，欲为边患。

此刻，伦恐热众叛亲离，力促势衰，军中所依从者寥寥无几。恰在此时，又逢阴雨绵绵，士卒食物匮乏，又有部落坚壁清野，得不到粮草供应，于是，军心涣散，士卒大量逃亡。更有甚者，伦恐热的得力干将尚延心，看到伦恐热势蹙力促，便率所部，果敢地举起义帜，河、渭各州重新回归大唐王朝，陇西一带已无伦恐热的立足之地。

无奈之下，伦恐热带着三千多人的余部，凄凉地离开统治二十余年的陇塬，仓皇逃奔廓州而来。

唐武宗会昌年间，吐蕃灾荒连年，人畜饥疫，死者枕藉，无暇顾及河陇。河陇吐蕃边将尚婢婢和伦恐热为了争权夺利，相互厮杀，一时大乱，吐蕃势力衰落。大中初年，唐王朝乘机收复陷于吐蕃的原州、乐州、秦州和石门、驿藏、木峡、特胜、六盘、石峡、萧关。"三州七关"的收复，极大地鼓舞了河西、陇右地区包括蕃人在内的生民百姓反抗吐蕃统治的斗争。

不久，河西义军张仪潮的势力发展到河湟流域，鄯、廓、兰、河、渭、岷诸州，皆回归大唐。伦恐热已经到了山穷水尽、走投无路的地步。

逃到廓州的伦恐热，并不甘心失败，四处奔走，打算纠合吐蕃部落，继续边患河湟。各部落在军阀混战中深受其害，不但不为所动，甚至还以伦恐热为仇敌，处处设防，坚拒入境。

咸通七年，张仪潮部鄯州城使张季颙与伦恐热交战，在湟水河畔大败伦恐热，缴获大量粮秣、战马和器械。伦恐热又率残众袭扰彬宁，被彬宁节度使薛弘俘获，先刖（yuè）其足，数而斩之，献首级与京师。

伦恐热死后，其残众东奔秦州。陇西守将尚延心率部邀击，悉数被歼，所获俘虏，全部迁往岭南。

至此，吐蕃在河陇的最后一支残余武装势力被肃清，它在陇右、河西、碛西地区的统治全面结束。

第._{chapter} 二十 _章

毁屯寨蕃军逞雄　战河湟竖子骂关

……及潼关失守，河洛阻兵，于是尽征河陇、朔方之将镇兵入靖国难，谓之行营。曩时军营边州无备预矣。乾元之后，吐蕃乘我间隙，日蹙边城，或为掠劫伤杀，或转死沟壑。数年之后，凤翔之西，邠州之北，尽蕃戎之境，淹没者数十州。

《旧唐书》

一

时光荏苒，星移斗转，转眼已到了唐懿宗李漼的咸通年间。

书中暗表，唐大中十四年，宣帝李忱病逝，二十七岁的李漼被宦官迎立为帝，是为唐懿宗。在唐代，懿宗李漼是个出了名的昏庸皇帝。在他即位时，唐朝政局充满危机，积重难返。他即位后，时局更加动荡。大唐王朝风雨飘摇，危若垒卵。吐蕃政权统治下的河湟地区，也处在兵

338

爨叠加，天灾丛生，民不聊生的地步。经济凋敝，田园荒芜，豪强肆虐，疬疫盛行，生活在河湟的百姓，真是苦不堪言呐。

又是一个暮春季节，大地泛青，杨柳抽芽，冷寂了一个冬季的太阳，终于释放出懒洋洋的暖意。

一个体魄伟岸的人影，踽踽独行于昔日繁华滋荣的鄯州城内，横穿一条长街，几乎由城东走到城西，竟没有看到一个商贾市民，没听到一声犬吠鸡鸣，一切都冷寂的令人发怵，就连迎面吹来的春风，都感觉到凄凄惨惨，透着一股子寒意。随风扬起的黄沙衰土，吹得人泪眼迷离，心绪悲凉。

在阳光的照射下，到处都是破屋颓垣，散发着灰烬呛人的气味。不速之客仔细地打量着周围的环境，使劲儿打开孩提时代的记忆，心里疑惑地发问："这还是过去的那个鄯州城吗？"

是呵，眼前的鄯州城，黑得像灶膛一样的残垣断壁，一堆连着一堆的瓦砾，哪里还有什么南凉皇城的楼台亭阁，哪里还辨得出鄯州府衙的官邸庭堂！就连沿街的上百棵滋荣华盖的汉槐唐柳，也被大火烧得皮焦枝残，气息奄奄。唉，二十余年吐蕃边将的混战，竟使河湟地区的第一大镇城残池颓，一片瓦砾。

战乱，又是战乱！在他的记忆里，鄯州虽不及中原繁华，但也田畴连片，邑室相接，寻常百姓也能过上鸡鸣犬吠的宁静生活。那时候，私塾先生常常朗诵的诗词，便是早年间陇右节度使幕僚高适赞美鄯州年节时欢乐场面的一首绝句，他至今熟记于心。此刻，他轻轻地吟唱道：

万骑争歌杨柳春，千场对舞绣麒麟。

到处尽逢欢洽事，相看总是太平人。

然而，时过境迁，昔日繁华的鄯州，几经战乱，饱受涂毒，竟然残破如此，生民百姓更是身处水深火热的窘境！

不速之客年约四十来岁，身穿华丽的蕃服、头留蕃人发辫，乍看起来，像是一个蕃人贵胄，又像是蕃人富豪。然而，他却踽踽独行，形单影只，既无仆从相伴，又无护卫跟随，与蕃人贵胄巨富动辄车马随行，护卫成群的景况，大相径庭。他彳亍于瓦砾成堆的街道上，看到鄯州城衰败到如此地步，摇头叹息了好一阵子，又缓步向城墙根的一片民房走去，仿佛在搜寻什么。

残破不堪的城墙下所谓的民房，是几十间临时用苇草和泥巴搭筑起来的窝棚，东倒西斜，摇摇欲坠。

残垣断壁之间突然走来一位衣着整洁的不速之客，引起这些人的好奇甚至骚动，他们瞪着惊讶的目光看着他，脸上显露出轻蔑和敌意，在轻声议论："哟，今天是啥日子，竟会有贵客来？"一个白发老人有些好奇地说。

"啥贵客不贵客的，还不是绵羊身上的一只草螕！"一个瘸腿的汉子说着，眼睛里充斥着敌意。

"小声点，此人有来头，小心大祸临头。"一个老妪白了那瘸腿汉子一眼。

"怕什么，已经潦倒到如此地步，就是杀头也无所谓了。"瘸腿汉子满不在乎，恨声恨气地说。

"是啊，早死早转世，何必再受这个罪哩。"那个白发老人叹口气，喉咙里发出一声呜。

"李员外，你可不能这么悲观啊。谁不知道，当年你家也是家资万贯……"瘸腿汉子嬉笑着说道。

不速之客蓦然听到有人叫声"李员外"，身体微微一颤，止住脚步，循声望去，只见几个墙根晒太阳的翁媪，比比划划地在议论他。他仔细辨认，没有发现他要找的人，便失望地离开城垣，朝雏都寨方向走去。

他的身后，比刚才多了几个身着蕃军装束的军汉，以及马匹军资。

不速之客名叫张霖，是雏都寨张虎的儿子。当年，蕃军占领鄯州，要当地百姓易服蓄发，鲸面文身，而且还强征了雏都寨的田产。他爷爷与蕃军理论，被蕃军打伤，不久就气绝身亡，撒手人寰。张虎气不过，便和李豹一起，烧了蕃营，带着家小连夜逃奔他乡。后来，打听到河湟军户队首领李志勇在河西起事的消息，他又投奔了李志勇的义军。那时候，张霖不过是八九岁的孩提，有些事儿还依稀记得。

数十年过去了，父亲张虎已不在人世，张霖也年近不惑。由于他自幼儿受到张、王两家武术世家的熏陶，在义军又拜李豹为师，习文练武，成长很快，是陇西地界一支义军的头领。

张霖此番扮作蕃军来到鄯州，一来受义军首领的派遣，深入鄯、廓诸州开展侦察活动，掌握蕃军动向，了解百姓疾苦，为日后的军事行动做准备。二来是借机回趟雏都寨，寻找失散多年的姑爹王盛、姑姑张天霞的。他依稀记得，姑爹还有个孩子叫占彪，他们离开雏都寨的那一年，小占彪刚开始"侬呀"学语，只有两三岁大小。

他想，如果没出意外的话，他这个表弟也应当是三十开外的车轴汉子了。既然如此，表弟也该有孩子了……

二

张霖来到雏都寨前，举目望去，雏都寨却是一片废墟。

"啊？这是雏都寨？"他翻身下马，趋步向前，惊讶地说："怎么会是这样的呢？雏都寨这是怎么啦？姑爹他们呢？"

然而，四野空旷，冷寂荒凉，没有人回答他。

张霖茫呆呆望着被蒿草覆盖着的残垣断壁，眼泪汩汩地流下脸颊。

"张将军，看样子这寨子被毁有些年头啦。"一军汉过来禀报，说："我到各处看了看，寨子里外没有人住过的痕迹。"

"屯寨被毁，难道寨子里的人都没了？"张霖听后，思前想后，缓缓地说："这样吧，我们分头再找找，看能不能找到他们的踪迹。哦，再前行数里便是当地有名的老爷山，山上有座道观，香火很旺的。我带两个人去那里看看去，兴许能打探到确切的消息。"

说罢，留几个人在寨子附近继续寻找，他带了两个人策马扬鞭，直奔老爷山道观。

老爷山道观尚存，殿宇已然荒颓，荒草丛生。张霖狐疑地朝院中张望，无量佛殿传出的咳嗽声，让他为之一振："有人！"

他轻轻地叩门，殿内有人说："门没上，请进来吧。"

张霖一推门，门果然是虚掩着的，一推就开。张霖进到殿内，殿内黑黝黝的，什么都看不清，只是一股霉味扑鼻而来。他又开了一扇门，让外面的阳光照了进来，顿时，殿内的视线清晰多了，空气也好了一些。他这才用审视的目光，打量着殿内的一切：殿堂的腐椽朽檩处密匝匝的尘网和熏得黝黑张风漏气的墙壁；上方供奉着的无量神佛已荡然无存，供桌也不知什么时候做了人们的柴薪；门窗残破不全，残缺处被人们用破布遮挡起来，以御夜寒。

张霖思忖：短短几十年，老爷山道观残败如此，这恐怕又是蕃军的杰作。唉，城门失火，殃及池鱼，达玛灭佛，连无量天尊也难逃一劫啊。

"你是谁？来到破庙里干啥？"大殿的角落里传来一声有气无力的问话。

"哦，我是一个过路的人，途间口渴，想讨碗水喝。"张霖循声望去，见墙角处睡卧着一个老人，便上前深施一个蕃礼，问道："老人家，这屋里就你一个人吗？这附近还有没有其他人啊？"

"老汉我手脚不利索，喝水得自己动手，院子里有锅灶柴火，山门

342

外有泉溪。"老人似乎有病，说话上气不接下气的。"王寨主他们住厢房，哦，他带个孩子，我嫌吵闹。"

"王寨主？"张霖一振，脱口问道："你是说雒都寨的王寨主吗？他是不是叫王盛？他在哪儿？"

"你……"老汉见状，口若寒噤，哑口无言，恐慌地望着他。

"哦，老人家不必惊慌，王寨主是我的一位故人，见你说起，难免有些激动。"张霖笑笑，善意地说。

"故人？"老汉仔细地打量着不速之客，觉得此人不像是个坏人，但仍警觉地问："敢问尊驾，你是什么人？找他们做什么？"

"实言相告，我是他的内侄，是前来寻亲的。"张霖实话实说。

"既然是他的亲戚，那就在西厢房等他吧。"老汉想想又说："你如果等不及，就到附近的荒地里去找他，他准是带着两个孙子挖野菜去了。"

"谢了……"张霖满腹狐疑地离开无量大殿，三两步来到西厢房，走进房门，举目一瞧，眼前的一切更令人瞠目：室内空徒四壁，张风漏气，既不能御寒，也无法避雨；房间靠墙是一座用土坯和烂砖垒砌的炕，炕上堆放着几件破被烂袄；房间中央是一个同样用土坯和烂砖垒砌的泥台，估计是当桌子用的；另一端，狭小的空间居然还有一座灶台。

"这哪里是人住的地方啊。"张霖四下打量着房间的陈设，心情格外沉重，昔日堂堂的雒都寨寨主，竟潦倒到如此地步，实在令人痛心。他不知道雒都寨发生了什么，单从吐蕃占领时期发生在河湟地区件件暴行，和鄯州城、雒都寨及老爷山道观被毁的情况分析，吐蕃的统治是残暴的。突然，无量殿老人的一番话，引起了他的警觉，使他觉得一种不祥的预感在脑海里油然而生。为什么老人在对话中只提到了姑爹和两个孙子，而对姑姑和占彪兄弟的情况只字未提，难道他们……想到这里，张霖心中一阵冷战，他不敢想下去了。

就在张霖千肠百结、苦思冥想而不得其解时，院里传来了一阵脚步声。张霖举目望去，只见一个皓首白须的老翁，挎一个破菜篮子，颤颤巍巍朝西厢房走来，身后跟着两个半大不小的孩子。这是姑爹吗，没错是他，张霖依稀从老人的体貌特征，找到了他年轻时的影子。

"姑爹……"张霖三步并作两步，疾步走到老人面前，"扑通"一声跪倒在地，动情地说："姑爹，我找您找得好苦啊！怎么，您不认识我啦？我是您的侄儿张霖啊！"

"张霖……"王盛揉揉眼睛，颤悠悠上前，双手搀扶起张霖，端详着说："你是张霖……你果然是……是张霖……霖儿……我的儿啊……"

随着一声凄楚的呼喊声，两行浊泪"扑簌簌"顺着他那布满皱纹的脸庞流了下来。

"爷爷……"两个孩子被这突如其来的一幕惊呆了，站在一旁不知说啥好。

"英儿，勇儿，这是你张霖伯伯，快上前施礼问安。"老人擦擦混浊的眼睛，情绪低沉地说："这两个孩子，大的十岁了，叫王英，是我兄长王强的孙子。小的只有五岁，叫王勇，是你兄弟占彪的儿子。"

"伯父好，侄儿给您叩头了。"两个孩子规规矩矩施礼毕，又怯生生站到一旁。多少年家里没来过生人，小哥俩难免有些紧张和疑虑。

"姑爹，我姑姑呢？怎么不见占彪兄弟啊？"张霖见姑爹落魄到如此境地，想问个究竟，但又想，蕃人奴役下的河湟汉族百姓，能有几家不衰落如此，便改口问道："姑姑她还好吧？"

"她……"王盛神色骤变，泪如泉涌，说："这里说话不方便，走，我们进屋……"

三

老人把张霖让进张风漏气的西厢房，吩咐王英哥俩去烧水，然后强忍悲痛，哀伤地说："你姑姑她……她不在人……人世了……"

言讫，泪流满面，泣不成声。

"什么？姑姑她……"刚才的不祥果然不幸应验了，张霖凄惨地喊了一声，泪如泉涌，呜咽着说不出话来。半晌，他才缓过劲儿来，问："姑姑是咋死的，什么时候？还有，我怎么没见到占彪兄弟？"

"霖儿贤侄，苦啊……"王盛唏嘘着，如泣如诉地说：吐蕃占领鄯州后，便派兵强征了雒都寨的土地，还从蕃地迁来不少奴隶，也住进了寨子里。打那以后，寨子里的屯户，在蕃军的监督和驱使下，一年四季到地里干活，打下的粮食几乎全被他们拿走了。就是这样，蕃军稍不如意，非打即骂，屯户们过着暗无天日的生活。那些蕃人奴隶们大都被安排牧放牲畜，在蕃军的残酷压榨下，他们的日子也好不到哪儿去。

五年前初冬季节，有支蕃军来寨子里征粮征草。那时候，王盛还管着屯户的事儿，便出面跟他们说，当年的粮食全让鄯州府衙收走了，留给屯户的只是来年的种子和少许口粮，实在无粮可征。岂料，他的话音未落，便结结实实挨了蕃军头目一马鞭子，鲜血顺着脸颊流了下来。儿子占彪见父亲无端被打，立刻火冒三丈，抄起棍子要和蕃军拼命，因寡不敌众，被蕃军当场杀害。儿媳妇正坐月子呐，听到院里哭声一片，挣扎着下了炕，出门一看，见丈夫被杀，公公挨打，心里一激，抢起大棒朝蕃军砸去，不料眼前一黑，一头栽倒在磨盘上，顿时气绝身亡。残暴的蕃军并不罢休，挨门逐户搜刮粮食，末了，一把大火把雒都寨烧了个精光。还好天不绝人啊，我和你姑姑就从大火里抢出来了两个孩子。

说到这里，王盛哭成泪人儿似的，呜咽着半晌说不出话来。

"姑爹，且收悲泪……"张霖想劝慰悲痛欲绝的姑爹，可自己却止不住义愤填膺，悲泪滂沱。

王盛强压住怒火，接着说："雏都寨没有了，失去了家园的人们，有的背井离乡，从此没了音讯；有的投亲靠友，过着寄人篱下的生活。我和你姑姑因孩子尚小，哪里都去不了，只好栖身在道观里苦熬时光。"

"那……后来呢？"张霖心如刀绞地问。

"以后的生活，还正应了'福无双至，祸不单行'那句古话。"王盛揩去浊泪，凄怆地说："儿子儿媳的死，对我们打击很大。偏在这时，伦恐热军攻打鄯州未果，临撤时屠了城郊的几个村庄，女儿和她三岁的孩子惨遭涂毒。你姑姑经不起这一连串的打击，不久就病倒了，一年后阴郁而亡……"

"我可怜的姑姑啊！"张霖仰天长叹，胸中滚过一阵愤怒和感慨，他从姑爹一家的遭遇，联想到这些年自己的经历和见闻，叹息道："想当年，河湟地区何等的富饶滋荣啊。可是，吐蕃占领河陇数十年，兵连祸结，破败不堪的村舍，荒草拥塞的田园，衣衫褴褛的农夫……竟是今日河湟的真实写照啊！"

"伯父，请喝水。"这时，王英把一碗开水端到张霖面前。

"好，我喝……"张霖见两个孩子虽然瘦骨嶙峋、面带饥色，但还是透出几分伶俐乖巧，顿生怜悯之心，便问："姑爹，家里又断顿儿了吧？"

"唉，不瞒你说，自从屯寨被毁，我们就失去了依靠，哪有什么隔夜的吃食哩。"王盛尴尬之极，苦笑着说："自从鄯州城被毁以后，唐蕃古道除了往来的蕃军，几乎是路绝人稀，这里连讨饭都没地方去讨呀！嗨，你看我说哪儿去啦，你来这半天了，你看家徒四壁，连口热汤都没喝上……"

说着，他双手一摊，十分为难。

"姑爹，我的行李都在雏都寨，那里还有些吃食，我叫人去取。"张霖不忍看姑爹的窘相，来到观外，给同行的一个军汉耳语几句，那军汉领命而去。

"姑爹，侄儿有句话，不知当问不当问？"张霖回到房内，看着王英，然后问。

"都是家里人，但说无妨。"王盛知道他要问什么，便说。

"我们说了半天话，也没见您提起王强老伯，他老人家现在可好？"张霖疑惑地问。

"唉，一言难尽呐。"王盛顿了顿，缓缓地说："你们走后不久，兄长王强不满伦恐热军的欺凌和盘剥，带领部分汉、蕃屯民反出雒都寨，组织起一支四五百人的队伍，在浩门水一带落草，杀贪官，袭蕃军，着实热闹了几年。王强造反，他的两个儿子占龙、占虎还有占龙媳妇，也随父亲征战四方。然而，那个时候，鄯州节度使尚婢婢已去了河西，手下部将庞结心、拓跋怀光也退出鄯州，这里已是伦恐热势力的地盘。他们派重兵反复征剿，义军殊死拼杀，终因寡不敌众，除少数人突围散落民间外，大部分人战死。唉，兄长父子死得好惨呐。"

"这么说来，王英是占龙兄的儿子？"张霖怜悯地看着哭成泪人儿的小王英，不解地问："他母亲不也参加义军了吗，那她人呢？"

"你不问，我还真把她给忘了，她可是一个了不起的人物。"王盛沉思半晌，感慨地说："她叫卓玛，是个蕃人，是随她父母切吉和拉姆从桑格草原带到雒都寨的。兄长起事那年，她身边还有尚在襁褓中的小王英，但是，兄长他们反出屯寨，卓玛便把幼小的儿子塞到你姑姑怀里，义无反顾地跟着义军走啦。卓玛的父亲年轻时在蕃军呆过，武艺高强，擅长骑射，所以她从小习武练弓，得到了她父亲的真传。到了义军，她的这些功夫全用上了。"

"如此说来，弟媳妇确实是个女中豪杰、巾帼英雄，真了不起啊！"张霖啧啧赞叹，说道："姑爹，不知她现在在哪里？"

"义军失败，王强父子慷慨赴难，卓玛从此没有了下落。"王盛想想，惆然言道。

四

说话之间，张霖手下的那些兄弟们到了，顿时，冷寂了多年的老爷山道观，人欢马叫，热闹异常，仿佛又回到了从前。

顷刻间，他们从褡裢中取出了一些熟食，放到桌上。这些熟食并不丰富，也就是一些干肉、油饼、炒面、酥油之类，可对饥肠辘辘的孩子们来说，够得上一餐山珍海味了。两个小家伙贪婪地望着这些吃食，等着爷爷说话哩。

张霖见状，一人递给一个油饼，爱怜地说："饿坏了吧，先吃些油馍，伯父这就给你们拌酥油炒面。"

说着，他又让随从拿了些食物，给大殿里的老人送去。

"霖儿贤侄，你来都半天了，我还没问你家里的情况。"王盛瓣一块油馍咀嚼着，重新审视这位近三十年未曾谋面的内侄，疑惑地问："分别这么多年，一家人都好吧？你爹娘呢，身体还硬朗吧？你干些啥营生，膝下有几个儿郎？"

"姑爹，你这么连珠炮似的问，我一时哪里说得清哩。"张霖含蓄地笑笑，神秘地说："先吃些东西吧，有些话我们在路上说吧，有的是时间。"

"什么路上，我怎么听的有些糊涂啊？"王盛不解地问。

"姑爹，不瞒您说，我这次来，是来接你们的。"张霖稍加思索，对王盛说："我在平凉开个货栈，虽说买卖不大，但添几口人还能养得起，您就放心吧。姑爹，一会儿吃完饭，我们就上路吧。"

"贤侄，我们张、王两家安身立命的根本，就是诚实二字。"王盛脸色一沉，厉声说道："说实话，这些年你们都在做啥营生？现在还是吐蕃的天下，他能让一个汉人安安稳稳地做生意？看你这身装束，再看看手底下这些下人，你该不是卖国求荣，投靠了吐蕃？老实告诉你，如果真是那样的话，我宁愿饿死，也不吃你半口吃食！"

王盛一席话，把张霖打了个晕头转向，周围的人也都吃惊地站了起来。

"姑爹，您这是……"张霖万万没有想到，自己一个善意的谎言，竟把姑爹气成这个样子，他笑笑说："我哪是那种人，我就做一小买卖，胡乱挣几个糊口的钱而已。你是说这些行头吧？这怎么把蕃人没唬住，倒是把自己人吓了个够呛。姑爹，我们穿蕃军的军服，不过是掩饰身份，求个平安罢了。"

"那我问你，行商讲究的是啥？"王盛一想，可能错怪了侄子，但他仍执拗地说："看看你身后，说是伙计，却一个个腰圆膀扎，虎视鹰扬，哪像个行商的样子。还有，行商不置办货物，舞刀弄枪的，像个生意人吗？"

"姑爹，事已至此，我实话对您说了吧，我们是陇西义军的。"王盛面对一脸正气的姑爹，再也不想瞒下去了，于是就说："首领派我们来河湟，一是侦察敌情，二来就是看看您二老，想把二老请到陇西山寨，颐养天年。没承想，我姑姑她……却走了，走得那么凄凉。"

"唉，这就是命啊。"王盛微微一怔，疑惑地问："你说的义军首领，该不是你爹吧？凭他的一身功夫，当个义军首领也不为过。"

"姑爹，我爹娘早就没啦，您就是我在这个世上唯一的亲人。"张霖如泣如诉，哽噎地说。

"什么？他……"王盛大吃一惊，急切地问："你爹他……他是怎么死的？"

"那年，我们逃离了雒都寨，一路向北，在河西遇到了坚持抗蕃斗争的李志勇义军。"张霖回忆地说："当时，李将军的队伍声势很大，已经威胁到甘、凉、肃诸州蕃军的统治。于是，吐蕃调集数万蕃军，对义军进行反复围剿，使义军遭到重创，李将军和我爹战死，义军余部只好突出重围，向兰、渭一带转移。这些年来，我们始终不忘是汉人，在新首领的带领下，转战南北，浴血奋战，终于在陇西一带扎下根来。"

"霖儿贤侄，老夫我错怪你了。"王盛感慨万分，唏嘘不已。接着，他又问："你们的新首领是谁？他认识我吗？"

"岂止是认识，还是好友哩。"张霖破涕为笑，恳切地说："姑爹，天色不早啦，我们打点一下，上路吧。"

"贤侄，这么急啊？"王盛留恋地看着破屋里的那些家当，说："我们走了，这家咋办？不能说扔就扔了啊。"

"这哪是家啊，就扔了吧。"张霖见姑爹依依不舍的样子，安慰地说："等哪天大唐收回了河湟，侄儿我在雒都谷盖上一院大瓦房，您就住里面，舒舒服服，颐养天年。"

"唉，这些对我来说，那只是井里的月，雾中的花啊！"王盛想想，为了两个孩子，他只能听从侄儿的安排，便唏嘘着说："云霞啊，为了英儿和勇儿，我只能暂时离开了你们，等孩子们长大成人，我再来陪你。"

说着，他开始收拾起炕上的被褥，被张霖拦住了，说："姑爹，我带着行李哩，这些个东西就留给需要它的人吧。"

王盛尴尬之极，领上两个孙儿，默然走出茅棚，跟昔日的老友们打声招呼，便随着张霖上路了。

五年来，王盛为了两个饥肠辘辘的孙儿，哪有闲情逸致留意鄯州城毁以来的惨象，今天，随着侄儿出门，沿途所及，令他触目惊心：荒草满目，道路壅塞，田垄旷无人影，庄稼无人务劳，虽说已是仲春，却连一点春意都看不到。远眺处只见万户萧疏，千村薜荔，坟丘连绵，鸦雀盘旋，到处都是凄凉残败的景象。

五

一条幽静的小路，逶迤曲折地穿过巉岩突兀的峡口，弯弯曲曲地穿行于山谷中间，盘旋着向一座林密草盛、翠峰环抱的山寨伸延而去。泉溪流过的草地上，一群群膘肥体壮的牛羊，哞哞咩咩地欢叫着、嬉戏着，贪婪地掠食着肥硕的青草。环山的台地上，麦苗青翠，菜花金黄，和远处的青山连成一体，景致迷人，仿佛是远离尘俗的世外仙境，风光旖旎，春意盎然。

山谷两侧的绿荫深处，偶尔显出农舍，土坯泥顶，十分简陋，但还整洁，没有刀兵毁损过的痕迹。几个老妪倚门而坐，说笑着忙着手中的活计，给寂静的山谷添了几分祥和。

在幽静的小径上，张霖一行执辔而行，进入谷中。王盛被眼前的景致所陶醉，环顾青山绿水，兴致勃然地问道："贤侄，这是什么地方，老百姓的生活和祥宁静，看不到一点战乱的痕迹。"

"姑爹，我们一路蹀行，已经到了陇西地界了。"马蹄声橐橐，张霖笑笑说。"您看这里山川秀美，鸟语花香，但就是在数年前，这里也被吐蕃占领，伦恐热的势力肆意横行，老百姓没少受罪。到了大中二年，凤翔节度使崔珙大破吐蕃，攻克清水。第二年正月，吐蕃内乱加剧，局势变化难测，遂出现蕃军将领投唐，陇塬三州七关终于回到大唐的怀抱。陇西属渭州辖治，目前尚在蕃军的统治之下。"

"哦，如此说来，我们远离鄩州已经有好几百里路了。"王盛痴痴地望着陇塬山乡的美景，心里一阵感慨：是啊，男耕女织，自给自足，尽享天伦，其陶陶然，一幅自然平和、恬淡悠然的美好意境啊。可他转眼想到毁于兵燹的鄩州城，被大火吞噬的雒都寨，惨死在蕃军屠刀下的儿子占彪，不觉潸然泪下。

说话间，他们来到了一个地势凶险的峡口。峡口宽不过三五丈，峡谷幽幽深不可测,两侧是光溜溜的峭壁,足有二三十丈高,任是岩羊麋鹿,山猫野狸,也攀缘无技。通往峡谷的山道宽不过五尺,一侧是峭岩陡壁,绝难攀爬,一侧是深涧湍流,更难跋涉。在这个山峡里,纵有千军万马,强弓劲弩,只要有一支奇兵居险堵截,便会陷入出无路,退无门的险境。

"姑爹,"张霖含笑地问:"这里和雏都寨相比,可算得上是风光旖旎的世外桃源?"

"雏都寨就是一普通的屯寨,哪里能与义军的军寨可比哩。"王盛领首拈须,说:"哎,你们把山寨建在这里,难道就不怕蕃军讨伐?要知道,这里离伦恐热军的驻地渭州只是咫尺之遥啊。"

"过去,伦恐热军横征暴敛,荼毒蹂躏,没少祸害这里的百姓。"张霖沉吟片刻,缓缓地说:"义军占据这里后,这里又是义军与蕃军反复争夺的战场,为了保住山寨,我们有多少兄弟死于蕃军的剿杀之中。现在好啦,伦恐热兵败西逃,留守渭州的蕃军自顾不暇,山寨的日子好过多了。"

"贤侄,你给我说说,这山寨的首领究竟是谁?"一路走来,王盛多次问到山寨的情况,张霖总是笑而不答,王盛疑窦丛生。马上就要到山寨了,他又一次提到山寨,说:"到了山寨,我能见见他吗?"

"这有何难,须臾之间便可见到他。"张霖说着,手拈嘴唇一声呼哨,蓦然间,崖壁上突然出现一群伏兵,一个个张弓搭弩,气势汹汹。同时,峡谷里闪出一支人马、一杆杆长枪,一把把钢刀,像密匝匝的树林,一面杏黄色的大旗上绣着一个斗大的"李"字。

王盛一看,十分诧异,思索片刻,他心有所悟,微微一笑。

"张将军,你回来了。"杏黄旗下,一个中年头领翻身下马,拱手相让,说:"听说你今天要到,首领已在山寨大厅置办筵宴,好为你们接风洗尘哩。"

"哦，这么性急。"张霖笑笑，说："头前带路。"

在众军汉的簇拥下，他们很快来到隐没在青峰丛林中的山寨。王盛执辔缓行，浏览眼前的景致：山寨依山势而建，极其险峻，但又隐蔽在巉岩密林之中，巉岩之险，密林之盛，外人稍不留神，很难发现这里竟是藏龙卧虎之地。隐隐之间，他似乎还想到穿行于山峡时的所见所闻，觉得这个迄今不知为何人的义军首领，神秘莫测，不可小觑。

转眼间，他们来到被危崖密林掩蔽下的山寨门口，正四下张望，倏然间，山寨里响起一阵锣鼓，随即，一队丁壮秩序出寨，分列道旁，威武雄壮。旋即，寨中又走出几位头领，为首的头领年约六旬，中等身材，黑黝黝的脸膛上刻写着岁月的痕迹，一双浓眉大眼炯炯有神，令人不寒而战。

王盛仔细地打量着首领，他那张饱经风霜的脸庞上，有一种似曾相识的感觉，恍惚之间，欲言又止。

"王盛兄，多年不见，你可想煞小弟了。"不待王盛动问，首领疾步趋前，拱首施礼，微微笑说："一路上风餐露宿、鞍马劳顿，可让你老兄受罪不小啊。"

"你是……"王盛揖首还礼，疑惑地说："如果我没认错的话，你是李贽李大人的长孙李豹！"

"王盛兄真是好眼力，几十年不曾相逢，竟能认出我来。"义军首领果然是李豹，只见他颔首含笑，爽朗地说。

"李豹贤弟，果然是你啊！"王盛唏嘘着，紧紧握住李豹的手，忧伤地说："雒都谷一别，我天天盼你想你，可再聚首时，你我已然进入花甲之期，双鬓斑白了啊！"

"王兄，我怎么没……"李豹说着，左顾右盼，似乎觉得哪儿不对，刚想问些什么，忽见张霖在向他摆手，觉得有啥蹊跷，便改口说："王兄远道而来，旅途劳顿，必是又饥又渴。我们先到山庄，稍事休息，然后用餐。"

不一会儿，王盛等人被众首领陪伴着，沿一条小径朝一处山谷走去，不远处，一座酷似民宅的草舍，在阳光下透出些许农家气息。

李豹所说的山庄，是一座硕大的院落，院内分设上房和厢房。形以柴房的建筑，内部陈设倒也雅致。上房设有客厅、书房和寝室，陈设中多了几分豪气，绝少胭脂粉黛，甚至在书房的案几上置放着《春秋》《史记》《汉书》等一些经史典籍，整整齐齐地摆放在案头。显然，这是主人的居室。东西厢房内设简单而清雅，纤尘不染，似乎是用来做客房的。整座大院，如果不是丁壮拱卫，兵器列设，与农家大院毫无二致。

王盛和两个孙儿洗漱毕，又换上张霖拿给他们的几件干净衣裳，就见李豹等人走进屋子，寒暄起来。

"李豹贤弟，我们祖孙三人……"王盛哽噎地说。

"王兄，我也是刚才听张霖介绍，才知道你的情况的。这都怪我，是我处事不周，才酿成如此大祸的。"李豹鼻翼翕动，喉咙似被哽塞，少顷，他心情沉重地说："十几年前，我就想把你们接到山寨，但连年厮杀，战事频频，我始终未能成行。近年来，唐军收复了陇塬三州七关，渭州形势好转，我这才想起你们。正巧，张霖从前方回来，我便……唉，谁承想，我还是迟了一步啊。"

阔别多年，聚散离合，有多少事要叙述，有多少话要倾诉啊！

酒席筵上，觥筹交错，王盛和李豹酒酣耳热，倾诉衷肠。李豹恭坐下首，凝神聆听着王盛这些年的经历：雒都寨遭焚，鄩州城被毁，一家人家破人亡，祖孙三人靠拾荒剜野菜度日……这如泣如诉的叙述，像晴天霹雳，万箭穿心，摧心裂胆，心潮起伏。

李豹望着身心疲惫的王盛，和两个泪人儿似的孩子，心绪潮起浪涌，久久不能平静。

第 二十一 章

走河西老汉诉衷　张议潮收复河陇

八月己巳制：前归义军节度副使、权知兵马留后、银青光禄大夫检校国子祭酒监察御史、上柱国张承奉为检校左散骑常侍兼沙州刺史、御史大夫充归义军节度瓜沙伊西等州观察处置押蕃落等使。

《旧唐书》卷二十上《昭宗纪》

一

丝绸之路上的重镇沙州，战乱早已平息，那些张贴在城门口的唐朝官府的告示、吐蕃军队的命令，随着风剥雨淋，已经辨不清字迹了。但是，持续几十年的战乱带来的浩劫是空前的。

吐蕃占领下的沙州城，昔日商贾云集、繁华热闹的景象不见了，代之而来的是战争遗留下来的残垣断壁，满目疮痍。没有人清理这些废墟，通衢的街道甚至荒草塞路，狐兔跳窜，如果沿街没有讨饭的乞丐和逡巡的士卒，沙州城简直就是一座死城。郊外的一些村庄被战火夷为平地，田园荒芜，沟渠淤塞，路绝人稀，炊烟绝断，惨绝人寰的破败景象震撼着每一个路人。

安史之乱后，吐蕃趁机大举入寇河陇，从唐肃宗乾元元年到代宗大历十一年的近二十年里，鄯州、廓州、兰州、凉州、瓜州等地相继陷落，沙州已是一座孤城。但是，当吐蕃大军潮水般向唐朝在西北地区最后一个据点涌来时，却意外地遭到沙州军民的顽强抵抗。

河西节度观察使、沙州刺史周鼎一面婴城固守，一面向回鹘求援。蕃军轮番攻城，沙州守军紧闭城门，城内军民能上城墙的都上了城墙，用刀枪弓箭、滚木礌石还击蕃军。可是，几个月过去了，眼看城中弹尽粮绝，回鹘的援军音讯渺茫，周鼎绝望了。

"各位将军。"这天，周鼎把众部将召集起来，神色凝重地说："蕃军数倍于我，攻城甚急。沙州军民奋起抵抗，一次次挫败蕃军的进攻。但是，沙州已成孤城，我守城军民外无救兵，粮草也维持不了几天，这样下去，免不了城破人亡，玉石俱焚啊。"

"依大人之见呢？"沙州都知兵马使阎朝向与周鼎不睦，现在听周鼎这么一说，觉得不对，便厉声问道。

"事已至此，我们不如焚毁城郭，率众东奔。"周鼎思量半晌，还是说出了自己的意见。

"什么？你这是要临阵脱逃？"阎朝一听，怒不可遏，厉声斥责道："弃城东逃，说得好听，能办到吗？吐蕃大军兵临城下，沿途州郡均已沦陷，弃城而逃，军人都无法自保，沙州百姓怎么办？"

"是啊，凭坚拒守，可能坚持一阵，等待时局变化。"防御团练守使杨树茂也说："若失去了坚城的庇护，数万沙州军民犹如羊入狼群，焉能活命？"

"不能弃城……"府衙里，众将佐七嘴八舌。

"凭城坚守，能守几时？"周鼎见众将不从，怒斥道："尔等休得胡说，本将军主意已定，今日……"

"如此鼠辈，还敢胡言弃城！"周鼎话音未落，阎朝一声断喝，说："众将上前，与我缚了此贼！"

"你们这是要造反呐？"周鼎挣扎地说："我是……你们这是……"

阎朝也不理会周鼎，当场宣布："众将佐，周鼎怯战被擒，我暂代沙州刺史一职，号令沙州军民，共抗蕃军。"

"愿追随将军，凭城坚守，抵御蕃军。"众将皆服，跪拜听令。

"既如此，众将佐听令。"阎朝环觑大堂，一字一顿地说："正如周鼎所言，沙州被困，内无粮草，外无救兵，处境十分困难。沙州长史以本镇的名义，发布告示，言明实情，动员沙州百姓，出缣一端，募麦一斗，权作军粮，协助本镇守城，抗御蕃军。其余将士，各司其职，做好迎敌准备。"

"谨遵将军之命。"众将欣然领命。

阎朝此令一出，沙州百姓纷纷响应，应者甚众，不过三五天，已经募集军粮几万斤，布匹上千匹。不仅如此，不少青壮民众自发组织起来，登城协助守城。沙州城内，群情激昂，同仇敌忾，誓言抗敌，到处弥漫着杀敌守城的气氛。

在阎朝的带领下，沙州军民同仇敌忾，齐心协力，与蕃军展开艰苦卓绝的战斗，坚守孤城沙州达十年之久。

唐德宗建中二年秋，孤立无援的沙州军民，死伤严重，粮械皆竭，再也无力坚守孤城了。

"各位父老乡亲，阎某不才，本想带领大家谋一条生路，然而事与愿违，让大家经历了这么多的苦难啊。"沙州刺史阎朝自忖城池不保，

357

遂与城中百姓会商，哽咽着说："现在，城中百姓已断粮数日，乡亲们只能用树皮草根充饥。军中粮食也将告罄，将士们每日只能喝到一碗稀粥，别说守城作战，就连走路也打摆子。至于军械刀枪，也将损耗殆尽啊。"

"那怎么办，阎将军？"面露饥色的人们不约而同地瞪大了眼睛，迟疑地问。

"摆在我们面前的，只有两条路：死战、投降。"阎朝心如油煎，心情沉重地说："死战，结果只有一个，城破人亡，妇孺老幼皆遭蕃军屠戮。有条件地投降，兴许大家还有一条生路。"

"我们跟蕃军打了十年仗，献城投降，人家能轻易放过我们吗？"有人问。

"献城投降？难道说，我们浴血奋战守卫的沙州城，就这么拱守让给蕃军不成？"也有人问。

"是啊，这可是大唐的疆域啊，难道……"

"我十分理解此刻乡亲们的心情，可是，我们外无援军，内无粮草，拿什么跟豺狼成性的蕃军对抗呢？"阎朝仰天长叹，悲怆地说："作为大唐将军，我宁愿战死沙场，也不愿干这有辱祖宗的事啊。可大家想一想，既是我们一个个为国捐躯了，我们身后还有成千上万的妇孺老幼，他们怎么办？任蕃军屠戮、奸杀？我是不忍看到这一幕啊！"

"那……就依将军……"大厅里一片唏嘘声。

于是，阎朝与蕃军将领绮心儿谈判，以城中百姓不受屠戮、亦不外迁作为条件，请以城降。沙州失陷。

二

河陇各军州陷落后，河西人民惨遭吐蕃的蹂躏，丁壮沦为奴婢，种田放牧；羸老者咸杀之，或断手凿目，弃之而去。处在水深火热之中的人民日夜思归唐皇朝。

唐文宗李昂开成四年，唐使者赴西域，途经河西，只见甘、凉、瓜、沙等州，城邑如故，城垣易帜。使者每到一地，总有无数身着褴褛的蕃人服饰，梳着蕃人小辫的百姓，望见使者的旌表，夹道迎呼，涕泣着问："使臣大人，大唐皇帝还是否惦念着陷落在吐蕃统治下的大唐子民呀？"

"这……"使者清楚，不用问，这些人都是天宝年间陷于吐蕃的大唐百姓，他们虽然说着变了调的汉语，衣服发式也与汉人不同。然而，纵使时间流逝几十年，但他们仍念念不忘唐皇朝。使者心绪翻腾，热泪盈眶，仰天长叹。

这天，使者来到瓜州，寻驿馆下榻。第二天上午，他来到州衙，验过通关文牒，然后带两个随从，信步来到街市上。然而，他在街上转了半天，看不到丝路重镇的半点蛛丝马迹，临街的商铺门可罗雀，屈指可数的酒肆里没几个人饮宴，满大街冷清的连几个过路的人都没有。使者叹道：昔日繁华的瓜州，如今冷寂到如此地步啊！

"客官请留步。"使者心神索然，便回馆驿。正行之际，倏地听到有人在唤他，他回头一看，只见是位瘸腿老者在向他招手。他款步走上前去，拱手施礼，问道："你是在叫我吗？"

"请问你是大唐来的使臣吗？"老者警觉地朝四下看看，见街上没人，便放心地说："我家老爷有请。"

"是的，老人家。"使者一怔，疑惑地问："你家老爷请我？可我并不认识你们呐。"

"哦，怪老奴口拙，没说清楚。"老者口称"老奴"，淡淡一笑，说："我家老爷也是大唐人氏，世居瓜州。如今听说大唐使臣路过此地，很想见见，于是叫老奴前来相请。"

"原来是这样啊。"使臣正想了解吐蕃占领下的河西情况，于是便说：

"老汉前面带路，我这就去。"

说话间，使者来到一座宅院。使者仔细打量着宅院，只见这座一进两院的宅院，虽然风剥雨蚀，尽显历史的沧桑，但从精巧的布局、精美的做工来看，这座宅院最初的主人不是官宦，也是富甲一方的巨贾。

"'有朋自远方来，不亦乐乎。'贵使，老朽在有生之年终于见到唐人啦！"这时，从主房客厅走出一位老人，长须飘飘，精神矍铄，声若洪钟。老人笑哈哈地说："李忠，快把贵客让进客厅。"

"老人家……"使者随老人进屋，施礼道："老人家，您老贵庚？府上怎么称呼？哪里人氏？"

"谈不上贵贱，老朽我今年七十有八。"老人拈须颔首，叹谓道："我姓李，是地地道道的沙州人氏。"

"姓李……"使者茅塞顿开，离开长安时，有人曾与他提起过西凉王国的李嵩，便惊讶地问："莫非是西凉王室遗族，跟陇西李氏同宗？"

"唉，家族没落到这个地步，哪敢跟皇家高攀啊！"老人说着，眼眶里充满了泪水。

"老人家在上，下官有礼啦。"使者"扑通"一声，重新行了个大礼，问："府上还有什么人，都在哪里高就？"

"高就？能在吐蕃的铁蹄下活下来，就算是造化了。"老人沉吟片刻，阴郁地说："我有两个儿子，一个曾在沙州刺史府任长史，守卫沙州时战死了。老二曾在唐军任参将，沙州失陷后不知去向，生死不明。现在家里就一个孙儿，年及弱冠，守候在我的身边。"

"哦，原来满门忠烈，失敬失敬。"使者望着年近耄耋的老人，肃然起敬。半晌，他问道："老人家，您能说说，瓜州自失陷以来，百姓的生活怎么样？沙州断了丝路商旅，大家是怎样过活的？"

"唉，惨呐，贵使。"老人说，自古以来，瓜州是个好地方，过去虽然天旱缺水，庄稼不甚养人，可守着这么一座繁华热闹的商埠，怎么也能混个饱肚子哩。老人叹口气，唏嘘地说："唉，自打吐蕃占领后，丝绸之路商旅断绝，偌大的一座商城，冷清到连只麻雀也不来光顾的地步啊。瓜州沦陷后，这里一天都没有消停过，今天蕃军来抢，明天马贼骚扰，长此以往，好端端的一个瓜州城，就让他们给毁了。"

"哼，这些蕃人真是可恶，犯下如此滔天暴行！"使臣随从马瑞年轻气盛，愤愤地说道。

"算了吧，小将军，你这话可说得有些偏了。"那位叫李忠的瘸腿老汉白了马瑞一眼，愤懑地说："蕃军祸害百姓不假，可那些捧着朝廷俸禄的官兵，也一样祸害百姓，瓜州城毁人亡，官兵也没少作孽啊！"

"啊！你……"马瑞一怔，吃惊不小。

"马瑞，别插话，听大爷讲。"使者制止住马瑞，然后对李忠说："大爷，年轻人不懂事，您老别介意。你刚才说得可是真的？"

"咋不是真的！"李忠抚摸着残腿，气愤地说："那年，蕃军围城，阎将军号令军民守城，为了守卫瓜州，老百姓倾家荡产，连来年的种子也拿出来充军粮。不少百姓还拿起武器，和官兵一道守城，非死即伤。可谁承想，坚守了十年的瓜州，最终还是让官军给卖了。非但如此，这些官兵反过来投了蕃军，对瓜州百姓痛下杀手。我这条瘸腿就是那次让官兵给砍的……"

"李忠，你就少说两句吧，快给贵使们准备酒菜。"那个长髯老人瞥了李忠一眼，神色暗淡地说："不瞒贵使，李忠的两个儿子就是在守城时战死的。战后不是到我府上，恐怕早就不在人世了。唉，也是个苦命的人啊！自穆宗长庆以来，河西百姓生活在水深火热之中，盼王师如同盼甘霖，翘首以待啊。敢问贵使，朝廷可有收复河西的打算？"

"这……"使者听后黯然神伤，沮丧地说："大唐自安史之乱后，藩镇割据，内乱不已，国力式微，江河日下啊。老人家，实话对您说了吧，朝廷穷于应付各地的藩镇势力，哪里还有精力收复河陇哩！"

"唔……国运艰难呐。"老人听后，沉思良久，缓缓地说："贵使，回程复命时，请回皇上一句话，就说河西百姓翘首王师，望眼欲穿啊！"

"这……"使者无语，胸中空有一番感慨。

三

吐蕃占领了河西以后，对汉人进行了残酷的统治，他们田牧种作，或丛居城落之间，或散处野泽之中，及霜露既降，以为岁时，必东望啼嘘。吐蕃贵族的暴虐统治与奴役，使河西、陇右地区的汉族人民挣扎在死亡线上，时刻盼望着摆脱其统治。

但此时的唐朝，由于藩镇割据，国力衰弱，唐军穷于应付国内的藩镇势力，无暇西顾，只能对吐蕃采取守势。河西人民也只能依靠自己的力量来推翻吐蕃的统治。他们一直在暗中积蓄力量，等待时机。沙州地区首举义旗的是沙州玉关驿户氾国忠，他领导起义者夺取战马、铠甲，杀死了蕃官。起义者还建立了王号，立驿户邢兴为"拓跋王子"，他们在三个夜晚，越过了从酒泉到敦煌之间的重重城关烽塞。由于行动迅捷，东道烽铺，烟尘莫知，蕃官慢防，不虞祸至，人力散乱，难与力争。但后来，因为误中奸计，起义夭折了，在氾国忠起义的同时，玉关驿户张清也举起了反蕃旗帜，但不久，也被吐蕃镇压了。

却说，沙州沦陷后，劫后余生的沙州百姓，又在蕃军的统治下，过着暗无天日的生活。

唐德宗贞元十五年的一天，沙州豪门张员外家添了一个男丁。小孩子满月那天，张员外抱着襁褓中的小孙子，叹息道："孩子啊，你来得不是时候，爷爷家境衰落如此，连一个像样的满月席也办不起啊。"

"爹爹，您老也莫叹息了，满月席不是办不起，而是没法办。"小孩子的父亲叫张志贤，此刻他愤懑地说："如今的沙州城，在蕃人的统治下，汉人的规矩都废除了，娶媳妇嫁姑娘都得学蕃人的样子做，谁家不听，蕃军立马治谁的罪，轻的处罚治罪，重的还要杀头掉脑袋哩！"

"唉，这天杀的……世道……"张员外阴沉着脸，欲言又止。半晌，他又问："志贤，天都到这个时候了，怎么还不见亲家公啊？"

"今天城内戒严，岳父一家来不了啦。"张志贤神色沮丧，无奈地说："爹爹，孩子的名字还没起，请您胡乱起个名吧。"

"胡说，名字是一个人的名号，哪有胡乱起的？"张员外瞪了儿子一眼，然后看着小孙子，和颜悦色地说："小乖乖，看你天庭饱满，双目炯炯，长大以后必然是个顶天立地的汉子，这名字可要叫得响亮一些。叫什么呢？哦，有了，就叫议潮，张议潮。"

"张议潮？"张志贤虽说挨了老爷子一顿训斥，心里还是甜滋滋的，欣慰地说："好，这个名响亮。"

吐蕃占领河陇地区后，除了加强这一地区的军事力量、经济掠夺和文化奴化外，并没有像北魏那样，联合、笼络当地的汉族豪强大户，建立稳固的地方政权。因此，当地的豪门大户，同样要受到吐蕃贵族的欺诈和蹂躏。

张议潮在这样的环境里长大，自幼对吐蕃的残暴统治耳濡目染，对大唐故国心驰神往，立志要驱逐吐蕃，回归故国。为了实现自己的远大志向，他自幼就延聘武术教习，刻苦学习兵法，习练武艺。长大后，又以自己的家产作为军资，秘密招募、训练丁壮，同时，不断接纳反抗吐蕃起义被镇压后的仁人义士，蓄积力量，伺机而动。

唐宣宗大中二年深秋。

凉风阵起，山川萧瑟。

又到了蕃人额手相庆、酒山肉海、挥霍无度的季节。那年秋天沙州沦陷以后，蕃军节度使绮心儿附庸风雅，便把这个季节当作胜利日纪之，年年如此。在这个季节里，骄横残暴的蕃军，常常成群结队地出来，在民间搜刮资财、抢劫牛羊，以供他们挥霍。遇上肤色娇艳的女子，便一拥而上，掳进蕃营，蹂躏至死。沦陷区的大唐遗民，生活得更加贫困窘迫，随时都有可能飞来横祸，家破人亡。

这一天，沙州又是逢集的日子，和以前却大不一样。市面萧条冷寂，买的卖的都稀少得可怜，偶尔来几个买卖人，也是速聚速散，市场上冷冷清清，没几个人愿意多留一会儿的。倒是集头上的一个秀丽乖巧的姑娘，守着一堆瓠瓜，没多大工夫就卖出去一半多。

"哟，彩霞姐，今天不错啊，不大会功夫，就卖出这多瓠瓜啊。"一个十五六岁的毛头小子从一头走来，说："听说你找我，啥事？"

"我娘哮喘病又犯了，等钱看郎中哩，你把这些钱交给我爹，赶紧去抓药。"说着，那个叫彩霞的姑娘把几昝铜钱递给毛头小子，催促着说："快去，小山。路上当心点啊。"

"好嘞。"小山接过钱，撒腿就跑。

"站住。"这时，不知从哪里钻出一胖一瘦两个蕃军头目，胖子把手一伸，喝道："拿来！"

"什么？"小山问。

"钱。"瘦子鼓起蛤蟆眼，恶狠狠地说："在此地摆摊，不知道要交孝敬钱啊？"

说着，瘦子竟动手去抢。

"二位老爷，你行行好，高抬贵手，放过我们吧。"彩霞一看是蕃人，顿时慌了神，告饶说："我娘病了，这是救命的钱哪。"

"哟，看这姑娘长得多俊俏啊。"胖子嬉皮笑脸地说："姑娘，别在这里卖瓠瓜了,你只要把我们伺候好了,你母亲抓药的钱我给。"

"走吧,姑娘。"瘦子淫笑着,趁机在姑娘脸上摸了一下。

"请你们放尊重些。"彩霞铁青着脸,杏眼圆睁,气愤地说:"光天化日,朗朗乾坤,你们要干什么?"

说着,她手一扬,狠狠地给了瘦子一记耳光。

瘦子大怒,抡起弯刀就砍,活生生将彩霞姑娘的右臂砍了下来,这姑娘惨叫一声,当场疼得昏死了过去。瘦子还不罢休,复一刀,又把小山给劈了。末了,他俩还骂骂咧咧,准备离去。

蕃军头目的残暴行径,引起了在场人们的极大愤怒,他们纷纷围了过来,与蕃军头目理论。那胖子见众人围了上来,一阵狞笑,拔出佩刀,劈面就砍。这时,一个贩菜的壮汉,抽出掩藏在菜筐里的单刀,腾身一跃,挡在众人前面,一脚踹在胖子的小腹处,将他偌大一个身躯,摔出丈八远。又接战那瘦子。

趁这个机会,有人把彩霞姑娘救出,抬去找郎中。

市场上厮杀正烈,正巧,一队巡逻的蕃军打此经过,胖子喜极,高声呼叫蕃军援助。巡逻的蕃军见状,纷纷亮刀,围住壮汉便砍。壮汉见蕃军人多势众,无法脱身,只得拼死抵抗。

菜市场出事,早有人将此事报至张议潮。张议潮闻听,忙叫十几个家丁,带上刀棍,火速赶往出事现场,营救壮汉。自己却联络附近的几个心腹挚友,到家中议事。

"众位,蕃军行凶,无辜受戮,此时不反,更待何时!"张议潮三言两语,把菜市场发生的事叙述了一遍,然后义愤填膺地说。

"蕃军暴行,件件桩桩,罄竹难书,干脆反了!"有人附和,随即高呼。

"张大哥,你就下命令吧,我们等这一天已经等得太久了!"众人摩拳擦掌,齐声响应。

"那好，从现在起，我们与蕃军势不两立！众兄弟听令……"张议潮目光如炬，威风凛凛。他稍加思索，果敢地说："请大家按照事前商量好的计谋，分头准备，召集人马，半个时辰以后，唢呐声响起，大家各带人马，到菜市场集中。午时祭旗盟誓，然后举义，杀向沙州节度使衙门。"

"是。"大家领命而去。

四

菜市场的搏斗越来越激烈，蕃军人多势众，壮汉已显得体力不支，情况十分危急。蓦然间，四下里响起阵阵凄厉的唢呐声，骄横的蕃军还没有回过神来，就听到一阵喊杀声，十几个张府家丁舞刀弄枪打头阵，无数市民手持菜刀、棍棒，杀进菜市场。

张议潮舞动青锋宝剑，奋勇向前，张府家丁个个勇猛，也不含糊。顷刻间，十几名蕃军士卒，成了他们的刀下之鬼。那壮汉得救，便直接投入到张仪潮门下，参加反抗蕃军的起义。

此刻，成千上万的百姓，手执简易的武器，从四面八方涌入菜市场。张议潮见状，遂拿出一面早已准备好的大唐旗帜，祭旗盟誓，发动起义。消息传出，沙州城外四乡八堡的老百姓，奔走相告，纷纷响应，很快便汇集成锐不可当的滚滚洪流。

正在饮酒作乐的蕃军守将闻报，大吃一惊，忙令蕃军反击。然而，此刻的沙州城，就像一个熊熊燃烧的巨大的火山，蕃军稍有行动，即刻被喷射出的熔岩所吞噬，化为灰烬。蕃军守将见状，在众士卒的掩护下，仓皇逃离沙州，义军遂占领了沙州城。

张议潮见沙州光复，遂与心腹挚友商议，自封摄政，处理沙州的军政事务。他熟读战策兵书，洞悉河西的形势，清楚地认识到，虽然义军初战告捷，顺利拿下沙州城，但这毕竟是一场击溃战，沙州蕃军仓皇逃走，但并未伤其元气，仍有卷土重来的可能。况且，整个河陇地区尚在吐蕃的统治之下，敌强我弱的形势尚不能立即得到改观。为此，他采取了一系列重要举措，以巩固沙州的防务，扩大起义的战果：其一，开仓放粮，赈济百姓，安抚民心；其二，打开吐蕃的军械仓库，尽取军械甲仗，武装义军，尽快形成战斗力；其三，派遣使者，赴京师告捷，得到唐廷的支持和援助。

之后，张议潮遂以沙州为根据地，一方面编练义军，训练士卒，提高义军的作战能力。另一方面，恢复农耕，发展经济，充实军资。很快，便训练出一支作战勇敢，纪律严明的义军队伍。

又是一个秋高气爽、万物丰稔的季节。

这天，湛蓝的天穹下，河西重镇沙州城头之上，高高竖起一面镶着黄边的红色大纛，迎风招展的旗面中央绣着一个硕大的"唐"字。"唐"字大纛迎风招展，呼剌剌阵响，犹若一团烈焰，势冲霄汉。

城坚池固的沙州城，沉浸在火一样的气氛之中，在丰收的季节里显得热闹非凡。

沙州城外的不远处，是义军的军帐大营。初秋季节，暑热未尽，天气溽热，威武雄壮、身着唐装的义军将士，在炎炎烈日下盔明甲亮，整装以待。张议潮在拿下沙州的一年之后，在此举行攻略瓜州的誓师大会。

义军誓师，进军瓜州，八方轰动，沙州属县的士农工商、男女老幼，纷纷涌向沙州城，沙州城外的演武场，被滚滚的人流围得水泄不通。

自唐建中二年沙州失陷以来，历时六十余年，为吐蕃所占领，在吐蕃贵族的残酷统治下，沙州汉、羌、氐百姓受尽无穷无尽的苦痛和哀伤。尤其吐蕃分裂以后，尚婢婢和伦恐热在河陇地区征战不断，干戈延绵。长此以往，人们对无休无止的社会动荡和兵燹干戈深恶痛绝，避之不及。

他们憎恨那些以战争屠戮百姓的吐蕃贵族和汉人官僚，正是他们的贪婪和凶残，才使得汉、羌、氐百姓陷入无休无止的苦难的深渊。然而，今天的人们，却以别样的心态，对待这个刚刚树帜的义军。饱受兵燹之苦的生民百姓，亟切盼望在这乱世之秋，能够诞生一位救民于水火的旷世英雄。

五

沙州誓师结束后，义军立即兵分两路，一路由义军将领张季颙亲率，统兵一万，直取瓜州；一路由义军统帅张议潮亲率，统兵一万，攻取甘州。

张季颙亲率大军攻取瓜州，消息传至瓜州，瓜州蕃军守将悉舒麻不敢懈怠，整军备战。这天，义军近抵瓜州，与悉舒麻战于瓜州城下，未及几个回合，早有守城蕃军哗变倒戈，与城中士人联络，大开四门，迎接义军。悉舒麻自知人心向背，遂下马归降，瓜州即为义军占领。

张季颙进入瓜州以后，即开仓放赈，安抚百姓，并将蕃军守城将士尽悉编入义军，以扩充实力。瓜州是丝绸之路上的重镇，蕃军在此屯集了大量的军需物资，这些军需物资正好为义军所得，义军装备得以改善。

张季颙攻取瓜州后，瓜州百姓踊跃参加义军，加上收编的蕃军降兵，义军扩大到二万多人，气势大振。张季颙趁势发兵，围困肃州，肃州蕃军见大势已去，弃城而逃。义军一路征战，沿途不少百姓参加进来，队伍像滚雪球一样，越滚越大，越战越勇，形成摧枯拉朽之势。不到两个月时间，便从蕃军手中收复了伊州、西州，使沙、瓜、肃、伊、西等诸州连成一片，义军也发展到十几万人。

再说张议潮，带领义军刚进入甘州地界，蓦然间，前方闪出一彪人马，挡住去路。张议潮大吃一惊，忙指挥大军展开作战队形，忽听得对面阵中有人高声问道："前面可是张议潮张将军的义军？"

"我是沙州义军将领张议潮。"张议潮见对面阵中服色很杂，不是蕃军，觉得很纳闷，便警觉地问："你们是何人？为何挡住本将军的去路？"

"果然是张将军的义军到了。"对面阵中一个首领模样的人，来到阵前，拱手施礼道："张将军，我叫李奇，原是甘州一猎户。甘州一带的汉人和部族闻知将军在沙州举义，我们便结伴而行，前往投奔沙州，不期在此遇到了义军。若将军不嫌，就让我等加入义军吧。"

"甘州父老申明大义，举帜反蕃，勇气可嘉。"张议潮听了，翻身下马，双手挽扶于他，欣慰地说："我军在沙州起事，意在肃清河陇吐蕃势力，迎接王师，恢复大唐统治。如此义举，正是你我建功立业的好机会，焉有拒绝之理？"

言讫，命令所部就地安营扎寨，收编人马。

"甘州乃河西重镇，南枕祁连，北依大漠，东接武威，西控阳关，西汉即有'张国臂腋，以通西域'的说法，战略位置十分重要。"是夜，张议潮请来李奇等人，问："但不知吐蕃占领甘州以后，蕃军兵力分布如何，主将是谁？"

"禀将军，蕃军在甘州共有步骑五千，其中城外设营地两座，分别驻军两千余，城内驻军不足五百。"李奇想了想，接着说："蕃军主将乃吐蕃大将尚婢婢的得力干将庞结心，此人武艺高强，颇识韬略，与之争锋，需格外小心。"

"我闻知庞结心武艺高强，善于用兵，和拓跋怀光一道，是尚婢婢的左膀右臂。如此说来，甘州之敌，不可轻觑啊。"张议潮听了首领的介绍后，沉吟片刻，缓缓地说："要破甘州，我军须如此这般，方能取胜。"

翌日，张议潮升帐，排兵布阵，攻略甘州。

"各位将军，"张议潮深思熟虑，胸有成竹，说："郎将马宣听令，令你和李奇将军统兵五千，围剿蕃军山丹大营，务求全歼，不得有误。"

"末将领命。"马宣、李奇上前领命。

"郎将李扬听令。"张议潮即令:"令你和党项部首领拓拔子明率军五千,星夜兼程,围歼蕃军河南大营,然后南下,占领通往鄯州的通道咽喉大斗拔谷。"

"是。"李扬和拓拔子明上前领命。

两日后,马宣、李扬两路义军同时发起进攻,山丹、河南蕃营遭其突然袭击,军中大乱,顷刻间悉数被歼。然后,马宣统兵,增援张议潮;李扬一路南下,占领大斗拔谷。

山丹、河南蕃营既失,张议潮已将甘州围得水泄不通。甘州顿成孤城,蕃军守将庞结心孤独无援,只好孤注一掷,坚守孤城。张季颙深知,作为尚婢婢的心腹将领,庞结心在长达二十余年的蕃军混战中,东征西讨,南征北战,不可谓不尽心尽力。然而,他和他的主将尚婢婢一样,从未主动残害过河湟百姓,百姓当中有较好的评价。因此,张议潮修劝降书一封,射入甘州城头,有蕃军士兵拣得,马上呈送庞结心。庞结心打开书札一看,信中寥寥数语,凿凿言词,重若千钧,令人汗颜:

庞将军麾下:

自古有训,得民心者得天下。吐蕃占领河陇以来,兵燹叠加,天灾丛生,经济凋敝,田园荒芜,豪强肆虐,疫疫盛行,河陇百姓苦不堪言。义军顺天应人,救民水火,所到之处,百姓箪食壶浆,夹道以迎。我辈以为将军是仁义之士,向有誉赞,如今义军兵临城下,将军当以一城百姓为念,开城以降,乃明智之举。不然……

这天晚上,庞结心辗转反侧,毫无睡意。他对当前的形势早有洞察,义军兵临城下,甘州孤独无援,蕃军断难坚守,接下来便是一场实力悬殊的殊死搏杀。如果那样的话,甘州城果真要血流成河,不但数以千计的蕃军将士和眷属性命不保,而且殃及城中百姓,数万生灵惨遭涂毒。

如果是那样，我守城又有何益呢？况且，甘州百姓对吐蕃心生怨恨，人心向背，昭然若揭，我再凭坚而守，岂不是逆潮流而动，有悖人心天意吗？

庞结心思之再三，终于下定决心：弃城而走。于是，他令部众，黉夜收拾行装，携带家眷，弃城而去，遁入草原，从此不再复出。

张议潮率大军进入甘州，开仓放赈，安抚百姓，然后急调张季颙来甘州，面授机宜，让他火速统兵二万，经大斗拔谷进入河湟地区。

到大中五年秋，张议潮先后收复了瓜州、伊州、西州、甘州、肃州、兰州、鄯州、河州、岷州、廓州等十州。这年八月，他又派自己的兄长张议潭，率沙州士人李明达、李明振，押衙吴安正等，入朝告捷，并向唐廷呈献瓜、沙等十一州疆域图册。

宣宗皇帝大喜，特颁诏令，大力褒奖张议潮等人的忠勇和功勋。

唐懿宗咸通二年三月，张议潮命其侄张淮深率蕃、汉兵七千人，攻克陷于吐蕃的最后一州凉州，并表奏朝廷。

至此，陷没百余年之久的河、湟故地已全部收复。

张议潮在沙州的起义及率军收复河西地区，使河西各族人民摆脱了吐蕃的残暴统治，他们衷心地感谢和爱戴张议潮，曾以热情洋溢的心情赞扬张议潮的英雄业绩，有诗为证：

三光昨来转精耀，六郡尽道似尧时。

田地今年别滋润，家园果树似玉脂。

河中现有十碾水，潺潺流溢满百渠。

必定丰熟是物贱，休兵罢甲读文书。

第 chapter **二十二** 章

鄯州府嗢末起义 唃厮啰河湟建政

唃厮啰者，绪出赞普之后，本名欺南陵温篯逋。篯逋犹赞普也，羌语
讹为篯逋。生于高昌磨榆国，既十二岁，河州羌何郎业贤客高昌，见厮啰
貌奇伟，挈以归……河州人谓佛"唃"，谓儿子"厮啰"，自此名唃厮啰。

《宋史·吐蕃传》

一

张议潮沙州举义，以河陇地区的瓜、沙、伊、肃、鄯、甘、河、西、
兰、岷、廓十一州来归，然而，此刻的大唐，如同朽木一般，连树梢到
根须都腐烂了。宣宗、懿宗两代皇帝荒淫奢侈，不暇疆理，唐廷更是阉
党宦官肆虐，权臣外戚勾结，党同伐异，政治腐败，谁还有心思顾及千
里之遥的河陇事务，一纸空文留存有司而已。

朝廷行文，张议潮身兼节度、管内观察、营田支度等使，掌握河西

军事、行政、财经大权，经营河西地区的重任自然由他一人承担了。他继续推行耕战政策，大力加强守备，保卫胜利成果；同时还发展生产，以稳定河西局势。

张议潮在没有唐廷军队帮助的情况下，为巩固政权，捍卫大唐的江山，指挥归义军，对蕃军残部进行了一系列战役。张议潮举义，以河陇十一州之地，回归大唐。但是，占领河陇地区的蕃军残部并不甘心失败，他们联络居住在河陇地区的党项、回鹘、吐谷浑等部众，多次作乱，攻城略地，袭扰义军。另外，吐蕃的奴部嗢末，自伦恐热作乱，奴多无主，遂相纠合为部落，散居在河陇地区，他们也纠结在一起，常常大肆劫掠，亦患民间。然而，这一连串的袭扰，在义军的严厉打击下，无一不以失败告终。

有一次，探马得知吐谷浑部欲来劫掠沙州，于是星夜报知张议潮说："吐浑王集诸川蕃人欲来侵凌抄掠，其吐蕃至今尚未齐集。"

"果有此事？"张议潮闻报，随即调兵遣将，主动出击。当他率军进至西同附近，遇到了吐谷浑军。吐谷浑军不敢交战，狼狈逃归。张议潮挥师追击一千多里，一直深入到吐谷浑境内，活捉其宰相三人，当场斩首示众。这一战大获全胜，俘虏三百多人，收夺驼马牛羊二千余。

在伊州城西纳职县，这里聚集着回鹘及吐蕃残部，频频劫掠伊州，俘虏人民，抢夺牲畜，闹得民无宁日。为了解除这一威胁，大中十年六月，张议潮又亲率甲兵，进击纳职的回鹘部族。兵行不过旬日，进至纳职附近。回鹘一时无备，措手不及，张议潮指挥大军四面围攻，奋勇冲杀，不过五十里之间，横尸遍野，回鹘大败，抛弃鞍马，败走纳职。这次战役，张议潮义军大获全胜，缴获骆驼战马一万头（匹），然后高唱《大阵乐》凯旋。

张议潮打败回鹘以后，仍然朝朝秣马，日日练兵，以备凶顽，不曾暂暇。由于他加强战备，积极防御，兼之富有军事才干，足智多谋，屡次击败吐蕃军，稳定了河西的政治局势。至此，河西地区西尽伊吾，东接灵武，南抵河湟，北达大漠，得地四千余里，户口百万之家，初步形成了统一的局面，六郡山河，宛然而旧。唐王朝的势力，已达陇右诸地。

在攻取凉州到张议潮前往长安的近十年时间内，张议潮的另一个主要活动就是经营河西。内政方面主要是全面恢复唐制，废部落制，重建唐前期在这里实行过的"州—县—乡—里"制。在沙洲城内，归义军还恢复了唐前期实行过的城坊制度和坊巷的称谓。与此同时，张议潮还仿照内地的军政体制，设置了与中原藩镇一样的文武官吏，恢复了相应的一套文书、行政制度。其次，废除吐蕃时期的户籍、土地、赋税制度。按照唐制编制新的户籍，制定新的赋税制度。与此同时，他还大力传播汉族的先进文化。另外还恢复唐朝服装，推行汉化。很快就使沙州"人物风华，一同内地"。经过张议潮的努力，河西诸州的各族民众开始和睦地生活在一起，河西走廊也慢慢回复到了往日的繁荣景象。

唐懿宗咸通八年，张议潮在长安留为人质的兄长张议潭去世，已经69岁高龄的张议潮离开沙洲，前往长安为质。这是张议潮兄弟为了表示自己对大唐的忠诚而做出的决定，先身入质，表为国之输忠；葵心向阳，俾上帝之诚信。张议潮入朝后，唐懿帝授张议潮为右神武统军，晋官司徒，职列金吾，并赐给田地宅第，可以说给了他很高的礼遇。

张议潮入京后，他的河西职务交给了他兄长张议潭之子张淮深。咸通十三年八月，张议潮卒于长安，享年七十四岁，懿宗李漼谥封为太保。

之后，居住在瓜州一带的回鹘部再次叛唐，引兵进犯肃州、酒泉、西桐地区。张淮深率河西军民英勇反击，活捉回鹘首领，俘获士卒千余人，并表奏朝廷。朝廷派遣左散骑常侍李众甫、供奉官李全伟等上下九使，诏赐张淮深，兼重赐金银器皿、锦绣琼珍。

张淮深继张议潮后尽力经营河西，多次打退了各族对河西地区的进犯，其文治武功，不下张议潮。

张议潮的死，在河西引发一场内乱。唐昭宗李晔大顺元年，张议潮女婿、沙州刺史索勋伺机发动政变，窃取政权。由于变生肘腋，张淮深兄弟猝不及防，于是兄亡弟丧，社稷倾沦。索勋遂自立为归义军节度使。景福元年，唐廷正式承认索勋为河西归义军节度使。

索勋发动政变，诛杀张淮深兄弟的倒行逆施，引起家族的不满，归义军内部也产生动荡。张议潮的另一个女儿李氏发誓："赖太保神灵，辜恩剿殄，重光嗣子，再整遗孙。"于是，起兵诛杀索勋，拥立其侄、张议潮之孙张承奉为归义军节度使。张议潮之祚，因而复振。唐光化三年八月，唐昭宗李晔下诏，追认奉为归义军节度使。

此时的唐朝，朋党比周，政治腐败，荒淫奢侈，战争频仍，赋税苛重，民不聊生。唐廷与藩镇势力之间的战争连绵不断，朝廷内部的贪官污吏勾结藩镇，互为表里，使割据局面日益严重，加深了人民的痛苦。加上黄河中下游流域连年发生严重的水旱灾害，人民流离失所，饥寒交迫。在天灾人祸的逼迫下，发生了王仙芝、黄巢领导的农民起义。

唐僖宗乾符二年，王仙芝领导山东、河南农民数千人在山东长垣起义，得到黄巢的响应。黄巢起义军避实就虚，避开藩镇力量强大的中原地区，向南方长驱直下，渡过长江，转战荆襄、皖南、浙东、福建。乾符六年，黄巢起义军攻克南方重镇的广州，并控制了岭南的大部分地区。起义军发布公告：要率大军直捣长安，推翻唐朝的统治。于是，起义军从广州北上，并于第二年渡过淮河，攻下洛阳。僖宗广明二年，义军占领长安，唐僖宗带随从宦官田令孜等仓皇逃奔四川成都。几天之后，黄巢在长安称帝，建立政权，国号大齐。

逃往四川的唐僖宗纠集各地的残余势力，向起义军反扑，黄巢率军顽强抵抗。僖宗中和三年年，义军大将朱温叛变降唐，起义军遭受惨重损失，不得不撤出长安，转战山东泰山一带。翌年，黄巢在莱芜虎狼谷与唐军决战时，为叛徒所出卖，兵败自刎，起义失败。

唐王朝在黄巢起义的沉重打击下分崩离析，名存实亡。而叛变投唐的黄巢起义军将领朱温于唐天复三年再起反心，挟持唐昭宗并诛宦官数百人，彻底剪除持续一百多年的宦官势力。天复四年，朱温杀昭宗，另立李柷为太子即位，是为哀帝。同年，朱温又大肆贬逐朝官，并将崔枢等被贬的朝官三十余人全部杀死于白马驿，历史上称之为"白马驿之祸"。政治上的阻力全部扫除后，朱温遂于天祐四年废哀帝自立，改国号梁，是为梁太祖，都于开封。

至此，立国二百八十九年的大唐王朝遂亡。

二

张承奉至昭宗天复年间犹为河西节度使，奉唐正朔，终唐之世，始终为唐经理河西，亦可谓不忝祖德。唐哀帝天祐年间，唐廷权臣朱温挟天子李柷而令诸侯，群雄逐鹿中原，唐朝名存实亡。张承奉遂自立为白衣天子，建号西汉金山国。后因势单力薄，归降了回鹘。

张议潮收复河西，建立归义军政权，统领瓜沙等十一州以后，唐王朝并未能抓住机遇，对河陇地区进行有效的统治。河陇一带经过吐蕃内战，吐蕃各属部相继叛离。在河陇地区屯垦的原吐蕃随军奴隶，自号"嗢末"，利用吐蕃奴隶主统治的分崩离析，首先发动了起义。

嗢末起义波澜壮阔，声势浩大，对吐蕃贵族的统治打击沉重。嗢末又作浑末，是吐蕃统治河陇时期，在当地出现的新部落。何谓嗢末？嗢末是吐蕃奴部，它的组成比较复杂，有吐蕃王朝建立前后，在征服临近部族或部落如羊同、苏毗、吐谷浑、党项等的过程中所掳获的奴隶，也有居住在甘、青等地的"吐蕃微弱者"，还有甘青地区的汉族奴隶和当地被吐蕃奴役的其他各部族的百姓等。嗢末虽然是吐蕃奴部，但和一般的奴隶不同，他们主要是作为吐蕃奴隶主贵族征战和镇守的一种军事力量。

吐蕃法令规定，出师必发豪室，皆以奴从，往往一个吐蕃贵族就有从奴十数人，因此吐蕃兵力众多。他们平居散处耕牧，受到吐蕃贵族的奴役。及至论恐热叛乱，吐蕃奴隶主贵族受到打击，势力削弱很大，从奴隶无所归，逐相啸合数千人，以嗢末自居，散居甘、肃、瓜、河、渭、岷、廓、叠、宕诸州之间，吐蕃微弱者依附于他们。张议潮收复瓜、沙等十一州后，河西各族统一归于义军属下，嗢末各部亦驰城奉质，愿效军锋。

大中十一年，河、渭二州的嗢末首举义旗，起义军很快聚集了一万余帐，他们推翻了吐蕃贵族的统治，打破了吐蕃奴隶制政权对各部的控制，起义的范围迅速扩大，遍及甘、肃、瓜、沙、河、渭、岷、廓、叠、宕等州，并逐渐向四川西北部发展，势力一度达到大渡河流域。嗢末义军于咸通三年开始入贡唐室，及五代初，嗢末尚遣使向后梁进贡，且受其封爵。

嗢末起义给吐蕃统治者以毁灭性的打击，使他们再也不能在河湟、河陇称王称霸、作威作福了。

再说，吐蕃本土的平民和奴隶不堪忍受吐蕃王室和奴隶主的肆意压榨和盘剥，反抗情绪日盛，整个吐蕃犹如一堆干柴，如遇火星，便会燃起熊熊大火。这时，河湟地区嗢末起义的消息传到吐蕃，在平民和奴隶中产生巨大影响，他们纷纷起来，与吐蕃王室和奴隶主进行各种形式的斗争。唐咸通十年，吐蕃全境终于爆发规模宏大的平民和奴隶的起义。因为蕃语中把平民、奴隶统称为"邦"，将起义称作"金洛"，因此，这场声势浩大的平民和奴隶起义，在蕃文史料叫"邦金洛"。这次起义初发难于离吐蕃统治中心遥远的康巴地区，"寝而及于全藏，喻如一鸟飞腾，四方骤然，天下大乱。"

此时，以逻些为中心的卫茹地区，有两个大奴隶主没卢氏和巴氏，他们分别代表利益不同的贵族集团，二者之间也展开了旷日持久的争战。起义军在一位名叫韦·阔列协登的手工匠人的领导下，自东向西挺进，沿途各地的百姓纷纷响应，队伍不断壮大。起义者机智地利用了他们火拼的间隙，直捣吐蕃统治的腹心地区。逻些人韦·罗泊罗穷见吐蕃政权行将灭亡，于是也在当地起事，拉起了一支队伍，与奴隶主政权作战。

无独有偶，山南地区也爆发农奴起义，如火如荼。原来，奴隶主驱使奴隶在山南一带开山修渠，因工程艰巨，奴隶们忍受不了繁重的劳役，夜半聚集在一起，商议应对事宜。组织者琳氏恭提出"砍山腰不如砍人容易"，以此号召奴隶们拿起武器，和奴隶主开展武装斗争。于是，众人推举琳氏恭等六人做义军的首领。琳氏恭便在核桃花开的时节，发动了起义，杀死了奴隶主尚结寨内赞，起义的风暴迅速席卷了邻近一些地区。接着，工布的奴隶哲纳贝莫也乘机揭竿而起。

吐蕃平民和奴隶起义，从一开始就表现出高超的组织能力和斗争策略，对敌斗争也相当坚决。他们利用蕃人迷信神鬼的特点，以神鬼集会商议斗争方法，建立新的统治机构，协调指挥起义。当时，奴隶主们为维护奴隶统治，龟缩在坚固的碉堡里，纠集部众，负隅顽抗。起义的组织者们号召义军："凡是与义军对抗的奴隶主和王廷官员，要坚决镇压，毫不留情。"并组织义军攻城拔寨，逐一捣毁奴隶主盘踞的巢穴，追杀奴隶主。他们每占领一个地方，平分胜利果实，建立据点，并建立了各自的官职系统。义军鼎盛时，共建立六个据点和十一个王官系统，处在社会最底层的奴隶终于在政治上取得了一些地位。

唐乾符四年，为了取得斗争的彻底胜利，义军首领们经过商议，决定毁掉吐蕃诸赞普陵墓，以彻底动摇统治者的根基。不久，尼雅氏挖了敦卡达之陵墓，蔡邦氏挖了杰钦之陵墓，徐甫挖了桑格坚之陵墓，珍却古挖了朱杰之陵墓，平民奴隶大起义的风暴达到了顶峰。

这场奴隶平民起义，延续了数十年之久。奴隶主或被起义军杀死，或向边远地区逃窜。吐蕃王室欧松之孙尼玛衮，纠集部众，负隅顽抗，但终在轰轰烈烈的起义洪流中以失败告终，仅带少数仆从西逃边远的阿里地区。

由松赞干布创立的吐蕃王国，终于寿终正寝。吐蕃本土也进入了四分五裂的风云诡谲时期。

三

唐朝灭亡后，转瞬间，时间又进入军阀林立，群雄逐鹿，兵燹叠加，民不聊生的五代十国时代。

何谓五代十国，就是从朱温灭唐到北宋建立的短短五十多年间，中原相继出现的后梁、后唐、后晋、后汉、后周五个朝代。同时，在这五朝之外，还相继出现的吴越国、闽国、荆南国、楚国、吴国、南唐、南汉、北汉、前蜀、后蜀等十几个割据政权。这就是历史上的"五代十国"。

五代十国时期，中原各政权先后兴替，战争频仍，无暇顾及河陇地区。河陇地区，归义军政权疆域日缩，仅有瓜、沙二州之地。与此同时，甘州回鹘政权渐趋强盛。嗢末起义之后，吐蕃国势早已衰微。吐蕃本土四分五裂；河湟、陇右一带，更是族种分散，大者数千家，小者百十家，无复统一。到五代晋、汉之际，居住在凉州的六谷部逐渐强大起来，成为河湟、陇右吐蕃各部中最具实力的一个势力集团。而此时，居于今宁夏、陕北地区的党项族拓跋氏也开始崛起，逐渐形成以今宁夏为中心的西夏政权。

公元 960 年，北宋王朝建立以后，河湟地区遂成为北宋与西夏争夺的一个焦点。北宋初年，西夏一方面发动对北宋的掠夺战争，一方面极力向河湟地区扩张，以图控制东西方贸易的通道——河西走廊，并占领河湟地区，从侧翼形成对宋朝的威胁。北宋政权也希望控制河湟地区以牵制西夏对宋的军事攻略。宋初，宋廷通过加强对六谷部吐蕃的扶植笼络，形成军事联盟，共同应对西夏的攻略。在宋廷的大力支持下，六谷部潘罗支率部众屡败西夏兵，有效地抵制了西夏的西进图谋。

吐蕃灭亡后，在河湟地区散居着大大小小数十个吐蕃部族，其中势力较大的即有河州豪强耸昌厮均，以及盘踞在湟水流域的宗哥部和邈川部。唐会昌至大中年间，吐蕃边将伦恐热与尚婢婢之间长达二十多年的混战，使河湟地区百姓死伤籍枕、尸横遍野、赤地千里。由蕃地迁徙到湟水流域的吐蕃移民，利用这里优越的地理环境，发展农耕生产，并逐步形成宗哥、邈川两大吐蕃部族。吐蕃政权灭亡后，这里出现权力真空，宗哥部遂以鄯州城迤西地区为据，横跨拉脊山两翼发展；邈川部则以鄯州城为据，向湟水两岸的广大山区发展。至北宋真宗时期，两大蕃族部落分别以蕃僧李立遵、豪酋温逋奇为首领，实力不凡，渐成气候。

宋真宗咸平六年，西夏主李继迁攻破河西走廊的大门——凉州，翌年李继迁的儿子德明用计擒杀吐蕃西凉六谷部领袖潘罗支。以潘罗支为首的河陇地区第一次吐蕃部落联盟被西夏军队打垮，吐蕃各部落失去了统一的领袖，西蕃无主，如鸟飞兽散；而强悍的西夏铁骑却日日进逼，河陇吐蕃大有被西夏军队吞食的危险，形势十分紧迫。

面对巨大的军事威胁，河湟、陇右吐蕃各部首领心急如焚，都有以自己为中心，实现这一地区的政治、军事联盟，以求形成合力，抵御强敌。在这一大背景下，河湟地区各吐蕃部族，都在寻找吐蕃赞普后裔，企图利用吐蕃赞普在民众中的影响力和号召力，壮大自己的实力，进而达到吐蕃部族首领的目的。恰在此时，一个十二岁孩童唃厮啰的出现，以他在河湟吐蕃人心目中的神圣灵光——吐蕃王室后裔，在河湟引发巨大的波澜。

湟水地区继鄯州之后，再度成为西北地区一个重要的军事政治中心而备受世人关注。

四

宋真宗赵恒大中祥符二年初秋的一天，在沙州境的阳关古道上，一队驮马逶迤前行，向东走来。

"大叔，此去河州，还有多远？"驮队中，一个年约十一二岁、身着鲜亮蕃服的小孩，舔舔干裂的嘴唇，又望望四野。阳关古道被一望无垠的沙海包围着，沙海在"秋老虎"的炙烤下，热浪滚滚，炙热灼人。

"是不是渴啦，唃厮啰？"那位被小孩称为"大叔"的人叫何郎业贤，是个河州巨商。此刻，他正在马上盘算着这趟生意能给他带来多少财富，猛地让小孩一问，先是一怔，继而和颜悦色地说："再坚持一下，过了这片沙漠，前面就是敦煌城。到了敦煌，我们就可以休息几天，歇歇脚。"

"噢。"唃厮啰在马上应了一声，显得格外疲惫。

这个名叫唃厮啰的小孩，本名叫欺南陵温，是吐蕃赞普的后裔。吐蕃灭亡后，其祖有幸逃过一劫，流落西域，娶妻生子，繁衍后代。到了欺南陵温的父辈，他的父母在高昌磨榆国谋生，生下了欺南陵温。欺南陵温十岁那年，父母双亡，尚在懵懂中的他，失去依靠，流落街头。恰巧，河州行商何郎业贤打此路过，见一乞童骨骼奇伟，面目清秀，是个可造之才，便四处打听，方知是吐蕃赞普之后。何郎业贤不愧是个商人，他马上联想到河湟蕃人四分五裂，群龙无首，如果把吐蕃赞普后裔带回河湟，那么，他这个河州羌的巨商，可就成了战国时期的吕不韦。于是，他把乞童带到旅馆，精心打扮一番，又给起了个名字叫唃厮啰，在高昌磨榆国精心调教了两年。河州人谓佛为"唃"，谓儿子曰"厮啰"，连起来读，是"佛之子"的意思。

两年以后，何郎业贤带着唃厮啰上路了。

高昌磨榆国距河州有数千里之遥，他们日行夜宿，一路蹒行，历经千难万苦，方才抵达河州。何郎业贤知道唃厮啰在河湟蕃人中的价值，因此，他带回唃厮啰之后，先把他秘密地藏匿在河州夏河一带的城堡里，然后苦思冥想，怎样利用才能发挥他的商业价值和政治价值。

然而，人算不如天算。唃厮啰一到河州，消息不胫而走，立刻成为河湟地区业已强大的宗教势力和地方豪强追逐的对象。他们知道，唃厮啰这个名字对于吐蕃各部落来说，无疑是极有号召力的。谁得到他，谁就可以挟天子以令诸侯，在他们的眼里，年幼的唃厮啰，就是西汉末年的刘盆子、东汉末年的刘协！

何郎业贤还没有想出一个好的办法来，唃厮啰就被河州豪强耸昌厮均获得，蓄养在河州以西的移心城里，欲要凭借唃厮啰这面"佛之子""吐蕃赞普后裔"的旗帜，号令其他吐蕃部落，在河州建立蕃人政权。耸昌厮均是河州一带豪族大姓的首领，部属有近千帐，精骑数百众，占据着廓州东部的广大区域，筑移心城，以此为居。

耸昌厮均挟天子以令诸侯的做法，立即引起河湟其他吐蕃部落的不满和抵制。北宋大中祥符三年深秋，盘踞在邈川以西宗哥的蕃僧李立遵，联合邈川大酋温逋奇，又用武力将唃厮啰劫持到廓州，拥立为主，以号令吐蕃各部。

然而，李立遵与温逋奇各怀鬼胎，互相防范，都想利用唃厮啰这块金字招牌，号令各部，剪除异己，独自称霸河湟。不久，李立遵又将唃厮啰挟持到宗哥城，尊为赞普，李立遵自立论逋。他为了把唃厮啰牢牢地控制在手，还将自己的女儿嫁给唃厮啰为妃。

唃厮啰成为赞普之后，他的才干崭露头脚，河湟一带吐蕃部族纷纷归附，迅速拥兵数十万之众，在河湟地区建立一个以蕃族为主体的吐蕃政权。为了依靠宋廷巩固自己的势力，唃厮啰遂遣使到宋都汴梁，表示愿为宋朝臣属，共御西夏。直到此时，李立遵这才意识到，他手中的这个英俊倜傥的青年人，并不是一个任人摆布的汉献帝，更不是扶不上墙的阿斗。于是，他又利用论逋的权力，挖空心思，凭借原有的军事、经济实力，将不少借重唃厮啰的影响聚集起来的部落招于自己的麾下，企图架空赞普唃厮啰。

大中祥符九年，李立遵仗着权高位重，想效法唐代吐蕃东扩的事例，上书宋廷，求封"赞普"称号，试图踢开唃厮啰自立。宋廷明察秋毫，深知李立遵的用意，拒封赞普，仅授保顺军节度名号。李立遵恼羞成怒，便挟持唃厮啰，统率马御山、兰州龛谷、毡毛山、滔河、河州等军三万多人，向秦州、渭州进发，攻城略地，烧杀掳掠，袭扰宋境。

李立遵无端寻衅、烧杀掳掠的暴行，在北宋引起轩然大波，宋真宗即遣将军曹玮，统兵十万，备战秦州。

九月，李立遵率部出发，宣称要在秦州城下与曹玮决战，扬言"某日下秦州 会食"，但曹玮不为所动。当听到吐蕃已经越过了毕利城，曹玮随即率秦州驻泊钤辖高继忠、驻泊都监王怀信，率精骑六千渡过渭河迎战。

同月二十四日，宋军在伏羌寨三都谷摆下阵势，等待敌军的到来。很快探马传来消息敌军已经靠近，曹玮正在吃饭，闻报后继续悠闲的用餐。直到探马报告吐蕃人距离只有几里之遥时，曹玮才放下餐具，披上铠甲出城列队。

吐蕃人多势众,李立遵气势汹汹。但曹玮的宋军训练有素、装备精良,具有很强的战斗力。故此曹玮决定在气势上先要压倒对手,他看到敌军分为三队,一名蕃僧正在前方走来走去。曹玮断定是吐蕃的指挥官,问左右谁最善射,左右均答李超。李超随即策马来到曹玮面前,曹玮问:"你需要带多少骑可以射杀那位蕃将?"李超观察了一下答道要十五骑。曹玮马上令:"给你一百骑,务必射杀此将,否则提头来见!"李超慨然应道道:"凭借您太保的神威,只要五十名骑兵护送我到敌人近前,一定可以得手。"

李超在一百精骑的掩护下,接近敌阵,那一百名骑兵突然向两侧分开,中间李超飞马而出,凭借高超的骑射本领,只一箭那蕃僧就应弦而倒,蕃军顿时大骇,乱了手脚。曹玮见状,身先士卒,率精骑从敌军侧后方猛攻,以两翼骑兵夹击吐蕃军军阵。在宋军精骑的攻击下,蕃军阵势大乱,不能抵抗宋军主阵的正面冲击,溃败而去。

李立遵是一个贪残暴虐的淫色之徒,他常随意杀人,过着骄奢淫逸的生活。特别是在外交上,他推行了一套与宋王朝为敌的政策,引起了各部落的强烈不满。

此一役后,回到宗哥的李立遵,凶残暴虐,骄恣好杀的本性不改,部众怨声载道,开始离析。

五

宋真宗天禧元年,李立遵收罗残部,返回宗哥,但他仍未放弃在秦、渭一带的反宋活动。宋将曹玮笼络陇西各部首领,安抚当地蕃人,使李立遵的影响力迅速下降,势力日益孤立。

随着年龄的增长,唃厮啰逐渐成熟。那种任人摆布、受人控制的局面,他再也忍受不住了。他与论逋李立遵之间的矛盾首先激化。

天禧二年，唃厮啰遣使赴宋朝贡马，主动请和。使臣带六百匹贡马抵达秦州时，曹玮派属官热情接待，并一路护送到京师汴梁。宋真宗在政和殿召见唃厮啰使节，诏赐唃厮啰锦袍、金带、供帐什物及茶叶、药材等，价值黄金七千两。从此，唃厮啰与宋朝建立了稳定、频繁的联系。

同年，唃厮啰又遣使赴甘州回鹘汗国，拜见其国主夜落纥，送上骏马二百匹及熊胆、鹿茸、虎皮、豹皮等物，欲与甘州回鹘结为秦晋之好。夜落纥选其宰相没孤之女，封为可汗公主，答应择期送公主到河湟与唃厮啰成婚。

唃厮啰政权与宋朝及甘州回鹘改善关系，尤其是甘州回鹘答应嫁可汗公主给唃厮啰，引起李立遵的猜度与不快，感到自己正失去宋朝的信任。于是，他遂生恶念，阴谋杀害唃厮啰，由自己取而代之。唃厮啰接到线报，在国师鲁梅、耸昌厮均等人的大力协助下，挫败了李立遵的阴谋，使唃厮啰政权转危为安。

宋仁宗天圣三年，唃厮啰摆脱李立遵的控制，率众迁移至邈川。唃厮啰迁到邈川，以温逋哥为论逋，并确立内附宋朝、抵御西夏的国策。宋仁宗遂于明道元年，封唃厮啰为宁远大将军、爱州团练使；封温逋哥为归化将军。

唃厮啰虽然在邈川立国，但政权仍暗流涌动，危机四伏，最大的威胁来自论逋温逋哥。

李立遵失势后，温逋哥部成为河湟地区实力雄厚的势力集团。温逋哥和李立遵一样，也是一个野心勃勃的地方豪强，早就觊觎唃厮啰的赞普之位。他当上论逋以后，并不满足一人在上万人在下的"论逋"地位，企图将唃厮啰取而代之的欲望迅速膨胀。他和李立遵一样，想在邈川解决唃厮啰。唃厮啰来邈川后，他一面暗中与西夏勾结，企图借用外邦的实力，来扩充壮大自己；一面密谋加害唃厮啰，取唃厮啰而代之，建立置身于中原王朝以外的独立王国。

宋仁宗明道元年的一天，河南吐蕃部落内乱，唃厮啰派国师鲁梅、部落首领耸昌厮均前往处置。温逋哥利用国内空虚之际，发动政变，威逼唃厮啰"禅让"国主的权柄。唃厮啰不屈，温逋哥就将唃厮啰囚禁于暗无天日、阴冷潮湿的仓房地窖里，一天只供给一点风干的牛羊肉、一小碗炒面和一壶熬茶，一关就是半个多月。

就在唃厮啰身陷囹圄，无计可施之际，囚禁唃厮啰的卫兵解救了他。这个卫兵虽是温逋哥的亲信，但对唃厮啰无比崇敬，认为他就是至高无上的赞普。卫兵出于这样一个动机，将唃厮啰救出。

唃厮啰获得自由以后，即刻逃到附近的吐蕃部落，一方面火速派人到河南急召鲁梅、耸昌厮均回师救驾，一方面紧急调动亲信部落的吐蕃兵，进攻温逋哥占据的邈川城。经过几天的攻击，邈川城破，唃厮啰手刃了温逋哥。

当鲁梅、耸昌厮均回师邈川时，唃厮啰已经平息了叛乱。平息了温逋哥叛乱，河湟吐蕃政权才真正掌握在唃厮啰的手中。

回到邈川的鲁梅、耸昌厮均与唃厮啰面对温逋哥叛乱事件对河湟地区产生的影响，及河湟地区各吐蕃部落对处置平叛的态度，进行认真的分析，又对宋、西夏、辽、甘州回鹘之间错综复杂的战和关系进行研究，再三权衡利弊，决定离开邈川，西往青唐，正式建立河湟吐蕃政权。

宋仁宗景祐元年，唃厮啰终于彻底摆脱地方豪强的挟持，将王城从邈川西迁到青唐城。

青唐城，西汉元鼎六年后，汉武帝在此设西平亭，汉末、魏晋置西平郡，北魏改置鄯善镇，后置鄯州及辖郡县，举州东迁乐都，唐代安史之乱后为吐蕃所据，后州治复迁西平，改为青唐，渐为湟水流域政治、经济、文化中心，是丝绸之路南路、唐蕃古道和茶马之道上的重镇。战略地位十分重要。宋初，该地为河湟吐蕃青唐部所据，筑青唐城。唃厮啰平息温逋哥叛乱后，难以在温逋哥长期经营的邈川立足，欲往青唐。恰在此时，青唐部首领请唃厮啰入住青唐，这与唃厮啰等人的计划不谋而合，于是唃厮啰欣然应允。

唃厮啰率众迁到青唐之际，正是西夏势力陡涨，叫嚣要"西掠吐蕃健马，北收回鹘锐兵，南牧环庆诸州。"西夏把向四邻扩张视为国策，力图在控制河西诸州后，进一步向河湟地区推进。北宋王朝则想利用唃厮啰与西夏的矛盾，招抚河湟吐蕃，以牵制西夏力量。唃厮啰清醒地意识到，北宋时期，宋、辽、西夏三足鼎立的局面已经形成，要在强敌林立的缝隙中生存，必然要确定一条符合河湟吐蕃利益的内外策略。

唃厮啰和众大臣经过反复权衡，最终确立四项内政举措：兴建青唐新城，制定王者仪仗、规章；建立佛寺，尊崇释迦牟尼，信奉佛教；举行盟誓，确立各部领属关系；重视畜牧农耕，开放商贾贸易。三大外交政策：依附宋朝、御夏自保；亲善远辽，挟制西夏；恩威并用，收复尚未归附的吐蕃部落，扩大统治区域。

唃厮啰亲政以后推行新政，国力日盛，其疆域面积东南到三都谷，北接祁连山，南至青海果洛藏族自治州，西达青海湖的广大区域。至此，唃厮啰国被认为是藏族的第一个安多政权，并成为原吐蕃属地上最大的政权。

宋天圣元年春夏，西夏主元昊统兵十万攻打凉州，攻陷凉州府，并乘胜进军甘州，控制了河西走廊。回鹘首领贤顺投降西夏。凉州陷于西夏后，西凉吐蕃六谷部十万余众，在首领潘罗支的弟弟厮铎督带领下，进入河湟，投奔唃厮啰。甘州回鹘则部分降附西夏外，也有七八万人不服西夏统治，往西南方向迁徙，越过祁连山进入青海湖一带以及湟水流域，归附唃厮啰。同年，又有西域于阗人数千归附青唐。

唃厮啰对六谷部、甘州回鹘、西域于阗人的归附，表示热忱欢迎，宣布六谷部、甘州回鹘、西域于阗人为青唐属民，安排厮铎督、甘州回鹘首领为国相议事厅成员。并与各大首领协商，妥善安置其属民部众的驻牧地。

大量六谷吐蕃人和甘州回鹘的归附，使唃厮啰政权实力大增。以唃厮啰为首的青唐政权，成为以吐蕃人为主的，包括汉人、党项人、回鹘人、于阗人在内的多民族地方政权。

与此同时，河湟吐蕃各部也大力发展畜牧农耕。日月山以西、黄河以南的广阔草原，是唃厮啰政权的主要畜牧业区域，以吐蕃人为主的牧民，以饲养羊、马、牦牛为主，兼有骆驼，他们以牧放、射猎为主，逐水草而居，牧放牲畜的经验十分丰富。湟水、黄河、大通河谷地宜农地区的各吐蕃部，开垦荒地，整治汉、唐以来军、民屯垦时遗留下来的水利设施，增修支渠、毛渠，引水灌溉农田，扩大种植小麦、青稞、豆类作物，进一步发展农业生产。几年以后，青唐、宗哥、邈川等地川水地带皆成沃壤。

宋人李远在《青唐录》中将湟水流域的农村与江南水乡相比，写道：邈川"川长百里，宗河行其中。夹岸皆羌人居，间以松篁，宛如荆楚。"

后　记

意凝笔端春意浓，扬清激浊自然新。

日闯汉关每思忖，夜读唐诗好修身。

金戈铁马闯鄯州，古道路遥车辚辚。

史海茫茫寻旧句，惊醒昏沉梦中人。

近年来，追随毛文斌先生编辑《乐都通览》系列丛书，搜集整理《鄯州风云》《军事兵要》两部小册子。在两部小册子成书的过程中，通过史料的查寻和整理，我对鄯州时期河湟乃至大西北的政治生态有了一些了解，也深深地为河湟地区厚重而深邃的文化底蕴所震撼。也就是从那时起，萌生了一个以史料为基础，创作长篇历史小说《鄯州春秋》的想法。

在青海历史上，鄯州的历史有着举足轻重的地位。鄯州起始于北魏时期的西平（今青海西宁），西魏大同四年（538 年），连同西平郡、西都县（均在今青海西宁）三级政权连郭，东迁乐都，再到北宋时复迁西宁（即唃厮啰吐蕃政权首府青唐城），鄯州作为今甘、青两省的统治中心，

389

在乐都存在了近四百年的历史。期间，经历了西魏、北周、隋、唐、北宋等王朝，使乐都一度奄有河湟地区乃至大西北军事中枢、政治文化中心和商贸重镇的重要历史地位。这一时期，乐都作为区域间的政治经济文化中心，经历了中原王朝同吐谷浑、吐蕃政权和与战的风云变幻；见证了文成公主、金城公主及弘化公主和蕃（吐蕃、吐谷浑），促进民族融合、文化发展繁荣的历史进程。尤其隋、唐时期，由于中国西部出现隋唐、蕃（吐蕃）、吐（吐谷浑）"三足鼎立"的政治局面，地处青海高原东部以乐都为中心的河湟地区，以极其重要的战略位置，在历史上留下了浓墨重彩的一笔。陇右地区或征战杀伐，战云密布，烽烟滚滚；或"问遣往来，道路相望，欢好不绝"，以鄯州为中心的陇右大地上演出了一幕幕威武雄壮、可歌可泣的活话剧。吐蕃攻陷陇右地区后，河湟地区又成为吐蕃王朝重要的战略支撑和经济依托；及至农奴起义，吐蕃政权分裂消亡，这里又成为吐蕃纷争，战乱迭起的策源地，直至青唐唃厮啰政权成立……

长篇历史小说《鄯州春秋》的构思已有两三年时间，期间阅读了《隋书》《新唐书》《旧唐书》《资治通鉴》《青海通史》等一些史料典籍，也写过有关鄯州的一些文史资料，但直到2015年的春夏之交，在青海人民出版社的大力支持和资助下，《河湟巨擘》《南凉悲歌》和《瞿昙疑云》三部小说出版印刷之后，才着手进行创作，并于今年春节完成初稿的写作。

《鄯州春秋》与之前出版的《河湟巨擘》《南凉悲歌》和《瞿昙疑云》三部小说一样，同属于所谓"方志小说"作品。何为方志小说？方志小说是指那些在创作过程中借鉴了志书框架编纂理念并在一定程度上遵循了历史发展轨迹的文学作品，是方志工作与小说创作联姻的一种文学现象，也是近年来文学创作领域兴起的一股创作潮流。我不是这个潮流的

"弄潮儿"，唯一的想法便是利用手中的笔，用文学的形式将河湟地区乃至大西北的历史挖掘刷新，奉献给读者，作为茶余饭后的消遣品。不意，歪打正着，有幸与"方志小说"挂上了钩，但愿我的这些作品能为"方志小说"阵营增添一些有益的符号。

我虽然混迹于作家和方志修编的队伍里，和他人合作编纂出版过几部志鉴，写作过几部历史长篇小说，还和他人合作编写过其他一些文学、志鉴方面的东西，文字积累少说也有三四百万字，可以说在文学创作和史志编纂中小有成就。但我仅仅是一名文学爱好者，在小说创作方面，也仅凭个人爱好和热情搞些创作，没有也不可能有更深层次地发掘历史深邃，将书中主人公们的传奇故事，生动地展现给读者，这不能不说是这几部小说的一大憾事，还望读者格外见谅！

拙作在写作和出版过程中，曾得到毛文斌、李泰年、李永新、张振彪等同志的热诚鼓励和大力支持。祝银家、赵海全、李晓林等同仁也在百忙中校勘修改稿件，付出了极大的心血。抑或说，没有这些同志的热忱鼓励和鼎力支持，就没有拙作的顺利成稿。因此，在此表示诚挚的谢意！

陈华民

2017.6